近衛龍春

蒲生氏郷
信長に選ばれた男

実業之日本社

実業之日本社文庫

目次

『蒲生氏郷 信長に選ばれた男』関連地図

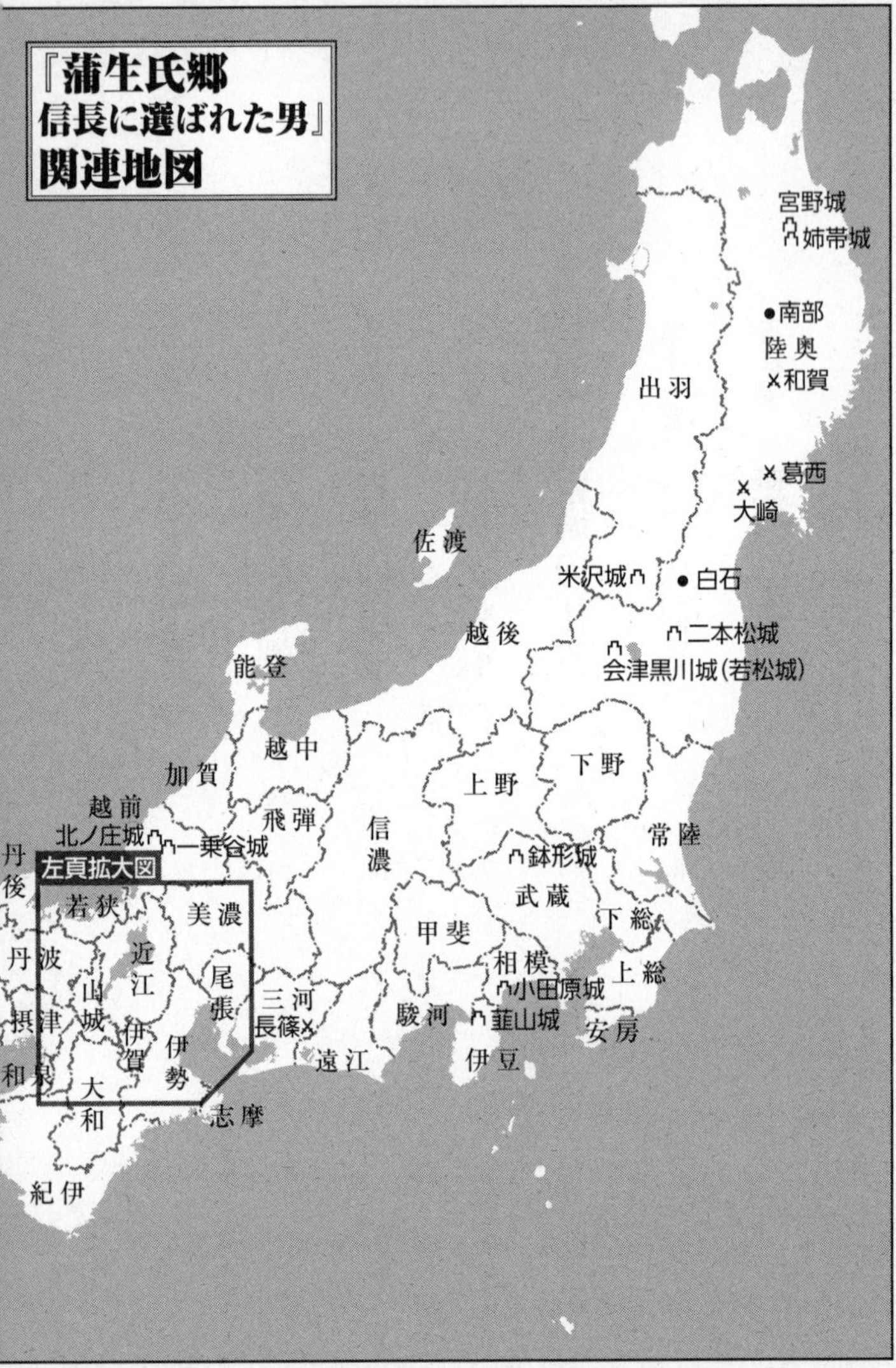

金ヶ崎
美濃
若狭
賤ヶ岳
小谷城
琵琶湖
姉川
稲葉山城(岐阜城)
関ヶ原
佐和山城
大垣城
犬山城
丹波
近江
小牧山
延暦寺
安土城
和田山城
清洲城
本能寺
観音寺城
箕作城
尾張
長久手
鯰江城
坂本城
長島城
京都
大津
勢多
中野城(日野城)
甲賀
有岡城
石山本願寺
山崎
勝龍寺城
山城
高槻城
亀山城
伊賀
今徳城
伊勢
河内
堺
松ヶ島城
松坂城
大和
多気城
大河内城
隠岐
出雲
伯耆
因幡
但馬
石見
美作
対馬
備後
備中
播磨
長門
安芸
備前
周防
淡路
壱岐
讃岐
筑前
豊前
名護屋城
蔵石城
伊予
阿波
肥前
筑後
土佐
豊後
肥後
日向

地図／ジェオ

序章　利休《りきゅう》の遺言

梅が薫香《くんこう》を芳せるが、外はまだ寒く、じっとはしていられない。そこへいくと、三畳の茶室の中は炉に火が入り、釜が湯気を上げているので温かい。

主人の席には信長《のぶなが》、秀吉《ひでよし》の御茶頭《おさどう》を務めた千利休《せんの》が座している。

天正十九年（一五九一）二月十日、氏郷《うじさと》は忍びで都にある聚楽第《じゅらくだい》の中にある千利休屋敷を訪ねていた。利休は氏郷の茶ノ湯の師匠であった。

利休は流れるような手さばきで茶を点《た》て、利休好みの黒茶碗を氏郷の前に差出した。香《こう》ばしい薫りが鼻孔を擽《くす》ぐった。

「戴きます」

氏郷は一礼したのちに懐から古袱紗《こふくさ》という織物を膝の上に乗せたのち、古袱紗を左掌に広げ、茶碗をその上に乗せる。恭《うやうや》しく一度おし頂き、右手で茶碗を手前に二度廻して一啜《すす》りした。

（さすが御茶頭）

適度な苦味と香ばしさが舌に纏《まと》わり、それでいて喉には引っかからずに腑へ落ちていく。さらに、あとから風味と芳しさが伝わってくる。名人の点てた茶だ。

「結構なお点前《てまえ》です」

茶に感動しながら氏郷は労いの言葉を告げた。

「これが少将《しょうしょう》（氏郷）殿に点てる最後の茶になるやもしれませんな」

利休は寂しそうに言う。

利休は秀吉から自宅謹慎を言い渡された。

理由は諸説あるが、直近では京都大徳寺《だいとくじ》の山門の上に、雪駄《せった》履きの利休像が置かれていた。

「参詣する誰もが潜る山門の上に、雪駄履きの像を立てるとは何事か、余も通るのだぞ」

秀吉は激怒したという。

過ぐる天正十七年（一五八九）、利休は寄進し、大徳寺の山門の二階部分を金毛閣《きんもうかく》に造り替えた。大徳寺側は感謝の意思として利休の木像を安置させてほしいと提案すると、利休は戸惑いながらも受け入れた。

二年も経って忿恚《ふんい》するのは無理がある。

ほかには安価の茶器を高価で売り、私腹を肥やした。

秀吉が利休の次女を側室として求めたところ、利休が反対して、次女を弟子の万代《もず》屋宗安《やそうあん》に嫁がせてしまったので、立腹した、などがある。

「そのこと、某《それがし》が取次ぎますので、なにとぞ謝罪して戴きますよう」

茶碗を置いて氏郷は懇願する。

「少将殿の頼みでも、それはできぬ。手前は微塵も後ろ指を差されるような真似をしたことはない。頭を下げるということは、己の生き方を否定することになる」

「されど、それでは……」

秀吉は天下人の沽券《こけん》にかけて、頭を下げさせる。下げなければ切腹を命じるかもしれない。日本を統一した秀吉には、誰も逆らえなかった。

「構わぬ。殿下がお望みならば、いつにてもこの皺腹《しわばら》を切りましょう。殿下が望んだのではなかろうが、殿下が承諾したことゆえ、致し方ござらぬ」

しみじみと利休はもらす。

これまで豊臣政権は秀吉の弟の秀長《ひでなが》、母の大政所《おおまんどころ》（仲《なか》）、正室の北政所《きたのまんどころ》（於禰《おね》）と利休らの組と、石田三成《いしだみつなり》、増田長盛《ましたながもり》、前田玄以《まえだげんい》、淀ノ方《よどのかた》という二つの派閥があった。

その中で秀長と利休の力は絶大で、薩摩の島津氏の侵攻に圧され、秀吉を頼ってきた豊後《ぶんご》の大友宗麟《おおともそうりん》に対し、弟の秀長は「公儀のことは某に、内々のことは宗易《そうえき》（利休）に相談なされよ」と伝えたことはつとに有名である。

その秀長は約一ヵ月前の一月二十二日に病死してしまった。

三成らにとっては政敵がいなくなり、主導権を握るためにも利休を追い落とす必要があった。

秀長と利休の政《まつりごと》は、その場合ごとに判断してきた。臨機応変という言葉があてはまるが、先の読めない政でもあった。

これに対して三成らは法を作り、例外なく政を運営していこうと考えた。恐らく秀吉に讒言《ざんげん》したのは三成らであろう。

「治部少輔《じぶのしょう》（三成）らの言い分は判らぬではないが、政も茶ノ湯と同じで四角四面ではない。十人十色、千差万別。その都度、正しい判断をするのが政であり、いろいろな形があるのが茶ノ湯であると手前は思う」

「某も左様に思案致しておりまするが、そこを……」

「治部少輔らが手前を早く排除したいのは、巷で噂になっている唐《から》入りのこと。手前が反対しているからでござろう」

秀吉は対馬《つしま》の宗義智《そうよしとし》らに、明《みん》国に兵を進めるので、朝鮮国に先導役を務めろと、交渉させていた。

「治部少輔らも阿呆ではないゆえ、この無謀な行いが簡単にいくとは思っていない。おそらく長い戦を覚悟しなければならない。人生五十年と言われる中、殿下も五十五歳。いつ逝ってもおかしくはない。明や朝鮮と戦っている最中に逝かれては豊臣の政はこわれてしまう。殿下亡きあとも自分たちが奉行として主導していくため、手前が邪魔なのでござろう」

利休の言うことは的を射ていると氏郷は思う。

「そこまでお判りならば、なにとぞ命を粗末になさいますな」

「貴殿らに武士の意地があるように、手前には茶人の意地がある。これは曲げられぬ」

力強く否定した利休は改まる。

「殿下が存命のうちは誰も逆らったりはしないでござろう。逆らえば返り忠が者の誹《そし》りを受け、討伐の兵を差し向けられる。問題は殿下亡きあとのこと。異国への出兵はうまくいかず、豊臣の家は治部少輔らと、それ以外に割れましょう。その時、少将殿はいずれに属されるか、しっかりと見極められよ」

「割れるとすれば江戸の権大納言《ごんだいなごん》（家康）が名乗りを上げましょうな」

「おそらく」

「某は右府《うふ》（信長）様に選ばれし男にござる。殿下には先んじられましたが、こたびは誰の後塵《こうじん》も拝するつもりはござらぬ。世が乱れたならば、天下万民のため立ち上がる所存です」

「さすが右府様の婿《むこ》。天下三分の鼎《てい》でござるな。手前も黄泉《よみ》から見守りましょう」

天下三分の鼎は、中国三国志に出てくることで、まずは劉備《りゅうび》が蜀《しょく》国を、曹操《そうそう》が魏《ぎ》国を、孫権《そんけん》が呉《ご》国を支配し、力をつけたのちに天下を統一しようと蜀の軍師の諸葛亮孔《しょかつりょうこう》明《めい》が主の劉備に説いたことである。

「なんと良き響きか。某は遠い会津ゆえ、さしずめ蜀国ということでござろうか」

「さあ、そこまでは。ただ、貴殿ならば、達しましょう」

一息吐いた利休は改まる。

「貴殿の勧めを受けずに、かようなことを頼むのは心苦しいのですが、手前がこの世を去ったのち、我が子の面倒を見て戴きたい」

「それはもう。されど、その前に今一度、考えを改めてくだされ」

氏郷が説くが、利休は考えを変えることはなかった。

二月二十八日、利休は和泉《いずみ》の堺《さかい》にある屋敷で自刃した。享年七十。

氏郷は約束どおり、利休の後妻の息子・少庵宗淳《しょうあんそうじゅん》を会津に引き取った。

（天下三分の鼎。利休殿、某はそれまで力を蓄えまする）

世が唐入りに進む中、氏郷は希望に胸を熱くした。

第一章　異端の主君

一

北の琵琶湖《びわこ》を通る風と南の鈴鹿《すずか》山系から吹き下ろされる風が反響して強く吹く。近江《おうみ》の国、蒲生《がもう》郡の日野《ひの》は、山に囲まれているせいか、季節に拘らずに二つの風が合流して廻りだすと突風となり、さまざまなものを宙に舞い上げる。農民泣かせの土地であるが、そういう地だからこそ、他から侵されにくいという面も持っていた。

隣領の多勢が風を知らずに日野に攻め込み、強風をまともに受けて混乱している時に、領主の蒲生氏が寡勢で撃退した話は、つとに有名である。地元では神風が吹いたと言われ、また、風を読める者が日野の地を治められる領主であった。

蒲生氏は平将門《たいらのまさかど》の乱を鎮圧した藤原秀郷《ふじわらのひでさと》を祖とし、七代目の惟俊《これとし》の代に近江に移住したと伝えられている。その後、蒲生氏は近江南半国守護《しゅご》の六角《ろっかく》（佐々木《ささき》）氏の被官として仕えていた。居城は日野城とも呼ばれる中野《なかの》城で、日野川の北岸に築かれている平城である。

残暑厳しい七月下旬、中野城の主殿には当主の蒲生左兵衛大夫《さひょうえのたいふ》賢秀《かたひで》を始め、隠居した父の快幹軒《かいかんけん》（定秀《さだひで》）や一族、重臣たちが顔を揃え、難しい選択を強いられていた。

時に永禄《えいろく》十一年（一五六八）七月二十五日、尾張《おわり》、美濃《みの》と伊勢《いせ》の半国を支配する織《お》田《だ》信長《のぶなが》は足利義昭《あしかがよしあき》を岐阜《ぎふ》の立政寺《りっしょうじ》に迎え、上洛の供奉《ぐぶ》を承諾した。大義名分を得た信長は通り道に在する諸大名に支援することを求めた。いわば恭順の意を示せということである。

ところが、由緒ある源氏の血を引く六角承禎《じょうてい》（義賢《よしかた》）は、成り上がり者である信長の風下に立つことをよしとせず、要求を撥《は》ね付けた。

この時、六角承禎は三好《みよし》三人衆や松永久秀《まつながひさひで》と共に、十四代将軍、足利義栄《よしひで》に肩入れしていたこともあった。

首座には三十代半ばの賢秀が座し、家臣たちは左右に分かれて腰を下ろしている。

「確かに、お屋形（承禎）様の御恩はあろうが、織田は数万の兵を率いて上洛するらしい」

一族の小倉《おぐら》豊前守《ぶぜんのかみ》実隆《さねたか》が口にすると、同じく上野《こうずけ》田《だ》主計助《かずえのすけ》が続く。

「浅井《あさい》も従うらしい。織田の多勢は観音寺《かんのんじ》城まで素通りぞ」

浅井氏は近江北半国守護の京極《きょうごく》氏の被官であるが、既に主家を凌ぐ力を得て、隣領の六角氏とは犬猿の仲であった。若き当主長政《ながまさ》の許には信長の妹お市《いち》御寮人《ごりょうにん》が嫁いでいた。

「信長は大たわけと言われているそうな。刈り入れ前に出陣して、長対峙できるかの」

一族の青地茂綱《あおちしげつな》が首を傾《かし》げると、寺倉助兵衛《てらくらすけべえ》も口を開く。

「観音寺城は難攻不落。攻めあぐねて逃げ帰るのではないか」

皆、六角氏への忠義は忘れていないようであるが、攻め寄せる大軍の噂と信長の底知れぬ強さに恐怖感を覚えているようであった。

大方、意見を言い終えて、皆の目が首座の賢秀に向けられた。

「お屋形様が織田と戦うと申されたのじゃ、我らも従うしかなかろう。故《ゆえ》に事あらば観音寺城に籠り、敵を迎え撃つ。なに、我が祖に倣《なら》い織田の大蜈蚣《おおむかで》を退治しようぞ」

仕方ないといった表情で賢秀は言う。藤原秀郷は近江の三上山《みかみやま》で蜈蚣を退治した伝説は有名で、今なお語り継がれている。

賢秀の一言で評議は終了した。この席にいた嫡子の鶴千代《つるちよ》は黙って聞いていた。

評議ののち、鶴千代は居間に賢秀を訪ねた。眉目秀麗《びもくしゅうれい》、すでに五尺六寸（約百七十センチ）の身の丈となったこの少年は十三歳になる。

「いかがした？」

「先ほど父上は観音寺城に籠ると申されましたが、真実《まこと》でしょうか？」

問うと賢秀は頷くので鶴千代は続けた。

「皆には先のように申されましたが、真実のところ、父上は、まだ決め兼ねているように見受けられました。神戸《かんべ》家ですか?」

「目敏《めざと》いの。そちの申すとおり、神戸家が織田に下るように勧めてきた」

伊勢の名家・神戸家は、この年の二月、織田家に下り、当主の具盛《ともも り》に子がいないことで信長三男の三七郎《さんしちろう》(のちの信孝《のぶたか》)を継子に迎えている。具盛の正室は賢秀の妹であった。

「六角を選ぶは、ご隠居様(快幹軒)でございますか」

快幹軒は六角氏の戦の殆どに参陣し、分国法《ぶんこくほう》の六角《ろっかく》氏式目《しきもく》にも宿老として署名しているので、主家に背くことはできなかった。

「ご隠居だけではないがの」

賢秀の賢の字は義賢から賜ったもので、やはり離反するのは難しい。

「されば、お家を二分し、某《それがし》を織田に送られてはいかがにございましょう。男子は某だけではございませぬし、蒲生の血が絶えることはございませぬ」

鶴千代はあっけらかんと言う。鶴千代には庶子の兄・氏信《うじのぶ》がいる。また、同じく次男の氏春《うじはる》もいたが、つい十日近く前の十七日に病死していた。

「ならぬ。そちは蒲生家の嫡子ではないか。戯《たわ》けたことを申すでない」

「されど、六角を支援する家はおりませぬ。噂どおりの多勢が押し寄せれば、蒲生は六角と共に滅びますぞ。されば、氏信殿を送りますか」

鶴千代の質問に、賢秀は返答を窮している。やはり六角家に対し、二股膏薬《ふたまくこうやく》していることを露見されたくないようである。

「左様なことは、そちが思案することではない。控えておれ」

「左様ですか。されば、出陣の暁《あかつき》には、なにとぞ元服ならびに初陣したいと存じます。さらに、織田への先陣、承《うけたまわ》りとうございます」

覇気ある目を輝かせて鶴千代は進言した。

「そちは戦をなんと知る？　元服と初陣は許せても、先陣を任せられる訳がなかろう」

「先陣こそ武士の誉れ。先陣に立たねば戦に出る意味がございませぬ」

「戦場は血で血を洗う地獄と同じ。前髪もとれぬ分際で出過ぎたことを申すな！」

賢秀は一喝するが、鶴千代は聞かない。

「本陣や後詰で欠伸《あくび》をしているならば、いっそ出家して坊主になります」

「痴《し》れ者め！　嫡子ゆえ黙って聞いておれば調子に乗りおって。端《はな》から戦に出る気がないゆえ、先陣などと偽りを口にしておるのであろう。腰抜けは謹慎《きんしん》しておれ」

賢秀は大声で叱責《しっせき》する。鶴千代にとっては珍しいことであった。

「畏《かしこ》まりました」

言うや鶴千代は、にこりと笑顔を見せた。

「左様か、慮外者《りょがいもの》め、味な真似を致す」

鶴千代を目にした賢秀は、なにか気づいたようである。

先陣への思いは本気であるが、目的を果たした鶴千代は賢秀の前から下がった。

ほどなく賢秀は軍勢を率いて観音寺城に登城した。鶴千代は不本意だが、快幹軒ともども留守居を命じられている。下知あり次第、後詰に向かう手筈になっていた。

観音寺城に入城した賢秀は、城のすぐ東に位置する箕作《みつくり》城を増強することを進言した。

「箕作城は堅固にて、蒲生勢が加わる必要はない」

六角承禎は邪険《じゃけん》に言い捨てた。これに賢秀は危惧する。

「左様なことなれば、本（観音寺）城は守りきれませぬぞ」

「本城には十八の支城があること忘れてか」

「敵が兵を一つに集め、和田山《わだやま》城や箕作城、あるいは本城に集めるやもしれませぬ」

「されば、各支城から兵を出して取り囲むだけじゃ。士気が下がることを申すでない」

あくまでも六角承禎は賢秀の意見を聞こうとしなかった。

「蒲生殿は怖じ気づかれたのではござらぬか」

賢秀に代わり、箕作城守を命じられた建部秀明《たけべひであき》が嘲《あざけ》ると、他の諸氏も蔑《さげす》むような笑みを浮かべた。

「なんたる愚弄《ぐろう》か。されば、某は日野の居城にて一戦仕る」

憤りをあらわに賢秀は吐き捨てた。但し、背信の意思がないことを明らかにするために、庶子の氏信を観音寺城に残し、賢秀は家臣を連れて日野城に帰城した。

（父上は無事に戻られた。氏信殿には申し訳ないが、これで蒲生は立ち行こう）

子供心に罪の意識を感じつつも、賢秀を見てそう思った。賢秀は鶴千代にはなにも語らず、表向き厳しい顔をしているが、目は怒っているようには見えなかった。

城門を堅く閉ざして籠城を行う中野城には、再三に亘《わた》って神戸具盛からの使者が訪れて投降を呼び掛けた。それでも武士の倣いと六角氏への義理を立て、賢秀は拒絶し続けた。

それから何日も経たぬ八月七日、信長は浅井長政の支配下にある近江の佐和山《さわやま》城に入城し、改めて、観音寺城に使者を送り、支援を求めたが、こちらも拒否された。目的を果たせなかった信長はあっさりと岐阜に帰城した。

「案外、諦《あきら》めが早いの。どうやら、儂《わし》の見込み違いであったかの」

報せを聞いた賢秀は、意外だといった表情で首を傾げた。

「本気で踏み潰す意を固めたのではないでしょうか。静かなのは逆に恐ろしい気がいます」

主殿で一緒に耳にした鶴千代は意見を述べた。

「左様のう」

賢秀も無気味に思っているようだった。親子の考えは一致していた。

それから一月ほどして秋風が吹くようになった九月八日、信長は五万余の大軍を率いて佐和山城のすぐ西南、近江の高宮《たかみや》に着陣した。観音寺城からは三里半（約十四キロ）ほど北東に位置する。途端に観音寺城は緊張したであろう。

中野城まではまだ距離があるものの、やはり五万余という数を聞いて蒲生勢は愕然《がくぜん》とする。同城に籠る兵は一千ほど。一応、大方の刈り入れは終わらせているので兵糧に困ることはないが、万が一、主力が殺到すればひとたまりもない。

「やはり、神戸殿を頼って下った方がいいのではないか」

中野城内では、そんな言葉が囁《ささや》かれ、進言する重臣もいたが、賢秀は頑《かたく》なに拒絶した。

九月十二日、遂に織田軍は攻撃を開始した。

まずは木下秀吉《きのしたひでよし》、丹羽長秀《にわながひで》らが箕作城を攻撃したが建部秀明に追い返され、夕刻でもあったので兵を退く。その後、秀吉勢は夜襲をかけると、城兵は防ぎきれず、城を捨てて逃亡した。これにより、秀吉らは夜明けを待たずに攻略している。

この報せを聞いた和田山城の士卒は、六角方の主力を集めたにも拘らず、まだ暗いうちに逃亡し、稲葉一鉄《いなばいってつ》（良通《よしみち》）らは一発の矢玉を放つことなく城を手に入れた。

あまりにも呆気無《あっけな》く箕作、和田山両城が落城したことを知った六角承禎は、夜陰に乗じて城を捨て、慌てて南の甲賀《こうか》に逃れていった。

六角氏の本城と両輪とも言われる二城が陥落すると、ほかの支城を守る後藤高治《ごとうたかはる》、永田景治《ながたかげはる》、進藤賢盛《しんどうかたもり》、永原重康《ながはらしげやす》、池田景雄《いけだかげかつ》らは急いで降伏を申し出た。北から東にかけての近江は上洛する上で重要な地。信長はこれらの武将の申し出を受けて降伏を認めた。

昼前、観音寺城に質として送っていた氏信が中野城に帰城し、子細を告げた。

「左様か、お屋形様は無事に落ちられたか。これも武士の倣い、致し方ないの」

さすがに主家なので、息子が見捨てられても、賢秀は罵倒《ばとう》したりはしなかった。但し、思案は正しかったという満足した面持ちをしている。また、諫言《かんげん》を聞かなかったからだという愚痴の一つも吐き捨てたい心境であることは、一緒に耳にした鶴千代にも認識できた。

先を争って城を開く六角氏の家臣らの中、ただ一人、賢秀のみは堅く城門を閉ざし、怒濤の勢いの織田軍に敵対する意思を示していた。日野の頑固者と渾名《あだな》される所以《ゆえん》である。

「父上、織田の大軍が押し寄せてまいりましょう。元服させて戴きとうございます」

鶴千代は賢秀の居間に足を運んで懇願する。

「元服か、今少し待つがよい」

少し考えたように間を置き、賢秀は諭すような口調で告げた。

(儂に元服させぬということは、織田とは戦うつもりはない訳じゃな)

幼少の頃より利発と言われる鶴千代はそう理解した。城を枕に討死を覚悟で徹底抗戦するつもりであるならば、後顧《こうこ》に憂《うれ》いを残さぬようにしておくはずである。

(されば、父上は織田を主家に選ぶのか。儂の元服はその後か。父上もなかなか)

策士ではないかと鶴千代は思う。賢秀を始め、祖先は代々元服にあたり、六角氏の当主から一字を得ることによって忠節を示し、主従の関係を深めてきた。賢秀はそのために鶴千代を使おうとしている。信長から一字を賜《たまわ》ろうという魂胆だ。小狡《こずる》い画策かもしれないが、小領主としてはごくごく普通のこと。鶴千代は、こすいとは思っていない。

そこへ、今度は神戸具盛が直々、中野城に訪れた。

主殿には賢秀と鶴千代を始め、主立った者が顔を揃える中、神戸具盛は口を開いた。

「左兵衛大夫（賢秀）殿、既に六角への義理は果たされた。もはやこのあたりで矛《ほこ》を納められよ。貴家は俵藤太《たわらとうた》（藤原秀郷）以来の弓矢の名家なのに、城や家臣を捨てて逃亡した六角家に与《くみ》して家を滅ぼすこともございるまい。武家は家の存続こそ第一でござるぞ」

その後も神戸具盛は信長の強さ、凄さを懇々《こんこん》と説いた。

「……左様か、されば、蔵人《くらんど》（神戸具盛）殿にお任せ致そう」

渋々賢秀は応じた。降伏には違いないが、後藤高治らのように自ら進んで降伏した訳ではなく、説得されてという立場を取った。自己満足かもしれないが、ささやかな自尊心を守った賢秀だ。男子に生まれた鶴千代も、なんとなく理解できた。

「但し、他の降将たちは嫡子を質として差し出している以上、これは覚悟なされよ」

「致し方なかろうの」

賢秀は頷いた。自身、観音寺城に登っていた時期もあるので、詮無《せんな》きことと思っているのであろう。これも武家の倣いであった。

(儂は質となるのか)

降者なので仕方ない。屈辱である。ただ、鶴千代は別なことも思っていた。

(尾張の大うつけとはいかなる武将なのかのう)

蒲生家が恐れる六角家を僅か数日で一蹴した武将に興味を惹かれた。

二

鶴千代は賢秀と神戸具盛に伴われ、観音寺城に在する織田信長の前に罷《まか》り出た。

神戸具盛の取り成しで、賢秀は媚《こ》び諂《へつら》いながら、家名の存続に勤めている。鶴千代はその後ろから、上座の床几に腰を降ろす信長を、おそるおそる仰ぎ見た。

年齢は賢秀より一歳年下の三十五歳、肌は色白で、髭は薄く鼻の下に少し生えている程度だ。長身の体は鍛えているのであろう、よく引き締まっている。織田の血を引く者の特長で、顔は細面で目鼻だちは整い、唇は薄く、眼光は鋭く、猛禽類《もうきんるい》のような視線を放っている。乱世の武将といえば荒々しい鬼瓦《おにがわら》のような顔をした者が多い中、凜とした静かな面持ちである。但し、触れれば切れそうな鋭利な刃物のような緊迫感を醸し出していた。

少年期には奇矯《ききょう》な振る舞いをすることから「大うつけ」と嘲られていた信長であるが、十九歳で家督を継ぐと数年の間で一族を纏《まと》め、永禄三年（一五六〇）、尾張の田楽狭間《がくはざま》で駿河《するが》、遠江《とおとうみ》、三河《みかわ》の太守・今川義元《いまがわよしもと》を討って、一躍天下にその名を轟かせた。永禄十年（一五六七）には、美濃の稲葉山《いなばやま》城を攻略して同城を岐阜城と改め、天下《てんか》布武《ふぶ》を豪語した。これは武をもって天下を治めることを意味している。

（このお方は並の武将ではない。六角が一蹴される訳だ）

瞬時に鶴千代は思った。というのも、信長が指一本動かすと、家臣たちは弾けるような勢いで行動を起こす。六角氏と蒲生氏は主従でありながら、どこか協力者のような間柄にあったが、織田家では違う。完全に上下の関係が確立されている。ただ、そこには恐怖だけではなく尊敬も感じられる。いかに信長が勝れているかが予想できた。

「所領はそのままにしておれ。今まで以上に励むがよい」

突如、信長は疳高《かんだか》い声で、跪《ひざまず》く賢秀に鷹揚《おうよう》に告げた。

「はっ、有り難き仕合わせに存じます。これなるは我が嫡子にて鶴千代と申します。なにとぞお手許にてお引き廻し戴きますようお願い致します」

喜びの中、賢秀は這いつくばりながら、信長に進言した。

「であるか」

高飛車に聞こえる独特の言い廻しであった。

「されば、誰ぞにつけて岐阜に送らせるゆえ、安堵されよ」

信長に代わり、筆頭家老の林秀貞《はやしひでさだ》が告げる。

「恐れながら、質として織田家へ奉公致すからには、このまま岐阜に行くばかりでは無念にございます。なにとぞお屋形様の側で、都に攻め上られる戦ぶりを学びとうございます」

臆することなく鶴千代は言ってのけた。

瞬時に信長の目が獲物を前にした獣のように鋭くなる。だが、すぐに口の端が上がった。

「よかろう。我が戦、篤《とく》と見るがよい」

なにやら嬉しそうに信長は言う。童が面白い玩具を見つけたような目であった。

これにより、鶴千代は上洛戦に参加することを許された。当然、降伏した蒲生家も軍列の端に加わった。

鶴千代には町野《まちの》左近将監《さこんのしょうげん》繁仍《しげより》が従った。繁仍は蒲生家譜代の家臣で、鶴千代の乳母の夫でもある。鶴千代が襁褓《おしめ》をしている時から一緒におり、傅役《もりやく》といっても過言ではなかった。

六角氏を下して東近江、南近江を制した信長に、九月十四日、正親町《おおぎまち》天皇から禁中の警固と都内における乱暴狼藉《らんぼうろうぜき》の禁止が命じられた。これにより信長は今で言う警察権を得たことになり、大手を振って上洛できることになった。

九月二十二日、信長は観音寺城の西の中腹に建てられている桑実寺《くわのみでら》に足利義昭を迎え、二十四日には琵琶湖を渡湖して大津《おおつ》の三井寺《みいでら》（園城寺《おんじょうじ》）に入り、義昭を光浄院《こうじょういん》に宿させた。

鶴千代らは、さすがに船に乗ることはなく陸路を進むものの、初めて間近で見る琵琶湖の大きさには驚かされた。まさに淡い海である。

二日後の二十六日、遂に信長は足利義昭を奉じて入京を果たした。

（これが都か……）

初めて京に入った鶴千代は興味深く周囲を眺めた。見渡せば多くの寺院が目に入る。また、碁盤のように区切られた町割りに、所狭しと建ち並ぶ建物。往来にいる人も多く、まるで異国に来たようで、賑わいに圧倒される。但し、塀や壁などは穴が空き、屋根は崩れ、雑草が生い茂った屋敷のなんと多いことか。少し外れれば路地の端には浮浪者が横たわり、中には屍《しかばね》と思しきものまで転がっている。町民の明暗がはっきり分かれていた。

入洛した信長は下京九条《しもぎょうくじょう》の東寺《とうじ》（教王護国寺《きょうおうごこくじ》）を、足利義昭は東山《ひがしやま》の清水寺《きよみずでら》を宿所とした。

織田軍が入京すると、洛中は混乱で騒然とした。織田家と親交のある時の権中納言《ごんちゅうなごん》の山科言継《やましなときつぐ》でさえ、日記の中に「洛中洛外、騒動なり」あるいは「騒動もってのほか、暁天《ぎょうてん》に及ぶ」と記している。寿永《じゅえい》二年（一一八三）の昔、旭将軍《あさひしょうぐん》と呼ばれた木曾義《きそよし》仲《なか》が都で狼藉を働いたので、同じことが行われると思ったに違いない。ところが、信長は配下の者に乱暴狼藉を厳しく禁じ、取り締まりと治安維持に努めさせたので、ほどなく洛中も平静を取り戻した。

（かほどに、お屋形様の下知は末端にまで行き届いているとはのう。凄い）

鶴千代は改めて鉄の掟とでも言うべき信長の専制君主ぶりに驚かされた。

信長が木曾義仲のような乱暴者でないことを知った都の町民たちは、挙《こぞ》って贈物を持って挨拶に訪れた。目的は禁制を貰《もら》い、今までの生活の安堵を求めるためである。中には連歌師《れんがし》の里村紹巴《さとむらじょうは》もいた。紹巴は信長に二本の扇《おうぎ》を献上して下の句を口にする。

「二本（日本）手に入る今日（京）のよろこび」

これに対して信長は上の句を付けた。

「舞い遊ぶ千世《ちよ》よろず世（余）の扇にて」

手に入れた天下の扇の上で永遠に舞い続けると豪語したのだ。

廊下に控える鶴千代は千世と聞き、自分は信長の扇上で舞い続けることを思い浮かべた。

一方、織田軍に対し、摂津《せっつ》の富田《とんだ》城に十四代将軍の足利義栄、芥川《あくたがわ》城には三好長逸《みよしながゆき》と細川昭元《ほそかわあきもと》、越水《こしみず》、滝山《たきやま》城に篠原長房《しのはらながふさ》、河内《かわち》の高屋《たかや》城に三好康長《やすなが》、山城《やましろ》の勝龍寺《しょうりゅうじ》城に岩成友通《いわなりともみち》、木津《きづ》城に三好政康《まさやす》などが入って備えた。

九月二十八日、信長は柴田勝家《しばたかついえ》、蜂屋頼隆《はちやよりたか》、森可成《もりよしなり》、坂井政尚《さかいまさひさ》らに先陣を命じて勝龍寺城を攻めさせると、翌二十九日、岩成友通は降伏した。

三十日、信長は都の南西に位置する山崎に着陣すると、柴田勝家らの先陣は摂津高《たか》槻《つき》の天神《てんじん》の馬場に進んだ。勝龍寺城が落ちたことを知った三好長逸は、夜陰に乗じて芥川城を捨てて退去した。これにより、信長は義昭を供奉して芥川城に入った。

同日、篠原長房も越水、滝山城を捨てて逃亡している。

十月二日、織田軍は摂津に建つ池田勝正《かつまさ》の池田城を攻めて降伏させた。他にも周辺の城を攻略し、三好三人衆を始め、三人衆が支援する将軍義栄ともども阿波《あわ》に敗走させた。まさに津波が砂の城を飲み込むような勢いで、摂津、河内を席巻《せっけん》した。

「どうじゃ鶴千代、我が戦ぶりは？」

珍しく信長が問う。上機嫌のあらわれであろう。

「ただただ、お屋形様の武威《ぶい》に恐れ入るばかりです。されど、敵が弱すぎまする」

「そちは、不満か」

「手強い敵に先陣を駆けとうございます」

臆することなく鶴千代は言ってのけた。

「戯けめ。織田が先陣はこの儂じゃ。元服もせぬ童が一端《いっぱし》のことを申すな」

鬼柴田、懸《か》かり柴田と渾名される柴田勝家が窘《たしな》め、鶴千代は消沈する。

先陣は忠義を確かめるためにも降将にさせることが多い中、信長は不思議と譜代の武将にさせる。観音寺城攻めも美濃衆ではなく、やはり柴田勝家らであった。譜代に働かせ、下った将を焦らせ、闘争心を煽《あお》らせる戦略なのかもしれない。鶴千代はそう認識した。

信長は十三日まで摂津に在していた。その間、三好三人衆と不和になった奈良の梟《きょう》雄《ゆう》・松永久秀が名器「つくもかみ」の茶入れを献上して信長に服従を誓った。一時、天下様と呼ばれていたことがあるせいか、久秀は旧主である三好長慶《ながよし》ならびにその子義興《よしおき》を毒殺し、足利十三代将軍義輝《よしてる》を攻め殺し、奈良東大寺《とうだいじ》の大仏を焼き払った悪逆非道の武将と噂されていた。

実際のところ、三好長慶・義興親子は病死説が有力で、将軍義輝を攻めたのは三好三人衆と三好義継《よしつぐ》、さらに松永久秀の息子の久通《ひさみち》で、久秀にとっては濡れ衣である。大仏放火については、奈良興福寺《こうふくじ》の僧侶・多聞院英俊《たもんいんえいしゅん》は三好方の放火と日記に記し、イエズス会の宣教師《せんきょうし》ルイス・フロイスは三好方のキリシタンの放火と『日本史』の中に記しているのでこちらも冤罪《えんざい》であろう。

足利義昭は亡き兄、将軍義輝の仇だと松永久秀の首を刎《は》ねることを主張したが、信長は義昭を宥《なだ》め、逆に大和一国を任せて利用する方針を示した。

(使えるものは敵でも平気で使う。お屋形の器はなんと大きいのか)

降伏した敵は処断するという概念を覆《くつがえ》す信長の政策に、鶴千代は圧倒された。

十月十四日、信長は河内を経由して帰京し、清水寺に陣を布いた。

十八日には義昭が十五代将軍に補任され、信長としては約束を果したことになる。

喜んだ義昭は信長に副将軍か管領職《かんれいしき》に就任するように要請するが、信長は辞退した。

（副将軍の座を蹴るとは、お屋形様は誰の下にも立たれぬおつもりか）

自分の思案を超えた信長の発想に、鶴千代は感服するばかりだった。

信長は役職を受けはしないものの、和泉《いずみ》の堺《さかい》と近江の大津《おおつ》と草津《くさつ》に代官を置くことを申し出て義昭に許されている。信長は直接支配を認められたことになる。有名無実の権威を喜ぶ義昭は、三ヵ所の重要性を理解していないようであった。

その後、信長は河内の若江《わかえ》城に下った三好義継を、同じく高屋城に畠山高政《はたけやまたかまさ》、摂津の芥川城に和田惟政《わだこれまさ》、山城の勝龍寺城に幕臣の細川藤孝《ほそかわふじたか》を与えて周辺を固めさせた。都には佐久間信盛《さくまのぶもり》、丹羽長秀、木下秀吉らを残し、二十六日、帰途に就いた。

岐阜に発つ二日前の二十四日、義昭は信長に「武勇天下第一」と賞し、桐紋と二両引紋の使用を許し、宛名は御父織田弾正忠《だんじょうのちゅう》殿として書状を発している。

（お屋形様は都に未練がないのであろうか）

義昭がいるとはいえ、実質的には信長が制圧した都。殆どの武将ならば根を張る努力をするであろうが、信長は惜しげもなく後にしている。

「勿体無《もったいな》いのう」

柴田勝家や滝川一益《たきがわかずます》などは、しきりに愚痴をこぼしていた。

（お屋形様のこと、なにかご思案があろう）

とは思うが、鶴千代の身分では、自分の方から直に質問することなど許されない。なにか謎かけされたようで、解けないもどかしさに悩みながら歩を進めた。

岐阜に帰城したのは十月二十八日のこと。鶴千代には初めての岐阜城だ。尾張の国境にほど近い美濃の北東部に聳《そび》える金華山《きんかざん》（標高約三百二十九メートル）。濃尾の平野を一望できる頂上には天主閣《てんしゅかく》が屹立《きつりつ》し、西の麓《ふもと》には勇壮な御殿が築かれている。この両方が岐阜城であり、織田信長の居城である。

信長は天を守る閣ではなく、天の主の閣として、「天主閣」と記している。麓の居館は千畳敷と言われるほど広く、四階建ての荘厳《そうごん》な建物が築かれている。この館は山頂の天主閣に対して、天主亭とも天主御殿とも呼ばれている。いざ合戦の時は山頂に籠り、普段は麓の居館で暮らしている。といっても、信長が他国の武将に攻められることはないので、もっぱら考え事や気分転換のために山頂には登っている。

鶴千代ら人質は麓にある居館の一棟にて生活する。周囲はほぼ同世代の者たちばかり、降った武将の息子たちで同じ境遇である。ただ、信長は隔離したりはしないので、城外にさえ出なければ、自由に過ごすことができる。とはいえ、信長の小姓として側に仕えねばならない。これが大変なことである。

なにせ気難しい信長なので、側にいる者は常に緊迫感に包まれている。かつては大うつけと呼ばれ、湯帷子《ゆかたびら》の袖を外し、半袴《はんばかま》で腰縄に火打ち石を入れた袋などをぶら下げて歩いていたが、今ではそのような面影はなく身綺麗で、部屋も塵《ちり》一つなく掃き清められている。髪一本でも落ちていようものならば、手打ちにされそうであった。

おまけに無口で多くを語らない。いいところ声をかけられる程度で、その瞬間になにを求められているか気づかねばならない。見過ごせば、二度とお呼びはかからない。それは則ち出世が望めないことを意味する。

信長の方とすれば、小姓たちに禄を与えてはいないものの、飯を喰わせ、文武を教えてやっているのだ。毎日が全て臨戦態勢にある。気を抜く者がいれば、そこから崩れて負け戦に繋がるので、常に主人がなにを考えているかを思案し、隙のない生活をするのが当たり前だというつもりでいるので、仕える方はとにかく骨が折れる。ただ、毎日、篩《ふるい》にかけられているようなものなので、必然的に信長の側にいる小姓は限られている。佐久間甚九郎《じんくろう》（信栄《のぶひで》）、森伝兵衛《でんべえ》（可隆《よしたか》）、堀久太郎《ほりきゅうたろう》（秀政《ひでまさ》）などなど……。

（されど、甚九郎は譜代の嫡子、伝兵衛は宿老の嫡子、久太郎殿は美濃衆で実績がある。それに比べて儂は降将の嫡子で新参者。他の者たちとは違う）

他の者と比較して思うが、鶴千代は織田家の構造を耳にして希望を持っている。

筆頭家老の林秀貞は信長の弟信勝《のぶかつ》（一般的には信行《のぶゆき》）を擁立して、信長打倒を企てた首謀者である。続く柴田勝家も加担した。滝川一益は甲賀出身の浪人者と言われ、明智光秀《あけちみつひで》は越前朝倉《えちぜんあさくら》家の食客。木下秀吉は信長の草履《ぞうり》取りから成り上がった元は農民。氏家直元《うじいえなおもと》、稲葉一鉄、安藤守就《あんどうもりなり》は美濃齋藤《みのさいとう》家の家臣で信長に敵対していた。伊勢の神戸具盛は降将などなど……と信長に背かず従ってきた者は佐久間信盛と丹羽長秀ぐらいで、何《いず》れも敵であった者や素性定かではない農民や浪人ばかりである。これら一癖も二癖もある者たちを使いこなしているのが、これまた不世出の武将信長であった。

（お屋形様に認められ、力さえあれば、儂も侍大将になれる）

そのためにも早く元服して初陣を果たしたい。その機会を心待ちにする鶴千代だ。

信長に仕えながら、小姓たちは文武を学ぶ。朝は遠駆けに鑓や太刀、組技の稽古を行う。夜は歴戦の兵から実戦の講議を多々受ける。特に稲葉一鉄は話好きだ。

信長の側にいる緊張感で精神的に、遠駆けや武技の稽古で肉体的に疲労し、話を聞きながら、居眠りの船を漕ぐ小姓は珍しくない。眠いのは鶴千代も同じだが、一人目を輝かせて稲葉一鉄の話に聞き入っていた。

「蒲生の倅《せがれ》は勝れた大将になりましょう」

鶴千代を見た稲葉一鉄は信長に告げている。

信長は武技だけではなく、茶や連歌、能《のう》や幸若舞《こうわかまい》も嗜《たしな》んでいるので、小姓たちも真似をするようになっていたが、鶴千代は今は必要ないと一人仲間から外れていた。

これを見た稲葉一鉄の兄通明《みちあき》の娘婿である齋藤利三《さいとうとしみつ》が、鶴千代に向かう。

「士は士の道を学ぶことこそよかれ、士に遊芸はいらぬ。そちは見どころがある」

齋藤利三は、他の小姓たちを窘め、鶴千代を褒《ほ》めていた。

鶴千代は、この二人から学ぶことが多くあった。

朝から晩まで毎日、忙しく過ごし、永禄十一年（一五六八）は暮れていった。

三

永禄十二年（一五六九）が明け、鶴千代は十四歳になった。

（今年こそは元服を果たし、華やかに初陣を飾りたいものじゃ）

参賀に訪れる諸将を見ながら、鶴千代は年頭の誓いにすることにした。

外は大雪に見舞われているが、岐阜城はいつにない賑わいをみせていた。隣国の諸将は信長に年賀の挨拶をするために、挙って登城している。

前年、信長は上洛を果たして義昭を将軍に据え、大津、草津、堺の拠点を押さえて実利を得た。あとは義昭を操りながら勢力を拡大するだけ。酒を嗜まぬ信長であるが、飲みそうなほど上機嫌な面持ちで一段高い主座に腰を下ろしていた。

挨拶に訪れた者の前には豪華な料理が食しきれぬほど並べられ、舞台では、能や幸若舞が披露された。集まった者たちは、信長から直々に酌を下賜されるほどの接待を受け、皆も満面の笑みを浮かべていた。

ところが、岩成友通ら三好三人衆は、信長が在郷していることを知ると、暮れから行動を起こし、一月五日、義昭が宿所とする下京の本圀寺《ほんこくじ》を囲んだ。この軍勢には信長が追い出した旧稲葉山城主の齋藤龍興《さいとうたつおき》や宿老の長井道利《ながいみちとし》なども参じていた。

この日は細川藤賢《ほそかわふじかた》、織田左近《おださこん》、野村越中守《のむらえっちゅうのかみ》、明智光秀らが奮戦してなんとか支えた。

翌六日、細川藤孝、三好義継、池田勝正や伊丹《いたみ》勢などが駆け付け迎撃に参じた。

急報が岐阜に届けられたのは八日の夕刻であった。

「なに！　おのれ三好め！　これより上洛致す。直ちに触れ、我に続かせよ」

獣のような眼光を放ち、信長はすぐさま駿馬《しゅんめ》に騎乗すると鐙《あぶみ》を蹴った。岐阜は折からの大雪で馬脚を取られるものの、関係なく疾駆させる。

一旦、信長が決めたことは誰も止めることはできない。

「お屋形様が出立なされた。早う後を追え！」

筆頭家老の林秀貞が怒号すると、鶴千代ら小姓たちはすぐに後を追う。周囲は一面銀世界。夜中だが、地面が白いので、不思議と明るく感じる。とはいえ、腰まで埋まるほどに雪は積もっているので、なかなか前には進まない。

信長の行動は常人には理解し難い。出陣や出立は突如決まるので、雨避けの蓑《みの》や雪用の樏《かんじき》や長草鞋《ながわらじ》（藁《わら》の長靴）、焼き米などは事前に用意してあり、また、数日分の小荷駄も荷車に乗せられていて、馬に繋ぐだけになっていた。

「遅れるな。お屋形様に続け」

口の中に入る雪を吐き出し、鶴千代は怒号しながら、雪を掻き分け前に進む。

なかなか走らせるのは困難でも、信長は騎乗しているので、それなりの速度で進んでいるが、鶴千代たちは徒《かち》なので大変であった。手足はかじかんで感覚はなくなり、鼻汁などは凍りつく。それでも鶴千代は信長を追いに追う。腰袋から焼き米を出して頬張り、水がなければ雪を喰って喉を潤し、さすがに排泄ばかりは道端の雪中で行うが、それがどこなのか判らない。ただ、信長が辿ったであろう馬脚の跡を頼りに追いかける。まごまごしていると、雪で埋もれて判らなくなるので必死だ。特に、近江国境に近い関ヶ原の辺りは、ことの他雪深く、途中で落伍する者も出始めた。

必死に歩を進めながらも、疲労《ひろう》と困憊《こんぱい》に負けそうになる。それでも、堀秀政や佐久間甚九郎らも、足を踏み出しているので、鶴千代も無我夢中で足を前に出した。

鶴千代らが近江の佐和山に到着したのは丸一昼夜かかった九日の深夜であった。追い付いたのは僅かに十人ほど。

「遅れましたこと、お詫びの申しようもございませぬ」

鶴千代や堀秀政らは信長の前に罷り出るや詫びた。

「重畳。夜明け前には出立致す。左様、心得よ」

信長流の労《ねぎら》うが、但し休息が許されるのは僅かの刻《とき》であった。信長の意気込みが感じられ、いかにこの上洛が大事であるかが思い知らされた。

それから一刻後、信長は佐和山を出立した。信長は陸路ではなく船を使った。船を操るのは猪飼野昇貞《いかいののぶさだ》ら大津の北東、志賀《しが》郡の堅田《かただ》に居を置く湖賊《こぞく》であった。昇貞らは昨年、信長が上洛した時より従っている。前回、鶴千代らは陸路を通って入京したが、今回は人数が少ないこともあり、信長と同船することが許された。

霙《みぞれ》降る夜陰の中、湖賊の水夫《かこ》たちは、僅かな松明《たいまつ》の明かりを頼りに櫓《ろ》を漕《こ》ぎ、船を進める。視界など殆どないに等しいにも拘らず、進める技術には驚くばかりだ。

信長といえば、船の先端に座し、寒さなど感じぬかのように腕組みして前方を睨んでいる。

「ご無礼致します」

鶴千代は背後から視界を塞がぬように傘を差しかける。

すると信長は、声すら発しはしないものの、満足そうに頷いた。

船が大津の湊に到着したのは辺りが薄っすらと白んできた頃であった。そこには代官所を任されていた村井貞勝《むらいさだかつ》が控えていた。湖賊の早船で報せは伝えられていたのだ。

「お待ちしておりました。用意は整っておりますれば、まずはお着替えを」

周囲には騎馬が十数頭用意され、着替えも整えられていた。

着替えた信長は騎乗すると馬足を進めた。

「そちたちも騎乗してお屋形様の後を追え。雄々しく致すのじゃ」

普段、騎乗を許されていない鶴千代ながら、このたびはあまりにも味方は少数。少しでも敵にはったりをかまさねばならないので、特別に許された。

（やった、儂も騎乗して敵に向かえる）

いつも遠駆けはしているので馬に乗るのは初めてではない。僅か二尺（約六十センチ）ほど高い位置から眺める景色は、直立している時とそれほど変わりないはずであるが、鶴千代には想像以上に高く、また、遠くまで見渡せるような気がした。さらに、甲冑《かっちゅう》こそ身に纏《まと》っていないものの、矢玉でも弾けそうな闘志が湧き上がる。

「はっ！」

覇気ある気合いを発し、鶴千代は泥を撥《は》ね上げた。この時の近江は、岐阜ほどの降雪はないので、騎馬にしても徒にしても進むのは楽であった。

大津から都までは道なりに進んでも二里半（約十キロ）ほど。半刻ほどで入洛することができた。付き従う者は僅かに十騎ほどであった。

大雪という最悪の状態の中、三日の行程を二日で達した。これも信長の強い意思があってのこと。鶴千代は改めて、やりとげる信長の凄さを実感した。

ほどなく木下秀吉や佐久間信盛らが信長を出迎えた。

「美濃より僅か二日で織田弾正忠信長様が上洛された。付き従う兵は十万じゃ」

鶴千代や堀秀政らはありったけの大音声を張り上げ、触れ進む。

「信長は神速か？」

「彼奴は韋駄天《いだてん》か、雲にでも乗ってきたか」

本圀寺を囲む三好勢は、信長の上洛を知って驚き、口々に言い合った。

次第に織田軍の兵が十人、二十人と追いつき、さらに大和の松永久秀や北近江の浅井長政らが駆けつけた。尾張、美濃、三河、伊勢、近江、若狭《わかさ》、丹波《たんば》、摂津、河内、山城、大和、和泉衆らも悉《ことごと》く馳せ参じ、十二日には八万騎になったと山科言継は日記に記している。

　これでは本圀寺を攻め続けることができず、三好三人衆は逃げるように退却した。

「戦わず逃亡させるとは、お屋形様の威光は凄いの」

　本圀寺の控えの間に入った堀秀政は言う。

「叶うならば、追い討ちの軍勢に加えて戴きとうござった」

　鶴千代は悔しげに吐く。空威張《からいば》りではなく本音だ。

　信長は間髪《かんはつ》を容《い》れずに堺に使者を送った。

　堺の町は三十六人の会合衆《えごうしゅう》と称する商人たちが合議制をとって物事を決め、大名の支配を受けぬ独立した自治組織を築いていた。前年、上洛した際、信長は堺に矢銭（軍費）を課したので、能登《のと》屋、臙脂《べに》屋ら信長に反対する商人たちは三好三人衆の後押しをした。

「昨年の矢銭も払わず、三好勢の支援をするとはとんでもない。このまま敵対するならば町を焼き払う」

　信長は会合衆に言い渡した。

　堺の町は深堀を掘り、櫓《やぐら》を築いた要塞《ようさい》のような様相をしていたが、頼りの三好勢は阿波に逃亡し、八万の信長軍に囲まれては敵対しようがない。渋々、前年に倍する二万貫の矢銭を払い、浪人を抱えて義昭に反抗しないことを約束した。信長に屈服した瞬間だ。

これにより、信長は夥《おびただ》しい利益を得ることになった。

さらに信長は一月十四日、「殿中御掟《でんちゅうおんおきて》」を定め、将軍と幕府の権限を規定した。

よもや、と思った時だ。

「鶴千代、今、思っていることを申せ」

突如、信長が、脇に控える鶴千代に問う。

「はっ、お屋形様は公方様《くぼうさま》では都を治められないということを天下に示すために岐阜に戻られたのではないか。また、堺を掌握するために手薄になされたのではと思いました」

即座に答えるが、信長は否定も肯定もしないものの、口の端を上げた。

（おそらく、当たっているのであろう）

そう思うと、信長の思慮深さと大志を実感し、尊敬の念を強めた。また、少なからず、自分の思案が正しいことに喜びを感じる鶴千代であった。

将軍の宿所襲撃があり、どうしても堅固な将軍御所が必要となり、勘解由小路《かげゆこうじ》の真如堂《しんにょうどう》跡地に新御所が築かれることになった。信長は自ら総監督となり、普請を開始した。

人足は畿内周辺十四ヵ国から集められ、一日に数千人が作業に勤しんでいる。

突貫工事の甲斐があり、四月十四日、義昭は新将軍御所に移り住んだ。五月上旬には大方、都の仕置も終わり、信長は帰途に就き、十一日、岐阜に帰城した。

五月下旬、キリスト教の宣教師ルイス・フロイスらが岐阜城を訪れた。

信長は新将軍御所の普請中、フロイスらの挨拶を受け、合理的な思案に感動し、在京許可を出していた。鶴千代も側で話を聞きながら、感銘と疑念を同時に感じていた。

信長が都を去ると、キリシタンに敵意を剝き出しにする自称法華宗《ほっけしゅう》の僧侶で、信長とも親しい朝山日乗《あさやまにちじょう》がキリシタンの追放に動き出したので、信長を頼ったところである。

「安堵致せ、内裏も公方様も気にすることには及ばぬ。全ては我が勢力の下にある。儂の申すことだけを聞いておるがよい。そちは好きなところに居てよろしい」

鷹揚に信長が告げると、フロイスたちは安心した顔をする。

その後、信長はフロイスから二刻近くにも亘り、地水火風《ちすいかふう》や日月星辰《じつげつせいしん》、南北の国の性質や諸国の風俗、習慣などを聞いた。側で耳にする鶴千代も興味深いことこの上なかった。

（我が住む地は丸く、地球と申す星か。さらに太陽の周りを廻っておるとはのう）

まさに、今までの概念を一気に覆されたようであり、一概には信じ難いことばかり。

改めて信長から都に在留することを認める書簡を得たフロイスらは帰京していった。

毎日、奔走し続ける鶴千代にも、漸く好機が訪れることになった。

四

帰国してすぐのこと。鶴千代は信長に呼ばれた。

「元服致せ」

なんの前置きもなく、信長はいきなり本題に入る。いつものことであった。

「有り難き仕合わせに存じ奉ります」

心の準備もできていないまま耳にした鶴千代だが、すぐに礼を述べた。

「仮名には我が官途名から忠《ちゅう》の字を与える。そちは儂と同じ三男ゆえ忠三郎《ちゅうざぶろう》と致せ」

信長は上洛中に弾正忠《だんじょうのちゅう》に任じられていた。

「感謝の極み、お礼の申しようもございませぬ。これより忠三郎と致します」

鶴千代改め忠三郎は、感激しながら額を畳に擦りつけた。信長が「忠」の字を下賜することは信長の信頼と寵愛ぶりが窺える。今のところ、忠三郎以外に得た者はいなかった。

報せはすぐさま日野に届けられ、慌ただしく父親の賢秀らが進物を持って岐阜を訪れた。

ほどなく吉日が選ばれ、忠三郎の前髪は落とされ、青々しい月代《さかやき》が剃られた。蒲生忠三郎賦秀《ますひで》が元服名となった。秀の字は遠祖、藤原秀郷からのものである。

「お屋形様より、一字を賜ったのじゃ、心して勤めねばならぬぞ」

「承知しております。お屋形様ならびに蒲生の名に恥じぬよう励《はげ》む所存です」

賢秀の言葉に、賦秀は凜々《りり》しい顔を引き締めて答えた。

「されど、なにゆえ今時分、そちに元服が許されたのかの」

「つい先日、伊勢の木造左衛門佐《こづくりさえもんのすけ》（兵庫頭《ひょうごのかみ》とも）具政《ともまさ》殿がお屋形様に誼《よしみ》を通じてきました」

木造城主の木造具政は伊勢国司・北畠具教《きたばたけとものり》の三弟。具政は兄と仲が悪かったこともあってか、北畠家の馬揃えが行われた際、馬番を田丸具忠《たまるともただ》、大河内教通《おおかわちのりみち》、坂内具信《さかないとものぶ》（具房《ともふさ》とも）の三大将の後に位置されて亀裂が深まった時、先に信長に通じた源浄院《げんじょういん》の僧主玄《しゅげん》（滝川雄利《たきがわかつとし》）と柘植三郎左衛門《つげさぶろうざえもん》らの調略を受けて織田家に内応することになった。

「されば、近く出陣となるのか。そちの初陣じゃの」

「はい。されど、お屋形様の側におりますので、敵に鑓をつけられるかは判りませぬ」

早く戦陣に立ちたいと願う賦秀だ。

四ヵ月ほどが経ち、まだ残暑厳しい八月、信長は伊勢出陣を触れた。

既に前年には神戸具盛などが在する北伊勢を制圧していた。このたび、木造具政らが主家に背いたことにより、信長は一気に南伊勢をも掌握することを決意した。

「忠三郎、そちは父の許に戻り、戦に加わるがよい」

甲高い声であるが、信長は鷹揚に告げた。

なんということか、人質生活は僅か一年で解消された。他の武将の子ではまずいない。

「有り難き仕合わせに存じます。武功を立てられるよう励みまする」

欣喜雀躍《きんきじゃくやく》する心を抑え、賦秀は恭《うやうや》しく答えた。

ただ、重圧も感じた。もっと側で学びたいという思いはあるが、信長は賦秀が侍大将になれる器であると判断し、また、期待して人質から解放したのだ。これに応えねばならないので、賦秀はあえて口に出した。決意のあらわれではあるが、口外した以上、必ず結果を残さなければならない。そうでなければ信長は認めない。

（我が手で必ず敵の首を討ってくれる。兜首《かぶとくび》を、儂ならばできる。やるのじゃ）

賦秀は自分を追い込むことで、結果を残すと決意した。

八月二十日、信長は岐阜を出立して南伊勢に向かった。その数は『多聞院日記』では八万、『北畠物語』では七万ともいわれる大軍勢であった。賦秀ら蒲生勢は前年、伊勢の長野《ながの》家を継いだ信長の弟の信包《のぶかね》の麾下につけられていた。

騎乗を許されている賦秀は、鯰尾《なまずお》の兜をかぶり、緋縅《ひおどし》の鎧《よろい》を身に纏い、緊迫感の中、威風堂々《いふうどうどう》馬に揺られながら進んだ。

二十三日、信長本隊は木造具政の居城である木造城に着陣した。信長としてはすぐにでも攻撃を仕掛けたいところであるが、強い雨が降り続き、三日間足留めされた。

二十六日には雨が上がったので、信長は木下秀吉を先鋒隊として前線の阿坂《あさか》城を攻めさせ、同城を陥落させると、滝川一益の兵を入れて北の押さえとした。

「これより、北畠が居る敵の本城を一気に突く」

信長は怒号して北畠具教、具房親子が在する大河内城に兵を進めた。

北畠家は村上《むらかみ》天皇の血を引く源氏であるが、北畠家は公卿として天皇の側にいることが多かった。それでも南北朝時代には南朝を支えて伊勢の国司となり、戦国の世を迎えた。

元来、北畠具教の居城は四里（約十六キロ）ほど西に位置する多気《たげ》城（霧山《きりやま》城とも）であるが、信長の侵攻を知り、大河内城に兵力を集め、徹底交戦の構えを見せていた。

北畠具教は高貴な血を引く飾りの殿様ではなく、剣聖・塚原卜伝《つかはらぼくでん》から「一の太刀」の奥義を受けた剣豪武将で、戦うことを恐れぬ男であった。

大河内城は比高五十メートルほどの丘陵に築かれた平山城である。南は尾根続きで、東の裾を坂内《さかない》川、北を矢津《やつ》川が流れて自然の外堀となす天然の要害であった。さらに西は同川から水を引いた人工の川堀を構築しているので、攻めにくい城となっている。

信長は城の東に本陣を置き、麾下に命じて城を包囲させた。

南の山には長野信包、滝川一益、津田一安《つだかずやす》、稲葉一鉄、池田恒興《いけだつねおき》、和田定利《わださだとし》、中島《なかじま》豊後守《ぶんごのかみ》、進藤賢盛、後藤高治、蒲生賢秀・賦秀親子、永原重康、永田正貞《ながたまささだ》、丹羽長秀ら。


城の西には木下秀吉、氏家卜全《ぼくぜん》、安藤守就、飯沼長継《いいぬまながつぐ》、佐久間信盛、市橋長利《いちはしながとし》ら。

城の北には齋藤新五郎《さいとうしんごろう》、坂井政尚、蜂屋頼隆、簗田弥次右衛門《やなだやじえもん》、中条家忠《ちゅうじょういえただ》ら。

城の東には柴田勝家、森可成、山田左衛門尉《やまださえもんのじょう》、長谷川与次《はせがわよじ》、佐々成政《さっさなりまさ》ら。

さらに四方には二重三重の柵を巡らせ、菅屋長頼《すがやながより》、塙直政《ばんなおまさ》、前田利家《まえだとしいえ》、福富秀勝《ふくずみひでかつ》、中川重政《なかがわしげまさ》らの尺限廻番衆《さくきわまわりばんしゅう》、いわゆる柵内の巡回衆を配置して陣の弛緩や警備を図った。

多少、鉄砲を撃ち合うものの、信長は本気で城攻めの命令を下さなかった。

「突破できる箇所を探しているのでしょうか。あるいは、兵糧攻めに致すとか」

賦秀は南から大河内城を眺め、横にいる賢秀に問う。

「攻めにくい城ゆえ、簡単にはまいるまい。山は低く周囲は川ゆえ水に困ることはない。総攻め致せば、かなりの手負いが出ようのう」

先陣の下知は受けたくないといった賢秀だが、賦秀は戦いたくてうずうずしていた。

第二章　獅子の奮闘

一

九月八日、蟻の這い出る隙間もなく大河内城《おおかわちじょう》を包囲した信長は、満を持して稲葉一鉄《いなばいってつ》、池田恒興《いけだつねおき》、丹羽長秀《にわながひで》ら三人に夜襲を行わせた。ところが、折り悪く降雨となって鉄砲が使用できなくなり、城方に発見され、撃退されて寄手は二十余人が討死した。

力攻めは難しいと悟り、翌九日から信長は兵糧攻めにきりかえた。

すると、今度は周辺の支城から夜襲などの奇襲に悩まされることになった。そこで信長は大河内城を包囲しながら、各諸将に支城の攻撃を命じた。津田一安《つだかずやす》、蒲生賢秀《かたひで》・賦秀《ますひで》親子らには八里（約三十二キロ）ほど北に位置する安濃津《あのつ》の今徳城《こんどくじょう》で、城主は奥山常陸介《おくやまひたちのすけ》であった。

「初陣で血気に逸り、命を落とす者が多い。万が一のことがあってはならぬゆえ、そちにはこの者たちをつけるゆえ、決して抜け駆けなど致すまいぞ」

と、賢秀は賦秀の性格を把握しているのであろう。傅役《もりやく》の町野繁仍《まちのしげより》の他に六角、浅井との戦で武功のあった豪勇、結解十郎兵衛《けっけじゅうろうべえ》、種村伝左衛門《たねむらでんざえもん》を補佐役につけた。

「ご安心を召され。某《それがし》は雑兵《ぞうひょう》ではございませぬ」

と答えた賦秀であるが、法螺貝《ほらがい》が吹かれれば先陣を駆けるつもりだ。

「そちたちも頼むぞ」

賦秀は声をかけると、胸板の厚い結解十郎兵衛と大柄の種村伝左衛門は頭を下げる。

津田、蒲生、その他、一万の軍勢は引き返すように今徳城に向かって出発した。伊勢参宮街道《いせさんぐうかいどう》を北に進み、伊賀街道に入って少し道から外れたところで陽が落ちた。そこは山の谷間で、南北に開けたようになっている。ちょうど今徳城から一里（約四キロ）ほど南に位置するところだ。津田、蒲生勢は仕方なしに夜営をすることにした。

賦秀ら蒲生勢は一番北側に夜営の陣を布くと、途端に皆は夕食の準備を始めた。四半刻（約三十分）後には方々で煙が立ち上り、さらに四半刻もすれば食欲をそそる芳《かぐわ》しい香りが漂ってくる。

ほどなく用意は整い、末端の兵たちは四、五人が鍋を囲んで粥《かゆ》を貪《むさぼ》った。さすがに賦秀らは、楯机に用意された膳を口にする。とはいえ汁に炊いた玄米、干し魚である。それでも野陣では御馳走である。まだ喰い盛りの賦秀は、夢中でかき込んだ。

馬に揺られているとはいえ、一日八里も移動すると疲労する。腹が満たされると必然的に睡魔に襲われる。賦秀が作られた藁《わら》の寝床に入ろうとしていた時である。

「若殿、大変でございます。今徳勢がすぐ近くまで迫っているようにございます」

傅役《もりやく》の町野繁仍が賦秀の許に来ると、慌てて告げた。

「詳しゅう申せ」

「はい。某の従者に輪之丞《わのじょう》と申す甲賀者《こうかもの》がおり、城の様子を探らせに行かせたところ、すぐに立ち戻り、報せを摑んできた次第。敵の数は一千五百ほどでございます」

「あい、判った。そちはすぐさま家中に触れよ」

賦秀は町野繁仍に命じると、すぐに父親の賢秀に子細を報告した。

「父上は津田殿とご相談なされませ。それまで某が蒲生を纏《まと》めます」

「うむ。忠三郎、儂《わし》が戻るまで決して動くのではないぞ」

慌ただしく賢秀は、南の津田陣に向かった。

父がいなくなった陣で好機だと賦秀はにんまりと北叟笑《ほくそえ》む。今徳勢は南北に伸びたようになり、考え方によっては北側に陣を敷く蒲生勢が先鋒のような形になっている。

（津田勢が前線に出る前に戦端を開けば、儂らが先陣じゃ）

喜び勇んで賦秀は北側の一番端に立つと、町野繁仍の報せを聞いた者たちが集った。

「敵は儂らが待ち構えているとは知らぬ。数は儂らと変わらぬ。決して恐れることはない。よいか、津田勢に戦をさせるな。儂らがここで蹴散《けち》らすのじゃ！」

「うおおーっ！」

初陣とは思えぬ賦秀の下知に、蒲生勢は大音声《だいおんじょう》で応じた。

賢秀が賦秀の許に来るより早く、奥山常陸介率いる今徳勢が接近した。

「敵ぞ。先陣を渡すでない。かかれーっ！」

我慢しきれず賦秀は怒号し、真っ先に鐙を蹴って北に駿馬を疾駆させた。これに釣られて、町野繁仍や結解十郎兵衛、種村伝左衛門などなどの蒲生勢が続いた。

空は曇っているので敵の位置はよく判らない。敵は夜襲するので、極力松明《たいまつ》は少なくしていた。賦秀としては藤原秀郷の血を引く武士の嗅覚で敵を感じるだけである。

（近いぞ。いる。近くにいる）

砂塵を上げながら、賦秀は敵の接近を実感していた。

五町（約五百四十五メートル）進んだところの茂みに入って北を見ると、今徳勢が進んでくる。距離にして三町（約三百二十七メートル）ほど先である。まだ、賦秀らの行動を摑んでいない。おそらくは、既に賦秀らが通過した茂みの南で東に抜ける間道を通って背後を突くか、山の上から急襲するつもりに違いない。

賦秀は追い付いてきた鉄砲衆を備えさせ、弓衆も並べた。

「よいか、できるだけ引き付けて放つのじゃ。放て！」

号令と同時に十数挺の筒先が火を噴き、轟音を響かせた。

途端に、悲鳴と共に数人が地に倒れた。急襲勢に対する急襲は成功だ。

「敵じゃ。敵が茂みの中に潜んでおるぞ」

今徳勢の足軽大将が叫ぶ中、賦秀は矢を放たせ、さらに敵を仕留めていく。

「敵は臆しておる。今じゃ。かかれーっ！」

馬を茂みに繋いだ賦秀は十文字鑓を引っさげて、真っ先に今徳勢に向かう。

「若殿に続け！」

まさか先陣を切るとは思っていないようで、慌てて町野繁仍が怒号して走る。これに結解十郎兵衛、種村伝左衛門らが続き、賦秀に引っぱられる形で蒲生勢は突撃した。

出鼻を挫《くじ》かれた今徳勢であるが、そこは乱世を駆け抜けてきた武士たち。すぐに体勢を立て直して向かってくる。やがて賦秀率いる蒲生勢と激突した。

「うおおーっ！」

多少の不安や恐怖は雄叫びで掻き消し、賦秀は十文字鑓を突き出した。ところが、敵も慣れたもので、一撃を横に弾き躱《かわ》した。

「おのれ！」

めげることなく賦秀は突く、突く、突く……。弾かれても、躱されても、受け止められても構わず、本能の赴くままに鑓を振る。止まれば殺《や》られるかもしれないので今は動き続けるしかない。そのうちに敵も躱しきれず、遂に穂先が喉元を串刺しにした。

初めて肉体を抉った感触は、なんとも言えぬ奇妙な柔らかさが鑓を通じて感じられた。

「やった」

敵を討った賦秀は、すぐに首を掻こうとした。ところが、なまじ賦秀が鯰尾《なまずお》の兜《かぶと》をかぶっているので、敵からすれば、いい恩賞の対象である。すぐに鑓をつけられる。

「おのれ、邪魔だて致すか」

首を掻いている暇はなく、賦秀は新たな敵と鑓を交えねばならなかった。

周囲では、乱戦となっている。剣戟《けんげき》の音が響き、甲冑がぶつかり合う。穂先が肉を抉り、あるいは裂くと、闇の中に血飛沫《ちしぶき》が飛び散り、辺りは瞬時に血腥《なまぐさ》くなった。

戦いは一進一退の攻防が続く。闇の中なので、皆、どのような状態であるのか、明確に把握している者はいない。賦秀も奮戦の挙げ句、漸く一人を倒すと、首を掻く間も与えられず、また、新たな敵と鑓を繰り出し合わねばならなかった。

ほどなく南から津田勢が押し立ててくると、今徳勢は後退し始めた。

「追え！　敵は逃げたぞ！」

掠《かす》れた声で賦秀は叫び、今徳勢を追う。元来、追撃ほど容易《たやす》く敵を討てる時はない。

蒲生勢は次々に今徳勢を仕留めていった。賦秀も疲労した体で敵に追い縋《すが》る。

一方、あとから到着した賢秀は賦秀の姿を見つけることができず苛立《いらだ》った。

「忠三郎は、いかがした。忠三郎を見なんだか？」

追撃の中、家臣たちに聞いて廻るが、誰も賦秀のことを答えはしなかった。

ほどなく、結解十郎兵衛と種村伝左衛門を発見した。

「お前たち、忠三郎はいかがしたか」

「申し訳ございませぬ。若殿と共に先陣を切りましたが、途中ではぐれてしまい、先ほどよりお探し申しておるのですが……」

　ばつが悪そうに結解十郎兵衛が答えた。

「戯《たわ》け！　誰がそちたちに功をあげよと申したか。お屋形様の覚え目出たい当家の嫡子を失わぬために、そちたちをつけたのが判らぬのか」

　あらん限りの大声で叫び、賢秀は下馬するや否や二人を拳で殴り倒した。

「今すぐ忠三郎を連れてまいれ。必ず生きた忠三郎を連れてまいれ！　万が一……」

　言いかけた賢秀は、縁起でもないことは口にしないようにと口を閉じた。その時だ。

「父上、申し訳ございませぬ。七、八人を討ちましたが、首を掻いている暇がなく、おそらく誰ぞに掻かれてしまいました。漸く討てたのは一つだけにございます」

　賦秀は血塗れになりながら、穂先に首をぶら下げて戻ってきた。

「戯けが。心配かけおって。そうか、先陣を駆けて首を討ったか」

　賢秀は目頭を熱くしながら笑みを作った。

　元気な賦秀の姿を見て、結解十郎兵衛と種村伝左衛門は安堵した表情をしていた。

　その後、賢秀は津田一安に、勝手に戦を始めたことを詫びていたが、賦秀としては、状況に応じて動いたままで謝罪する謂《いわ》れはないと肚裡《とり》で吐き捨てていた。

　刻を空けずに津田、蒲生勢は北に向かい、夜明け前に今徳城を包囲した。同城は標高二十五メートルの丘に築かれた丘城で、北と東西を穴倉《あなくら》川が流れて天然の外堀となし、さらに南は湿地と深田が広がり、簡単には攻められぬ造りとなっていた。

戦端は賦秀が抜け駆けのような形で開いたので、城攻めの主導権は津田一安が取ることになり、夜明けと共に攻撃が開始された。ところが、小規模とはいえ、天然の要塞と化す今徳城にはなかなか攻め寄れず、すぐに攻めあぐねることになった。

そんな時である、蒲生家の陣に信長の使いが到着した。

「蒲生忠三郎は、直ちに大河内の本陣に戻るよう、お屋形様の下知でござる」

使者の口上を聞き、賦秀よりも賢秀の顔がこわばった。織田家の軍法は厳しい。抜け駆けは禁じられており、事実ならば斬首である。出陣にあたり、厳命されていた。

「某が勝手に致したことと、申し開きを致しますゆえ、ご安心なさいますよう」

傅役の町野繁仍が口を開く。これに顰《しか》めた顔で賢秀が頷いた。

「父上、安堵なさいませ。お屋形様は、かようなことを抜け駆けなどと叱責なさったりは致しませぬ。城攻めの様子などを聞きたいに違いありませぬ」

かくたる自信はないものの、賦秀はそう思えた。

不安そうな賢秀に見送られながら、賦秀は今徳の陣を後にした。

二

大河内城攻めの本陣に足を運ぶと、信長は涼しげな顔で床几に腰を降ろしていた。誰も無駄口を叩く者などおらず、いつもながら静かなので、緊張感に満ちている。

賦秀は陣幕を潜るや、即座に信長の前に跪いた。

「下知に従い、蒲生忠三郎、ただ今、罷《まか》り越しました」

「重畳。初陣での首取りならびに、夜討ちを返り討ちにした手腕。なかなかのものぞ」

「お褒《ほ》めに与《あずか》り、恐悦至極に存じます」

おそるおそる賦秀は答えた。豪気に帰陣したものの、信長が相手なので身を固くする。

「これを与えようぞ」

言うや信長は小姓から受け取った干し鮑《あわび》を手づから差し出した。鮑は打ち鮑と呼ばれ、他の勝ち栗、昆布ともども、打って、勝って、喜ぶという出陣にはかかせぬものであった。

「有り難き仕合わせに存じます。ご期待に応えられますよう、いっそう励《はげ》みまする」

賦秀は恭《うやうや》しく干し鮑を受け取った。

（やはりお屋形様は、四角四面の頭の固きお方ではない）

喜びに満ちながらも、賦秀は確信した。信長は、単に賦秀が初陣で敵の首を討ったことを褒《ほ》めたのではなく、形に囚われぬ状況判断の早さと麾下を指揮する能力を認めたのだ。

合戦は、戦うということに関しては同じでも、都度、状況は異なるもの。自在の変化と柔軟な対応ができれば、飛ぶ鳥を落とす勢いの織田家の中でも出世できる。期待に胸を膨らませながら、賦秀は今徳の陣に再び向かった。

賦秀が無事戻っただけで、賢秀の顔は緩み、子細を報告すると恵比須顔になった。

「左様か、お屋形様が手づから褒美を下さったか」

品は問題ではない。信長から直に手渡されたということが全てだ。気難しい信長に賦秀が寵愛されていることは、蒲生家の安泰を意味する。

「はい。ゆえにあまり固く考えず、城を落とすことに重きを置くべきと存じます」

「されど、城攻めは一人ではできぬ。こののち先駆けすることは控えるよう」

流れ玉で命を落とされては敵わない。賢秀は諫《いさ》めながら釘を刺した。

今徳城攻めの大将は津田一安。一安は賦秀が信長に褒められたことを不満に思っているせいか、蒲生親子は後詰に廻されたので活躍の場がない。その上、城主の奥山常陸介は、籠城兵をよく纏めて抵抗しているので、賦秀らが参陣したとしても、すぐに陥落させられるかどうかは疑問である。何れにしても包囲陣は攻手を欠いた。

一方、大河内城攻めの方は兵糧攻めが功を奏し、およそ一月ほどで餓死者が出始めた。窮地に陥った北畠具教は、信長の求めに応じて和睦という名の降伏をすることになった。条件は信長の次男（実は四男）茶筅丸《ちゃせんまる》（のちの信雄《のぶかつ》）を具教の養子として北畠家を継がせること、具教は政《まつりごと》には口を出さないことなどである。

十月になり、今徳城包囲軍にも報せが届けられ、囲みを解くことになった。

「仕掛け方次第によっては、攻略できたかもしれませんな」

西から城を見上げ、賦秀は不満を口にした。

「終わったことじゃ、申すまい。思案があれば、次に生かすがよい」

賢秀は織田一族である津田一安の機嫌を損ねたくはないようであった。

ほどなく寄手は大河内城へと戻っていった。

十月四日、滝川一益と津田一安が大河内城を受け取り、北畠具教・具房《ともふさ》親子は本拠近くの笠木《かさぎ》、坂内《さかない》城に退いた。北畠館や多気城は織田方に明け渡されることになった。さらに田丸城ら伊勢の諸城が破壊された。いわゆる城割である。これにより信長は伊勢一国を掌握した。

その後、信長は伊勢の山田を参宮し、十一日には上洛して将軍義昭に伊勢平定を報告し、十七日には岐阜に帰城した。

即座に酒宴が催《もよお》され、その席で賦秀に声がかけられた。重臣たちが揃う宴席に、つい一月ほど前まで人質の小姓だった賦秀が呼ばれるなど異例だ。

（改めて太刀でも下さるのであろうか。あるいは、改めて抜け駆けを叱責《しっせき》されるのか）

賦秀は緊張感に縛られながら、挨拶ののちに主殿の敷き居を超えたところに座した。真向かいの遥か上座には信長が座し、左右には宿老たちが顔を赤くしていた。

「忠三郎、そちに我が娘の冬《ふゆ》を妻《めあわ》せる。早々に祝言をあげよ」

相変わらず、いきなり本題に斬り込んでくる信長だ。

「おおっ……」

賦秀より早く、周囲の宿老たちが驚きの声をあげた。

「あ、有り難き仕合わせに存じます。されど、まこと某にでございますか」

突然のことに賦秀はよく理解できず、思わず尋ねてしまった。

「不服か」

「とんでもないことにございます。恐れ多くもお屋形様のご息女を某の妻に迎えるなど考えも及ばぬこと。ただただ恐れ入るばかりにございます」

「恐れずともよい。大事に致せ」

「はっ、某、生涯、側室を持たぬことをお誓い致しまする」

賦秀は床に額を擦りつけて進言した。

「はははっ、今から側室の心配をしておるわ」

筆頭家老・林秀貞の一言で座はどっと湧いた。それでも、皆、羨望の眼差しを賦秀に向けている。というのも、戦国三美女の一人に数えられる信長の妹お市御寮人《いちごりょうにん》に、冬姫は最も似ていると言われている。柴田勝家と木下秀吉はお市御寮人に憧れていたので、賦秀を見る目もひとしおであった。

それよりも賦秀自身、驚いている。人質の身から一躍、皆が畏怖する信長の婿となったのだ。嫉妬の目で見られても仕方はないと思う。ただ、異様な昂奮をしている。

(儂はお屋形様に、織田信長に選ばれた男じゃ。家臣では他にはおらぬ)

えも言われぬ自信のようなものも感じていた。他にいる信長の娘がまだ幼いということもあるが、家臣で婿になったのは賦秀だけ。信長の長女は同盟者である徳川家康《とくがわいえやす》の嫡子の信康《のぶやす》に嫁いでいるが、降将の嫡子である賦秀とは状況が全く異なっている。

（この先、どうなるかは判らぬが、儂は第一に選ばれたのじゃ）

織田家中で成り上がることができると、賦秀は全身の血が沸くような喜びに満ちた。

話はとんとん拍子に進み、ほどなく岐阜城内で婚儀が執り行われた。

部屋の上座を開け、少し下がったところに直垂《ひたたれ》を着衣した賦秀と白綸子《しろりんず》の小袖《こそで》に袿《うちぎ》を身に纏った冬姫が緊張した面持ちで着座していた。この年十二歳になる冬姫は、織田家特有の色白で細面の端整な女子である。まだあどけない雛人形のような愛らしさを醸し出していた。

左右には織田家の重臣たちが居並び、少し下がって両家の者が詰めていた。

ほどなく信長が上座にまいり、部屋にいた全員が平伏した。

「忠三郎、近こう」

信長自ら瓶子《へいし》を取るので、賦秀は御前まで進み出て盃を差し出した。盃には神酒《みき》が注がれ、賦秀は恭しく受けると、儀礼に倣《なら》って飲み干した。続いて冬姫も口にする。少量であるが、少女の舌には馴染まないのか、噎《む》せつつも飲み干した。

無事、三三九度の杯礼が済むと、信長は満足な顔をする。

「これで、そちたちは夫婦とあいなった。仲睦まじく暮らすがよい」

「ご教授忝《かたじけ》のうございます。生涯、姫を大事に致します」

「うむ。重畳。婚儀が終わり次第、そちは、冬を連れて日野に戻り、賢秀ともども近江に睨みをきかせよ。近江は大事な地ゆえの」

ありえない信長の命令であった。家臣の妻子は人質の意味もあって城下に置かれている。賦秀は徳川家康や浅井長政と形の上では同格に扱われたことになる。

破格の待遇に重臣たちは啞然としている。「なぜ、蒲生の小倅《こせがれ》が」といった表情だ。

「有り難き仕合わせに存じます。ご期待に応えるよう目を配りまする」

賦秀の言葉に満足した信長は、ほどなく部屋を出ていった。重臣たちも主に倣う。あとは両家の者たちが残り、酒を酌み交わした。とはいえ、信長の親族が居並ぶ訳ではなく、信長の側室である冬姫の母の縁者たちであった。

祝いの席は三日三晩行われる。花婿の賦秀はまだしも、ろくに厠《かわや》にも行けぬ冬姫は苦痛に違いない。ただ、武家の娘とすれば、苦痛もある種の喜びの一つかもしれない。

また、賦秀は岐阜城下に蒲生屋敷を築くことを許された。この時、蒲生家の石高はおよそ五万五千石ほどなので、豪華な建物は築けない。ただ、信長の婿として小屋のようなものを建てる訳にもいかず、余計な出費となるのは仕方ない。それでも、信長と縁続きとなったので、商人たちから借金がし易くなった。特に近江には馴染みの商人がいるので、蒲生家としては助かるばかり。

至れり尽せりの中、賦秀は冬姫を伴い、日野に向かった。嫁入り道具は豪勢なもので輿《こし》、葛籠《つづら》、長持《ながもち》、挟箱《はさみばこ》、屛風箱《びょうぶばこ》などなど……長々と列ね、付き従う人数は護衛と小者を合わせて三千にも及んだ。騎乗する賦秀は常に輿に乗る冬姫の横にいて気遣った。大名の娘に生まれれば他国に嫁ぐのも珍しくはないが、幼い身では不安であろうもの。

東山道《とうさんどう》を通って愛知川《えちがわ》を越え、伊勢大路《いせおおじ》に入り、漸く日野に達した。

「姫、見よ。これが日野じゃ。岐阜に比べて狭いやもしれぬが、静かでよきところじゃ。都にも近いゆえ、何れ姫を連れて上洛致そうぞ」

「はい」

寂しさのあまり、べそでもかいているかと思いきや、素直に冬姫は応じた。さすがに信長の娘か、あるいは、岐阜より遠く離れたので他に頼る者がおらず、拠《よ》り所を賦秀にしたのかもしれない。後者だとすれば、賦秀としては有り難い限りだ。

それにしても、天下を牛耳る信長の娘を連れて凱旋《がいせん》した気分は、一仕事を終えた達成感と優越感を同時に味わうような心境であった。

（お屋形様が儂を選んだのには、いろいろ当所《あてど》があろうな）

近江は都への通り道なので安定していなければならない。また、信長は息子たちに不安を感じているのかもしれない。嫡子の奇妙丸《きみょうまる》（のちの信忠《のぶただ》）は実直なので家督は譲られようが、信長の才能までは受け継げない。次男の茶筅丸は癇癪《かんしゃく》持ちで視野が狭い。三男の三七丸《さんしちまる》（のちの信孝《のぶたか》）は早とちりが多い。何れにしても信長には及ばない。

（お屋形様は義兄として補佐をしろと命じたのであろう。あの三人ならば儂の方が上

じゃ。されど、お屋形様には逆らえぬ。見事、支えていこうぞ）

嫁を娶《めと》り、一年以上間を空けて中野城に入った賦秀は万感の思いにかられた。城を出た時は敗北者であったが、今は勝利者としての満足感に満ちている。

入城した賦秀が、久々に会った母親に冬姫を紹介すると、母は涙ぐんでいた。

その後、賦秀は冬姫と二人きりになった。

「この城は岐阜城よりも小さいが、これより、そなたの生まれた城と思うがよい。何れ大きく致す。また、儂はそなたを生涯大事に致すぞ」

「それは、わたくしが織田信長の娘だからにございますか」

冬姫は気丈に言ってのけた。やはり、ただのお姫様ではなかった。

「確かにそれもある。されど、そなたほどの器量よしは他におらぬ。他の女子に目移り致しはせぬゆえ安堵致せ。そなた以外は女子と思わぬことに致す」

この誓いは、別の思惑で果たされることになるが、のちの話であった。

「嬉しい」

愛らしい笑みを向けて冬姫は喜んだ。本来ならば、床入りということになろうが、まだ冬姫は数えて十二歳。褥《しとね》を共にするのは、まだ先のことであった。

三

永禄十三年（一五七〇）が明けた。

前年から信長と将軍義昭の関係が悪化しだした。義昭が傀儡《かいらい》であることに不満を持ち、信長の定めたことを無視し、独自に後ろ楯を得ようと諸大名に内書を出し始めた。

そこで、信長は一月二十三日、五ヵ条の条書を送り、義昭から実権を奪い、政権を信長に委託《いたく》することを承認させることに成功した。

即座に信長は二十一ヵ国の諸大名たちに上洛して幕府への従属を誓うことを要求した。これは実質的には信長に臣下の礼を取ることを意味している。大方の大名は応じる旨を伝えてきたが、無視した大名がいる。越前の朝倉義景《あさくらよしかげ》だ。

織田家は室町幕府の三管領の一つ斯波《しば》氏の家老として、朝倉家と同列で名を連ねていた。ところが、応仁《おうにん》の乱が勃発して下剋上の世となり、朝倉家は守護大名である斯波家を蹴落として、文明《ぶんめい》三年（一四七一）正式に守護職補任状が与えられ、守護大名になった。

以来、織田家は、「朝倉は他国者で主家を簒奪《さんだつ》した逆賊だ」と侮罵《ぶば》し続けている。

逆に朝倉家は「織田は斯波家の陪臣に過ぎない」と言い返す。

先に義昭を匿《かくま》っていた手前、義景としては信長の風下には立ちたくなかったのだ。

義景の上洛拒否を知った信長は、朝倉氏討伐の大義名分を得たことになる。

二月二十五日、信長は喜び勇んで上洛の途に就いた。

「おそらく越前で戦になろうの」

岐阜からの報せを受け、賦秀は冬姫に告げる。

「ご武運をお祈り致します。お義父上《ちちうえ》様ともども、ご無事にお戻りくださいませ」

健気な口調で言う冬姫だが、やはり不安そうだ。

「安堵致せ。儂はお屋形様に選ばれた男じゃ。滅多なことで死にはせぬ。それより、ご帰城のおりには、日野に寄ってもらうようお屋形様に進言致すゆえ、楽しみにしておれ」

賦秀は冬姫に告げて出立すると、旧主の観音寺城で信長を出迎えた。

「ご尊顔を拝し、恐悦至極に存じます」

「重畳至極」

信長は短く答えるのみで、あえて冬姫のことを尋ねはしない。当然、大事にしていると認識してのことであろう。あるいは、もっと重要な問題に直面しているのかもしれない。

「恐れながら、こたびの戦、先陣に加えて戴きますようお願い致します」

「出過ぎた真似を致すでない」

間髪を容れずに柴田勝家が叱責する。だが、信長はそれほど不快そうではない。

「そちは戦になると思うておるのか」

「はい。軍装を見れば、ただの上洛とは思えませぬ」

答えると信長は、「目敏《めざと》いの」と言わんばかりに僅かに口の端を上げた。

「そちに見抜かれるとは、儂も甘いか」

「決して左様なことは。ただ、お役に立ちとうございます」

「見上げた心がけじゃ。されば、そちはこれより権六《ごんろく》（柴田勝家）の寄騎《よりき》となるがよい」

「有り難き仕合わせに存じます。柴田様の許、励む所存です」

進言が認められ、賦秀は喜んで平伏した。柴田勝家は織田家の先陣で通っている。寄騎となることは、前線に出ることができて活躍の場が増える。力の試し時である。

「そちという奴は、抛《ほう》っておけばとんでもないことを申しよる」

信長の前から下がると、父親の賢秀は、相談もしないでと不服そうな口調だ。お前は信長の婿なのだから、厳しい戦陣に立たずとも、本陣で楽に過ごすだけで、適当に家は保たれる。おそらく安泰志向の発想を持っているのであろう。

「お屋形様は、なにもしない者に加増は致しませぬ。左様なお方です。汗と血を流さねば、蒲生の家はこれ以上大きくはなりませぬ。逆に励めば重臣にも取り立ててもらえまする」

腰が引けていては損だと賦秀は主張する。

「そちの血は流さぬように致さねばならぬ」

血の気が多い賦秀を宥《なだ》める賢秀だ。

二月三十日、賦秀は信長に伴って上洛すると、公家衆、町衆らが近江の坂本辺りまで出迎えた。京奉行の村井貞勝《むらいさだかつ》や明智光秀《あけちみつひで》が尻を叩いて動員した者もいようが、嗅覚《きゅうかく》鋭《するど》い都の者たちが、信長を実質的な天下人であることを認めているのも事実であった。

信長は上京《かみぎょう》の明智屋敷を宿所とし、賦秀親子は柴田勝家と共に近くの寺に身を置いた。

信長が入京すると、畿内周辺の武将たちは続々と使者を派遣して、信長が支える幕府を支持する旨を伝えてきた。中には九州豊後《ぶんご》の大名・大友宗麟《おおともそうりん》の使者もいたほどだ。

都に在する信長は相撲興行を行ったり、茶会を開いたりしながら、朝倉義景の上洛を待っていたが、四月半ばになっても、一向に姿を見せる気配はなかった。それどころか、義景は越前《えちぜん》の金ケ崎《かながさき》、天筒山《てづつやま》、木ノ芽峠《きのめとうげ》城など固めているという。上洛を拒み、城の防備をするなど幕府への叛逆《はんぎゃく》と受けとれる。

既に三河の徳川家康や大和の松永久秀なども参じており、信長は家臣たちを含め諸将に対して、いつでも出陣できるよう荷駄の用意をさせていた。

「出陣は目前、腕がなりますな」

賦秀が口にすると柴田勝家は顔を顰めた。

「よいか、我が寄騎となったからには抜け駆けは許さぬ。左様、心得よ」

「畏《かしこ》まりました。常に織田の先陣を駆けてきた柴田殿の差配、受けとうござる」

信長が特別視する新参者の賦秀を柴田勝家は快く思っていないのかもしれない。ただ、賦秀は武功のある勝家を尊敬している。口にした言葉は事実であった。

「逆臣を討つ！　いざ、出撃！」

四月二十日。信長の疳高《かんだか》い声が、晴れ渡った京の町に響き渡った。

慎重な信長は義景討伐を口にせず、幕命に背いた若狭の石山《いしやま》城主・武藤友益《むとうともます》を討つという名目で、琵琶湖沿いの西近江路《にしおうみじ》を北東に三万の軍勢を進めた。

先頭を進むのは柴田勝家勢。その中に蒲生家も含まれている。騎乗する賦秀は眉庇《まびさし》の下から闘志ある目を輝かせ、活躍の場が得られることを期待した。

軍勢は琵琶湖畔の今津《いまづ》から九里半《くりはん》街道を西北に進み、突如、日笠《ひがさ》から丹波《たんば》街道に入り、北に向かう。当然、武藤友益の石山城に向かうつもりなどは毛頭ない。二十五日の払暁《ふつぎょう》、織田軍は電光石火《でんこうせっか》の勢いで敦賀《つるが》に殺到した。

信長は本陣を妙顕寺《みょうけんじ》に布き、即座に下知を飛ばした。

「朝倉は天下静謐《てんかせいひつ》を乱す悪《あ》しき輩《やから》じゃ。一気に叩き潰せ！」

命令を受けた柴田勝家、丹羽長秀、池田恒興、坂井政尚、森可成ら一万の軍勢は天筒山城に向かう。また、木下秀吉、前田利家らは同城から十二町（約一・三キロ）ほど北西の金ケ崎城に備えた。天筒山城は敦賀山または御幸山《みゆきやま》とも呼ばれる天筒山（標高約百七十一メートル）に築かれた山城で、山全体を城郭とし、土塁と堅堀《たてぼり》、深い堀切で守っていた。城将は寺田采女丞《てらだうねめのじょう》で、疋田右近《ひきたうこん》、津波甚四郎《つなみじんしろう》、九岐佐助《くきさすけ》などが支えた。

柴田勝家勢は沼地のある東に陣を布いた。城は南北に伸びており、南には山道があるので登り易いかもしれないが、防備が固く守られていた。

「よいか、一番乗りは儂らが致す。者ども、懸かりおろう！」

晴れた空の中、柴田勝家の怒号が響くと、佐久間盛次《さくまもりつぐ》を先頭に柴田勢は山の傾斜を登りながら攻撃を開始する。同時に四方の諸将も攻めかかる。

城に籠る兵は領民を含めた二千ほどであるが、矢玉を放ち、石を投げ、岩や丸太を落として寄手を排除する。激戦が繰り広げられるが、何れの攻め口も攻めあぐねた。

この時、柴田勢の中で蒲生家は遊軍のような扱いを受けていた。

「父上、少し遠くござるが、今少し北の畝《うね》ごしに登ってはいかがでござろうか」

「左様の、誰も仕寄せておらぬゆえ、邪魔にはなるまい。柴田殿の許しを得よう」

礼儀を大事にする賢秀は柴田勝家に確認を取ると、忙しいせいか、すぐに許可された。

「されば、夜討ちをかけるつもりで山を登れ！」

賢秀の号令で蒲生軍も天筒山を登りだした。ただ、山道はないので、かなり急峻なところを登らねばならない。それでも、樹木が繁っているので城兵からは見えにくい。

賦秀らは枝を払い、樹の根を越え、時折、足を滑らせながら山頂を目指した。

なんとか、敵の目をかい潜りながら順調に進んでいた蒲生勢であるが、山頂近くになると発見され、矢玉が見舞われ、石や棍棒が投げつけられた。

「鉄砲衆、迎え撃て！　弓衆、矢を射よ」

樹の陰に隠れながら、賢秀は下知し、蒲生勢は応戦した。だが、遮るものが限られているので、反撃にはならない。これを見越してか、朝倉勢は城門を開いて打って出て、不利な体勢の蒲生勢に襲いかかる。

「好機、敵は打って出た。蹴散らせ！」

賢秀が叫ぶより早く賦秀は怒号し、十文字鑓を握って敵に向かう。上から鑓を突き出されるが、これを弾いて甲冑の隙間に穂先を抉り込む。足場が悪く体勢も不安定であるが、構わず穂先どうしの金属音を響かせ、城兵の胴体を貫いた。

「若殿に負けるでない」

種村伝左衛門は大音声で叫び、同じように敵と鑓を合わせて戦った。他の者も続く。

賢秀も敵に向かうと、目の前に黒糸威《くろいとおどし》の鎧を着用した大剛の武士が現われて、薙刀《なぎなた》を水車のように廻して襲いかかり、賢秀の十文字鑓の柄を切断した。

これを見た賦秀は、即座に名乗り出た。

「儂が相手じゃ」

言うや否や素早い突きで鑓を繰り出すが、敵は手練《てだれ》で簡単に弾いて賦秀に斬りかかる。即座に賦秀は躱す。風切音が凄《すさま》じい。当れば一撃で首を刎《は》ねられるであろう。

「おのれ！」

賦秀は左手一本で鑓を突き出すと、大剛の武士に柄を摑まれた。その刹那、賦秀は腰の太刀を抜いて相手の左膝を内側から薙《な》ぎ払った。

「ぐあっ」

さすがの武士も足を斬られて悲鳴をあげた。坂の上にいる者の唯一の弱点は足元にある。賦秀は齋藤利三に教わったことを実戦で行った。

動きが止まった敵を斬るのは容易《たやす》い。賦秀は逆袈裟《さかげさ》で斬り上げ、跪《ひざまず》いた敵の首を刎ねた。これを見た城兵は城内に逃げ込む。大剛の武士は、この方面の指揮官なのかもしれない。

「逃すか」

勢いに乗る賦秀は敵を追い、背後から斬りつけながら、ついに城壁を乗り越えて城内に突入した。他の方面は定かではないが、柴田勢では間違いなく賦秀が一番乗りであった。

賦秀に続いて蒲生勢も城内に雪崩れ込み、敵を見つけるや襲いかかる。賦秀は一々、首を取っておらず、次々に新手を求めて鑓を振る。

蒲生勢に先を越され、佐久間盛次や大将の柴田勝家も乱入し、城兵を仕留めていく。東側が崩れると、他の三方も崩れ去り、ほどなく天筒山城は陥落した。城将の寺田采女丞を始め城兵一千三百七十人が討死し、三百余人が逃亡し、残りは捕虜となった。

「えい、えい、おおーっ！　えい、えい、おおーっ！　えい、えい、おおーっ！」

辺りが茜《あかね》色に染まる前に勝鬨《かちどき》が天筒山に響き渡った。

城が早く落ちた要因は蒲生勢の奮戦もさることながら、北の金ヶ崎城からの援軍を木下秀吉勢が排除したことによる。

ほどなく妙顕寺の本陣で祝宴が催された。ここに賦秀も呼ばれた。

「忠三郎、こたびの働き、天晴れじゃ」

上機嫌で信長は労いの言葉をかける。やはり婿の活躍は嬉しいようである。

「いえ、敵が弱かっただけにございます。また、柴田殿の差配によるものにございます」

賦秀は寄親を立てることも忘れない。

「権六を真似て先頭を切るのは勇ましいが、時と場合を考えねばならぬぞ」

珍しく信長は窘《たしな》める。一発の玉で命を失わせたくはないのであろう。

「承知致しました」

信長の愛顧は充分に察している。賦秀は素直に頭を下げた。

この日、賦秀の他にも種村伝左衛門、結解勘助《かんすけ》、岡左内定俊《おかさないさだとし》、上野田《こうずけだ》主計助《かずえのすけ》、森民《もりみん》部丞《ぶのじょう》、門屋助衛門《かどやすけえもん》、寺村半左衛門《てらむらはんざえもん》、結解十郎兵衛、新開半右衛門《しんかいはんえもん》らが信長から感状を受けた。

翌二十六日、城将の朝倉景恒《あさくらかげつね》が降伏して金ヶ崎城は開城。また、信長本陣の南に位置する疋壇《ひきだ》城も守兵が逃亡して陥落した。信長は僅か二日間で敦賀郡を占領したことになる。

四

蒲生家は取りあえずの陣所として、陥落させた天筒山城の北ノ曲輪に入っていた。屋敷の中には、賢秀、賦秀の他、町野繁仍ら主立った者が座している。

「このまま木ノ芽峠を越えれば、一気に朝倉（義景）を追い詰められましょうなあ」

町野繁仍が期待感をあらわに告げる。

木ノ芽峠は天筒山から一里半（約六キロ）ほど北東に進んだところにある狭い難所で、ここを通過すれば、北国街道は目の前。あとは一路、朝倉義景の一乗谷《いちじょうだに》城を目指すことができる。

「いかがした？　いつもならば気を吐くそちが、なにゆえ黙っておるのじゃ？」

先ほどから口を開かぬ賦秀を見て、賢秀が問う。

「当家にとっては旧敵なれど、一昨年より一緒に上洛した浅井でございます。備前守《びぜんのかみ》（長政《ながまさ》）は、お屋形様の義弟にも拘らず、こたびの戦に参陣しておりませぬ」

賦秀は怪訝《けげん》な面持ちをしながら答えた。

「そちは、備前守がなにか画策をしていると申すか」

「当家が六角家に従って浅井と戦っていた時、常に朝倉が後詰を出していたゆえ攻めきれなかったと父上は申されていたではありませぬか」

「されば、こたび浅井は朝倉に付くと申すか？　使者は来ているようじゃぞ」

「お屋形様の許しを得ているならば構いませぬが、なくば怪しいと思いますが」

「左様のう……。されど、この期に及んで返り忠を致すとは考えにくいの」

溜息を吐きながら賢秀は意見を口にする。

「返り忠ではなく、以前から朝倉とは切っても切れぬ間柄。朝倉を攻めたことに腹を立てていたら一大事。万が一がありますゆえ、一応、柴田殿に申されてはいかがでしょう」

「よもや、あるとは思えぬが、伝えておくか」

面倒臭そうに賢秀は腰を上げた。これを見て賦秀は町野繁仍に向かう。

「そちの配下の甲賀者、輪之丞と申したか、ちと浅井の様子を探らせよ」

「畏まりました」

町野繁仍も即座に立ち上がり、輪之丞を浅井氏の居城の小谷《おだに》に放った。

賢秀が進言すると、柴田勝家に一喝されたという。織田家にとってお市御寮人を嫁がせたということは、賦秀の想像以上に大きなものであるようだった。

今、織田軍としては順風満帆《じゅんぷうまんぱん》であるが、賦秀は妙な胸騒ぎを覚えていた。

二十七日の夜、輪之丞が戻ると、町野繁仍が慌ただしく賦秀親子の前に罷り越した。

「申し上げます。浅井備前守は朝倉に与して当家を挟み撃ちにする所存です」

「真実《まこと》か！　詳しゅう申せ」

やはり当ってしまったかと顔を顰め、賦秀は問う。

「いかな思案でいるか定かではありませぬが、明朝、出陣するとのことにございます」

「当家の後詰として参陣するのではないのか」

信じられないといった表情で賢秀は尋ねる。

「いえ、兵たちは、織田は知らぬゆえ兜首は取り放題だと申しているそうです」

「父上！」

「あい判った。すぐに伝えよう」

即座に賢秀は柴田勝頼のところに向かった。

ほぼ同じ頃、信長も浅井長政の背信の報せを摑んでいた。但し、俄《にわか》には信じなかったという。長政には徳川家康同様、いかに同盟者として期待していたかが窺える。

信長がお市御寮人を輿入れさせる時、浅井側からの要求は勝手に朝倉家を攻めないというもの。もし、攻める時は必ず事前に知らせるということが約束されていた。

「お屋形様は、浅井のことをいかに思われていたのでございましょうなあ」

ぼそりと町野繁仍が尋ねる。

「おそらく、こたびの朝倉攻めに乗り気でないゆえ、腰が重く、兵の足が鈍いのも仕方ない。以前からの関係を鑑《かんが》みれば、中立で充分と思われていたのではなかろうか」

冷めた感覚で世の中を見る信長の心中を、賦秀はそう読んでいる。

「されど、浅井はお屋形様の寛容《かんよう》な心を踏み躙《にじ》りました」

「左様。返り忠は言語道断。このたびの越前攻めは幕命を受けた大義名分のある討伐、いわば我らは天下の官軍なのじゃ。織田家と朝倉家の私怨による紛争ではない」

ものごとを明確に切り分けする性格の賦秀は、力強く持論を述べた。

「仰せのとおりかと存じます」

賦秀に気圧《けお》されてか、町野繁仍は相槌を打つ。

「確かに浅井に対して、事前に通告はしなかったやもしれぬ。されど、国を預かる武将であり、当主なれば、公私の区別はつくはず。お屋形様はまず許されまい」

「されば、浅井を攻めまするか」

「敦賀まで押さえたとはいえ敵地じゃ。難しいの」

眉間に皺を寄せて賦秀は考え込んだ。

（もし、儂がお屋形様なれば、いかが致すか？　戦うか？　兵を退くか？）

どうするかと尋ねられれば、即座に戦うことを主張するが、それはあくまでも一麾下だからこそ言えること。一軍を差配する身だとすれば、判断に困る賦秀だ。

ただ、信長自身も浅井長政の叛意を信じられず、何度も確認のために細作《さいさく》を放った。朝倉家が織田家と浅井家の間を裂こうとする策謀ではないかと疑念を持っていたようである。

そこへ浅井長政の妻、お市御寮人から陣中見舞いの品が届けられた。品は小豆《あずき》の入った袋の両端を縛ってあり、「袋の鼠《ねずみ》」を示唆した物であった。密書では、小谷の城から外に出される訳もないので、英俊な理解力に託した贈物だった。

小豆の袋を見た信長は、瞬時に浅井長政の裏切りを確信した。ただ、長政とすれば、事前通告をしなかった信長が先に約束を違えたので背信という感覚はないかもしれない。

浅井家は六角勢との戦で領内は疲弊し、台所は火の車であった。さらに、先年の上洛戦に浅井家も参じたが、信長は長政に恩賞を与えなかった。六角氏の旧領は全て信長が手に入れた。ただ働きをさせられた挙げ句、親交のある朝倉家を討たれてしまえば、浅井家はぐるりと織田家に囲まれてしまう。その上で難癖をつけて兵を向けられては目も当てられない。包囲される前に油断している信長を討とうとしても不思議ではない。

信長にすれば、自力で討てぬ六角氏を排除してやったのだから、これで領内整備に力を入れられるであろう。十分な恩賞であろう、という思案なのかもしれない。

何れにしても、浅井軍が江北に挙兵したならば、織田軍は慣れぬ地で腹背に敵を受けることになる。退路を断たれてからではどうにもならない。ここは三十六計逃げるに如《し》かず。信長は生き延びて再起を図ることに意識を向ける武将であった。

この時、木下秀吉が殿軍《しんがり》を引き受けると進言すると、即座に信長は了承した。途端に信長は近習《きんじゅ》に指示を出すと、自身は真先に騎乗して馬尻に鞭を入れた。

四月二十八日の丑三ツ刻（午前三時頃）。俗に言う金ヶ崎の退《の》き口が始まった。

すぐに下知は柴田勝家の麾下とされた蒲生家にも出された。

「やはり、背信は真実であったか。それと、お屋形様は逃げられるか」

浅井の裏切りは賦秀にすれば、悪い方に予想が当たったことになる。また、信長の退却は素早い決断であり、思いきった行動である。その上で正しいと賦秀は確信した。迷っていては逃げ足に差し支える。今は信じる他はなかった。

壮絶な追撃を躱して逃れるのは非常に困難であった。戦意を失った兵士を後ろから攻撃するのは、狩りをするよりも容易いといい、また狩る方は嬉しい瞬間だという。織田軍は背後から襲いかかる敵に次々と討たれた。

殿軍は自ら名乗り出た木下秀吉の他、徳川家康と明智光秀も加わった。といっても家康は置き去りにされた形で、秀吉が家康に報せたのは夜が明けてからのこと。また、秀吉ともども出世争いをしていた光秀は新参者であり、さらに、朝倉家に内書を出す将軍義昭にも仕えるという二重仕官をしていたので戦功を立てなければならぬ状態にあった。

なんにせよ、のちに天下人になる三人が殿軍を務めるのもなにかの因縁《いんねん》かもしれない。

信長は金ヶ崎から佐柿《さがき》、熊川《くまかわ》へと進んだ。西近江路との分岐点では大和《やまと》の梟雄《きょうゆう》・松永秀久の勧めで若狭街道を通った。さらに、朽木元綱《くつきもとつな》の案内で難所の朽木峠を越え、都に辿り着いたのは三十日の深夜であった。この時、『継芥記《けいかいき》』には「従う者わずか十人ほど」と記されている。浅井長政の裏切りで信長の天下布武は十年は遅れたとも言われている。

一方の賦秀ら蒲生勢は柴田勝家の寄騎であり、信長に次いで退却時期が速かったので、さしたる損害を出すことはなかった。それでも、途中で蜂起する一揆勢を蹴散らしながら退かねばならないので、疲労困憊《ひろうこんぱい》した姿はまさに落ち武者の形《なり》であった。

他方、殿軍を守り通した木下秀吉が帰京したのは五月一日の夕刻。一千四百ほどいた兵が半分以下の六百を数えるほどに減っていた。秀吉は退陣の活躍で感状を得た。

織田軍全体として一千三百が討死した。失った兵力では織田も朝倉もさほどの差はないが、意気揚々と出陣していった信長が、這々《ほうほう》の体《てい》で逃げ帰ったので評価は下がっていた。

都に戻ると、元号は「永禄」から「元亀《げんき》」に改元されていた。信長が推した「天正《てんしょう》」は無視されたことになる。元亀は織田家にとっても蒲生家にとっても激動の年号となる。

数日、信長が在京していると、二年前に織田軍の上洛戦で敗北して甲賀に逃亡していた六角承禎が蜂起し、琵琶湖近くまで兵を進めてきた。

これを知った信長は稲葉一鉄に、帰国のための露払いをするように命じた。

報せを聞いた賦秀は、即座に賢秀に向かう。

「湖東は我らが庭も同じ。ここで黙っていては、当家への信頼が揺らぎましょうぞ」

「さもありなん。されどのう……」

さすがに賢秀は名前の一字を賜った旧主に鉾先を向けたくないようだ。

「お気持ちは察します。某とて蒲生の男、代々の恩を知らぬ訳ではありませぬ。されど、甘い思案を捨てねば、この乱世を生き残るのは困難。父上は参陣なされずとも構いませぬゆえ、せめて某以下の者が加われるよう申し上げて下さりませ」

「あい判った。そこまでそちが申すのに、なんで儂が腰を退けようか。任せよ」

賦秀に押された賢秀は、寄親の柴田勝家を経由して信長に進言すると参陣を許された。

「内蔵助《くらのすけ》殿の戦ぶり、間近で学ばせて戴きます」

出陣にあたり、賦秀は岐阜で兵法の教授を受けた齋藤利三に挨拶をした。利三は稲葉勢の中で常にといっていいほど先陣を駆ける驍将《ぎょうしょう》であった。

「忠三郎か、今徳、天筒山の活躍は聞いておる。我が戦ぶり、よう見るがよい」

弟子とも言える賦秀に挑戦され、齋藤利三は闘志をあらわに答えた。

稲葉勢に蒲生勢を加えた三千余の軍勢は東山道《とうさんどう》（中仙道）を通り、湖東の守山《もりやま》城に入城した。同城が敵に奪われれば織田軍は帰国できないので、死守が厳命だった。また、同城は城と呼ばれているものの、実際には堀と土塁に囲まれた平館だ。当然、全兵が城に入ることはできず、周辺に柵を造って、陣を布くしかなかった。

五月六日の朝方、六角承禎は脆弱な守山城に織田軍の先鋒が籠ったと知り、湖東の土豪や地侍を集《つど》って進めてきた。兵数はほぼ同じである。旧領を取り戻したい六角承禎は守山の南に位置する綣村《へそむら》で狼煙《のろし》をあげ、城の南方を焼き討ちにした。

「戯けめ、兵数が同じならば、先に仕掛けた方が不利だということ判らぬのか」

濛々《もうもう》とたちこめる黒煙を眺めながら、齋藤利三は吐き捨てた。

「忠三郎、そちは西から敵の横腹を突け。崩れたところを我らが押し潰してくれる」

このたびの大将・稲葉一鉄が命じた。

「畏まりました」

応じた賦秀は町野繁仍や結解十郎兵衛、種村伝左衛門ら三百の兵を率いて城を抜け出た。小川沿いに西に進むと一揆勢が参集しており、まだ賦秀らに気づいていない。

「よいか、かつての知り合いがいようが今は敵じゃ。我らが所領はそのままと仰せになられておるが、本領を安堵された訳ではない。蒲生の武威を示すは今ぞ！」

信長の婿という甘えを自ら諫める賦秀は、家臣たちの尻を叩く。

「されば、敵を蹴散らし、湖東から一掃致すのじゃ。我に続け！」

「おおおーっ！」

賦秀の怒号に家臣たちは大音声で応え、揃って砂塵《さじん》をあげた。

いつものごとく、賦秀は自ら先陣を切る。信長のような大軍の総大将ならば、後方で戦争の采配をしていればいいかもしれないが、小豪族の蒲生家としては、賦秀が前線で戦闘の指揮をしなければならない。しかもまだ十五歳。自ら先頭に立たねば家臣たちはついてこないことは認識している。まずは自身、戦わねばならなかった。

「敵じゃ」

漸く一揆勢は蒲生勢に気づき、戦闘体勢をとり始める。

「鉄砲衆、放て！　弓衆、矢を見舞え！」

一揆勢が体勢を固める前に矢玉で威嚇《いかく》させた賦秀は、駿馬を疾駆させ続ける。蒲生勢の進行が速いので一揆勢は焦っている。その勢いのまま賦秀は敵中に突き入った。

馬上から自慢の十文字鑓で一人を突き倒したまではよかったものの、敵に馬を討たれ、どっと地に転がり、徒《かち》になってしまった。

「おのれ！」

泥に塗れた賦秀は激怒し、瞬時に跳ね起きるや襲いかかる敵を突き伏せる。

兜首の青二才が目の前にいるので、一揆勢は恩賞首だと涎《よだ》れを垂らして群ってくる。

賦秀は敵の鑓を弾いて胸元を抉り、あるいは叩き落として首を薙ぐ。背後の敵を石突で突き、時には穂先で刎ね上げて、胴を串刺した。賦秀が鑓を振るたびに宙は鮮血で朱に染まり、激痛の悲鳴や呻《うめ》き声が周囲に響いた。

「若殿をお守り致せ」

馬を失った賦秀を見て、町野繁仍や結解十郎兵衛が駆け付ける。

「儂よりも敵を討て！」

怒号する賦秀は殺到する敵を突き返し、他の蒲生勢ともども力の限り奮戦した。

そこへ稲葉勢が駆け付けると、一揆勢は途端に崩れ後退を始めた。

「追え！　逃すでない」

一番楽に敵を討てる追撃戦。稲葉、蒲生勢はさんざんに一揆軍を討ち破った。

「えい、えい、おおーっ！　えい、えい、おおーっ！　えい、えい、おおーっ！」

夕刻前には守山の地に勝鬨が上がった。

「よき働きじゃが、深入りには気をつけるがよい」

齋藤利三は賦秀の活躍を喜びながらも、押さえるところは厳しく押さえていた。

守山の勝利を聞いた信長は、五月九日、都を出立して森可成が守る大津の宇佐山《うさやま》城に入り、十二日には山岡景隆《やまおかかげたか》の勢多《せた》城、十三日には佐久間信盛《さくまのぶもり》が守る野洲《やす》の永原《ながはら》城、十四日には柴田勝家の長光寺《ちょうこうじ》城、十五日には中川重政《なかがわしげまさ》の安土《あづち》城と琵琶湖の東を北東に移動した。

その日、蒲生親子は信長の許に挨拶に出向くと、天筒山城と、守山城の戦いの活躍を評されて、本領安堵に加え、吉田《よしだ》、赤坂《あかさか》、安部井《あべい》、河井《かわい》、大塚《おおつか》、横山《よこやま》、栖雲《せいうん》、梅若《うめわか》大夫《だゆう》、交山《かたやま》、小倉越前守《おぐらえちぜんのかみ》など六角旧臣の所領五千五百十石が加増され、およそ六万石の所領を得ることになった。書状の宛先は賢秀と賦秀である。

「有り難き仕合わせに存じ奉ります」

賦秀と賢秀は揃って平伏する。初めて恩賞を得ることができて、賦秀は歓喜に震えた。

「恐れながら申し上げます。岐阜にお戻りなさるにあたり、なにとぞ日野にお立ち寄り戴きますよう。冬姫も、さぞお喜びになりまする」

信長が上機嫌の今しかないと、賦秀は勧めた。ところが、信長の心中は違う。

「忠三郎、左様に呑気なことを申している場合ではない。儂は帰城致せば、すぐに武器兵糧の調達を済ませ、即座に浅井を討つ所存。そちも帰城して出陣の用意を致せ」

扇子で強く自分の膝を叩き、信長は厳しい口調で告げた。浅井長政への恨みは予想できたが、思っていた以上に信長は忿恚《ふんい》していた。

「はっ、出過ぎたことを申しました。いつにても出陣致す所存にございます」

賦秀は畏怖しながら、即座に平伏した。

五月十九日、浅井長政は蒲生氏の中野城から三里ほど北の鯰江《なまずえ》城に兵を入れ、市原《いちはら》郷《ごう》周辺の土豪、地侍たちを蜂起させて帰路を塞いだ。

東山道を通行できなくなった信長は、仕方なしに伊勢路を取り、蒲生賢秀、布施藤《ふせとう》九郎《くろう》、香津畑《こうづばた》の菅六左衛門《かんろくざえもん》らを先導として千種《ちぐさ》越えを行った。

千草越えとは鈴鹿《すずか》山脈の根《ね》の平《ひら》峠（標高八百三メートル）を経て近江から伊勢に抜ける山越えの道。現在の地図にすら掲載されぬほど細い山道の難所でもあった。

敵の目を躲したつもりであったが、甲賀衆を配下に多く抱える六角承禎は的確に信長の所在を摑み、甲賀衆の一人でもある杉谷《すぎたに》の善住坊《ぜんじゅうぼう》を遣って信長を狙撃させた。

轟音が響くも、幸いにも玉は信長を掠めただけで当たりはしない。

「曲者《くせもの》じゃ。お屋形様をお守り致せ！」

すぐに小姓、馬廻が走り寄り、信長の周囲を鎧武者《よろいむしゃ》が楯となって固めた。

「曲者じゃ。お屋形様に鉄砲を撃ちかけよった。捕らえて、引き摺り出せ」

信長側近の菅屋長頼《すがやながより》が叫ぶと、即座に家臣たちが轟音を放った方に疾駆するが、結局、捕らえることはできなかった。

伊勢まで信長を送り届けた賦秀ら蒲生勢は帰途に就く。虎口《こぐち》を逃れた五月二十一日、信長は岐阜城に帰城した。これに先駆けて徳川家康は十八日に帰国している。

岐阜に戻った信長は、すかさず浅井長政討伐の準備を始めた。

賦秀もさらに活躍の場があると、闘志を燃やさずにはいられなかった。

第三章　反撃の連続

一

　守山城の戦いで排除された六角承禎《ろっかくじょうてい》は、すぐに兵を纏《まと》めて佐久間信盛《さくまのぶもり》が守る永原城《ながはら》を攻撃したが、攻略には至らず退いている。それでも、旧領奪回に執念を燃やす承禎は、旧臣の他、一揆衆などを含めた兵を集い、守山城近くの浮気《ふけ》帯刀《たてわき》が守る立入《たていり》城に入城した。

　報せはすぐさま寄親となっている長光寺《ちょうこうじ》城の柴田勝家《しばたかついえ》から齎《もたら》された。

「失地を取り戻す承禎殿の熱意は並々ならぬものがあるの」

　報告を受けた賢秀は感慨深げに言う。旧主が相手なので、戦に気乗りしないようである。

「感心している場合ではありませぬ。報せによれば、蒲生郡の者も参じているとか。見過ごせば、当家の足元に火がつき、また、領内仕置きの失態を責められまするぞ」

賦秀は賢秀ほど六角家に思い入れがないので、厳しい口調で告げる。

「左様じゃのう」

渋々応じるが、やはり賢秀には気迫が感じられない。対して賦秀は闘志満々。

「父上には申し訳ありませんが、戦陣で相まみえた暁《あかつき》には武門の倣《なら》いに従い、承禎殿の御首級《みしるし》を頂戴致します」

「その意気込みこそ肝要じゃ。但し、匹夫《ひっぷ》の勇に走るではないぞ」

賦秀に釘を刺した賢秀は、即座に陣触れをした。帰陣して碌《ろく》に戦塵《せんじん》を落とす間もない参集であり、また、まだ兵農分離も明確には行えておらず、兵たちの大半は遅れた田植えをしなければならない。そんな中、漸《よう》く参陣できたのは僅かに五百ほどであった。

「これでは、領主としての資質がないと、とられようの」

溜息を吐きながら賢秀はもらす。

「なんの、柴田殿とて承知なされているはず。戦は兵の数ではございませぬ」

賦秀は気概に満ちた目を向けて言う。

梅雨空の中、賢秀と賦秀親子は五百の兵を率いて中野城を出立した。同城から長光寺城までは道なりに進んでもおよそ三里半（約十四キロ）なので、朝方発てば昼過ぎには到着できる。

越前攻めの三分の一ほどの距離であるが、蒲生勢は意気揚々と歩を進めた。ところが、長光寺城から一里半（約六キロ）ほどのところで、着陣の報告に向かった使者が血相を変えて立ち戻った。

「申し上げます。長光寺城は六角勢と思しき数千の軍勢に囲まれております」

「なに！」

馬上の賦秀は吐き捨て、即座に賢秀と顔を見合わせた。

六角承禎は三雲《みくも》三郎《さぶろう》左衛門《ざえもん》、高野瀬《たかのせ》備前守《びぜんのかみ》、永原《ながはら》遠江守《とおとうみのかみ》らを先鋒とし、伊賀、甲賀の地侍、土豪をも加えて、長光寺城を二重三重に包囲していた。

すぐに賢秀は軍勢を止め、皆とは少し離れた場所に主立った者を集めた。

「敵は十倍。これは滅多なことでは近づけませぬな」

町野繁仍《まちのしげより》は顔を横に振りながら意見を述べると、小倉実隆《おぐらさねたか》も頷いた。

「ここは一旦、退くべきでござろう。敵に知られれば、猛攻を受けましょうぞ」

「それでは信義に悖《もと》ろう。ここで退けば蒲生の名を汚す。ここはなんとしても敵を蹴散らして入城せねばならぬ。左様ですな父上」

顔を顰《しか》めた賦秀は声を荒らげて否定したのち、賢秀に同意を求めた。

「そちたちの申すことは尤《もっと》もじゃ。危うい味方を見捨てることはできず、かといって、みすみす配下を失う戦いを挑む訳にもいかぬ。どうしたものかのう……」

困惑した表情で賢秀は口を閉じた。

「されば、安土《あづち》の中川《なかがわ》殿や、永原の佐久間殿、守山《もりやま》の稲葉《いなば》殿らに遣いを出し、四方から逆に囲んではいかがでございましょう」

「それは良案。早速、遣いを放つがよい」

賦秀の進言を受け入れ、賢秀は即座に周辺の織田家の武将に早馬を走らせた。

その間、蒲生親子は仕方ないので、兵を止めた場所からほど近い布施《ふせ》山に陣を張った。同山には布施山城が築かれていたが、永禄十一年、織田軍の上洛戦で陥落し、廃城となっていた。賢秀は急遽、柵《さく》を構築して砦とすることにした。

「狼煙で長光寺城に報せますか」

町野繁仍が問うが、賢秀は首を横に振る。

「いや、儂らのことも敵に知られよう。さればとて、急襲もならぬ。何れ知られようが、それまではこのまま様子を見ておればよい。そのうち、佐久間殿らの後詰がまいろう」

賦秀としては不満であるが、とりあえずは賢秀の命令に従い、援軍を待った。

だが、蒲生家の使者が柴田勝家の危機を報せたものの、六角承禎は立入城を本陣として控えているので、佐久間信盛らは挟撃を警戒してすぐに出陣してはこなかった。

「尾張の者は身内を見捨てるつもりか！　されば、我らのみで後詰するのみじゃ」

報せを聞いた賦秀は声を荒らげて楯机を叩く。

「落ち着け忠三郎。確かに佐久間殿らは用心していよう。されど、柴田殿は織田家の先陣。その武将がただ囲まれてなにもせぬでは後詰の足も鈍るというもの。気概を見せねば他の武将の闘志も湧かぬ。まあ、筆頭から引き擦り降ろしたいという悋気《りんき》もあろうがの」

　賢秀は柔らかく諭すが、賦秀は納得できなかった。

「されば、いかがなされるつもりですか」

「佐久間殿らに後詰の使者は送り続けるが、あとは柴田殿に奮起してもらうしかないの」

　他人事のように言う賢秀であった。

　そこで賦秀は町野繁仍を密かに呼んだ。

「そちの配下の輪之丞《わのじょう》に命じて長光寺城に潜らせ、柴田殿に子細を告げさせよ」

「畏《かしこ》まりました」

　下知を受けた町野繁仍は、すぐさま甲賀者の輪之丞を長光寺城に放った。

　この間、包囲する六角勢は連日、城への攻撃を繰り返し、二ノ丸、三ノ丸と破り、さらに米蔵や井戸までも破壊して、あとは本丸を残すというところまで迫った。梅雨空ではあるが、降りそうで雨は降らず、城内は徐々に乾いていった。

　輪之丞は一揆勢に扮して包囲勢に紛れ込み、夜陰に乗じて長光寺城に潜入した。

　報せを聞いた柴田勝家は、残りの水瓶を庭の広間に持ってこさせ、城兵に向かう。

「もはや城内の水はこれだけじゃ。これより城を出て討ち死に致すゆえ、もう我慢も節約もいらぬ。皆、好きなだけ飲むがよい。瓶《かめ》が空になった時が城を打って出る時ぞ！」

言うと柄杓《ひしゃく》で水を掬《すく》い、喉を鳴らして水を飲んだ。続いて城兵たちに水が配られた。四半刻（約三十分）後、空になった水瓶を確認すると、柴田勝家は鉄鈚《てつぴょう》を打った六角棒を持ってこさせ、城兵たちの前で全ての水瓶を叩き割る。これにより、城内に水を溜める物はなくなった。大雨でも降って井戸が潤わねば再び水を飲むことはできない。城兵たちは背水《はいすい》の陣を強いられ、皆、闘志の塊と化している。

刹那、柴田勝家は一千の兵と共に出撃した。死を覚悟した兵は強く、柴田勢は寄手を切り崩す。一方、今までとは違う意気込みの城兵に六角勢は圧された。

この時の意気込みと行動により、柴田勝家は「瓶割り柴田」と渾名《あだな》されるようになった。

勢いに乗る柴田勝家は敵陣を次々に崩していく。そのうちに寄手は後退し、中には同士討ちを始めて混乱をきたし、ほどなく逃亡するものが続出した。

逃げる敵を討つのは易きこと。柴田勢は餓狼《がろう》のごとく獲物《えもの》に襲いかかり、追撃する。

物見はすぐさま布施山の蒲生陣に戻り、報告をした。

「左様か、柴田殿が敵を排除なされたか。これより合流致す」

賢秀は即座に陣を立ち、六角勢を追って西に進む柴田勝家の許に向かった。

六角勢は野洲川《やすがわ》を西に越えたところで止まり、川を防衛線として東から追撃する柴田勢に備えた。追い付いた柴田勢であるが、兵を立て直した敵と野戦になり、さらに渡河戦ともなれば兵数の多い方が有利なので、川を前に停止して今一度、兵を整えた。

永原城はすぐ近くなので、佐久間信盛は即座に参じ、遅れて蒲生勢も合流した。

蒲生親子が陣幕の中に入ると、首座で床几に腰を降ろす柴田勝家が顰め顔でいた。

「遅ればせながら、ただ今参じました。また、こたびの戦勝お目出度うございます」

親子揃って跪く、賢秀が申し訳なさそうに挨拶をする。

「役目大儀。こたびはよき注進であった。お屋形様にも報せようぞ」

なにもしなかった佐久間信盛への皮肉をこめてか、柴田勝家は鷹揚《おうよう》に言う。

「忠三郎、期待しておるぞ」

鍾馗髯《しょうきひげ》の面持ちを綻ばせた柴田勝家は、賦秀の戦ぶりは自分に通じるところがあるので、以前のような嫌悪感に満ちてはおらず、逆に好意的な目を向けてきた。

「はっ、応えるよう励む所存です」

覇気ある目を向けて賦秀は答えた。

ほどなく安土城の中川重政も参陣したが、川西に位置する守山城の稲葉一鉄《いってつ》は立入城の六角承禎に牽制《けんせい》されて、城を出ることはできなかった。

暫し野洲川を挟んで対峙していると、六角方が先に動いた。六月四日の未明、六角承禎は浮気帯刀らを先発させ、川西の陣に合流した。報せはすぐに柴田陣に届けられた。

「敵は本気で仕掛けてくるつもりじゃな。望むところ。一気に蹴散らしてくれる」

柴田勝家は強気で吐き捨てる。

「されど、敵は多勢ぞ」

佐久間信盛は危惧する。六角方は六千余。対して織田軍は四千余であった。

「なんの、戦は兵数ではなし。そのこと先の戦で明らかにしておる。のう忠三郎」

腰抜けめと蔑むような口調で佐久間信盛に告げた柴田勝家は、賦秀に同意を求める。

賦秀は寄騎の息子であるが、信長の婿なので評議にも参加することを許されている。

「仰せのとおり。聞けば敵大将は臆して未だ城に籠っているとか。されば目の前の敵は大将を欠く烏合《うごう》の衆。左様な兵など幾万いようとも、ものの数ではございませぬ。一気に蹴散らすがよかろうかと存じます」

戦は勢いが大事。賦秀はここぞとばかり主張した。

「さすがにお屋形様の婿じゃ。こたび、そちは二手を許すゆえ、存分に戦うがよかろう」

「有り難き仕合わせ。ご期待に応えてみせまする」

燃え盛る闘魂を前面に出しながら、賦秀は応じた。

織田軍も夜明け前に布陣をし直した。軍勢は北西から南東に伸びた野洲川に沿った形で陣を布き、蒲生勢は柴田本陣の左隣に構えた。落窪《おちくぼ》（乙窪）と呼ばれている地である。

やがて辺りは黒い世界から紫、薄い青へと変わり、ほどなく対岸の様子も明らかになってきた。蒲生勢から野洲川原までがおよそ十町（約一・一キロ）、川幅がだいいたい二町半（約二百七十三メートル）。西の川岸から十町ほどのところに六角勢が北西から南東に陣を布いている。

互いの様子が明らかになってくると、俄《にわ》かに両軍は慌ただしくなり、使番がしきりに疾駆した。どちらも先に敵が仕掛けてくれることを待っている。膝下の水位でも渡河すれば足が鈍る。弓、鉄砲の恰好の的となることは明白だからだ。

「さすがに我らからは仕掛けられませぬな」

賦秀は敵を眺めながらもらすと、賢秀も頷いた。

「左様のう。おそらく根比べとなろう」

長対峙を覚悟した時、三雲三郎左衛門、高野瀬備前守ら六角勢の先陣が前進してきた。

「長光寺城の包囲が破られたので、面目を取り戻すつもりでしょうな」

前進する六角勢を遠望し、目を輝かせながら賦秀が言うと、賢秀も目を見開いた。

「敵から仕掛けてくるのは好機じゃ」

同じことを柴田勝家も考えていたのであろう。前進の号令がかかった。

賦秀は真っ先に騎乗して馬足を進める。全軍は川岸に辿り着くのに四半刻とはかからない。両軍は引き合うように野洲川の間際にまで迫った。

すると六角軍の陣に法螺《おらね》の音が響き、続いて鏑矢《かぶらや》が放たれた。途端に三雲三郎左衛門勢が川に足を踏み入れると、川西からも多くの水飛沫《みずしぶき》が上がる。

「かかれーっ！」

朝の大気を裂いて柴田勝家の怒号が谺《こだま》した。敵の接近を待って矢玉で足を止めさせ、その上で打ちかかる方が楽に相手を討てるはず。ところが敵が正面から挑んできたので、勝家とすれば応えねば武士が廃《すた》るとでも思っている古い体質の武士なのかもしれない。ただ、賦秀にとっては共感のできる寄親であった。

「押し立てよ！」

賢秀よりさきに賦秀は大音声で叫び、蒲生勢では真っ先に川に馬を乗り入れた。水の深さは場所によっては人の胸ほどもあるが、これまでは空梅雨だったので水嵩は低く、馬足を取られることはなかった。賦秀は太刀を前方に振り降ろし、鐙《あぶみ》を蹴り続ける。

ほどなく、矢玉による水飛沫があちらこちらで上がりだす。ただ、まだ敵までは距離も遠く、さらに前進しながら的を絞るのは難しいので、兵が倒れはしない。それでも、徐々に水飛沫が手前に近づき、遂に互いの兵が鮮血を宙と川に染めるようになった。

「臆するでない。腑抜けた敵の矢玉など当たらぬ。我に続け」

鯰尾《なまずお》の兜《かぶと》を冠る賦秀は最前線で絶叫し、配下を煽り立てる。

やがて鉄砲による負傷者が出始めるが、構わず賦秀は突き進み、遂に高野瀬備前守と衝突した。川中の戦いなので、双方、鑓衾《やりぶすま》を造って組織だった戦闘を行えない。川底の泥や石についた苔《こけ》に足を滑らせ、藻《も》に足を取られつつも鑓を振っている。

途端に剣戟《けんげき》の音が響き、柄と柄が弾き、甲冑がぶつかり、馬が嘶《いなな》いた。周囲ではさまざまな音が入り乱れる。透き通っていた川は泥で濁《にご》り、その川を鮮血が朱に染めた。

「どけ！　高野瀬備前守は何処じゃ。儂は蒲生忠三郎賦秀！　備前守は何処ぞ」

殺到する敵を馬上から斬り捨て、賦秀は叫びながら高野瀬備前守を探すが、なかなかみつからない。逆に名乗りをあげたので、恩賞目当てで群がる敵は増えるばかりだ。

「ええい、雑魚《ざこ》どもめ。左様に死に急ぎたいか！」

雑兵を相手に戦う賦秀は、煩《わずら》わしいと思いつつも、川中で輪乗りしながら太刀を振り降ろし、屍《しかばね》を川面に浮かべていった。馬上の鑓は扱いづらいので太刀を手にするが、すぐに歪み、また切れなくなるので、何度も交換しては敵を斬った。

一方、二手の蒲生勢に引き擦られる形になった柴田勢も、負けじと奮戦し、倍する敵を受けつつも、瓶割り柴田、懸かれ柴田の渾名どおり、問答無用で打ち払いながら敵を圧しに圧す。佐久間信盛や中川重政も、柴田勢に遅れをとってはならぬと奮闘し、少ない兵数でも六角勢を後退させている。

「退くな！　敵は寡勢、本領で他所者《よそもの》に負けるでない」

先陣の三雲三郎左衛門は叱咤《しった》するが、やはり大将の六角承禎が立入城にいて前線に出ていないせいか、旧領奪回を目論む多勢でも今一つ士気はあがらなかった。

片や近く浅井、朝倉攻めを計画している信長の重臣として柴田勝家、佐久間信盛、また織田枝流の中川重政としては負ける訳にはいかない。信長が出陣する前に、なんとしても琵琶湖の東湖畔から敵を排除しておかねばならないので必死だ。

また、信長の婿として、北近江の勇たらんとし、織田家の重臣になることを目指す賦秀は、危険を顧《かえり》みずに敵中に突き入り、阿修羅《あしゅら》のごとく戦い続けた。敵を見ると疲れなどはどこかに吹っ飛び、新たな活力が漲《みなぎ》るようであった。

「敵は退くぞ。追え！　逃すな！」

織田軍のあちらこちらから、そのような足軽大将の声が聞こえる。やはり大将が前線にいないのでは、六角兵の士気は低下し、踏み止まって戦う姿勢が薄いようであった。

六角勢は後退を始め、やがて背を向けて退却を始めた。城を囲まれては敵わぬと、真っ先に六角承禎が立入城を抜けたのが前線の兵に伝わったためといわれている。

「追え！　一人たりとも逃さず討ち取れ！」

賦秀も割れんばかりの声をはり上げ、逃げる敵を追撃した。

この時、六角方の浮気貞頼《さだより》が、織田方の武者頭を討ち取ったと伝えられているが、圧倒的に織田軍が討った数が多い。浮気家の当主・員貞《かずさだ》を始め、三雲三郎左衛門、高野瀬備前守、永原遠江守らを含む七百八十余人を討ち取った。その他、一揆衆は打ち捨てにしたので数知れず。『言継卿記《ときつぐきょうき》』には六角兵の死者は二、三千にも及ぶと記されている。

「えい、えい、おおーっ！　えい、えい、おおーっ！　えい、えい、おおーっ！」

昼過ぎには野洲川原周辺に織田軍の勝鬨《かちどき》が上がった。

賦秀も晴れた顔で怒号をあげる。

この日の合戦は、野洲川原の戦い、あるいは落窪合戦と呼ばれている。

すぐに報せは岐阜に届けられると、信長は満足の表情で麾下に陣触れを出した。

二

越前の金ヶ崎で信長に背信した小谷の浅井長政は、越前道（北国脇往還《ほっこくわきおうかん》）を押さえるために、伊吹山《いぶきやま》南側に位置する長比《たけくらべ》城、刈安尾《かりやすお》城、上平寺《じょうへいじ》城を修築し、樋口直房《ひぐちなおふさ》に守備をさせた。また、米原《まいばら》の鎌刃《かまは》城には堀元積《ほりもとつむ》、今浜《いまはま》（のちの長浜《ながはま》）の横山《よこやま》城には大《おお》野木茂俊《のぎしげとし》を入れて固め、近江と美濃の国境に一千余人の軍兵を配置し、さらに美濃に兵を侵入させて、垂井《たるい》、赤坂辺りを放火させている。

この時、木下秀吉は犬上《いぬかみ》郡の多賀《たが》城に在しており、今孔明《いまこうめい》と言われる天才軍師の竹《たけ》中重治《なかしげはる》と共に樋口直房に調略の手を伸ばした。直房は稲葉一鉄と旧知の間柄であり、浅井勢の後詰がなかったので秀吉に下った。直房は若き当主である堀元積の家老であったので、直房の説得を受けて元積も下り、秀吉は難無く四城を掌握《しょうあく》した。

調略成功の報せを聞いた信長は六月十九日、尾張、美濃、伊勢三州の軍勢一万数千余を率いて岐阜を出立した。

信長出陣の報せは、一旦、帰城した中野城の蒲生親子の許にも届けられた。

「いよいよ浅井攻めですな。長年の敵ゆえ、討って積年の恨みを晴らしましょうぞ」

賦秀は闘志をあらわに言うが、賢秀は固い表情のままである。

「お屋形様が浅井に迫れば必ず朝倉が出てくる」

「無論、お屋形様は纏めて討つつもりでございましょう」

「そう簡単にはまいるまい。まあ、焦らぬことじゃ」

今まで散々、朝倉家の援軍に悩まされた六角麾下であった賢秀だけに、しみじみともらす。

（お屋形様と六角では月と鼈《すっぽん》。父上の見通しも甘いようじゃ）

肚裡《とり》で思うものの、賦秀はあえて口にはしなかった。

「叔母上（お市御寮人）が哀れでなりませぬ」

あどけない面持ちをする冬姫は、哀しそうにこぼす。

「なに、落城となれば実家に戻されるのが武家の倣《なら》い。心配せずともよい」

「されど、浅井殿とは仲睦まじく、二人の姫が生まれていると聞いております」

「女子は助けられるゆえ心配はない。また、仲の良し悪しに拘らず、落城に際して別れるは武門の常。御寮人様も十分にご承知なされて嫁がれたはず」

「されば、当家が父上と争われれば、わたくしは岐阜に戻されるのでございますか」

「埒《らち》もない。儂はお屋形様の婿。当家が織田に背く謂《いわ》れはないゆえ、そなたが儂と離れることなどありえぬ。安堵して我が帰城を待っておれ」

優しく声をかけた賦秀は中野城を出立した。いつ六角承禎が一揆勢を蜂起させるかもしれないので、挙《こぞ》って兵を参集する訳にはいかず、五百を城に置き、一千を引き連れた。

六月二十日、信長率いる織田軍が長比、刈安尾城に着陣すると、蒲生親子を始め、柴田勝家、佐久間信盛ら江南、江東に守城していた織田の諸将が加わった。

「ご尊顔を拝し、恐悦至極に存じます」

信長の前に罷り出た蒲生親子は平伏して恭《うやうや》しく挨拶をした。

「役目大儀。忠三郎、よき働きじゃ」

滅多に笑みを見せぬ信長であるが、賦秀の活躍には満足しているようであった。

「お褒めに与り、恐悦の極み。さらなる働きをする所存です」

と答えた賦秀はつけ加えた。

「冬姫が、お屋形様の身を気遣かっておりました」

「であるか」

信長は一言告げただけで、深くは聞かない。戦に余計な感情は必要ないとでも言いたげなので、賦秀はそれ以上口にはしなかった。

一方、浅井長政は、織田軍に対する最前線の城となった横山城に三田村《みたむら》左衛門大夫《さえもんのたいふ》、野村肥後守《のむらひごのかみ》、野村兵庫《のむらひょうご》ら三千の兵を入れて信長軍に備えた。

「まずは横山城ですか。万余で仕寄せれば、十日とかからず落とせましょうなあ」

西の眼下を見下ろしながら賦秀は賢秀に言う。

「その間に後詰がまいるやもしれぬ」

「されば陽動とするやもしれませぬな。左様に違いありませぬ」

信長のこと、憎き浅井長政を目の前にして城攻めに固守するとは賦秀には思えない。

報告を受けた信長であるが、賦秀の予想を遥かに越えていた。横山城への備えを残すと、姉川を挟んだ北側に位置する浅井長政の居城である小谷城から一里（約四キロ）ほど南西にある虎御前山《とらごぜんやま》（標高二百二十四メートル）に向かい、山との五町（約五百四十五メートル）ほどの間に一万余の軍勢を配置した。

（よもや、まったく仕掛けることもせぬとはのう）

信長の思案を読みきれず、賦秀は己の浅慮に失意を感じて溜息を吐いた。

六月二十一日、信長は長比城から軍を進めると、森可成《もりよしなり》、坂井政尚《さかいまさひさ》、齋藤新五郎《さいとうしんごろう》、市橋長利《いちはしながとし》、佐藤秀信《さとうひでのぶ》、塚本小大膳《つかもとこだいぜん》、不破光治《ふわみつはる》、丸毛光兼《まるもみつかね》らの武将を小谷城からおよそ十二半町（約一・四キロ）ほど南に位置する雲雀山《ひばりやま》（標高一四二・八メートル）に布陣させ、周囲の町を焼き払わせた。

信長は虎御前山に本営を置くと、柴田勝家、佐久間信盛、蜂屋頼隆《はちやよりたか》、木下秀吉、丹羽長秀ら近江在番衆と、側近の堀秀政《ほりひでまさ》らに付近の放火を命じた。

「辺りを焼け野原とし、浅井を燻《いぶ》し出すのじゃ」

柴田勢に属する賦秀は家臣たちに下知を飛ばし、まるで悪戯をする童のごとく他の織田軍とともども小谷城下に火をかけると、炎は瞬く間に燃え広がり、夕刻には灰燼《かいじん》に帰した。

それでも浅井長政は挑発に乗らず、ひたすら朝倉義景の援軍を待っていた。

虎御前山の本陣では評議が開かれた。賦秀は発言の権限こそないものの、信長の婿ということで、末席に座すことは許されていたので、黙って聞いている。

「小谷城は峻険な山に築かれた要害で、力攻めをすれば多大な手負いを出しましょう。そこを越前兵に挟み撃ちにされれば、精強な織田兵とはいえ、これもまた然《しか》り」

佐久間信盛が進言したところに細作が戻った。

「申し上げます。朝倉勢が木之本《きのもと》まで進んでまいりました」

木之本は虎御前山から二里（約八キロ）ほど北に位置している。

「左様か。されば、一旦、退く」

野戦で雌雄を決したい信長は、二十二日、ひとまず本営を虎御前山から退かせた。

すると、この時を待っていたかのように、浅井勢は城を出て追撃を始めた。

「戯《たわ》けめ、ただ逃げると思うてか」

信長は簗田広正《やなだひろまさ》、中条家忠《ちゅうじょういえただ》、佐々成政《さっさなりまさ》らの殿軍《しんがり》に敵を迎撃させながら悠々と移動した。

六月二十三日、徳川家康が五千の兵を率いて合流すると、その夜、織田・徳川連合軍は野営し、翌二十四日には本営を姉川《あねがわ》の南岸に近い今浜の龍ケ鼻《たつがはな》に置いた。

即座に信長は下知を出し、横山城を包囲させた。

木下秀吉、池田恒興、坂井政尚らは南東の観音坂《かんのんざか》から、森可成、丹羽長秀、蜂屋頼隆らは北の犬飼坂《いぬかいざか》から、柴田勝家、長野信包《ながののぶかね》、氏家卜全《うじいえぼくぜん》らは東の大原坂口《おおはらさかぐち》から、佐久間信盛、稲葉一鉄、水野信元《みずののぶもと》、市橋長利、河尻秀隆《かわじりひでたか》らが南西の石田《いしだ》からである。

「彼奴《きゃっ》らめ、貝のように固く閉ざして出てこぬな」

大原坂口から横山城を眺め、柴田勝家は悔しげに吐く。

（いや、おそらく先と同じように、浅井を引き擦り出す策であろう）

賦秀は先日のことを思い出した。あくまでも標的は浅井長政だと思っている。

信長は指揮し、総勢三万五千余の軍勢に鬨《とき》をあげさせ、城の近くに迫らせた。

横山城将の三田村左衛門大夫らは、すぐさま浅井長政に急を報せ、援軍を求めた。

長政はこれに応え、八千の兵を率いて横山城と小谷城の中間地点にある大依山《おおよりやま》（標高三百四十五メートル）に陣を布いた。

（お屋形様の思案どおりじゃな。城を出た浅井は鴨《かも》が葱《ねぎ》を背負って来るようなものよ）

移動した浅井勢を遠望しながら、賦秀は北叟笑《ほくそえ》んだ。やはり城攻めよりも野戦の方が戦い易い上に活躍が望める。良き地に陣を布きたいとも願った。

それでも信長は動かない。

（浅井だけではなく、やはり朝倉をも一緒に討つ算段か）

賦秀は自分の思考が正しかったことを喜んだ。

六月二十六日、朝倉景健《かげたけ》率いる一万の援軍も大依山に布陣した。

これで浅井・朝倉の軍勢は一万八千になるが、まだ織田・徳川連合軍よりも少ない。とはいえ、朝倉義景の本隊を待っていては、横山城が持ちこたえられない。軍議の結果、すぐに救助に向かうことになり、二十七日の夜半、大依山より山麓を流れる草野《くさの》川《がわ》を越えて姉川の北岸に進み、浅井軍は野村《のむら》、朝倉軍は三田村《みたむら》に布陣した。

浅井の先陣は磯野員昌《いそのかずまさ》ら一千五百。二陣は浅井政澄《まさずみ》ら一千。三陣は阿閉貞秀《あつじさだひで》ら一千。四陣は新庄直頼《しんじょうなおより》ら一千。五陣は本陣となる浅井長政の三千五百。

朝倉軍の先陣は朝倉景紀《かげただ》ら三千。二陣が前波新八郎《まえばしんぱちろう》ら三千。本陣は朝倉景健の四千。総勢一万八千であった。

「遂に敵が動いたか。退くのか。それとも野戦を挑むつもりか」

浅井・朝倉軍が移動する松明《たいまつ》を見るが、賦秀は判断がつかなかった。

「尾張兵は弱いとの噂じゃ。金ヶ崎のこともあれば、舐《な》めているのかもしれぬ」

賢秀は冷めた口調で告げる。

「寡勢が野戦を望みますか？　挑んでくれれば、お屋形様はお喜びになりましょうが」

父親の言葉に悔しさを感じながら、賦秀は口にした。

信長は浅井・朝倉連合軍の移動を撤退だと勘違いをし、夜明けとともに横山城への総攻撃を命じた。ところが、明るくなるに従い、姉川の北に浅井・朝倉連合軍が布陣していることを知った。

信長は、浅井・朝倉連合軍が姉川を渡河して背後を突いてくるのでは、と危機感を持ち、すぐさま評議を開くと、陣容を発表した。

「一番は美濃の三人衆、氏家卜全、稲葉一鉄、安藤守就《あんどうもりなり》。二番は徳川殿。儂のところの先陣は坂井政尚、池田恒興《いけだつねおき》……」

信長が口にすると、珍しく寡黙《かもく》な徳川家康が口火を切った。

「畏《おそ》れながら、このたびは本国を出る時から、先陣をするつもりでまいりました。三十歳にもならない某が、援軍にやってきて二番を命じられるは不名誉千万《ふめいよせんばん》。先陣を仰せつけられねば、このまま三河に帰国する所存にございます」

いつになく家康は昂奮していた。というのも、駿河を手に入れた甲斐《かい》の武田信玄《たけだしんげん》が、家康との約定を破って、遠江を窺い始めたのだ。

(強大な武田軍団と戦うにはどうしてもお屋形様の後詰が必要だからか)

耳が大きく、団栗《どんぐり》のような眼の徳川家康を見ながら賦秀は思う。

「左様か、徳川殿がそこまで申すなら、先陣を頼もう」

自分に意見されたことに腹をたてた信長は、五千の徳川勢に稲葉一鉄の一千をつけて朝倉軍の一万に当てることにした。これにより当初の陣容も変更した。

横山城の監視には丹羽長秀、氏家卜全、安藤守就の五千、残りは全て姉川方面に向かう。

発表を終えると、信長は敵を迎え打つために龍ヶ鼻を下り、川の南に向かった。家臣たちは慌てて主を追う。

半刻（約一時間）とかからずに織田・徳川連合軍は布陣しはじめた。

東に陣を敷く浅井軍の正面に織田軍。西の朝倉軍の正面に徳川軍が配置した。

先陣は坂井政尚ら三千。二陣は池田恒興ら三千。三陣は木下秀吉ら三千。四陣は柴田勝家ら三千。蒲生親子はここに含まれている。五陣は森可成ら三千。六陣は佐久間信盛ら三千。そして、本陣の織田信長が五千。

朝倉軍に対する徳川勢は先陣が酒井忠次《さかいただつぐ》の一千。二陣が小笠原長忠《おがさわらながただ》の一千。三陣が石川数正《いしかわかずまさ》の一千。本陣となる徳川家康の二千。後備に稲葉一鉄の一千。

織田・徳川連合軍は総勢二万九千。兵数では圧倒的に有利であった。

姉川は伊吹山麓の西南を流れ、琵琶湖の東北岸にそそぐ川で、河口から半里（二キロ）ほど遡《さかのぼ》ったところに両軍が睨み合っている。

浅井・朝倉それに徳川軍は本陣を後ろに置いて、各隊を二つに分け、先陣から順に隊列を組んでいる。織田軍も一から六までを二つに分けているが、鶴翼《かくよく》の十三段で構えた。

「四手（陣）か、これでは戦功を挙げることはできぬやもしれぬな」

布陣をし終えた賦秀は愚痴をもらす。味方の勝利は願うものの、少し前線が崩れて自身の戦う場面が出ることを密かに望んだ。

「浅井は寡勢だが精強揃い。油断するでない」

散々戦ってきたこともあり、賢秀は浅井軍の力を認めていた。

「左様なものですか」

まだ、浅井長政と干戈を交えたことのない賦秀には実感がなかった。

徐々に辺りが白んでくるほどに、両軍の戦気は高まっていった。

三

陽が昇らなくとも汗を噴いた皮膚に甲冑がべっとり貼りつき、掻けない背中の憤痒《むずかゆ》さに苛立《いらだ》ちながら迎えた朝。今日も暑い一日が予想できる。

六月二十八日。ユリウス暦では七月三十日にあたる日の卯《う》ノ刻（午前六時頃）。浅井軍に向かい、織田軍の先陣、坂井政尚が盛んに鉄砲を撃ちかけて戦端は開かれた。

「放て！　放ち返せ！」

すぐに浅井軍も撃ち返し、辺りは両軍の放つ轟音が響き渡り、硝煙《しょうえん》の靄《もや》ができた。

暫し鉄砲による戦が続く中、隣の徳川、朝倉の陣で鎧合わせが行われるようになり、この戦闘に引き摺られるようにして織田、浅井軍も進撃を開始した。

「よいか、我々が主軍ぞ。朝倉に遅れをとるな！」

隣の戦を見た浅井勢の先陣を務める磯野員昌は奮激し、配下を率いて勇猛果敢《ゆうもうかかん》に姉川に突入した。

押し太鼓《だいこ》と陣鉦《じんがね》が乱打され、法螺貝《ほらがい》が鳴り響く。

坂井政尚が豪雨のように鉄砲を撃ちかけ、矢を放って敵を迎え撃つが、恐怖などないかのように磯野勢は弾丸雨注《だんがんうちゅう》の中、猛進する。地鳴りのような馬蹄《ばてい》の音と天を響《どよ》もす大喊声、川を遮る水飛沫の音が織田軍に襲いかかってくる。

矢玉で迎撃する政尚だが、徐々に差は縮まり、ついに干戈《かんか》を交えることになった。

「かかれ！　押し返せ！」

政尚は二千の兵で浅井軍一千五百に当たったが、勢いの差か磯野勢は押しに押す。すぐに両軍入り交じっての大乱戦。もはや弓鉄砲は簡単には使えない。

不撓不屈《ふとうふくつ》の闘志がぶつかり、剣戟の火花が飛び、胴丸を叩く鈍い音が聞こえる。太刀が歪み、鑓の柄が折れる。兜が割れ、具足が飛ぶ。鮮血の飛沫が宙を舞う。怒声《どせい》と喊声《かんせい》に断末魔《だんまつま》の呻《うめ》きが交差する。まさに阿鼻叫喚《あびきょうかん》。瞬時に姉川は朱に染まる。

精強な浅井軍の猛攻に坂井政尚は耐えきれず、嫡子の久蔵《きゅうぞう》を始め、百人ほどが討ちとられた。潰乱《かいらん》となった坂井勢に、二陣の池田恒興が合流し、磯野勢に当たった。

「敵は疲れておる。一気に潰せ」

信長の乳兄弟でもある池田恒興は、大音声《だいおんじょう》で家臣を激励するが、浅井軍は激浪が押し寄せるように攻めたてる。自領での戦いだけに命運をかけて突き斬る。先陣が疲労困憊すれば二陣、三陣と後退し、休む間もなく剛毅果断《ごうきかだん》に邁進《まいしん》してきた。

開戦してから既に二刻半（五時間）が経ち、巳《み》ノ下刻（午前十一時頃）になっている。遂に池田勢も突き崩され、三陣の木下秀吉勢が衝突することになった。

「丸くなれ！　円陣を組め！」

秀吉は軍師竹中半兵衛（重治）の進言を取り入れて、鑓衾《やりぶすま》を仕立てた円陣を組ませた。この陣は八陣法《はちじんほう》の一つ「方円《ほうえん》の備《そな》え」とも言い、敵陣深く攻めこんだ時や防御には最適の形だった。

それでも浅井軍の熾烈《しれつ》な攻勢は衰えない。密集隊形で鑓衾を作る秀吉勢に向かい、一人一殺、刺し違えるように飛びこみ、確実に仕留めて突き崩す。死への恐れを捨てた兵ほど強い者はない。一人、二人、……と減っていく。あたかも栗の毬《いが》を一本一本抜き取るようでもあった。

蜂須賀小六《はちすかころく》、前野将右衛門《まえのしょうえもん》、木下小一郎《きのしたこいちろう》、土田甚助《どたじんすけ》、加藤作内《かとうさない》、木村常陸介《きむらひたちのすけ》、一柳《ひとつやなぎ》直末《なおすえ》、堀尾茂助《ほりおもすけ》などなど……。みな必死に防戦するが、浅井兵にはまるで鬼神が乗り移ったかのごとく、一向に攻撃の手は衰えず、とうとう木下勢も蹴散らされた。

木下勢が破られ、遂に四陣となる柴田勝家の陣にまで浅井勢は達した。

「敵を止めよ。これ以上、進ませては織田の名折れぞ！」

鬼柴田と異名を持つ勝家は、馬上、大音声で下知を飛ばす。

「承知」

言わずと知れたこと。賦秀は応じながら敵を迎え撃つ。さすがに前線が崩れればいいと思ったことは浅慮《せんりょ》だと反省する。一度、劣勢になると、なかなか盛り返すのは難しい。

それでも、先の野洲川の戦いのごとく、賦秀は太刀を片手に近寄る敵は容赦なく斬り捨てる。敵の鑓を弾いて馬を乗り廻して斬り降ろす。途端に血飛沫が宙を朱に染めた。

ただ、鯰尾の兜を冠った騎馬武者は敵にとっては恰好の恩賞首であった。勢いに乗る多数の浅井勢が群がり、やがて馬が討たれ、賦秀は川中に突っ伏した。

「おのれ！」

どっぷり水に浸かり、半分泥に塗れた賦秀は川中から身を起こし、敵に向かう。ところが、悪いことは重なるのか、あるいは当たり前のことか、斬りつけると敵の具足に当たり、太刀は情けない金属音と共に、ぽっきり折れてしまった。

「若殿、鑓を」

傅役の町野繁仍が十文字鑓を差し出した。

「おう」

十文字鑓を受け取るや、賦秀は左から繰り出される鑓を弾いて敵の喉を抉る。その間にも他の敵が鑓を突き出してくるので、賦秀は躱し、釜刃で首を裂き、あるいは胴を刺す。

周囲でも蒲生勢は奮戦している。結解十郎兵衛《けっけじゅうろうべえ》、種村伝左衛門《たねむらでんざえもん》、岡定俊《おかさだとし》、上野《こうずけ》田《だ》主《かず》計助《えのすけ》、森民部丞《もりみんぶのじょう》たち。なにせ蒲生家の嫡男が真っ先に敵に向かうので、家臣たちが後方に控えている訳にはいかない。命知らずの武士たちは新手を求めて疾駆する。

柴田の本陣では大将の勝家や、賦秀よりも三歳年上の佐久間盛政《さくまもりまさ》も血鑓を振って奮闘しているが、全体的には押されている。勢いの差というものなのかもしれない。

浅井勢は四陣の柴田勢をも圧して五陣の森可成とも干戈を交えている。『柄鉉竹《えつるたけ》に朱の短冊《たんざく》』の馬印を掲げる磯野員昌が信長本陣に迫っていた。

「おのれ！」

何人、突き伏せても劣勢を撥《は》ね除けられず、賦秀は苛立った。

「敵は寡勢、味方は多勢ぞ。なにゆえ挽回できぬ。圧し返せ！」

圧されながらも敵を仕留める賦秀は、怒号する。

「お焦りになりませぬよう。敵は寡勢、そのうちに疲労して動けなくなります。対して、お味方で戦っておるのはおよそ半数。反転致せば敵は総崩れとなりましょう」

肩で息をしながら、町野繁仍は賦秀を宥《なだ》めた。

「されど、このままではお屋形様の本陣まで敵が喰い込もうぞ」

賦秀は蒲生勢の中から飛び出して、信長の本陣に駆け付けたいところであった。

「お屋形様の周辺には無傷の旗本五千と、後詰もございますゆえ。我らは柴田殿に従い、打ちかかる敵を仕留めるばかりにございます」

町野繁仍が言った時、再び敵が数名が雪崩れ込んでくる。これを結解十郎兵衛、岡左内が食い止め、賦秀と種村伝左衛門らが相次いで仕留めた。

「くそっ、全ては緒戦の一撃じゃ。しくじれば、この体たらく。儂が先陣であったらの」

悔しさを吐きながら、賦秀は自分の持ち場をなんとか死守していた。

周囲では主を失った馬が彷徨《さまよ》い、地には歪んだ刀、柄の折れた鑓、弦《つる》の切れた弓、割れた矢、旗指物が泥にまみれ、首のない屍、千切れた手足が散乱していた。川の中の死体は藻屑《もくず》となって雑魚の餌になっている。まさに屍山血河《しざんけつが》。魔や鬼が辺りを徘徊《はいかい》し、死神が大漁だと喜び、悪霊が仲間を得たりと歓喜する。腥《なまぐさ》い血の臭気に烏《からす》が宙を飛び、他の猛禽類《もうきんるい》たちも獲物を求めて嬉悦《きえつ》の飛行を繰り返す。地獄絵図とはこのことかもしれない。

午《うま》ノ下刻（午後一時頃）。鶴翼の十三段に組んだ織田軍の陣形は九段目まで崩された。

（このままではお屋形様の本陣に浅井勢が突き入ってしまう）

賦秀は目の前の敵と奮戦しながら信長の本陣が気掛かりで仕方ない。雑兵を何人討ったとて、信長の首を取られてしまえば負けである。注意力が散漫になったせいか、敵の穂先が袖を裂き、血が滲んだ。

そこへ喊声が東から聞こえた。

「若殿、お味方にございます」

満身創痍《そうい》の町野繁仍が叫ぶ。

ちらりと東に目をやると、横山城を包囲していた丹羽長秀、氏家卜全、安藤守就らが救援に駆けつけ、疾風迅雷《しっぷうじんらい》そのままの勢いで浅井軍の左翼に突撃した。獰猛《どうもう》な野獣の咆哮《ほうこう》にも似た闘志が炎天下の夏空に響き渡った。丹羽長秀らは、味方の鬱憤《うっぷん》を晴らすかのように遮二無二鑓を繰り出し、太刀を振る。浅井兵の血煙りが宙に飛び散った。

「退くな！　あと一息ぞ！」

浅井長政が脹《ふく》よかな頬を強ばらせて怒号するが、既に三刻（六時間）以上も戦い続けているので思い通りに兵は動かない。皆、攻め疲れていた。後ろに小谷城を背負い、背水の陣で挑んだ戦だが、精疲力尽《せいひりきじん》しきって、繰り出す鑓先も鈍くなる一方だった。

疲れきった浅井勢に鋭い楔《くさび》となって食い込んだ丹羽・氏家・安藤の遊軍は、烈火のような闘魂を炸裂《さくれつ》させた。混乱した浅井兵は反撃はおろか、逃げまどうばかり。長秀らは順番に刀鑓の餌食にしていった。立場が逆転し、今度は織田軍の草刈り場と化した。

既に浅井方では、浅井雅楽助《うたのすけ》、同齋《いつき》、早崎吉兵衛《はやさききちべえ》、細江左馬助《ほそえさまのすけ》、加納次郎左衛門《かのうじろうざえもん》、同三郎兵衛《さぶろうひょうえ》などなど音に聞こえた将士たちが枕を並べて討死していた。

織田軍の反撃だけではなく、さらに浅井軍の闘志が奪われたのは、鬼神の働きをしていた磯野員昌が軍から離脱していたからだ。おまけに崩れはじめた自軍の横で朝倉軍が徳川軍に追われ、敗走している。浅井長政の家臣で踏み止まろうとする者はいなくなった。

「形勢は逆転したぞ。逃すな！」

賦秀は怒号する。周囲でも各侍大将たちは同じようなことを絶叫していた。

単なる攻め疲れによる逆転ではないが、町野繁仍の言ったとおりとなった。蒲生勢を含めた織田軍は猛烈な追撃を開始した。

そんな中、浅井勢の遠藤直経《えんどうなおつね》は味方の瓦解を知り、せめて信長の首級をあげようと、戦乱の中で泥血を身に纏い、同輩である三田村市左衛門《みたむらいちざえもん》の首を下げて織田軍にまぎれこんだ。その上で、信長に首改めを申し入れ、許されて側まで近寄ったが、竹中重治の弟・重隆《しげたか》に見破られ、逆に討ち取られてしまった。

今一歩で届きそうだった信長の首を前にして、潰滅《かいめつ》状態となった軍勢の中で長政は、無念極まりないといった態で引き上げていった。

屍の散乱する姉川周囲に勝利の鬨があがった。『信長公記《しんちょうこうき》』には、浅井軍の死者千百余人、また『言継卿記』には浅井の討死七、八千、朝倉軍の死者五千余とある。激戦は、織田・徳川連合軍の大勝利に終わった。

「忠三郎、当家の陣で果敢に戦っていたは、そちと理助《りすけ》（佐久間盛政《もりまさ》）のみ。こののちも我が寄騎として励むこと期待しておるぞ」

戦後、柴田勝家から労いの言葉がかけられた。

「はっ、是非とも次は先陣を賜《たまわ》りとうございます」

賦秀は本意を口にするが、さすがに許可はされなかった。

とはいえ反省点も多々ある。次に生かそうと、新たな戦に目を向ける賦秀だ。

四

姉川の戦いで勝利した信長は、勢いのままに横山城を攻略して木下秀吉を城代に据えた。その後、信長は僅かな供廻《ともまわり》と共に上洛し、浅井、朝倉家の背後で糸を引く将軍義昭に戦勝を報告したのちに岐阜に帰国した。

蒲生賢秀、賦秀親子は横山城を陥落させたのちに中野城への帰城が許されていた。

「いつまで休んでいられるか判らぬが、その間、戦塵を落としておくがよい」

帰還した賢秀は、ささやかな戦勝祝いの中で家臣たちに告げた。

「せめて稲刈りが済むまでは、兵を休ませたいところ。まあ、敵次第ですが」

皆の気持ちを和らげようとする賢秀に対し、賦秀は危惧する。

「なにも、帰城したてで申すこともなかろう」

「姉川で敗北をした浅井、朝倉とはいえ、家が滅びた訳ではありませぬ。必ず再起の機会を窺っているはず。また、鯰江城の六角承禎の動きも気になります。浅井は横山城の木下殿が監視しておりましょうが、六角を見張るのは我らの責務。目を離しませぬよう」

賢秀は自分たちは柴田勝家の単なる寄騎という認識しかないかもしれないが、賦秀は信長の婿という自負がある。信長は家臣に息を抜くことを許さぬことは岐阜城で目の当たりにしてきたので、家臣たちも含め、父親も引き締めるように言う賦秀であった。

賦秀が城でのんびりすることができたのは一月半ほど。

信長は三好三人衆を討伐するために岐阜を出立し、八月二十日、横山城に入城した。この日はユリウス暦では九月十九日にあたり、日野ではまだ稲刈りの最中であった。先に報せは受けているが、参集は悪く一千ほどである。

「早う栄えた城下にせねばなりませぬな」

出陣のたびに思わされる。岐阜とは言わずとも小谷ほどにはしたいと思う賦秀が、山に囲まれた日野の地では開拓する地も狭く、人を多く住まわせることは難しかった。

「文句を言っても始らぬ。多くの所領を得られれば、兵も多く集められよう」

現実的なことを口にする賢秀の言葉を聞きながら、蒲生親子は中野城を出立し、寄親の柴田勝家が在する長光寺城に出仕した。

「忠三郎か、こたびは三好じゃ。存分に働くがよい」

戦場での賦秀の活躍を認め、柴田勝家は鷹揚に言う。

「存分に働きます。されど、かようにあちこちでは兵を休める暇がありませぬな」

「全ての凶源は公方（将軍）様じゃ。三好も浅井、朝倉、六角の背後で操っておる。いっそ、斬り捨てること叶うならば、どれほど胸がすくことかの」

柴田勝家の言い分は正しい。おそらく信長も同じ心境であろう。賦秀も同じ意見ではあるが、いくら将軍義昭の策略とはいえ、姉川で大勝利を得たにも拘らず、別の敵が信長に対して蜂起するのは妙だと考える。

「三好は姉川で我らが浅井、朝倉を仕留められなかったと思ったのではありますまいか」

「左様な戯けたことがあろうか」

「お忙しいお屋形様ゆえ、早く岐阜に戻ったことで戦は勝敗なしと考えたとか」

「滅多なことを申すでない。我らは勝利したであろうが」

唾を飛ばして柴田勝家は叱責する。根が一途であることを知っているので、賦秀は驚かない。

「我らの勝利は疑いありませぬが、我らを恐れているのならば、そうそう鉾先を向けられぬはず。さもなくば、別のなにかが働いているのやもしれませぬ」

「別のなにかとはいかに？」

「某《それがし》にも判りませせぬ。ただ、なんとなく、左様な気がしまして」

「よいか、儂にならば、まだよいが、お屋形様に憶測《おくそく》で言うでないぞ」

瓶割り柴田も、信長の逆鱗《げきりん》に触れることは恐ろしいようであった。賦秀は頷いた。

八月二十二日、信長は長光寺城に到着した。賦秀は諸将と共に門前で出迎えた。

「こたびは三好の首を討たせてやる。楽しみにしておれ」

馬上の信長はいつもの疳高《かんだか》い声で寛闊《かんかつ》に言う。口の端を上げたので勝利の策を既に得ているのかもしれない。毎度のことながら、頭が下がる思いであった。

「はっ、是非にも」

賦秀が答えると、信長は笑みを浮かべたまま城門を潜っていった。

八月二十三日に入京した信長は下京の本能寺《ほんのうじ》を宿所とし、賦秀らも周辺の寺に腰を下ろした。翌日、公家衆からの挨拶を受けた信長は、二十五日、河内《かわち》に向かって出立した。

二十六日、信長は摂津の天王寺《てんのうじ》に本陣を構えた。

信長の本陣から一里（約四キロ）ほど北には、一向宗《いっこうしゅう》（浄土真宗《じょうどしんしゅう》）の総本山石山本願寺《いしやまほんがんじ》がある。同寺の西と南はゆるやかな傾斜が続き、西の先は河内湾（大坂湾）、東は大和川《やまとがわ》、北は淀川《よどがわ》が流れる中洲《なかす》地帯で、自然がおりなす要害である。平地の城郭を建造するにも優れた地形で、淀川の入江にあって、交易港として栄える堺《さかい》と兵庫《ひょうご》の中間にもなる地だ。

その北側に野田《のだ》・福島《ふくしま》両城に迫るよう、信長は麾下の軍勢を周囲に布陣させた。総勢は三万。布陣範囲を広げたのは、石山本願寺を牽制するためであった。

「これは、ただならぬ要害じゃ。万が一、敵となり、仕寄せることになれば、滅多には落ちまい。父上、いかがでございますか」

賦秀は野田・福島両城ではなく、石山本願寺を見てもらした。

「噂には聞いていたがのう。かように大きなものとは思わなんだ」

問われた賢秀も唖然《あぜん》としている。まさに難攻不落であった。

野田・福島城に立て籠っているのは三好長逸《みよしながゆき》、三好政康《まさやす》、岩成友通《いわなりともみち》ら三好三人衆の他、三好康長《やすなが》、細川真之《ほそかわさねゆき》、安宅信康《あたぎのぶやす》、十河存保《そごうながやす》、香西佳清《こうざいよしきよ》、三好政勝《まさかつ》、齋藤龍興《さいとうたつおき》ら八千ほど。

野田・福島両城は天険《てんけん》の地なので、信長は力攻めはせず、内応を誘ったところ、八月二十八日になって三好政勝、香西佳清が投降し、細川昭元《あきもと》が織田に寝返った。

「今少し敵の数が減りませぬと、城攻めにはなりませぬな」

石山本願寺ではなく、野田・福島両城を遠望しながら賦秀は言う。

「左様。それにしても本願寺が無気味じゃの。加賀では国を築いておるからな」

静かな本願寺を見て賢秀も同意した。

加賀では一向衆が主体となる一向一揆が、守護の富樫《とがし》氏を滅ぼして自分たちで国を支配し、「百姓の持ちたる国」と言わしめる力を持っていた。

なにごともなければよいと賦秀は思うばかりだ。

九月三日、出陣を渋っていた将軍義昭が摂津の中島《なかじま》に到着し、細川藤賢《ふじかた》の城砦に入城した。これにより、信長は幕府軍として敵を討伐する正当性を得た。

（なるほど、これならば、お屋形様のやることは全て正しいとされる）

信長が余裕の表情をしていたことを漸く理解し、改めて賦秀は感心した。

大義名分を得た信長は九月八日、大坂の九町（約一キロ）ほど西にある楼岸《ろうのきし》に砦を築き、齋藤新五郎、稲葉一鉄、中川重政の三人を入れた。さらに西の川口《かわぐち》にも砦を設けて平手監物《ひらてけんもつ》、同汎秀《ひろひで》、長谷川与次《はせがわよじ》、水野守隆《みずのもりたか》、佐々成政《さっさなりまさ》、塚本小大膳、丹羽氏勝《にわうじかつ》、佐藤秀方《さとうひでかた》、梶原景久《かじわらかげひさ》、高宮右京亮《たかみやうきょうのすけ》などを入れて固め、じりじりと野田・福島城を絞めつけた。

柴田勝家が天王寺の本陣に呼ばれたので、賦秀は付いていき、信長の前に罷《まか》り出た。

信長は諸将らに、陣の様子を細かく報告させ、首座で黙って聞いている。暫し、場が静かになったので、賦秀は思いきって尋ねてみた。

「恐れながら、これは、三好勢ではなく、本願寺への威圧ではないでしょうか」

問うと信長は僅かに口の端を吊り上げた。

「さすがに我が婿は目敏《めざと》い。脅《おど》しあげた上で一気に踏み潰せば、一向宗の坊主どもも素直に石山を明け渡すであろう」

やはり信長は野田・福島両城を落とすのみならず、石山の地を奪うことが本意であった。既に以前から石山の立ち退きを求めている。

ところが、乱世はそう甘いものではない。信長が一向宗の聖地、石山の略奪を企てていることを知った本願寺第十一代法主《ほっす》の顕如光佐《けんにょこうさ》は、九月六日「野田と福島城が落ちれば、大坂は滅亡する」と各地の門徒に向かって檄文を発した。

「己を捨てて、法敵信長と戦え。応じない者は破門する」というものである。

同じ内容の檄文が紀伊《きい》の門徒を始め、九月十日には小谷城の浅井親子にも届けられた。

これより少し前、朝倉義景の娘・三位《さんみ》と顕如光佐の嫡子教如《きょうにょ》との婚約も整っていた。また、顕如の正妻は前左大臣・三条公頼《さんじょうきんより》の三女で、その姉が甲斐の武田信玄の正室である。信長の包囲網は縁戚関係で結ばれていた。

顕如光佐が戦を決断したことをまだ知らない信長は、九月八日、三好義継、松永久秀らに淀川南の海老江《えびえ》砦を攻略させ、翌九日には自らは同砦の北東に位置する天満《てんま》カ森《がもり》に本陣を移し、さらに翌十日、各陣から埋め草を寄せ集め、本願寺周辺の江堀《えほり》を埋めさせた。

信長は十二日に海老江砦に本陣を移して義昭を呼んだ。信長が前線近くまで来たということで、兵卒の士気は上がり、先陣の兵たちは、先を争って塀ぎわに接近し、数多くの物見櫓《ものみやぐら》を築き、鉄砲を野田と福島城中に撃ち込ませた。

「本願寺が支援せねば、野田・福島の城は持ちこたえられませぬな」

賦秀は物見櫓から間近の両城に目をやりながら言う。

「支援せねばの」

賢秀は奥歯にものが挟まった返答をする。

「されば、父上は、お屋形様に対し、本願寺が敵対すると申しますか」

「判らぬ。されど、敵にせずともよい者を敵にしようとしているようにも思える。信仰の地と申すは、僧たちにとって命にも替え難きところ。簡単にはいくまい」

強い信仰心を持っていない賦秀は、武士における城と同じ認識でいたので、地への執着心が理解できない。これも信長の許で人質生活を送ったせいか。信長は一つの城にはこだわらず、身代が大きくなるにつれて次々に城を移動させる。土地に愛着がない訳ではないが、替え地があれば関係ないのではないかと思っている。

海老江砦が陥落したことで、すぐ南の野田・福島の籠城兵は和睦を求めてきた。

「逆らった者は撫で斬りにし、本願寺への見せしめに致せ」

信長は申し出を許さず、攻撃の手を緩和しなかった
ところがこの時、根来《ねごろ》衆や鈴木孫一《すずきまごいち》（重秀《しげひで》）率いる雑賀《さいか》衆、湯川《ゆかわ》、紀伊の奥郡《おくごおりの》衆ら二万の傭兵《ようへい》が、顕如の檄文に応じて馳せ参じた。雑賀衆や、紀伊の奥郡衆の中には熱心な門徒も含まれているので、常の戦より思い入れは強いのかもしれない。

雑賀衆らの傭兵は遠里小野《おりおの》や住吉《すみよし》、天王寺に陣取り、三千挺の鉄砲を撃ちかけてきた。織田軍も敵に応戦し、夜中を問わず、発射音が天地を轟かせた。

「なんたる数の鉄砲じゃ」

賦秀は正直、驚いた。十発放てば三十発は返ってくる。しかもかなり正確だ。

信長も鉄砲による攻撃力は真剣に受け止め、参陣している権大納言《ごんだいなごん》の烏丸光康《からすまるみつやす》を調停役として、本願寺に入れている。織田軍の持つ鉄砲を上廻る数に加え、根来、雑賀衆の優れた射撃術に翻弄《ほんろう》されたからである。種子島に伝わった鉄砲は早くに根来に伝わり、翌年から製造されているので、紀伊は鉄砲王国と言っても過言ではない。これを敵とすることは、厳しい戦いを強いられることが予想される。

「こののち、いかになるのかの」

傭兵を入れながら静観している本願寺が無気味で仕方ない賦秀だった。

第四章　苦難の転戦

一

雑賀、根来の傭兵に悩まされる信長は、一旦、本願寺と和睦することにした。その次に、どうやって石山の地を追い出そうかと思案を巡らせていた時の九月十三日。

雨の夜、傭兵たちだけではなく、本願寺門徒衆が織田軍に夜襲をかけてきた。梵鐘《ぼんしょう》が鳴り響く中、「進む者は極楽往生《ごくらくおうじょう》、退く者は無間地獄《むげんじごく》」と「南無阿弥陀仏《なむあみだぶつ》」の六字名号《ろくじみょうごう》が地鳴りのように谺《こだま》し、夥《おびただ》しい鉄砲が撃ちかけられ、寝ぼけ眼の織田勢は仰天した。

「やはり、本願寺は敵に廻ったか！」

射撃音と唸《うな》る念仏を聞き、賦秀も慌てた。

「油断するでない。彼奴らは死ねば極楽浄土に逝《い》けると信じておる。前線に出るな」

賢秀が引き攣《つ》った顔で窘《たしな》める。いつにない厳しい表情なので、賦秀は頷くも、父親が恐れる一向衆に闘志をかきたてられた。

賦秀らは石山の北東に位置する榎並《えなみ》砦におり、鉄砲を撃ちかけられはしたが、雨もあって火矢もなく、さしたる被害も出なかった。但し、攻撃されたという屈辱に憤《いきどお》る。

「よいか、やられる前にやる。万が一、一やられたら三返す。これが蒲生の掟じゃ」

勝手な賦秀の理屈であるが、家臣たちを鼓舞するには十分で、皆は沸いた。

一方、死に直面していた三好三人衆は本願寺挙兵で活気づき、足軽を動員して野田・福島砦の川端の堤防を切断し、織田陣に向けて水を流しこんだ。

大雨も重なり、淀川を逆流した海水は翌九月十四日になっても引かず、織田方の将兵は井楼《せいろう》に登って水が引くのを待つありさまだった。

おまけに本願寺勢は、石山の天満ヵ森へ軍勢を差し向けてきたので、信長は直ちに敵を向かえ討ち、川を越えて春日井《かすがい》の堤で衝突した。

真先に敵に当たったのが黒母衣《くろほろ》衆の一人だった佐々成政《さっさなりまさ》だが、傷を受けて後退を余儀無くされた。続いて赤母衣衆として鳴らした前田利家《まえだとしいえ》が土堤の中央に突撃し、その右側を弓を持つ中野一安《なかのかずやす》が矢を射る。左側では野村越中守《のむらえっちゅうのかみ》、湯浅直宗《ゆあさなおむね》、毛利長秀《もうりながひで》、兼松正吉《かねまつまさよし》が先を争い、遮二無二突き進んで戦闘を繰り広げた。

どんよりと曇った空の中、榎並砦にも本願寺勢は兵を進めてきた。

「昨晩の恨み、晴らすのじゃ」

戦闘の指揮を賢秀から任されている賦秀は、怒号して大川《おおかわ》の東岸まで麾下を進めさせた。本願寺勢も川の西岸に居並んでいる。

蒲生勢が着陣すると、本願寺勢は一斉に鉄砲の轟音を響かせた。

「よいか、敵が放ち終わったと同時に、放ち返せ！」

実戦において、鉄砲の欠点は玉込《たまごめ》にある。一発発射すると、次に撃てるまでには早い者でも二十を数える間（約二十秒）を要する。賦秀は下知を飛ばした。

ところが、本願寺勢には鉄砲を巧みに操る雑賀衆が加担している。雑賀衆は、横に並んだ兵を三隊に分け、正面の一勢が放ち終わると、今度は北勢が、その次は南勢がと銃口から火花を散らす。これで終《しま》いかと思いきや、正面の一勢が玉込めを終えて再び引き金を絞るので、射撃音が消える時はなかった。

「彼奴ら、なんという術を使うのじゃ」

賦秀は雑賀衆が行う鉄砲操術を見て、敵ながら感動と昂奮を覚えた。

雑賀とは雑賀荘《さいかのしょう》、十ケ郷《じっかごう》、中郷《なかの》、南郷《みなみの》、宮郷《みやの》の総称で、五組《ごくみ》、五緘《ごからみ》などと呼ばれていた。さらに、五ヵ所に独自の意思を持つ土豪が住む惣《そう》の連合体であった。

雑賀はさまざまな土豪の集団であるが、生き残りのためか、一枚岩ではなく、平気で分裂と合併《がっぺい》を繰り返す奇妙な組織である。その主格の一人が通称、雑賀孫一《まごいち》と呼ばれる鈴木重秀であるが、賦秀は、指揮しているのが孫一かどうかは判断できない。ただ、川の西側に「八《や》咫烏《たがらす》」の旗指物が靡《なび》いている姿は記憶に焼きつけられた。夥《おびただ》しい鉄砲と巧みな技に圧されはしたが、蒲生勢は敵の渡河を許さなかった。

「退け」

夕刻になったので、賦秀は帰還命令を出して榎並砦に兵を撤収させた。

夜になっても「南無阿弥陀仏」の念仏は止まない。耳慣れぬものではないが、こうして敵陣から飽くことなく連呼されると、死への誘いにも聞こえるから不思議で気味悪く感じる。賦秀は夜警の者に油断するなということだけを厳命した。

十五日は小競り合い程度。十六、十七日の二日間、本願寺側は鉄砲による攻撃を中止して和議を申し入れてきた。ところが、信長は拒絶して使者を追い返した。近隣の一向宗門徒の蜂起と浅井、朝倉の出陣準備の時間稼ぎだと判断したからである。

信長の思惑とは裏腹に、三好・本願寺勢は天険の地を生かして、頑《かたくな》に城を閉ざしている。近づけば鉄砲の乱射が始まり、死傷者を増やすばかり。そうかと思って遠巻きにしていると、夜襲による遊撃戦法で痛めつけられ、眠れぬ日々を過ごさせられる。次第に厭戦《えんせん》気分が高まり、兵卒の士気は萎《な》えてきた。

攻めあぐねた信長は、権威を利用して窮地を脱することにした。

「これ以上、都を空けておくのは天下《てんか》静謐《せいひつ》を乱す元。三好や本願寺に対し、二度と反乱致さぬよう、公方様から御上《おかみ》（天皇）に対し、勅命《ちょくめい》を戴きたく存じます」

信長は懇願口調だが、否とは言わさぬ調子で将軍義昭に迫った。

報せはほどなく榎並砦にも届けられた。

「苦しい言い訳じゃな。背に腹はかえられぬか」

賢秀は情けないといった表情で皮肉を口にする。

確かに、天下静謐を乱す輩《やから》を討伐するという名目で出陣し、しかも義昭まで参陣させながら、天皇に和議を乞う綸旨《りんじ》を出してもらうなど、武将としては羞恥《しゅうち》の極みであった。

「某《それがし》は別に思案致します。使えるものはなんでも使う。つまらぬ見栄《みえ》では戦に勝てず、天下も取れませぬ。お屋形様の姿勢こそ、見習うべきものと存じます」

できれば戦で方《かた》をつけたいのは山々。無駄な兵の損失を出さず、駄目だとみれば、すぐに作戦を変更する信長の行動に賦秀は感心する。今の賦秀ではできなかった。

「確かにの。されど、公方様にすれば、腹内で笑っていよう」

自分から難くせをつけて開戦し、逆に撃退されて這々《ほうほう》の体《てい》で退却するとは、情けない。己の内書によって信長が出陣し、しかも失敗するなど、愉快《ゆかい》でたまらないに違いない。

「何れ、厳しき鉄槌《てっつい》が下されましょうぞ」

「そうかの。義昭様は仮にも征夷大将軍、簡単にはまいらぬぞ。そちが申すとおり、お屋形様はつまらぬ自尊の心に執着は持たぬが、また、公方様とて同じ土俵にいると思うぞ」

賢秀は言う。本来ならば、将軍義昭にとって、三好三人衆は実兄の義輝を弑逆《しいぎゃく》した憎き仇。誰が何と言おうが、将軍として討伐するのが筋というもの。ところが、恨みよりも信長の横暴を押さえこむために仇とも手を結び、信長を潰す方を取ったことになる。

「お屋形様とて、黒幕は公方様だと判っているだけに、腸《はらわた》の煮え繰りかえる思いを堪《こら》え、和睦をして兵を退かれるのです。某はお屋形様の方が上だと存じます」

あくまでも信長を尊敬する賦秀であった。

信長の要望を受けた義昭は十七日、従軍している烏丸光康を都に向かわせ勅書《ちょくしょ》を乞うた。

朝廷は二日後の十九日、権大納言の山科言継、権中納言の柳原淳光《やなぎはらあつみつ》を勅使《ちょくし》に選び、勅書を下した。

「このたび大樹《たいじゅ》（将軍）が出陣したのは天下静謐の為である。信長も同様のものであるが、その方は一揆を起こし、敵対しているそうではないか。坊主にあるまじきこと。まことにけしからぬ。早々に干戈《かんか》を収め、休戦することが肝要である。なにか存念があるならば、朝廷に申し出よ。なお両人（義昭と信長）には申し含めてある。

本願寺僧正どのへ」

信長の思惑どおりとなり、翌二十日、勅使三人は摂津に下向するはずだったが、都を出ることができなくなってしまった。

四日前の十六日、先に顕如光佐と結んだ浅井長政・朝倉義景は三万の兵を出陣させた。長政は自ら兵を率い、義景の家臣・朝倉景健《あさくらかげたけ》ともども、織田方となっている大津の宇佐山《うさやま》城を攻略するため、比叡山《ひえいざん》の麓《ふもと》・近江の坂本《さかもと》に布陣した。

宇佐山城は都を守る北の防波堤で、京に通じる逢坂越《おうさかごえ》と今道越《いまみちごえ》（山中越）を押さえる要害で、城は山頂（標高三百三十六メートル）にある。守将は信長の弟の織田信治《のぶはる》と、股肱《ここう》の臣である森可成《もりよしなり》らで、一千の兵が籠っていた。

いくら峻険《しゅんけん》な地にあろうとも三十対一の戦いでは勝負にならない。籠城しては守りきれぬと判断した織田信治と森可成は、玉砕《ぎょくさい》覚悟で十七、十八日と出陣し、穴太《あのう》、坂本で敵を攪乱《かくらん》し、白兵戦を展開したが衆寡敵《しゅうかてき》せず。

十九日、浅井、朝倉軍は宇佐山城を包囲して猛攻を加え、森可成、織田信治を始め、籠城兵の殆どは討ち取られた。城攻めが順調にいったのは、比叡山延暦寺《えんりゃくじ》の僧・日承《にっしょう》が協力し、兵站《へいたん》業務を担ったからでもあった。

二十日、浅井、朝倉勢は大津《おおつ》の馬場《ばば》、松本《まつもと》に掠奪《りゃくだつ》と放火をし、翌二十一日には逢坂を越えて、山城の国に侵攻し、醍醐《だいご》、山科《やましな》を焼き払い、都の周囲に迫った。

この報せが信長の許に届いたのは翌二十二日のことだった。

だが、その前に不穏《ふおん》な動きは細作《さいさく》により二十一日の夜、信長の許に齎《もたら》された。

「儂の留守に仕寄せてくるとは、なんと女々しい輩め。金柑《きんかん》、吉兵衛《きちべえ》、権六《ごんろく》は上洛致せ」

苦虫を潰したような顔で信長は吐き捨てる。金柑とは信長がつけた明智光秀《あけちみつひで》の渾名《あだな》である。前頭部が禿《は》げて地肌が見えているのでそう呼ぶ。その夜のうちに、光秀、村《むら》井《い》貞勝《さだかつ》、柴田勝家ら五千の兵は上洛の途に就《つ》いた。蒲生勢も勝家と一緒に大坂を発っている。

夜明け前には入京を果たし、柴田勝家らは二条御所《にじょうごしょ》を警護《けいご》した。

朝方近くになり、柴田勝家らは都周辺の諸状況を摑んだ。幸いなことに、浅井、朝倉軍はまだ入洛はしていない。

「いかが致すかのう」

柴田勝家は判断に困っていた。敵は三万。正面から当たるには厳しい兵力差だ。

「畏れながら、お屋形様が都にいぬ間に入京しなかったとすれば、浅井、朝倉は都を制する気はないものと存じます。また、洛中《らくちゅう》を焼けば逆賊になります。おそらく、敵はまだ姉川の恐怖を持っているものと思います」

賦秀は思案していることをすかさず主張した。

「さもありなん。忠三郎の申すことは的を射ておる。されば、儂らはこれより摂津に戻り、お屋形様に合流するゆえ、十兵衛（明智光秀）たちは敵に備えよ」

二十二日の早朝、柴田勝家は都を発ち、信長の許に向かった。

「報せるのは遣いで構わぬのではないか」

上洛早々休息もろくにせず、再び死地に戻るので、賢秀は愚痴をもらす。

「お屋形様を無事ご帰還させるためにございます。励《はげ》みましょうぞ」

兵を退く時は激しく攻めたてた後というのが常套《じょうとう》手段。賦秀は呑気《のんき》な都の守りよりも、退却戦とはいえ、三好、本願寺勢との戦いを望んだ。

柴田勢が摂津に向かったのち、二条御所の留守兵数百は気勢を見せるために近江に近い都の北側を打ち壊した。織田の大軍が帰京したと伝わったのか、浅井、朝倉軍は入京しなかった。

柴田勝家は昼過ぎには摂津に戻り、信長に都の様子を報せた。

「尻払《しりっぱら》い（殿軍《しんがり》）は紀伊守《きいのかみ》と権六が致せ」

九月二十三日、信長は和田惟政《わだこれまさ》、柴田勝家を殿軍に命じ、野田・福島の陣を後にした。都へは中島から江口川《えぐちがわ》の渡しで淀川を渡河する道を取った。

「殿軍とはのう。おそらく、壮絶《そうぜつ》な追い討ちがかけられよう。皆、死を惜しむではない。さりとて、犬死に致すでない。首は取らずともよい。敵を排除し、生き残ることを考えよ」

賢秀は家臣たちに、矛盾する命令を出す。聞いている賦秀も賢秀の言葉が撞着《どうちゃく》しているとは思うが、心情は理解できた。賦秀も同じ気持である。元来、殿軍ほど難しく過酷《かこく》な役目はない。身を犠牲にして味方を逃さねばならぬ最悪の任務だ。五ヵ月前の金ヶ崎の退《の》き口《ぐち》で殿軍を受けた木下秀吉は半数の兵を失ったという。

（されど、逆に、見事にこなせば、お屋形様の信頼を篤くできる）

配下を失いたくはないが、より多くの兵を差配するようになるためには危険に身を晒さねばならぬことは仕方ない。勝負の時であると、賦秀は勇んだ。

撤退を決めると、信長は先陣を切るように退いていく。主に引かれるように、織田軍は続々と後を追う。これを眺めながら、賦秀は緊張感を増していく。

軍勢の半数ほどが淀川を渡ると、周辺で一揆勢が蜂起して渡し舟を破壊し、通行の邪魔をし始めた。いよいよ蒲生勢の出番である。

「彼奴らを打ち払い、味方を逃せ！」

柴田勝家からの下知を受け、蒲生勢は江口に向かい、退却を邪魔する一揆勢の排除にかかる。これがまた一筋縄ではいかなかった。

「彼奴らは葦《あし》や茂みに隠れ、背後から奇襲をかけるのを常とするゆえ気をつけよ」

賦秀は家臣たちに命じる。川の周囲には葦が生い茂り、一揆衆が隠れるにはいい場所だ。

刹那、西から轟音が聞こえた。言っている側から敵は攻撃をしかけてくる。

「葦や茂みの中に潜むのは敵しかない。音が聞こえたら弓、鉄砲を放つがよい」

綺麗事を言っていられない。生き延びるために確認することを免除した。

未確認の許可を受けた蒲生勢は、周辺で物音がするたびに矢玉を放って味方の退却を掩護《えんご》した。一揆勢は露見したと判断し、十数人で踊り出て、背後や横から斬りかかってくる。

「此奴らに士道はない、撫で斬りに致せ」

賦秀は自ら十文字槍を摑み、敵中に踊り込むや、果敢に戦い仕留めていった。

多勢の三好軍には柴田勢が、少数の勢力には蒲生勢や和田勢が当たる。

一つの戦闘を終えてほっと息を吐いていた時だった。

「危ない！」

茂みから矢が放たれ、岡左内が賦秀の身を庇うようにしてそれを打ち降ろした。

「左内、大儀じゃ。深追いせず、矢玉で討ち取れ」

蒲生勢は直接の白兵戦に強いので、一揆勢もまともには戦おうとせず、遠間から弓、鉄砲を放ち、自陣に誘い込んで討ち取ろうと画策している。この手で何人もの蒲生兵が命を落としている。賦秀は敵中に飛び込みたいのを堪えながら下知した。

陽が落ちた頃には大半の織田軍が淀川を渡河し終えたので、蒲生勢も続く。

途端に、どこに隠れていたのか、一揆勢が湧き上がって襲いかかってくる。

「放て！」

賦秀の号令で筒先が火を噴き、敵の数人が地に伏せた。

「弓衆、放て！」

鉄砲衆が玉込めをしている最中、賦秀は弓衆を前に出して敵の進撃を妨げる。鉄砲ほどの射程距離は長くないが、効果は十分。鉄砲衆を使って交互に行うと、狭い場所に重なり合うようにしているので、鉄砲を暴発させる者が出たことがあるからだ。

蒲生勢は淀川沿いに都に向かって退く。道は馬二頭が並んで通るのがやっとの幅。当然、細く長くならなければ進めず、後方が敵の攻撃に晒されるのは否めない。

狭地でも、蒲生勢の勇士たちは必死に奮戦している。

「放て！」

賦秀が怒号して鉄砲が放たれ、これに弓が続く。治まると結解十郎兵衛、種村伝左衛門、岡左内定俊、上野田主計助らが、敵の鑓衆の中に飛び込んで撹乱《かくらん》し、退くと鉄砲組や弓衆が矢玉を放って敵を押し退ける。

その間にも味方は次々に敵の矢玉に当たって地に伏せる。

「弥左衛門！　孫右衛門！」

戦をしない時は田を耕す者たちが、勇敢に戦いながら散っていく。賦秀は絶叫しながら取って返し、倒れた者たちを庇おうとする。

「お待ちくだされ。今行けば、若殿も死にまする。それではお屋形様が嘆きまする」

町野繁仍が賦秀の腕を摑んで止めだてる。

「ええい、放て！　ありったけの矢玉を敵に見舞え！」

賦秀は大音声で叫ばなければ、憤りと悲しみに堪えることができなかった。

三好・本願寺勢の追撃を受けながら、信長と義昭が都に到着したのは、日付も二十四日に変わろうとする子《ね》ノ刻（午前零時頃）。

殿軍の蒲生勢が這々の体で入洛したのは既に夜明けとなった卯ノ刻（午前六時頃）のこと。まさに満身創痍《まんしんそうい》で誰一人無傷の者はおらず、血と泥に塗れた地獄からの生還であった。まだ、正確な数を把握していないが、半数生き残れれば成功といった様相であった。

「役目大儀」

信長からかけられた唯一の言葉であるが、最大限の賞賛であることを賦秀は知っている。

（それにしても、一向衆か、こののちも簡単には片づかぬであろうの）

大名とは違った戦い方をする一向衆に、賦秀は溜息を吐くばかりだった。

二

九月二十四日辰《たつ》ノ下刻（午前九時）、信長は本能寺を発ち、逢坂を越えて浅井、朝倉勢を討伐するために湖西の坂本方面に向かった。

僅か一刻半（約三時間）ほどしか休憩をとっていない賦秀ら蒲生勢であるが、寄親の柴田勝家ともども、軍勢に参じている。信長は使える者を休ませておくほど呑気な武将ではない。有能な者は擦り減るまで働かせることを常としている。これをこなす者が上に引き上げられる。

（木下秀吉、明智光秀、滝川一益……のようになるのじゃ）

疲労困憊の賦秀であるが、そう思うと疲れも感じず、騎馬に揺られていた。

一方、信長が出陣したという報せを摑んだ浅井、朝倉軍は、比叡山《ひえいざん》（標高約八四八メートル）へ後退し、蜂ヶ峰《はちがみね》、青山《あおやま》、壺笠山《つぼかさやま》城（標高約四百二十メートル）に布陣した。

　比叡山は都の北東に位置する国家鎮護《こっかちんご》、王城鬼門《おうじょうきもん》の霊山で、天台宗《てんだいしゅう》の総本山・延暦《えんりゃく》寺《じ》を中心とした仏教と日本古代からの秩序の象徴であり、その力は朝廷さえも及ばない聖地であった。ただ、年を経るごとに崇高《すうこう》な始祖の志も腐敗堕落《ふはいだらく》し、僧衆の大半は山麓の坂本に居を置き、修行そっちのけで酒肉を喰らい、女子稚児《ちご》を侍《はべ》らせ、人生を謳歌していた。それどころか、武装しては窃盗や強盗を犯し、都を戦乱に巻き込むこともしばしばあった。

　王朝の世で最も我意の強い白河法皇《しらかわほうおう》でさえ、「朕《ちん》の意のならぬものは、双六《すごろく》の賽《さい》、鴨川《かもがわ》の流れ、山法師《やまほうし》」と嘆いたという。

　その比叡山に浅井、朝倉軍は逃げ込むように布陣した。三万というが、姉川で多くの勇兵を失っているので、半分が周囲の一揆勢だった。他方、織田軍は三万五千ほどである。

　比叡山の東側、下坂本に陣取った信長は、佐久間信盛、稲葉一鉄に命じて延暦寺の僧侶十人ばかりを呼び出した。柴田勝家が信長本陣にいるので、賦秀も同陣している。

　半刻ほどして比叡山の僧侶が姿を見せた。

（なんと、これが僧侶か）

現われた僧侶は袈裟《けさ》こそ身に纏《まと》っていたものの、武士のような面構えをしていた。

賦秀が考える黒衣に身を包んだ仏の悟りを求める尊《たっと》い人物からは懸け離れている。

僧たちは信長の前に出ても畏怖することも臆することもなかった。出来星大名などがなにするものぞと、腹内ではへらへらと嘲笑《あざわら》っているのかもしれない。

（お屋形様は、さぞかし腹を立てられていようなあ）

末席からちらりと信長に目をやると、色白の端整な顔がこわばっている。それでも、これから交渉を行おうとしているので、なんとか堪えているようだった。

激情に身を焼かれそうな信長は、僧たちに向かい口を開いた。

「儂に味方し、忠節を尽くすならば、儂の領国にある山門領は元通りに返そう」

そう言った信長は、太刀持ちの小姓に珮刀《はいとう》を持ってこさせ、金打《きんちょう》（両刀の刃や鍔を打ち鳴らすこと）して武士の誓約を示した。さらに続ける。

「されど、出家の道理にて、一方にのみ味方することができぬとあらば、何れにも荷担せず、中立を守るように致すがよい」

言い終わった信長は、二ヵ条を書にし朱印まで押して僧侶に渡した。

（お屋形様が、かように折れられたのじゃ。さすがに叡山も同意しよう）

賦秀の目から見れば、信長の申し出は懇願にも等しいものであった。

ところが、僧侶たちの顔は従おうとする素振りもなく、せせら笑っているようである。これにはさすがの信長も我慢の限界がきているようであった。

「万が一、その両条に従えぬとあらば、根本中堂《こんぽんちゅうどう》、山王《さんのう》二十一社を始め、一山《ひとやま》悉《ことごと》く焼き払うゆえ、左様に心得よ」

今にもこめかみの血管が切れそうなほど眉を顰《しか》め、信長は吐き捨てた。

「上人様《しょうにんさま》に伝えましょう」

僧侶たちは答えるが、できるならやってみろといった顔つきで、帰山した。案の定、信長に返事もせず、申し入れを無視して、浅井、朝倉軍に荷担する動きを見せた。

「糞坊主どもめ！　目にもの見せてくれる」

憤激《ふんげき》した信長は翌二十五日、宇佐山城に入り、全軍に比叡山を包囲させた。

比叡山の麓、南谷《みなみたに》の香取屋敷《かとりやしき》を堅固にし、平手監物《ひらてけんもつ》、長谷川丹波守《はせがわたんばのかみ》、山田勝盛《やまだかつもり》、不《ふ》破《わ》光治《みつはる》、丸毛光兼《まるもみつかね》、浅井新八郎《あざいしんぱちろう》、丹羽氏勝《にわうじかつ》、水野大膳大夫《みずのだいぜんたいふ》を置いた。

宇佐山城の北の穴太の村里にも要害を築かせ、簗田広正《やなだひろまさ》、河尻秀隆《かわじりひでたか》、佐々成政、塚《つか》本《もと》小《こ》大膳《たいぜん》、明智光秀、遠山友忠《とおやまともただ》（苗木久兵衛《なえききゅうべえ》）、村井貞勝《むらいさだかつ》、佐久間信盛《さくまのぶもり》、進藤賢盛《しんどうかたもり》、後藤高治《ごとうたかはる》、多賀常則《たがつねのり》、梶原景久《かじわらかげひさ》、長井利重《ながいとししげ》、種田助丞《たねだすけのじょう》、佐藤秀方《さとうひでかた》、中条家忠《ちゅうじょういえただ》ら十六名を置いた。

その北東に位置する下坂本の田中《たなか》には柴田勝家、氏家卜全《うじいえぼくぜん》、安藤守就《あんどうもりなり》、稲葉一鉄を陣取らせ、穴太の東の唐崎《からさき》砦には佐治信方《さじのぶかた》、津田信張《つだのぶはる》を配置した。

比叡山の西麓、山城国の古城がある勝軍山《しょうぐんやま》には津田信広《つだのぶひろ》、三好政勝《みよしまさかつ》、香西越後守《こうざいえちごのかみ》、さらに、将軍義昭が在城した。

比叡山の西・山城国の八瀬《やせ》・大原《おおはら》口には山本実尚《やまもとさねひさ》、蓮養坊《れんようぼう》が陣を張り、地理に明るい山本らは、毎夜、山頂に忍び入って、谷々の堂舎を焼き廻った。

焼き討ちを知った浅井、朝倉勢は密使を越前に送り、朝倉義景に応援の要請を依頼した。義景はこの要望に答え、十月十六日、二万の大軍勢を率いて比叡山の北麓に押し寄せた。

自軍が有利になったので、浅井長政は姉川の恨みを晴らすべく、一気に信長との血戦を主張したが、凡庸な朝倉義景は同意せず、織田軍が疲弊してからでいいと戦を避《さ》けた。

「敵は優位にも拘らず、仕掛けて来ぬのは助かりますなあ」

理解に苦しむ賦秀は、田中の陣で父の賢秀に話し掛ける。

「姉川の敗北が尾を引いていることもあろうが、左衛門督《さえもんのかみ》（朝倉義景）は腰が重い。おそらく、なにもしたくはないのであろう。館では茶や連歌に興じているらしい」

「過ぐる永禄三年、お屋形様が討った今川《いまがわ》治部大輔《じぶのたいふ》（義元《よしもと》）に似ておりますなあ」

「左様じゃが、我らを釘付けにしているのやもしれぬ」

賢秀の言葉に賦秀は、僅かに日野のことを心配した。

兵数においても地の利においても有利になったにも拘らず、浅井、朝倉軍は動こうとしない。時折、蒲生勢らの少数が矢玉を放つだけの小競り合いが行われる程度で、大勢には影響はなく、両軍は膠着《こうちゃく》状態が続いた。

焦《じ》れたのは信長の方で、十月二十日、菅屋《すがや》長頼《ながより》、佐々成政を使者に立てた。

「互いに年月をかけるのは無駄なこと。この一戦で雌雄《しゆう》を決しようではないか。都合のいい日時を申すがよかろう」

大胆な信長の挑発であるが、実際は精神的な強がりであり、はったりであった。

というのも、これより少し前、東近江でも六角承禎が旧残党を集めて甲賀《こうか》の三雲《みくも》城に押し迫り、顕如光佐の呼び掛けに応じた門徒衆が甲賀郡、野洲《やす》郡、神崎《かんざき》郡で蜂起した。

危ういと感じた信長は、徳川家康に再び赴援《ふえん》を求めた。同盟者とはいえ、麾下も同じ家康は即座に応じ、石川家成《いしかわいえなり》を将として十月二日、二千の兵を派遣した。

木下秀吉は徳川勢に横山城の守備を頼み、自らは丹羽長秀《にわながひで》と一揆討伐に繰り出すと、神崎の建部《たけべ》にて、二千の敵を撫で斬りにしたのち、勢多《せた》に駆けつけた。

同時に三好三人衆と本願寺門徒衆が都のすぐ南西に位置する山崎《やまざき》に攻め寄せ、御牧《みまき》城を奪取して立て籠った。二十二日に細川藤孝《ほそかわふじたか》や和田惟政によって開城させることになるが、勢多にいた木下秀吉の投入までしなければならない重大事であった。

そんなこともあったので、十一月十六日、信長は南近江を固めるために、丹羽長秀に命じて、鉄の網を作って瀬田《せた》川に舟橋を架けさせ、村井新四郎《むらいしんしろう》、埴原新右衛門《はいばらしんえもん》に警護させた。

「いつまで包囲を続けるのでしょう。こう寒くなっては体の動きも鈍くなります」

賦秀は背を丸めながら告げる。十一月十六日はユリウス暦では十二月十三日、峻険な比叡山からの比叡颪《おろし》が吹いており、兵たちの体を冷やして硬化させていた。

「戦がないのは幸いじゃ。寒空の中での城攻めは手負いが出るばかりで益がない」

野田からの殿軍を務めたお陰で、家臣に多数の死傷者を出した賢秀は、これ以上、配下を失いたくないようだった。

ところが、織田軍は比叡山ばかりに目を向けてはいられなかった。

信長のお膝元となる伊勢長島《いせながしま》では、願証寺《がんしょうじ》四代目の寺主・証意《しょうい》が、顕如光佐の命に呼応し、信長の弟・信興《のぶおき》が籠る小木江《こきえ》城を攻めて、十一月二十一日、信興を自刃に追いやった。八方塞がりの信長は援軍を送ることもできず、断腸《だんちょう》の思いで見殺しにするしかなかった。

戦場に出たからには戦を望む賦秀であるが、仕方ない時はあるものと考えてもいる。

嗅覚に鋭い信長は悠長にはしていられず、十一月二十二日、六角承禎と和睦した。

ただ、浅井、朝倉との戦いはまだ諦《あきら》めておらず、湖岸を固める意味でも二十五日、堅田《かただ》の湖賊・猪飼野昇貞《いかいののぶさだ》、馬場孫次郎《ばばまごじろう》、居初又次郎《いそめまたじろう》の三人から改めて忠節を誓紙と人質を取った。

その夜、信長は陣の北側に位置する堅田口を固めるために一千余の増援兵を入れたところ、翌二十六日早朝、交通路の要を奪わんと、浅井、朝倉勢は攻め込んできた。

織田勢は前波影定《まえばかげさだ》、堀平右衛門《ほりへいえもん》、義景右筆《ゆうひつ》の中村木工丞《なかむらもくのじょう》など多数討ち取ったが、坂井政尚、浦野源八《うらのげんぱち》らの勇士は討死し、堅田砦は陥落された。

「劣勢じゃの。当家の者はいかがしておるか」

戦況不利の中、賢秀は陣の弛緩《しかん》を危惧して賦秀に問う。

「確かに皆、疲れております。これより真冬を迎える比叡山の厳しい寒さは心を厭《いと》わせます。糧食も不足しております。されど、下知あらば、矢玉のごとく敵に向かいまする」

強気に賦秀は言うが、配下の厭戦気分を抑えるのは難しかった。

「されど、朝倉とて同じかと存じます。一冬、比叡山に籠る訳にもいかず、日を追えば雪深い道を帰国せねばならず、浅いうちに帰途に就きたいと考えておりましょう」

「されば、お屋形様の思案と一致しておるのか。あとは和睦の条件か」

「先に三好、本願寺と和睦したように、公方様を使うのではないでしょうか」

「今のところ、それしかあるまい。早う結んでもらいたいものじゃ」

白い息を手に吐きながら賢秀はもらした。

蒲生親子が考えるように、信長は、影の首謀者ともいえる将軍義昭を利用した。

「都にほど近い比叡にて、徒《いたずら》に日にちを費やせば、せっかく穏やかになりかけた天下が乱れる元。ここは将軍として御上に綸旨《りんじ》を奏請《そうせい》し、和睦を整えるのが職務である」

信長は半ば脅すような書を義昭に突きつけた。

大うつけが衰龍《こんりょう》の袖《そで》に縋《すが》ったと、義昭は腹内で嗤笑《ししょう》したという。とはいえ、陰謀《いんぼう》が露見《ろけん》しては厳しく詰問されるので、受けざるをえない。火消しが火をつけて消すようなものではあるが、朝倉義景と和睦させれば将軍の権威を保つことができる。

十一月二十八日、和睦交渉をするために、したり顔の将軍義昭と関白の二条晴良《にじょうはるよし》が坂本に到着して調停が始まった。信長は誓紙を差し出した。

この日付けで信長は誓紙を出したが、宛先は削られている。

「お屋形様にすれば、一時凌《しの》ぎの策略でありましょう」

賦秀が信長の行動を肯定すると、賢秀は安堵した顔をする。

「浅井、朝倉、いや公方様とて左様に思っていよう。なんにせよ。戦は春先じゃ」

十三日、織田、朝倉ならびに幕府から人質が交換されると、十四日、信長は陣小屋に火をかけて、湖東に位置する佐久間信盛の永原《ながはら》城まで退いた。

翌十五日、朝倉義景も青山以下の陣所に火を放ち越前に引き上げていった。柴田勝家は嫡子の権六《ごんろく》を人質に差し出したことから殿軍となり、蒲生勢もこれに従うが、両軍に闘気はなく、戦闘には及ばず兵を退いている。

なお、森可成が討死したので、明智光秀が宇佐山城を預かることになった。

「この戦、そちはいかが見るか」

帰路の中、賢秀は賦秀に問う。

「お屋形様にすれば窮地を脱することができたゆえ、勝ちに等しいと存じます」

「織田は多数の勇将を失ったぞ」

「それは残念ですが、朝倉左衛門督の忍耐力の乏《とぼ》しさが露呈《ろてい》されました。また、朝倉の腰巾着と化した浅井の押しの弱さも明らか。このあたりが付け入る隙でございましょう」

「よう申すわ」

という賢秀だが、賦秀の返答に満足そうな表情をしていた。

凍てつく師走の比叡颪を受けながら、賦秀は新たな闘志を燃やし帰途に就いた。

三

元亀二年(一五七一)新たな年が明けた。

四面楚歌《しめんそか》は相変わらずだが、窮地を脱することのできた信長は岐阜で正月を迎えた。さしあたって敵と対峙している訳ではないので、賦秀も岐阜に参賀の挨拶に訪れた。

主殿には諸将が居並び、賦秀は末席に腰を降ろして信長を仰ぎ見た。

「年内に比叡山を討つ。皆もそのつもりでおれ」

短いがずっしりと腹の奥底に響く信長の重い年頭の誓いであった。

(よもや、国家鎮護の霊山に兵を向けられるのか)

諸将は衝撃で騒然《そうぜん》としている。賦秀も信じ難いことと思うものの、信長は冗談やったりを家臣たちに言う大将ではない。正月早々、えも言われぬ恐ろしさを感じた。

暮れに結んだ和睦は予想どおり一時凌ぎだったので、参賀の挨拶がすみ次第、信長は木下秀吉に命じて近江の姉川と朝妻《あさづま》との間で荷留め、人留めを行わせた。浅井、朝倉と本願寺の通行を阻止させるためで、和睦を破るものであった。

この正月、ちょっとした出来事が蒲生家にあった。信長の三男の三七郎を養子にした伊勢神戸城主の神戸《かんべ》具盛《とももり》であるが、三七郎を蔑《ないがし》ろにしたということで城を奪われ、蒲生家の中野城に幽閉《ゆうへい》されることになった。

神戸具盛は賢秀の義弟に当たる。さらに、連座したと亀山《かめやま》城主の関盛信《せきもりのぶ》も疑われて城を没収され、同じく蒲生家に預けられた。一説には一揆を企てたともいわれている。盛信の嫡子、一政《かずまさ》はのちに賦秀の義兄になる。神戸、関両家にすれば信長の言い掛かりのようなものであるが、信長としては長島の一向一揆を討つためにも、なんとしても伊勢支配を磐石にしておかねばならないという理由があった。

蒲生家にしても迷惑な話であることは言うまでもないが、逆らえぬのも事実だった。

二月二十四日、木下秀吉の調略で、浅井家の驍将・磯野《いその》員昌《かずまさ》が織田に下った。これにより佐和山《さわやま》城には丹羽長秀が入り、員昌は湖西の高島《たかしま》郡に所領を安堵された。すると、同じく浅井家臣で朝妻城主の新庄直頼《しんじょうなおより》も長秀に帰属を申し出てきた。

「浅井の家臣が下り、浅井家は歯抜けの櫛《くし》のようになってきたの」

「丹波守《たんばのかみ》（磯野員昌）の離反は大きいですな。姉川の戦いの時、丹波守がおらねば、浅井は全滅していたかもしれませぬ」

姉川の戦いにおける磯野員昌の奮戦を思い出しながら賦秀は言う。

「左様のう。その丹波守を調略した木下殿じゃが、我らが寄親の柴田殿はたいそう毛嫌いしておる。そちは、いかに見ておるか」

「身一つで敵への鋒先となる城を預けられることは、大したものでございます。されど、夜討ちなど多くみられ、調略を多用するお方ゆえ、あまり好きにはなれませぬ」

「柴田殿の方が性に合っておるか、そちの性分ゆえ致し方ないの。されど、そちが崇めるお屋形様は、勝つためには手を選ばぬ。木下殿が一番忠実に受け継いでいるかもしれぬ」

「木下殿が……」

改めて賢秀に言われ、賦秀は急に木下秀吉を意識した。自分は信長に選ばれた男で、弟子でもあると自負しているだけに、生まれも環境も年齢も違う秀吉に妙に競争心を持った。

その木下秀吉が預けられている横山城に、五月六日、浅井長政自らが攻めてきた。劣勢に立たされているので、逆転しようという魂胆であろう。ただ、木下勢は排除している。

木下勢のみで浅井本隊を追い返したことを知った信長は、西への不安を和らげて、前年弟の信興を殺された恨みを晴らすべく、伊勢長島の一向一揆を討伐することを宣言した。

報せはすぐさま中野城の蒲生親子にも届けられた。

「相手は一向衆か、あまり敵にはしたくない相手じゃな」

前年、本願寺と戦うまでは宗教勢力と本気で争ったことがなかっただけに、賢秀は危惧する。領内にも一向衆はいるので、気を使うのは当たり前だと賦秀も思う。

「やはり、目に見えぬものは恐ろしゅうございますか」

「戯《たわ》け、親を揶揄《からか》うではない。恐ろしいとすればそれは人の心じゃ、なにかを信じて戦う者は強い。それは仏の教え然《しか》り、人の教えもまた然り」

「某は目に見えぬものより、お屋形様の言葉を信じて戦う所存でございます」

きっぱりと賦秀は言いきった。今はそれしか考えられなかった。

蒲生親子は柴田勝家に従い、伊勢の長島へと向かった。

伊勢の長島は尾張の海西《かいさい》郡、美濃の下石津《しもいしづ》郡とが隣接する地で東から木曾《きそ》川、長良《ながら》川《がわ》、揖斐《いび》川《がわ》に挟まれた中洲地帯で、輪中《わじゅう》（堤防で囲まれた集落）とも呼ばれており、要害であるという意味では、地形は石山本願寺と類似《るいじ》している。

五月十二日、信長は尾張の津島《つしま》に陣を構えた。

揖斐川の西、多藝山《たぎやま》（多度山。標高約四百三メートル）には佐久間信盛、浅井新八郎、山田三左衛門《やまださんざえもん》、長谷川丹波守、和田新助《わだしんすけ》、中島豊後守《なかじまぶんごのかみ》らが布陣する。

多藝山の北の太田《おおた》には柴田勝家、蒲生賢秀・賦秀親子、市橋長利、氏家卜全、安藤定治、稲葉一鉄、塚本小大膳、不破光治、丸毛光兼、飯沼長継《いいぬまながつぐ》らが陣を敷いた。

信長の本陣を含めておよそ五万の大軍であった。

「山の北では後詰ではありませぬか」

太田から願証寺まで長良川、揖斐川を挟み、距離にして二里以上あるので蚊帳《かや》の外である。賦秀は不快感をあらわに愚痴をもらした。

「そうとばかりも申しておれぬぞ。お屋形様が無駄に兵を遊ばせておくとも思えぬ。また、殿軍をさせらるるやもしれぬ。後詰は先に退けまい」

賢秀は懸念を口にする。

「されば父上は、また敵を降せずに退くと申されますか」

「この輪中じゃ。容易《たやす》く攻略できると思うか？ そう簡単には近寄れまい」

父親に真意を突かれ、賦秀は返す言葉がなかった。

着陣を終えた信長は、さっそく攻撃を命じた。

佐久間信盛らは多藝山を下って揖斐川西岸まで出張り、鉄砲を放つが、向かいの岸までは届かない。敵地に当てるには船は必要であるが、準備不足のせいか無かった。

当然、川に踏み込んで渡河などできはしない。まさか、泳いでいく訳にもいかず、ただ、虚しく引き金を絞るばかりであった。

「船がなければ仕寄せること叶いませぬか」

まだ、長島の地を見たことがないので、賦秀は今一つ想像できなかった。

「後学のために、ちと、物見に出てまいります」

賢秀が止めるのも聞かず、賦秀は結解十郎兵衛、種村伝左衛門、岡左内、町野繁仍ら十数人を従えて、長島見物に出かけた。多藝山の東麓の細い道を南に進むと、二刻とせずに願証寺の対岸に到着した。

「なるほど、これでは船がなくば戦にはなるまい」

対岸の大鳥居《おおとりい》から敵地を眺め、賦秀は溜息をもらす。揖斐川と長良川を合わせた川幅は九町（約一キロ）以上にも及ぶので、簡単には渡河できない。二里半（約十キロ）南は伊勢湾でもあるので、見方によっては海ともとれる。また、舟橋でも架けようものなれば、どれほどの舟と渡し板に労力がいるのか、思いもよらぬことであった。

「東の木曾川はさらに広いようにございます」

町野繁仍が横から声をかける。

「左様か。石山にも劣らぬ要害じゃの。それにしても……」

信長ならば、そのぐらいのことは充分に知っているはずであろうが、用意しなかったとすれば、他になにか思惑があるに違いない。ただ、賦秀には理解できなかった。

（あるいは様子見の軽い一当てだったのかもしれぬの。昨年、弟の信興様を自刃に追い込まれているゆえ、本気であるところを見せねばならなかったのではなかろうか）

真意は定かではないが、賦秀はそう解釈することにした。

「これでは手の出しようがないの。引き上げるとするか」

賦秀は己を納得させ、大鳥居の場を離れた。十町（約一・一キロ）ほども北に進むと肱江川《ひじえがわ》を渡河しなければならない。こちらは先に渡ってきており、前の三川のような広大なものではないので、渡河はそれほど困難ではない。浅瀬の徒渉地《としょうち》を渡ろうとした時、西に茂る葦の中で音がした。

気になった賦秀は、ちらりと西の方に目をやると、僅かに上った煙を発見した。

「伏せろ！」

怒号するや、賦秀は馬を飛びおりた。供の者たちは皆、賦秀に倣い、身を低くした。

その刹那、数発の轟音が響き、鉄砲の玉が賦秀らの頭の上を掠めていった。

「一揆ばらめが、闇討ちなど致しおって」

賦秀は顔を顰めて吐き捨て、十文字鑓を握ったまま西の茂みに向かって走りだした。

「お待ちくだされ。敵が、いかほどおるのか判りませぬぞ」

町野繁仍が注意するが、賦秀は聞かず、川岸の湿地の中を疾駆する。当然、賦秀一人を行かせる訳にもいかず、結解十郎兵衛らの家臣たちも続く。

二十間（約三十六メートル）ほども西に進むと、二十数人の敵が集っていた。おそらくは一向衆の物見であろう。鉄砲と鑓を揃えていた。

「若殿、お身を低く」

背後から声がしたので、賦秀は助言に従った。途端に三人の鉄砲衆が賦秀の横に並び、一斉に筒先から火を噴かせた。ほぼ同時に相手側からも数発が放たれた。その一発が配下の胸を撃ち抜き、その場に崩れ落ちた。

「おのれ、かかれーっ！」

忿恚《ふんい》に漲る声で賦秀は叫び、葦の茂みに潜む一揆勢に向かって突き進む。

一揆勢の鉄砲衆は素早い玉込めをしていたが、それよりも早く賦秀が達した。

「藤助《とうすけ》の恨みじゃ」

賦秀は敵中に踊り込み、玉込め途中の鉄砲衆一人を串刺しにし、穂先を引き抜くや、すぐに次の敵の首を薙ぐ。さらに別の敵を見つけては、遮二無二鑓を振って血祭りにあげる。

一家臣の仇討ちのために奮戦する主を見て、岡左内らは感激しているようで鬼神のように戦い、次々に一揆勢を仕留めていった。

「退け！　此奴ら化け物じゃ」

蒲生勢の勇士たちの強さに圧倒され、生き残った一揆勢は仲間の屍《しかばね》を打ち捨てて逃亡した。

「追え！　逃すな」

結解十郎兵衛は叫ぶが、賦秀はこれを止めた。

「敵地じゃ、深追いは手負いを増やすことになる。我らも退くがよい」

不快ではあるが、状況を考えて決断した。賦秀は藤助の遺体を馬に乗せて帰陣する。

陣に戻った賦秀はすかさず、賢秀ともども柴田勝家に報告をした。

「左様か、肱江川の南は敵地か。右衛門尉《うえもんのじょう》（佐久間信盛）らはなにを見ておるのか」

柴田勝家は文句を口にするが、賦秀の探索で、一揆衆は長島以外にもいることが把握できたので、多少は満足したようである。ほどなく信長にも知らされた。

信長にとって、このたびの長島攻めは、様子見のための出陣らしく、目的は果たすことができたので、退却命令が出された。

五月十六日、佐久間信盛らは周辺の村を放火しながら退きにかかる。あっという間に多藝山麓の村は紅蓮《ぐれん》の炎に呑まれ、山は火山活動でも開始したかのように黒煙に包まれた。

放火は成功しているが、退却は潤滑《じゅんかつ》にはいかない。西は多藝山で、東は揖斐川に挟まれた狭路で馬二頭がやっと並んで通れる程度の道幅しかない。しかも西側は広い野原ならばまだしも、茂み続きなので三万の軍勢が移動するには縦に細く伸びねばならなかった。

津島本陣の信長は二万の兵と共に、それほど困難ではなかった。

「またも尻払いとはの。お屋形様は婿に試練を与えるのう」

柴田勝家に属す賢秀は愚痴をもらす。またも勝家は殿軍を言い渡されていた。

「鬱憤《うっぷん》晴らしには丁度いいではありませぬか」

不安を闘志に変えて賦秀は言う。とはいえ、決して楽観視している訳ではない。昨年、野田の退き陣の辛さは身に染みている。消沈した配下の心がますます塞ってしまう。次も勝てないのではないかと、思わせないためでもあった。

織田軍は続々と退いていくが、危惧は当たってしまった。

村を焼かれた一揆衆の恨みは根強く、細く伸びた織田軍の、しかも後方の列に襲いかかってくる。西側は茂みなので攻撃し易い。弓、鉄砲を放ち、傍若無人《ぼうじゃくぶじん》に斬り込んできた。

「鉄砲衆、放て！　弓衆、これを掩護せよ。他の者は退け！」

柴田勝家は大音声で叫んで指示を出すが、その最中、鉄砲で足を撃たれて落馬した。

「なんと！　柴田殿が深手を負われたか」

柴田勢の中でも蒲生勢は最後尾にいた。報せを受けた賦秀は愕然《がくぜん》とした。

「おそらく、村の衆のみならず、長島勢が河口から舟で渡ったのでございましょう」

町野繁仍が顔をこわばらせながら言う。

「左様か。死は一度きり、恐れることはない。されど、犬死にするでない」

前年、賢秀が口にしたことと似たことを言っているとは気づかず、賦秀は続けた。

「茂みに潜む者は全て敵だと思え。音がしたら、容赦なく矢玉を見舞え。他の者は敵が斬りかからねば自ら敵中に入るでない。鉄砲、弓衆を支えよ」

大声で下知を飛ばし、賦秀は退く。一揆衆は執拗に攻めかかり、追い縋るので、その都度、賦秀は筒先を咆哮させ、弓弦を弾き、鑓を手に突き入らせた。戦いのたびに配下が地に倒れるが、今は遺体を回収している暇はなく、ただ戦いながら退くばかりであった。

津島に逃げ込んだ時は、主従ばらばらで何人生き残ったのか判らぬ始末であった。

この戦いで柴田勝家は足に負傷し、美濃三人衆の一人氏家卜全は討死した。他にも多くの死傷者を出し、長島攻めは失敗に終わった。重臣の中には藪《やぶ》を突ついて蛇を出したと皮肉を口にする者もいたほどだ。信長の一揆勢憎しは募るばかり。

(このままではいかぬ。戦い方を変えねば勝つことは難しいの)

賦秀は長島攻めで今後のことを考えさせられた。

四

伊勢長島から帰城した賦秀は、暫し兵を休め、戦塵《せんじん》を落としていた。ただ、長くは続かない。およそ三カ月後の八月十八日、ユリウス暦では九月七日、信長は突如、出陣し、木下秀吉の横山城に入城した。即座に報せは中野城に届けられた。

「なにゆえ、かような時期に」

目下稲刈りの最中なので、簡単に兵は集まらない。賢秀は顔を顰める。

「文句を申しても仕方ありませぬ。とりあえず、某が集まった者を率いて出仕致します。父上はあとから兵を集めて参陣して下さい」

告げると、賦秀は五百ほどの蒲生勢を連れ、柴田勝家の長光寺城に入城した。

「こたびは何処に兵を向けられますか」

城に入るや、賦秀は柴田勝家に問う。

「判らぬ。儂らも知らされておらぬのじゃ。いつもながらお屋形様の思案は読めぬ」

柴田勝家は首を捻りながら答えた。おそらく真意であろう。

「浅井でしょうか」

「おそらくの。今、遣いを出しているゆえ、ほどなく下知があろう」

「左様ですな。ところで、伊勢での傷はよくなりましたか」

「あれな傷など蚊に刺されたようなものじゃ」

豪気に柴田勝家は言ってのける。深手だが、完治したようなので賦秀も安心した。

信長からは横山城に合流しろとの下知がないので、賦秀は長光寺城に在していた。

八月二十日に台風が直撃したので横山城の塀《へい》が倒れ、櫓《やぐら》が倒れるなどの被害が出たので、暫し、信長は同城に留まっていた。それでも、二十六日、浅井長政の居城小谷城と山本山《やまもとやま》城の中間に陣を張り、北の余呉《よご》、木之本《きのもと》を放火して廻った。

翌二十七日、横山城に帰城すると、二十八日は丹羽長秀の居る佐和山城に入り、柴田勝家らに一揆勢の立て籠る志村《しむら》城、小川《おがわ》城を攻めろという命令が下された。

「委細承知《いさいしょうち》」

柴田勝家は闘志満々に応じ、さっそく出陣した。

志村城と小川城は共に、安土城と佐和山城の中間、愛知川《えちがわ》に沿うように築かれた平城である。但し、周囲は湿地なので、迫りづらい城ではあった。

接近すると、佐久間信盛、中川重政、丹羽長秀が合流した。

「三日のうちに両城を落とせと、お屋形様は仰せじゃ」

会うなり、佐久間信盛が告げると、柴田勝家は覇気ある目を返す。

「それだけあれば、十の城は落とせようぞ」

さっそく織田軍は、その日のうちに志村、小川両城の周辺を焼き払った。

翌晦日《みそか》、織田軍は志村城に焦点を合わせ、城周辺の湿地に材木や板を敷き並べて、歩き易くし、攻撃の準備を整えた。

明けて九月一日、四方から志村城に総攻撃を行った。城に籠る城主の志村資則《しむらすけのり》や一揆勢も矢玉を放って必死に応戦するも、多勢に無勢は否めず、遂に城門は押し破られた。これによって城兵は殆どが討死した。織田軍が討った首は六百七十を数えた。

鬨をあげる間もなく志村城から半里（約二キロ）ほど南東の小川城に向かうと、城主の小川孫一郎《まごいちろう》は人質を差し出して降伏したので許された。公言どおりの日にちで二城を攻略した。

九月三日、信長が安土の常楽寺《じょうらくじ》に逗留《とうりゅう》する間、賦秀が参じる柴田勝家らは守山《もりやま》にある一揆の拠点の金森《かねがもり》城を陥《おとしい》れ、南近江の一向一揆を掃討《そうとう》した。

「重畳。南に向かう」

露払いを終えた報告を受け、信長は触れを出し、たびたび宿泊している大津の三井《みい》寺《でら》内にある光浄院《こうじょういん》に入った。三井寺は長い間、同じ天台宗でありながら延暦寺と対立を続けてきた寺門である。信長は比叡山と対立しても天台宗を目の仇にしてはいなかった。

九月十一日、都に向かうと見せかけた信長は、戻るようにして瀬田橋の横にある山《やま》岡景隆《おかかげたか》の居城、勢多《せた》城に入った。

少し早目の夕餉《ゆうげ》を取った信長は、勢多城の主殿に諸将を集めた。

柴田勝家、佐久間信盛、丹羽長秀、明智光秀、木下秀吉、池田恒興、武井夕庵《たけいせきあん》、中《なか》川重政《がわしげまさ》、山岡景隆などなど……さらに蒲生賦秀。

皆、信長の心中が理解できず、こののちなにを命じられるのか。いつにも増して厳しい眼光を放つ信長を見て、緊張していた。

静寂の中、これを破るように、信長は忿恚《ふんい》と闘争心をあらわに獅子吼《ししく》した。

「これより比叡山を囲み、根本中堂、山王二十一社は元より、経巻《きょうかん》一つ残さず焼き尽くす。糞坊主が如き、いや、山におる老若男女、生ある全てを撫で斬りに致せ！」

疳高い信長の宣言を耳にした家臣たちは驚愕《きょうがく》した。

当然、賦秀もその一人で、残虐《ざんぎゃく》な主君の言葉が信じられなかった。

さすがに狼狽《うろた》える家臣に配慮《はいりょ》し、珍しく信長は言葉をつけ加えた。

「彼奴らは女を囲い、稚児を侍らせ、魚肉を喰らい、酒を呷《あお》る。のみならず、刀剣を携《たずさ》え、儂に刃向かいよる。叡僧《えいそう》は僧侶にあらず、僧の名を騙《かた》るただの売僧《まいす》じゃ。よいか、霊仏《れいぶつ》、霊社、僧坊《そうぼう》全て一宇《いちう》も残さず灰燼《かいじん》に帰し、儂が天に代わり、かの地を浄土としてくれる」

断固、信長は言いきった。

「お、畏れながら……叡山は我が国の仏教が生まれし故郷でござります。開山以来およそ八百年、何人《なんぴと》たりとも侵《おか》すべからざる聖地でございます。万が一、これを焼き払い、神仏の罪を受ける恐れがありますれば、なにとぞ、思い留まるようお願い奉りまする」

佐久間信盛は恐る恐る諫言《かんげん》した。これに右筆でもある武井夕庵も続く。

「僭越《せんえつ》ながら……叡山を灰燼と致せば、悪評の誹《そし》りを免《まぬが》れませぬ。お屋形様に従いし民の心が離れるとも限りませぬ。こたびはご堪忍《かんにん》のほど、お願い致します」

すると、猛禽類《もうきんるい》のような信長の眼が二人を刺した。

「汝《うぬ》らのような輩《やから》がいるゆえ、かの売僧どのを増長《ぞうちょう》させるのじゃ」

信長が叱責《しっせき》すると、今度は明智光秀が縋るような目を主に向ける。

「お言葉にはございますが……叡山には国宝とも言える仏尊《ぶっそん》もございますれば……」

「金柑、国の宝とは人じゃ。仏像などではない。それに、あれは人の作りし石、木、鋳鉄それに紙じゃ。神ではない。消滅したとて誰も死にはせぬ」

天罰を恐れている家臣に対し、信長は改めて語調を強めた。

「否と申せばこの場で斬り捨てる。神仏の祟《たた》りが恐いか、この信長が恐いか、何れじゃ！」

果断に信長は豪語した。これには、さすがに誰も反論できなかった。皆、目に見えぬ祟りより、生きている目の前の主に恐怖を感じていた。

「率爾《そつじ》ながら申しあげます」

口を開いたのは、信長の乳兄弟・池田恒興《いけだつねおき》だった。

「夜中に仕寄せれば、闇に紛《まぎ》れて逃げ失せる坊主が出ぬとも限りませぬ。しからば、未明《みめい》に一斉に攻め登れば、逃さず討つこと適うかと存じます」

「さすが勝三郎《かつさぶろう》。されば、今宵《こよい》のうちに兵を配置させよ。明朝、一番鶏《いちばんどり》の声をもって叡山を焦土と化す。鼠《ねずみ》一匹逃すでない。逃す者あらば、其奴は我が敵とみなす。よいな！」

「はっ」

激越《げきえつ》な信長の厳命に諸将は短く返事をするが、いつものような覇気はなかった。

（まこと、比叡山を焼いていいものか）

強い信仰心を持っている訳ではないが、やはり神仏は敬《うやま》うべきという概念が賦秀の心にもある。えも言われぬ重苦しさの中、賦秀は柴田勝家らとともに、移動を開始した。

第五章　殲滅《せんめつ》の波紋

一

　まだ、眼前の嶮《けわ》しい山は薄い紫色の帳がかかっているように見える。昼は蒼い琵琶湖の水が、夜明け前は黒ずんで映るのが普段の光景であるが、今は違う。手にする松明《たい》まつや篝火《かがりび》で山を取り囲んでいるのでいつになく湖面も明るい。さらに湖上には夥《おびただ》しい舟がゆらゆらと浮き、火を灯しているせいか、水面が燃えているようであった。

　本来、比叡の山が醸《かも》し出す朝の冷気は、身を清め、気を鎮《しず》めるものだが、今は異様に重苦しく感じる。というのも、聖なる地に対し、前代未聞の暴挙《ぼうきょ》を敢行《かんこう》しようとしているからである。静寂《せいじゃく》の中でさまざまな息吹きと鼓動が聞こえるようである。

　元亀二年（一五七一）九月十二日の払暁《ふつぎょう》――。

　織田軍三万の軍勢は、都の北東に位置する比叡山を包囲した。

　湖岸を数多《あまた》の舟が占拠し、麓の坂本には色とりどりの旗差物が立ち並んでいる。緊張の中、甲冑《かっちゅう》に身を固めた士卒が犇《ひし》めき、信長の下知を待っていた。

「真実《まこと》、叡山を焼き討ちに致すのですか？」

賦秀が目を向けた先には、床几に腰を下ろした柴田勝家がいる。

「そちも直に聞いたであろう。お屋形の下知じゃ。もはや取り成しはきかぬ」

腕組みをしたまま、柴田勝家は沈痛《ちんつう》な面持ちで吐き捨てた。

「確かに不心得者《ふこころえもの》もおりましょうが、撫で斬りとはあまりにも惨《むご》い仕打ち」

「叡山の祟《たた》りが恐いか」

「左様なことはありませぬが、せめて僧兵だけでよろしいのでは？」

「叡山は仏道を犯しておる。誰が武器を持っているか判らぬ。殺《や》らねば殺られるぞ」

「女、子供もですか？」

「下知じゃ。お屋形様を敵にしたゆえ、かような仕儀と相なったのじゃ。全て自《おの》が身から出た銹《さび》。恨むならば己を恨むがよい。さて」

賦秀というよりも、自らに暗示をかけるように柴田勝家は顔を顰《しか》めた。

「これより叡山を討つ。鼠《ねずみ》一匹逃すでない。進め！」

柴田勝家は床几を立って怒号した。

「うおおーっ！」

常に激戦の地を駆けてきた柴田家の家臣たちは、闘気に満ちた雄叫びをあげた。

一緒に鬨《とき》をあげた賦秀だが、幾分、声が小さい。杞憂《きゆう》は消せなかった。

信長本陣のある坂本から半里（約二キロ）ほど南の穴太《あのう》に陣を敷いていた柴田勢は進路を西に向け、壺笠山《つぼかさやま》城方面へと兵を進めた。先頭は拝郷家嘉《はいごういえよし》、これに柴田弥《や》右《え》衛門尉《もんのじょう》、佐久間盛政《さくまもりまさ》、柴田勝豊《かつとよ》、中村文荷斎《なかむらぶんかさい》……賦秀ら蒲生勢が続く。兵はおよそ三千。織田家随一であった。

普段は滅多に人も通らぬ山道は急坂で、しかも悪路。一番先を歩む者は、鑓や鉄砲を置いて鉈《なた》を手にし、枝や蔓、雑草などを薙《な》ぎ払いながら進軍した。まだ、足下が暗いので松明をかざして樹の間を縫《ぬ》う。点々と茂みの中に輝く灯は、まるで狐火のように無気味な揺らめきをしていた。

軍勢には蒲生家の『対《むか》い鶴《つる》』の旗指物が掲げられているが、賦秀には翩翻《へんぽん》と靡《なび》いているようには見えなかった。やはり、未曾有《みぞう》の横暴を実行するせいであろうか。騎乗する駿馬の足も、どことなく重いように感じられた。

急坂を登りだしてほどなくすると、少しずつ辺りが白みだした。徐々に周囲の景色が明確になってきたその時、総攻撃を報せる法螺《ほら》の音《ね》が響き渡った。音が耳朶《じだ》に届いた瞬間、誰もが緊張し、遂に大殺戮《さつりく》が開始されるのだという意識を強くする。

「若殿、坂本から火の手が上っております」

町野繁仍《まちのしげより》が告げるので賦秀も背後を振り返った。目には坂本の町が茜色《あかね》に染まって見える。それは朝日が差し込む眩《まぶ》しくも爽《さわ》やかな目覚めの明かりとは違う、暗黒の世界へと誘《いざな》う不快な消滅を意味する猛火であった。

延暦寺僧によって書かれた『天台座主記《てんだいざすき》』によれば、九月十二日の払暁、坂本の日吉社《ひよししゃ》に朝詣《あさまい》りするのを日課としていた老人が、ふと湖上に目をやると、朝靄《あさもや》の向こうに見える大軍船を見て仰天し、坂本の人々に告げた時は既に遅く、炎が堂舎《どうしゃ》を覆《おお》い出したとある。

家を焼かれた者たちは、阿鼻叫喚《あびきょうかん》の中で焔《ほのお》と虐殺《ぎゃくさつ》から逃れんとして、根本中堂《こんぽんちゅうどう》のある山頂を目指すのであろう。その者たちを討つのである。気が重いのは言うまでもなかった。

麓から約半里ほどの位置に壺笠山《つぼかさやま》（標高四百二十六メートル）が聳《そび》えている。その山頂には壺笠山城が屹立《きつりつ》している。同城は浅井長政が都の信長を威嚇するために築いた城である。この朝、十数名ほどの留守兵が在していたようだが、大軍の襲来を目撃すると、さっさと城を捨てて逃亡したらしく蛻《もぬけ》の殻《から》であった。

柴田勝家は僅かの兵を城に残し、再び兵を進ませた。これに蒲生勢も続く。

六町（約六百五十四メートル）ほど北西に足を向けると、玉照院《ぎょくしょういん》に到着した。まずは周辺に兵を配置して退路《たいろ》を断ち、柴田勝家は放火を命じた。

「おのれ！」

柴田勢の襲来を知った僧兵たちが、薙刀《なぎなた》を手に向かってくるので、柴田勢は容赦《ようしゃ》なく鉄砲を連射し、乾いた轟音を響かせた。

刹那、僧兵たちは悲鳴をあげ、血を噴いて地に倒れた。途端に鑓を手に持つ寄手が殺到し、生死を彷徨《さまよ》う者らの息の根を止めていった。誰一人、戦場のように首級を取ろうとせず、ただ命を奪い、殺すのみ。信長の命令を忠実に守ってのことである。

「此奴らは魔物じゃ」

織田軍の目的が戦いではなく虐殺であることを知った僧兵たちは愕然《がくぜん》とした。途端に戦意などなくなり、院から逃れようとするが、寄手は逃さない。

「一人も逃すでない。討ち取れ！」

下知を受けた柴田家臣たちは餓《う》えた野獣のごとく、背を向ける僧兵に群がり、躊躇《ちゅうちょ》なく鑓の穂先で抉り、突き倒した。背後からの攻撃は一番容易く討てる瞬間である。

その間にも院殿の中に松明が投げ入れられた。火は獲物を得たりと床を勢いよく這い、嬉々して柱を駆け登ると、天井を覆っていった。

院殿だけではなく宿舎などにも放火している。僧兵らと一緒に住んでいたであろう女や子供たちが火に炙《あぶ》られて宿舎から出てきた。だが、躊躇《ためら》うことなく、寄手は仕留めていった。

玉照院だけではなく柴田勢は他の寺院にも向かった。

賦秀は玉照院の右上に建てられている大乗院《だいじょういん》を囲んだ。他にも柴田家臣はいた。

「よいか、坊主だけではなく、女子供も切り捨てるのじゃ」

汚れ役を自ら買って出るように、町野繁仍が蒲生勢に下知する。

「安堵致せ。儂はお屋形様の婿じゃ。この期に及んで躊躇はせぬ」

賦秀が答えると、町野繁仍は黙ったまま頷いた。

ほどなく、柴田家臣の足軽が丸太を持って山門を打ち壊し、院内に雪崩れ込んだ。

「うおおーっ！」

十文字鑓を手にする賦秀は迷情《めいじょう》や恐怖を払拭《ふっしょく》するように咆哮《ほうこう》し、院内に駆け込んだ。

「喰らえ、正義の太刀じゃ」

賦秀を待っていたかのように、大柄の叡僧が薙刀で袈裟《けさ》掛《が》けに斬りつけてきた。

「戯《たわ》け！　売僧《まいす》の刃で儂が討てようか」

即座に賦秀は鑓柄で薙刀の柄を受け止め、撥《は》ね上げるや叡僧の腹を抉った。途端に敵は僧衣を血に染めて地に倒れた。すかさず賦秀は下知に従い止めを刺す。

「ぐえっ」

大柄の叡僧は断末魔《だんまつま》の呻《うめ》きをもらし、恨みに満ちた目を剝《む》いたまま事切れた。

「なんの。罰《ばち》など当たらぬではないか」

心配したが、天は賦秀を殺しはしなかった。途端に、えも言われぬ闘争心が湧いてきた。

「お屋形様が申したことは真実じゃ。此奴らはただの騙《かた》りじゃ」

瞬時に恐怖が薄れ、賦秀は新手の叡僧に向かう。

「おりゃーっ!」

僧兵が降り下ろす薙刀よりも速く、賦秀は鑓を突き出して喉を抉る。即座に引き抜くや、右にいる敵の顔を薙ぎ、背後から襲いかかる叡僧の薙刀を弾き、心臓を貫いた。

途端に左右から血飛沫が上り、明るくなった朝の空気を朱に染めた。

賦秀はなにかに憑《つ》かれたように、次々に僧兵たちを仕留めていった。

他にも結解十郎兵衛《けっけじゅうろうべえ》、種村伝左衛門《たねむらでんざえもん》、岡左内《おかさない》らの蒲生勢は奮戦し、また、圧倒的な兵力の差もあって、大乗院にいた僧兵の殆どを討ち取った。ほどなく院や舎に火がかけられ、紅蓮の炎が残酷《ざんこく》な明るさを放っていた。

周囲には血塗《まみ》れとなった僧兵らの死骸《しがい》が転がっている。中には女、子供の遺体もある。まさに阿鼻叫喚の地獄絵図であった。

血を浴びて阿修羅《あしゅら》のようになった賦秀らが、次の寺院に向かおうとした時、右横の小さな祠《ほこら》の陰で何かが動く物音がした。

(よもや)

賦秀は穂先をつけながら中を覗くと五歳ぐらいの男子が震えていた。

「明日の晩まで、決してそこを出るでない。出たら殺すぞ」

言うや賦秀は腰に差していた水の入った竹筒を抛《ほう》り、その場を立ち去った。

(儂は甘いか? 構わぬ。儂はなにも見ておらぬ。なにもおらなんだ)

賦秀は自身に言いきかせながら、大乗院の門を出た。ただ、叱責《しっせき》されれば甘んじて受ける覚悟は出来ている。童一人見逃しても大勢に影響はないと思うばかりだ。

柴田勢は順調に不動明王堂《ふどうみょうおうどう》、法曼院《ほうまんいん》、弁天堂《べんてんどう》、建立院《こんりゅういん》、宝珠院《ほうしゅいん》など、二十坊ほどの寺院を焼き払い、山頂を目指した。

未《ひつじ》ノ刻（午後二時頃）より小雨が降り始めたが、織田軍は侵攻を止めず、諸将はそれぞれの持ち口から攻め登り、比叡山の本丸とも言える延暦寺の根本中堂に乱入した。賦秀を含む柴田勢が到着した時、既に佐久間信盛、明智光秀、木下秀吉、丹羽長秀らが兵を進め、屍《しかばね》の山を築いていた。

実直な柴田勝家は、鼠一匹逃すなという信長の厳命を愚直なほどに守っていたために、他の将より遅れてしまったようである。

未明から始まった大虐殺は、未ノ刻にはほぼ終了した。

根本中堂、山王二十一社、東塔《とうどう》、西塔《さいとう》、無道寺《むどうじ》以下の諸堂社は悉《ことごと》く消失し、僧俗三千とも四千とも言われる男女は惨殺され、仏像、経巻、古文書などは全て灰となって消滅した。唯一、西塔の瑠璃堂《るりどう》が残ったのは奇跡かもしれない。

ただ、あとで判ったことだが、比叡山の北に位置する横川《よかわ》の香芳谷《かぼうだに》口（仰木《おうぎ》口）を固めていた木下秀吉は逃亡する者を寛大に助命したらしい。将来に対して、既に何か含むところがあったのかもしれない。

山を焼き尽くす紅蓮の焔は、凄惨《せいさん》な悪行を天に伝えんと高く噴き上げていた。堂塔を焼いた炎は三、四日続き、都からも立ち上る煙は見えたという。

空前絶後の破壊劇により、比叡山の天台座主である、正親町《おおぎまち》天皇の弟・曼殊院覚恕《まんしゅいんかくじょ》は職を逐《お》われ、以後十二年もの間空位が続いた。

この獰悪《どうあく》な暴虐《ぼうぎゃく》を知った山科言継は「仏法破滅《ぶっぽうはめつ》、説《と》くべからず。王法如何《おうほういかが》あるべき事哉《かな》」と冷めた文を日記に記している。宿敵武田信玄は「信長は天魔の変化《へんげ》」と批難した。

事が終わると坂本の麓で、ささやかな酒宴が開かれ、賦秀も諸将と席を同じにした。首座にいる信長は、なにごともなかったかのように涼しい顔をしていた。

（お屋形様は、なんとも思われておらぬのか。ご自身、手をかけぬゆえ他人事か）

そう思っていた時、突如、信長に声をかけられた。

「忠三郎、天罰は下ったか」

「いえ、下ったとすれば、比叡山の者たちかと存じます」

賦秀は信長を批難することはできないので、敵のせいにするしかなかった。

「よう申した。昨日、申したように、神も仏も所詮は人が作りしもの。天罰は力あり し者が下すものじゃ。儂はこののちも刃向かう者には天罰を下す。それが天下布武じゃ。そのこと、その方らも胆に銘じよ。比叡山は自《おの》が業《ごう》の炎で燃えておるのじゃ」

信長はそしらぬ顔で告げた。比叡山は夜になっても煌々《こうこう》と燃えていた。

焼き討ちののち、比叡山のある滋賀一郡は明智光秀に与えられた。

その後、一部の武将は残され、十五日まで放火と殺戮は繰り返された。誰もが改めて信長は決して恨みを忘れぬ恐ろしい武将であると思い知らされた。

残された武将の中に賦秀もいた。残党狩りをする中、大乗院の祠の中を覗くと、そこに童の姿はなく、周辺に屍も転がっていなかった。

（無事、生き延びよ）

命乞いする僧兵を仕留めながら、賦秀は矛盾《むじゅん》することを思案し続けた。

（これで、一向衆が大人しくなってくれればよいが）

今はそう願うしかない。

かくして戦国最大の大殺戮は終了した。賦秀にとって益のない戦いであった。

二

比叡山の焼き討ちは、敵対する者たちを恐れさせはしたが、逆になにをするか判らぬ信長を放置しておくことは危険だと、反信長包囲網を布く武将を結束させる結果にもなった。

背後で糸を引くのは将軍義昭であるが、信長に対する急先鋒はなんといっても戦国最強と言われる甲斐の武田信玄であった。

武田信玄は信濃の大半と駿河一国、上野《こうずけ》の半国と飛騨、越中の一部を版図に加え、元亀三年（一五七二）十月、満を持して西上の途に就いた。同盟者の徳川家康から信長は援軍の要請を受けるものの、この時、浅井長政、朝倉義景勢に牽制され、伊勢の一向一揆が蜂起するという四面楚歌《しめんそか》の状況にあって岐阜を動くことができず、佐久間信盛、平手汎秀《ひらてひろひで》、水野信元《みずののぶもと》らに三千の兵をつけて家康の浜松《はままつ》城に派遣した。

信長は佐久間信盛らに、城に籠って武田軍をやり過ごし、敵が迫った時のみ矢玉で迎撃することを言い含めた。武田軍は、今で言う兵站《へいたん》の確保ができておらず、しかも殆どの兵は農兵なので、田植え時期には帰国しなければならない。局地戦で敗北したとしても、じっくりと長期戦を取れば兵を損ねずに追い返せると踏んでいた。

ところが、武田軍は遠江《とおとうみ》の諸城を田楽刺しのごとく貫き、十二月二十二日、ひょんなことから三方原《みかたがはら》で徳川家康ならびに佐久間信盛ら織田の援軍を浜松城から釣り出して鎧袖一触《がいしゅういっしょく》。その後、武田軍は三河にまで兵を進め、元亀四年（一五七三）二月十五日には野田《のだ》城を攻略した。ただ、直後に信玄の病状が悪化し、長篠《ながしの》城に戻り養生せねばならなくなった。

都には武田軍が怒濤《どとう》の進撃をしていることだけが伝わっている。報せを聞いた将軍義昭《よしあき》は歓喜し、二条御所の普請工事を行い、信長討伐の準備を開始した。

二月中旬、将軍義昭は光浄院暹慶《こうじょういんせんけい》（のちの山岡景友《やまおかかげとも》）に命じて大津の今堅田《いまかたた》、石山《いしやま》に城を築くように命じ、信長に公然と敵対した。暹慶は信長に従う山岡景隆《かげたか》の四弟である。

二月二十日、信長は即座に柴田勝家らに暹慶の討伐を命じた。報せは中野城にも届けられた。十八歳になった賦秀は、すぐに軍勢を掻き集めて長光寺城に出仕した。

神戸具盛や関盛信の見張りをせねばならず、賢秀は中野城で留守居をしている。

「どうやら、公方様《くぼうさま》は本気でお屋形様に敵対したらしい。よってお屋形様は近く上洛なされる。儂らはその前に都への道を地均《じなら》ししておかねばならぬ」

「畏《かしこ》まりました。それより、西に兵を向けていて大事ないのですか」

賦秀にとっても、東のことは危惧の一つであった。

「武田か、岐阜からの報せでは三河で留まっているとのこと。野田城を落としたのに兵を進めぬのは、なにか事情があるに違いない。徳川殿を含め、探っている最中だぞうじゃ」

「左様でございますか。武田が動かぬうちに片付けとうございますな」

「うむ。そちにも働いてもらうゆえの」

期待を込めるように柴田勝家は言う。というのも、東近江の軍編成が少々変わっている。前年八月、安土城将の中川重政と勝家の間で所領争いが起こり、重政の弟津田《つだ》盛月《もりつき》が勝家の代官を斬って中川兄弟は改易されている。その後、中川兄弟は徳川家康の許で蟄居している。また、中川家の寄騎だった永田景弘《ながたかげひろ》は勝家の麾下とされた。勝家の支配権は広がったものの、目が行き届かない。代々日野に住んでいる蒲生家には、しっかり領地を守ってほしいと願っているのが正直なところ。

また、このような時ほど出世の機会が増えるのも事実であった。

二月二十四日、柴田勝家は明智光秀、丹羽長秀、蜂谷頼隆らと共に石山に向かった。賦秀も柴田勢の寄騎《よりき》として参じている。

石山は琵琶湖にほど近い瀬田川の西岸にある伽藍山《がらんやま》（標高二百三十六メートル）の東に築かれた山城である。かつて砦のあったところに築き直すようなものであるが、まだ普請途中であった。

織田軍は城を包囲して降伏勧告を行うが、光浄院暹慶は拒否した。そこで、寄手は二十五日、大量の鉄砲を放って脅しあげ、翌二十六日、一気呵成《いっきかせい》に城に迫ると、脆弱な城では防禦《ぼうぎょ》することは敵わず、暹慶は降伏した。

「呆気無《あっけな》いものよな」

活躍の場がなく終了したので、賦秀は肩透かしを喰らったように吐く。

「致し方ございませぬ。次に期待致しましょう」

町野繁仍が宥《なだ》めるので、賦秀は頷くばかり。柴田勢は石山で次の下知を待った。

二十八日、信長は法華宗僧の朝山日乗《あさやまにちじょう》と、島田秀満、村井貞勝を使者として、人質と誓紙を差し出すことを進言させたが、義昭はこれを拒んだので、今堅田城攻めの命令が下った。

柴田勢はそのまま石山にとどまり、明智光秀、丹羽長秀、蜂屋頼隆は今堅田城に向かう。同城は光秀が在する坂本城から一里十町（約五キロ）ほど北の湖岸に築かれた水城である。

二十九日、明智光秀は湖上から、丹羽長秀、蜂屋頼隆らは陸地から攻めて攻略した。簡単に今堅田城が落ちたので、柴田勝家、丹羽長秀、蜂谷頼隆らは帰城した。

石山、今堅田両城を落とされ、焦った将軍義昭は、三月六日、実兄の義輝と敵対していた松永久秀と、久秀に付き従う三好義継と同盟を結んだ。

松永久秀が河内《かわち》の津田城に入城した報せは、すぐさま中野城に届けられた。

山に囲まれた日野でも桜の花が咲いていて、艶やかな色で目を楽しませている。

「形振《なり》り構っていられないとはいえ、仇と手を組むとは節操がないですな」

報告を聞いた賦秀は呆れながら言うと、賢秀は笑みを浮かべる。

「使えるものはなんでも使うお屋形様は度量が大きく、公方様は違うのか」

「松永は仇のようなしょう。某は絶対に致しませぬ」

「そうあってほしいもの。ところで神戸殿や関殿が、そちにお屋形様への取り成しを頼んでくるやもしれぬが、左様なことを決して口にしてはならぬぞ」

「なにゆえでございますか。両家とも当家にとっては縁戚ですぞ」

賢秀の諫言《かんげん》に、賦秀は情が薄いと感じた。

「政《まつりごと》と情は別もの。お屋形様は、左様なことは承知で儂らに預けたのじゃ。公私の区別がつけられる者であるか否か試すためにの。安土に在していた中川兄弟はお屋形様の同族ゆえ、たかを括《くく》っていたのであろう。隙を作ってはならぬ。お屋形様の婿であることを鼻にかけて、あらぬことを口走れば同じ目に遭わぬとも限らぬ。よいな」

鋭い賢秀の指摘に、賦秀は閉口した。まさか、信長がそんなことで自分を試しているとは思ってもみなかった。今さらながら、己の視野の狭さを実感した。

案の定、神戸具盛や関盛信は遣いを賦秀によこして復領を依頼してくる。

「頃合を見て申しておきましょう」

機会があれば進言する気持ちは持っている。ただ今は時機ではない。狡《ずる》いことだとは知りつつも、賦秀は体裁よく答えておくしかなかった。

三月八日、信長は再び島田秀満を使者として将軍義昭に和平を呼び掛けるものの、義昭は勝算ありと判断したのか、人質は無用と一蹴した。

憤怒《ふんど》する信長だが、まだ、武田信玄の動向が摑めないので、我慢しながら粘り強く交渉する策を取り、和睦を求めるが、依然として亀裂が埋まることはなかった。

二十五日、遂に堪忍袋《かんにんぶくろ》の緒が切れ、信長は一万の軍勢を率いて上洛の途に就いた。報せは中野城にも届けられた。信長の出馬とあっては賢秀も城にはおれず、賦秀と一緒に軍勢を率いて長光寺城の柴田勝家の許に参じた。

ほどなく信長も長光寺城に到着した。賦秀は周辺の諸将ともども門前で出迎え、その後、主殿に座を移して改めて挨拶をする。

「六角奴《め》が忙しいの。義昭が片づけば、近江から一掃せぬとの」

信長は不快気に柴田勝家に告げた。また、勝家がいながら、膝元で一揆勢に騒がせるな、仕置が甘いと言っているようにも聞こえる。

おそらく賦秀にも当てはまっているであろう。四方のさまざまなことに気を廻らせる信長は、無口であっても以前は一言、二言声をかけてきたが今はない。

（目立った働きをして認められるしかない）

今の賦秀には、それしか思案できず、信長の不満を理解できなかった。

三月二十九日、先発する信長は本隊の五千を率いて大津の逢坂《おうさか》に到着し、ほどなく後続部隊と湖東の兵、さらに明智光秀ら湖西の兵が合流して二万余の軍勢となった。

まず信長は禁裏御所《きんりごしょ》に使者を遣わし、金の棒五本を送り、天皇の御所には争乱も謀叛も起きないので、安心するようにという旨を伝えた。

信長はすぐに鴨川《かもがわ》を渡河せず、東山《ひがしやま》の知恩院《ちおんいん》に本陣を置いて、まずは京十口（八瀬《やせ》口、北白河《きたしらかわ》口、東寺《とうじ》口、法性寺《ほっしょうじ》口、鳥羽《とば》口、西七条《にししちじょう》口、長坂《ながさか》口、鞍馬《くらま》口、粟田《あわた》口、竹《たけ》田《だ》口）といわれるところに兵を置き、洛中と洛外を遮断して、将軍義昭を威圧した。

「お屋形様は慎重ですなあ」

賦秀が柴田陣で告げると、賢秀も頷いた。

「相手は仮にも征夷大将軍《せいいたいしょうぐん》。さすがに主殺しの悪名は避けたいであろう」

都の包囲に京の民は震えあがるが、剛胆なのか愚鈍なのか、あるいは信長を舐《な》めているのか、または窮鼠《きゅうそ》となったのか三十日、将軍義昭は京都奉行・村井貞勝の屋敷を囲んだ。

無謀であることを知る京童は、次のように落書きをした。

「かぞいろと　やしなひ立てし甲斐もなく　いたくも花を雨のうつ音」

以前に将軍義昭は信長を「御父」と呼んだことがある。そこで、信長が父となり、養育したかいもなく、花（将軍の花御所）には激しく（矢玉の）雨の音がするであろうという意味である。誰もが義昭の敗北を知っていた。

村井貞勝は、包囲を脱出したので、将軍方の人質を取る策は失敗に終わった。

四月二日の晩、信長は中京の等持寺《とうじじ》に本陣を移した。

「権六《ごんろく》、上京《かみぎょう》を焼き払え」

賦秀も同席する中で、信長は柴田勝家に命じた。

「都を焼いて構わぬのでしょうか？」

豪気な柴田勝家も躊躇する。平安時代の末期、旭将軍と呼ばれた木曽《きそ》義仲《よしなか》は都を放火したので、追討命令が出されたともいわれている。また、山名《やまな》宗全《そうぜん》、細川《ほそかわ》勝元《かつもと》、三《み》好《よし》長慶《ながよし》、松永久秀……などなど。京を焼いた者の政権は短命に終ってもいた。

「構わぬ。都には、戯けた義昭に与する輩もいる。一緒に灰に致すがよかろう。但し、禁裏御所だけには火が廻らぬように致せ」

信長の決定は絶対である。即座に柴田勝家を総司令官にして明智光秀、細川藤孝、荒木村重、蜂屋頼隆、佐久間信盛らが行動を起こした。

町を焼くことは、容易い。比叡山の焼き討ちから比べれば可愛いもの。諸将は散会して火を付けると、瞬く間に紅蓮《ぐれん》の炎は上京の町を飲み込んでいった。

「これでは民の心はお屋形様から離れていきましょう」

立ち上る猛火を眺めながら賦秀は言う。やはり信長の心中は理解できない。

「おそらく、ご自身に向けられる民の厭悪《けんお》よりも、将軍として都を守れぬ無能さを露呈《ろてい》すること。さらに、真の天下人が誰であるかということを明確にするためであろうかの」

火の反射で顔を赤く染めながら、賢秀は冷ややかに告げた。

上京の北部を焼き払われても、将軍義昭は和睦の意思は見せなかった。そこで信長は、三日の晩から四日にかけて上京の二条辺りまでを焼き払った。さらに、義昭の住む二条御所を包囲して通路を塞いだ。途端に幕府勢はあっという間に戦意を失った。

将軍義昭の籠る二条御所は城郭の縄張りをしているが平城である。防衛には適していない。信長が二条御所に兵を向けるとは思っていなかったに違いない。

さすがの将軍義昭も仰天し、慌てて侍女を使者として和睦を求めた。

「今さら遅いわ」

信長は将軍義昭の求めに応じず、侍女を追い返した。

信長に和睦を拒まれた将軍義昭は、もはや正親町天皇を頼るしかなく、袞龍《こんりょう》の袖《そで》に縋《すが》った。四月七日、義昭は無条件降伏し、二度と信長に逆らわぬことを誓った。

これによって放火は停止された。すると焼き討ちから免れた下京《しもぎょう》の者たちは挙《こぞ》って織田の諸将に礼銭を進上した。中でも柴田勝家は突出していた。宿老の中でも軍事など表向きのことに関して、勝家は最上位にあると都人にも見られていたことが判る。

「さすが柴田殿。我らの上が筆頭であることは喜ばしい限り」

賦秀は喜ぶが、賢秀は難しい顔をする。

「大樹の根元では他の木は育たぬもの。このままでは目立たぬやもしれぬのう」

「いえ、某《それがし》は目立ってみせまする」

賢秀の言葉を危惧しつつも、賦秀は言いきった。

和睦は結ばれたので、信長は都を村井貞勝と細川藤孝に任せて帰途に就いた。

都からの帰国路、信長は柴田勝家らに命じた。

「鯰江《なまずえ》城を落として六角を一掃致せ」

「承知致しました」

寄親の柴田勝家よりも早く賦秀は返事をした。勝家らからは睨《にら》まれるが賦秀は気にしない。このたびの戦に賭ける闘志のあらわれであった。

即座に柴田勝家、蒲生賢秀・賦秀親子、佐久間信盛、丹羽長秀らは鯰江城に向かった。

鯰江城は愛知川《えちがわ》の東岸の段丘崖上に築かれた平城で、城域は東西四町弱（約四百メートル）、南北二町半弱（約二百五十メートル）ほど。南は川で、他の三方は堀で囲まれている。さらに周囲は深田と湿地が広がり、信長の上洛戦以来、六角承禎は堀を深くし、土塁を高く普請し直していた。さらに、同城から一里十町（約五キロ）北東には釈迦山《しゃかさん》があり、そこには天台宗の百済寺《ひゃくさいじ》がある。同寺は城郭造りとなっていて百済寺城とも呼ばれている。承禎は両城で敵に当たるようにしていた。

柴田勝家ら四千の軍勢は両城から半町ほど西で兵を止めた。

「片方の城に仕寄れば背後を襲われますゆえ、同時に兵を向けるべきと存じます」

旧主の城であるだけに、よく知る賢秀は主張した。

「左様か、されば、そちは百済寺城を焼き払え。お屋形様の下知は一掃ゆえの」

柴田勝家は軽く告げた。面倒なことを賢秀に押し付けた形である。

応じた賢秀は、柴田勝家らから離れた。

「なにゆえ焼き討ちなど応じたのです？　左様なこと我らでなくともできましょう」

賦秀は賢秀と馬を並べ、比叡山の暴挙を思い出しながら告げた。相手が武士ならば、闘志も湧くが、逃げまどう僧侶を討つことは天下布武のためとはいえ、気が引けた。

「敵の拠点を潰せば一掃できる。撫で斬りにしろとも命じられておらぬ。また、今より仕寄せることを教えてやれば、本尊など持ち去ることもできよう」

賢秀は口もとに笑みを作りながら告げた。

「狡い気もしないではありませぬが……」

気が進まないが、僧侶の斬殺は気が滅入る。賦秀は渋々応じた。

まずは、南北の山道を押さえ、百済寺城への往来を阻止した。その上で細作《さいさく》を放つ。

「織田の大勢が押し寄せた！　今より、山を焼き討ちにするそうじゃ」

農民の形をした細作が百済寺城の周辺で触れだすと、城内の者たちは騒然とする。比叡山の焼き討ちをしているので脅しは効果覿面《こうかてきめん》。城兵たちは荷物を纏《まと》めて逃亡し始めた。

「追い討ちをかけなくてよろしいのですか」

軍事行動を怠けているようで、賦秀は苛立《いらだ》ちながら問う。

「下知は、あくまでも一掃じゃ」

かつての朋輩《ほうばい》もいるので、賢秀は賦秀とは違って穏便に事を済ませたいようだ。

賢秀が事前通告したので、百済寺の僧兵たちは寺の本尊を二里ほど離れた西の峰（奥の院）不動堂に運び出すことができた。当然、寺城に留まっている者はいない。

四月十一日、無人になったことを確認した蒲生勢は南北から山道を登り、百済寺城を焼き討ちにして全伽藍を消滅させた。

「坊主どもと無益な戦をすることはない。戦は武士とすればよい」

寺城を焼き尽す炎を不満顔で見る賦秀に対し、賢秀は諭すように言う。

「日野に近いゆえ、こたびは従いましたが、こののちは、かようには致しませぬぞ」

「それでよい。周囲に恨みは残さぬがよい」

覇気をあらわに吐き捨てる賦秀に対し、賢秀は鷹揚《おうよう》に告げる。

（父上の思案は古い。左様なことでは蒲生家は侮《あなど》られるだけじゃ）

人殺しが好きな訳ではないが、厳しい態度で臨《のぞ》まぬと手痛い反撃を喰らう。どちらかといえば、賦秀は信長の思考が正しいと思っていた。

百済寺城の落城を知った鯰江城の六角承禎は、夜陰に乗じて城を捨て甲賀の山に逃亡し、城兵たちも四散した。これにより、柴田勝家らは、なんなく城を受け取った。

その後、賦秀らは周辺で残党狩りを行い、一揆衆を湖東周辺から排除していた。

一方、近江での拠点を失った六角承禎は浪々の身となった。

報せを受けた信長は意気揚々と帰途に就く。蒲生親子も中野城に帰城した。

三

賦秀らが一揆衆を追っていた頃、信長にとって喜ばしい出来事が起こった。

信長が最大限の警戒をした武田信玄が、病状悪化で帰途に就く最中の四月十二日、信濃の駒場《こまんば》で病死した。享年五十三。

武田信玄の死は極秘とされたが、四月二十五日、飛騨《ひだ》の江間輝盛《えまてるもり》は越後《えちご》の上杉謙信《うえすぎけんしん》に書で報せた。さらに、五月の中ほどには、徳川家康がこの重報を摑み、信長に伝えている。

吉報を聞いた信長は歓喜し、五月十五日、近江の佐和山城を訪れ、城将の丹羽長秀に命じて国中の鍛冶、大工を集めさせ大船を造るように命じた。都に攻め上る際に、琵琶湖を渡り、大兵力を短時間で移動させるための手段である。

同時期、中野城の蒲生家にも報せは齎《もたら》された。

「信玄の死は当家にとっても喜ばしいことなれど、信玄がいかな戦を致すのか、もはや見ること叶わぬのは少々心残りでございます」

嬉しさと残念な気分が半分というのが賦秀の心境だった。

「左様なことが申せるのも窮地を脱したからであろう。まあ当家としても有り難い限り。戦上手の信玄の矢面に立たされたくはないからの。それよりも、上洛のための船を建造し始めたとすれば、西での戦はそう遠くあるまい」

賢秀は別の方向に目を向ける。

「お屋形様は本気で公方様を討つつもりですな」

「首を刎《は》ねはすまいが、追放か、あるいは幽閉かは致すのではないかの」

「その先陣、是非とも駆けたいものですなあ」

将軍を追い落とす戦の先陣など考えるほどに胸が透く。賦秀は期待した。

一方、五月には上洛すると伝えられていた将軍義昭は、未だ武田信玄の死を知るよしもなく、信玄と朝倉義景、摂津《せっつ》・石山本願寺顕如光佐《いしやまほんがんじけんにょこうさ》を味方につけるために内書を与え、信長討伐の準備をする。

五月二十三日、顕如光佐が義昭に応じると、六月十三日、将軍義昭は挙兵するために安芸《あき》の毛利輝元《もうりてるもと》から兵糧米を徴収した。

用意が整った将軍義昭は七月三日、遂にというか再び反旗を翻《ひるがえ》した。信長が建造した二条御所を権大納言《ごんだいなごん》の日野輝資《ひのてるすけ》、参議《さんぎ》の高倉永相《たかくらながすけ》（藤宰相《とうさいしょう》）、伊勢貞興《いせさだおき》、三淵藤英《みぶちふじひで》らに守らせ、自身は三千七百の兵を率いて宇治《うじ》の槇島《まきしま》城に立て籠った。

一早く将軍挙兵の情報を摑んだ明智光秀は、四日の午前中には佐和山の小松原《こまつばら》で大船の建造を監督していた信長に報せた。この時、賦秀も一緒にいた。

「義昭め、自ら墓穴を掘ったか。早う陣触れ致せ」

北叟笑《ほくそえ》む信長は、即座に動員令を出した。

「忠三郎、こたびは戦えるぞ。楽しみにしておれ」

「はっ、何処なりとも駆ける所存でございます」

賦秀は気勢を吐き、すぐさま中野城に帰城した。

五日、大船が完成し、翌六日、信長は乗船して難風《なんぷう》の中、佐和山から湖を一跨《ひとまた》ぎにして坂本口に到着し、明智光秀の坂本城に宿泊した。

七日、賦秀ら蒲生勢は柴田勝家ともども坂本に到着した。

「権六、そちは先駆けして二条の義昭勢に備えよ」

「畏まりました」

八日、柴田勝家らの先陣は逢坂を越え、東山の祇園《ぎおん》ならびに下京の四条《しじょう》に兵を進めた。賦秀ら蒲生勢は鴨川を渡り、四条道場《どうじょう》とも呼ばれる金蓮寺《こんれんじ》に陣を布いている。同寺は二条御所から半里（二キロ）ほど南東に位置する。二条御所は城門を固く閉ざし、打って出る気配はなかった。

「公方様が槇島城にいるのならば、そちらに向かえばいいものを」

大将のいない城を牽制しているのが賦秀には面白くない。

「そちは戦ばかり考えて政を二の次にしておるが、天下とは都を差すと申しても過言ではない。その大事な都を押さえるゆえ、柴田殿に命じたのだ。名誉なことぞ」

賢秀は胸を張るが、賦秀は納得しきれない。

「されば、都を離れた公方様は職務を捨てたも同じこと。さすれば討つに躊躇はないはず」

「都を火に巻き込みたくないという言い訳もできる。万が一、お屋形様が公方様のおらぬ都を焼き払ったとすれば、悪人の誹《そし》りは免れぬ。駆引きしておるのじゃ」

「左様なものですか……」

今一つ釈然《しゃくぜん》としない賦秀であるが、なにごともないので、祇園の柴田勝家の許に足を運び、二条御所の現状を報せた。

「まあ、寡勢の敵から仕掛けることもあるまい」

「二条御所に公方様がおられぬならば、仕寄せてはいかがでございましょう」

「二条御所を見張るのが我らの役目。余計なことをせぬよう、配下に厳命致せ」

柴田勝家は固い表情で言う。

「承知致しました。されど、仕寄せぬならば、投降を呼びかけてはいかがでしょう」

「お屋形様の真意が判らぬ。将軍への見せしめに灰燼《かいじん》になされるやもしれぬ。今はただ、厳しく二条御所に目を光らせていればよい」

信長の命令に忠実な柴田勝家は自ら特別な行動をしようとはしなかった。

少々残念に思いながら賦秀は信長の入洛を待っていた。

翌九日、信長は二条衣棚《にじょうころもだな》の妙覚寺《みょうかくじ》に着陣した。

「お待ちしておりました。二条御所の者どもは動く気配を見せませぬ」

挨拶ののち賦秀は信長に報告をした。

「であるか」

いつものように信長は短く言う。少々不機嫌である。

(仕寄せることが許されなかったとすれば、開城を勧めておけばよかったのか)

信長の表情を見ながら賦秀は考えさせられた。

入京した信長は即座に三万余の兵で二条御所を包囲した。それでも攻撃はしない。

十日、幕臣の細川藤孝は昨年より信長に接近し、遂に将軍義昭を見限って信長への忠節を示した。藤孝は覚慶《かくけい》と称していた義昭を松永久秀の目をかい潜って助けだした功労者であり、また一説には義昭の異母兄とも言われているので幕府離反の功は計り知れず。この功により、桂川《かつらがわ》西の地を与えられ、信長への仕官を機会に姓を長岡《ながおか》に改姓した。

それでも都は緊張が続いている。

十二日、二条御所に籠った三淵藤英らは、柴田勝家の勧告により、待っていたかのように降伏し、同所を空け渡した。信長は義昭のために造った御所を破却した。

「これが政ですか。かようなことなれば、我らだけでも出来たのではないですか」

猛火に包まれた二条御所を眺めながら賦秀は言う。

「そちは若いの。お屋形様が上洛なされたゆえ、敵は臆して開城したという形にせねばならぬのじゃ。我らはそのための手足でなくてはならぬ。よう覚えておけ」

このところ戦いの場から遠離《とおざか》っているせいか、賢秀の言葉も廻り諄《くど》く感じる賦秀だ。

都を制したこともあり、続々と麾下の兵が集まり、七万という大軍に膨らんだ。当然、都には入ることができず、勢多や大津の辺りにも兵が犇《ひし》めいた。

気をよくした信長は、十六日、槇島城に兵を進めさせた。

「七万ですか。それでも、こたびこそは抜け駆けしても戦いとうござる」

馬足を進めながら、馬を並べる賢秀に賦秀は言う。

「滅多なことは申すまいぞ。されど、機会は必ずくるゆえ焦るでない」

賢秀は宥めるが、賦秀は躁心するばかり。

(儂は戦っておらねばいられぬのかの)

身に湧き上がる闘争心を抑えるのに懸命な賦秀だ。

先に槇島城の北に位置する五ヶ庄《ごかのしょう》に陣を布いていると、十七日、信長自身、都を発ち宇治川の北に位置する五ヶ庄の上の柳山《やなぎやま》に本陣を据えた。

槇島城は現在の宇治川の中州に築かれた平城で、九町（約一キロ）ほど西には大きな巨椋《おぐら》池が広がる水中の城といっても過言ではない。城の北側は比較的開けていた。

着陣した信長はすぐに軍勢を二つに分けた。

川上にある蓮華《れんげ》の平等院《びょうどういん》側から進撃するのは稲葉一鉄、斎藤新五郎、氏家直通《うじいえなおみち》、安《あん》藤守就《どうもりなり》、不破《ふわ》光治《みつはる》、丸毛《まるも》光兼《みつかね》、飯沼長継、市橋伝左衛門《いちはしでんざえもん》、種田助丞《たねだすけのじょう》ら。

川下の五ヶ庄には佐久間信盛、丹羽長秀、柴田勝家、木下秀吉、蜂屋頼隆、明智光秀、荒木村重、長岡藤孝、蒲生賢秀・賦秀親子などなど……。一気に敵を叩き潰すつもりである。

「北側に配置されたのは幸いでござるな」

賦秀は城を眺めながら言う。柴田勝家の寄騎であるが、このたびは別に配置されているので、充分に戦闘に参加できそうであった。

「されど、北側の先陣は佐久間殿じゃ。一当てしたあとでなくばならぬ」

賢秀が念を押すが、賦秀は胸を踊らせるばかりであった。

十八日の早朝、信長は家臣に向かって獅子《しし》吼《く》した。

「かかれーっ！　義昭以外は一人残らず討ち取れ！」

今までの鬱憤《うっぷん》を晴らすかのような残虐《ざんぎゃく》さに満ちた命令であった。

下知に従い、諸将は南北から渡河を始めた。南は稲葉一鉄、北は佐久間信盛が先陣という約束はあったものの、川中の城を攻めるとあって、すぐに寄手は入り乱れた。

城方は寡勢でも、寄手はまず川とも戦わねばならない。重い甲冑を身につけている上に水は激流なので、流されれば溺死し、また、敵の矢玉の的にもなる。だが後方で闘気を示さねば、信長に首を刎《は》ねられる。皆、厳しい選択の中、川中に身を投げ入れた。

安藤守就ら美濃衆を主体とした軍勢が、陣鉦《じんがね》を打ち鳴らして平等院の門前に殺到し、鬨をあげて近辺《きんぺん》に火をかけた。

また、川下の五ヶ庄前からも軍勢は押し寄せて城に迫った。この中に賦秀もいる。激しい流れの大河なので、少しでも気を抜けば、押し流されそうである。それでも賦秀は巧みに馬を操り、奔流《ほんりゅう》に負けず渡り終った。

渡河しても休まず、周囲に蒲生勢が見当たらずとも、賦秀は一騎駆けにて進撃する。幕府方は籠城を決め込むかと思いきや、織田軍が接近すると、城から兵が出撃してきた。背水の陣となった将軍義昭の必死さが窺える。但し、多勢に無勢は否めない。城を攻める織田軍は十倍以上。佐久間信盛、蜂屋頼隆らが瞬く間に五十の首を討つと城兵は退却した。

「おのれ、退くとは卑怯なり」

逃れていく兵を追い、賦秀は馬尻を叩いて追いに追う。

「待て、忠三郎、一人で行くな！」

背後から心配する賢秀の声が聞こえるが、賦秀は聞かずに馬を疾駆させる。

城兵が鉄砲を放つと、寄手は十倍の轟音を響かせる。城方は外壁にすら立てなくなった。おそらく如実に兵力の差を実感したことであろう。

抵抗が弱まると、寄手の織田軍は間髪《かんはつ》を容《い》れずに肉迫し、四方から城壁に攻撃を仕掛けた。鉄砲で威嚇し、梯子《はしご》をかけて壁を乗り越え、中から虎口の閂を外して押し入る。城内に入った織田兵は至るところに火をかけたので、すぐに煙が上った。

「儂は蒲生忠三郎賦秀じゃ。我と思わん者はかかってまいれ！」

城に乗り入れた賦秀は怒号し、下馬するや十文字鑓を握って敵を求めた。

火に追い立てられた敵は覚悟を決め、賦秀と刺し違えようと突進してくる。

「いい度胸じゃ」

賦秀は破顔し、敵の鑓を弾くや、喉元を抉り抜く。

穂先を引き抜くや、次の敵の鑓を撥《は》ね上げ、腋の下を串刺す。さらに、後方の敵を石突で突いて前屈みにさせ、薙《な》いで喉笛を裂いた。今までの鬱憤が晴れ、体が躍動《やくどう》した。

その後方で、賢秀は配下を巧みに遣って敵を着実に仕留めていた。

賦秀を始めとする蒲生勢や佐久間、柴田勢の活躍もあって、開戦から一刻と経ずに槇島城の二ノ丸、三ノ丸は落ち、本丸の陥落が近づくと、将軍義昭は二歳になる息子の義尋《ぎじん》を人質に出して降伏を申し入れ、命乞《いのちご》いをした。

助命が許された将軍義昭は、木下秀吉に送られて三好義継が籠る河内の若江《わかえ》城に追放された。剃髪した義昭は昌山道休《しょうざんどうきゅう》と号し、反撃の機会を窺うことになる。

何れにしても、途中からは名ばかりになったとはいえ、足利尊氏《あしかがたかうじ》以来、二百三十五年続いた室町幕府は、七月十八日をもって終焉《しゅうえん》を迎えた。

「忠三郎、こたびの働き、天晴れじゃ」

戦後、蒲生親子が柴田勝家に従って挨拶に出ると、信長から労いの言葉がかけられた。それだけではなく、賢秀には長光《ながみつ》の太刀を、賦秀には羽織《はおり》が下賜《かし》された。賦秀には至極の瞬間でもあった。

その後、信長は槇島城を細川昭元《ほそかわあきもと》に預け、周辺を焼き払って帰京した。十日後の七月二十八日、元号が元亀から天正《てんしょう》に改元された。この号は以前、信長の意見が退けられたものである。朝廷も信長の機嫌を取るほど恐れ出した証拠であった。

四

久々に戦場を駆け廻り、しかも勝利の上で褒《ほ》められ、満足の体で帰国した賦秀は、暫し休息できると喜んでいたが、信長は留まることを許す武将ではなかった。

八月八日、浅井長政の重臣で山本山《やまもとやま》城将の阿閉貞征《あつじさだゆき》が主家を見限り、織田家に降った。調略したのは羽柴《はしば》秀吉である。秀吉は幕府崩壊後に筑前守《ちくぜんのかみ》に任じられ、姓を羽柴に改姓した。丹羽長秀の「羽」と柴田勝家の「柴」を一字ずつ取ってつけた姓である。

夜中、身一つで馬を駆る信長は翌九日の朝には北近江に到着し、ほどなく姉川北の月ヶ瀬《つきがせ》城に入城した。同城は浅井長政の小谷城まで直線で一里（約四キロ）ほど南西に位置している。

すぐに賦秀ら蒲生勢も柴田勝家らと共に参じると、他の武将たちも続々と集結し、十日には三万を超えた。一方、浅井家は度重なる寝返りで五千を切るほどに減少していた。

十日、信長は、佐久間信盛と柴田勝家に命じた。

「右衛門と権六は山田山《やまだやま》に陣を敷け」

山田山（標高五百四十一メートル）は小谷城から三十二町（約三・五キロ）ほど北に聳えている。同山は小谷城が築かれている小谷山（標高四百九十四メートル）よりも高く、視界は良好で、北国街道から一里ほど東にあって、越前から小谷へ向かう通路を遮断できる位置にあった。

即座に佐久間信盛と柴田勝家は山田山に移陣した。

「浅井家と朝倉家を分断することが当所《あてど》（目的）ですか」

山頂近くから眼下を眺め、賦秀は賢秀に問う。

「左様の、儂らがここにおれば浅井は出陣できぬゆえ、朝倉を叩く意味もあろう」

「いよいよ金ヶ崎の恨みを晴らせますな」

賦秀は山を駆け下り、敵陣に斬り込むことを楽しみにしていた。

蒲生勢が山田山に布陣して間もなく、浅井長政から矢のような催促を受けた朝倉義景は、漸く近江に兵を進めた。当初は小谷城に入城するつもりでいたらしいが、山田山に賦秀ら織田勢が布陣していることを知り、北国街道沿いの余呉《よご》、木之本《きのもと》、田部山《たべやま》で兵を止めた。朝倉勢は兵一万。朝倉勢の先陣となる田部山は、山田山から一里ほど西であった。

「我らは三千余、敵は一万。仕寄せてまいりましょうか」

眼下の朝倉軍を見下ろしながら賦秀は告げる。

「まずあるまい。よく探《さぐ》らずにまいり、後悔していよう。痛手を受ける前に退くやもしれぬ」

「その時こそ、散々に追い討ちを駆けとうございますな」

今にも飛び出していきたい心を抑えるのに賦秀は必死だった。歳を重ねるごとに闘争心が増すばかり。自分でも妙だとは思うが、こればかりはどうにも仕方なかった。

後詰に来た朝倉義景は小谷城の手前で兵を止めはしたが、さすがになにもせずに退く訳にはいかない。そこで、夜陰に乗じて齋藤刑部少輔《さいとうぎょうぶのしょう》、小林彦六左衛門《こばやしひころくざえもん》、平泉寺《へいせんじ》玉泉坊《ぎょくせんぼう》・豊原西方院《とよはらさいほういん》ら八百の兵を派遣した。齋藤刑部少輔らは賦秀らの目をかい潜り、山中を進んで、小谷城の詰め城として同城から七町（約七百六十三メートル）ほど北西の大嶽山《おおづくやま》（標高四百九十五メートル）の山頂に築かれている大嶽砦と、西麓にある丁野山《ようのやま》城に入城させた。

残りの朝倉本隊は柵を立てて、織田軍への防衛に努めていた。

朝倉勢の後詰を受けても浅井家臣の離反は止めることはできない。大嶽山の麓に築かれている焼尾《やけお》砦の将の浅見対馬守《あさみつしまのかみ》が、内応を申し出てきたので、信長は許した。

八月十二日の夜、信長は嫡子の信重《のぶしげ》（のちの信忠《のぶただ》）に虎御前山《とらごぜやま》を守らせ、自身は焼尾砦に入城すると、雨にも拘らず、自ら馬廻《うままわり》を従えて山頂の大嶽砦へ攻め上った。

「お屋形様が大嶽砦に仕寄せられました。早う、参陣なさいましょう」

賦秀は賢秀や柴田勝家を急き立て、南の大嶽砦に向かう。

「忠三郎、早いの」

信長の許に馳せ参じた賦秀を見て、信長は笑みを作った。

賦秀は信長に従って大嶽砦を攻め、二ノ丸、三ノ丸を破って本丸に肉迫すると、奇襲にも似た織田軍の攻撃に朝倉勢は成す術もなく、齋藤刑部少輔ら五百の兵は降伏した。

暫し朝倉勢を城に止め置き、勢いに乗る信長は十三日、小谷山の麓にある丁野山城も落とし、守将の平泉寺玉泉坊、豊原西方院、中島景則《なかじまかげのり》と先の齋藤刑部少輔らを解放した。

解き放つや、朝倉兵は命拾いをしたと一目散に田部山の本陣を目指した。

山田山で報せを受けた賦秀は疑念にかられた。

「なにゆえお屋形様は朝倉勢を解放したのでしょう?」

「浅井を見捨てさせるためであろう。さすれば浅井は孤立致すゆえ、始末できる」

賢秀の言葉を聞き、賦秀は残念に思う。

「されば山田山にいる我らは不利ですな。できれば朝倉に追い討ちをかけたいもの」

ところが、信長の思案は賢秀とは違い、先に朝倉を討つつもりで、退くと同時に追撃するので、目を離すなと厳命してきた。

命令を受け、自分の思案は信長に近いと、賦秀は破顔した。

「まだ、朝倉は退くまい。金ヶ崎のごとく、用意が整わぬうちならばまだしも、目前の敵が構えておれば、一撃喰らわせてから退くのが常道。監視は夜警に任せて休むがよい」

賢秀は撤退の常識を口にする。柴田勝家ら他の諸将も追撃の準備はしていない。

「臆病風に吹かれた者は、夜陰に乗じて逃亡するも兵の心と思いますが」

賦秀は主張するが、賢秀は一笑に付すばかり。仕方がないので賦秀は自《みずか》ら監視することにした。昼は皆が起きているので、出遅れることはないと考えてのこと。

同じく信長も必ず夜中に撤退すると考え、自ら物見台に登って監視していた。すると、案の定、朝倉軍は夜陰に紛れて退却しだした。途端に騎乗して真っ先に追撃を開始した。

「やはり！」

賦秀は即座に賢秀や他の蒲生勢を起こし、信長の後を追うように駿馬を駆った。ところが、追い付いた場所は一里近くも北に位置する地蔵山《じぞうやま》であった。

「お屋形様に先を越され、面目次第もござりませぬ」

柴田勝家らは、主君の前に這いつくばって謝罪するが、信長の激怒は収まらない。

「あれほど申したに、惰眠《だみん》を貪《むさぼ》って汝《うぬ》らの失態、許せぬ！」

信長は床几を蹴り、疳高《かんだか》い声で怒号する。賦秀を始め諸将は肩を竦《すく》めた。

「左様に仰せられますが、我らほど優れた家臣を持つなど、滅多にないかと存じます」

驕《おご》りがあるのか、佐久間信盛が反論する。

「そちは、男の器量を自慢致すか。なにをもって申せるのか、片腹痛いわ」

眉間に皺を作り、信長は吐き捨てた。

（この期に及んで言い訳などせぬ方がよかろうに）

佐久間信盛は信長股肱《ここう》の臣。賦秀よりも性格はよく判るはずと思いながら聞いていた。

信長の下知を受けた諸将は尻に火がついているので、怒濤の勢いで追撃を開始した。

朝倉軍は北の中河内《なかかわち》と、西北の敦賀《つるが》や刀根《とね》に向かって逃れ、先鋒は迷った。

「疋壇《ひきだ》、敦賀に向かう敵を追え。左衛門督《さえもんのかみ》（義景）はそっちにおる」

間髪を容れずに信長は軍勢を差し向けたところ、案の定、朝倉義景は雑兵を中河内に走らせて囮《おとり》とし、自身は主立った者を連れて北西の疋壇方面に向かって逃亡していた。

織田軍は近江、越前の国境をなす柳ヶ瀬山《やながせやま》から半里ほど西の刀根山で朝倉勢に追い付き、敦賀までおよそ十一里（四十四キロ）の間で三千余りを討ち取った。

追撃の最中、賦秀は馬を潰してしまい、家臣の馬に乗って追ったので遅れた。それでも目前に骨のある大柄の武士を発見して、勝負を挑んだ。

「待て、そこな大男、逃げずに儂と戦え」

「かような時節にしか挑めぬのか。又の機に預けおく」

「待ちおろう。次があると思うてか」

馬上から賦秀は逃げる大柄の兵に飛びかかり、地に転がった。ところが組み打ちすれば体の大きい方が優位。賦秀は組み伏せられる形になった。

「つまらぬ功に焦るゆえ、かような仕儀になったのじゃ。冥土《めいど》に行く前に名を名乗れ」

大柄の武士は鎧通しを抜いて賦秀に問う。

「儂は織田信長が婿にて蒲生忠三郎賦秀じゃ」

賦秀は鎧通しを持つ敵の手を両手で摑んだまま、下から股間を蹴り上げ、柔道の巴《ともえ》投《な》げのように頭の方向に転がした。回転しながら体勢を入れ替え、左手で自身の鎧通しを抜き、一気に敵の脇腹に抉り込んだ。

「ぐえっ」

大柄の武士は短い呻きをもらしてのた打った。すかさず賦秀は首を掻いた。

「能書きは首を討ってから申せ」

大きな息を吐きながら告げると、再び敵を追いだした。

狂瀾怒濤《きょうらんどとう》の勢いで織田軍は追撃し、若狭から木ノ芽《きのめ》峠を越えて八月十七日には朝倉義景の居城、一乗谷城《いちじょうだに》まで攻め込み、周辺を焼き払った。

八月十八日、信長は越前の府中《ふちゅう》に到着して陣を据えた。すると朝倉義景は一乗谷城を引き払い、北東に位置する大野郡の山田ノ庄《やまだのしょう》方面に逃れ、東雲寺《とううんじ》に逃れ込んだ。

「左衛門督（義景）を追え、決して逃すな！」

信長の厳命を受けた柴田勝家、稲葉一鉄、氏家直通、安藤守就は餓狼《がろう》のごとく義景を追う。当然、柴田勢の中には賦秀も紛れている。

「敵大将を討てる好機」

賦秀は勇み、駄馬に乗りながら山田ノ庄に向かった。

ところが、勝山《かつやま》の平泉寺衆徒や、朝倉一族の景鏡《かげあきら》が主家を裏切り、義景に使者を遣わした。

「今、お屋形様がおられますこの東雲寺は、戌山《いぬやま》の景鏡館と離れておりますれば防備しきれませせぬ。されば、景鏡の館にほど近い六坊賢松寺《ろくぼうけんしょうじ》にお移り戴きますよう」

一族なので朝倉義景は景鏡を信じて十九日の晩、戌山城に近い六坊賢松寺に入った。

翌二十日、景鏡は二百の兵で賢松寺を囲み、一斉射撃を行った。

もはや、逃れることは出来ぬと判断した朝倉義景は悔恨の中で自刃して果てた。享年四十一。これによって越前の守護代から守護になり戦国大名となった朝倉氏は滅亡した。

賦秀ら織田軍が到着した時は全て終了したあとのこと。

「身内が背信致せば、戦もなにもありませぬな」

ただただ賦秀は失望した。せめていい馬があれば、もっと早く到達できて朝倉義景を討てたのではないか。そんなことを思いながら帰陣の途に就いた。

二十四日、朝倉義景の首級は信長の許に届けられ、景鏡らは降伏を申し出た。

信長はこれを許し、朝倉旧臣の投降を認めたのちに、同臣の前波吉継《まえばよしつぐ》を守護代に任命して越前の統治《とうち》を任せると、積年の仇である浅井長政を討つために陣を発った。

八月二十六日、織田軍は近江に戻り、信長は虎御前山砦に入った。

日付けが二十八日に変わった頃、羽柴秀吉は小谷城本丸の北に位置する浅井長政の父・久政《ひさまさ》の居郭である京極丸《きょうごくまる》に攻めかかった。この時、柴田勢は後詰であった。

まさか大軍の織田方が夜襲を行うとは思っていなかったのか城方の警戒は薄く、羽柴勢は一気に京極丸を制圧し、浅井久政を北の小丸に追い込んだ。

ここで信長は浅井長政に降伏を呼び掛けるが、応じない。ただ、長政は正室のお市御寮人を死なせることを憂《うれ》え、三人の娘と共に信長の許に送り届けた。

二十八日の午後、羽柴勢は小丸へ猛攻を加え、久政を自刃させた。

残るは浅井長政がいる本丸のみ。籠る兵はおよそ五百。柴田勢は総攻めの下知を受けた。

号令を受けて、賦秀は柴田勢と一緒に総懸かりをするが、山道は狭くて攻めあぐねた。一方、長政は死を恐れず、何度も城門を飛び出して迫り寄る織田軍を蹴散らした。柴田勝家も羽柴秀吉もいいように排除されて日が暮れた。

翌二十九日、信長は自ら出陣して京極丸にまで出張り、総攻めを指揮する。

信長の出撃で織田勢は勇み、暴風のごとく本丸に殺到し、浅井勢を血祭りにあげた。柴田勝家、羽柴秀吉らは狂気の形で敵を仕留め、遂に本丸を占拠した。

「忠三郎、備前守（浅井長政）殿の首は諦《あきら》めよ。武士らしく自刃するはずじゃ」

血に染まる賦秀を宥めるように賢秀が言う。長年戦ってきた敵だけに、敬意を表するような口調である。激昂している賦秀であるが、なんとなくは理解できた。

ほどなく浅井長政は本丸近くの赤尾《あかお》屋敷で自刃した。享年二十九。

ここに北近江の勇・浅井氏は滅亡した。信長にとっては積年の怨《うら》みを晴らしたことになる。朝倉義景、浅井久政、長政の首は京都に送られて獄門首に架けられた。

信長は北近江の支配を羽柴秀吉に任せ、虎御前山を発った。岐阜に帰国するかと思いきや進路を南に取り、九月四日、佐和山城に入城し、すぐさま柴田勝家に六角承禎の息子の義治《よしはる》（義弼《よしすけ》）が籠る鯰江城の攻撃を命じた。

鯰江城は先に落としているが、織田軍が北近江に出陣している最中、六角義治は浅井、朝倉家に呼応して一揆を蜂起させ改めて入城していた。

「懲《こ》りぬ輩《やから》じゃ」

賦秀を始め織田軍の誰もが思うところ。浅井、朝倉を討った勢いのまま、柴田勝家を大将とした軍勢が鯰江城を囲んだ。すると浅井、朝倉家が滅んだことを知った六角義治は抗《こう》し難いと判断して降参した。信長はこれを許し、義治ともども籠城兵を放逐した。

「なにゆえお屋形様は六角を許されたのでしょう」

賦秀は訝しむと、賢秀が答える。

「多くの一向衆が籠城した。おそらく本願寺を刺激せぬためであろう」

「されば、また一向衆と戦いますか」

懸念どおり、落ち着く間もない九月二十四日、信長は伊勢長島の一向衆を攻めたが、失敗して退却している。賦秀も参じたが改めて一向衆の手強さを実感させられた。来年こそは必ず討つ。信長を始め、賦秀の心情であった。

第六章　天下の殺戮《さつりく》

一

天正二年（一五七四）の正月、賦秀は岐阜城にいた。

この正月は、いつになく賑わっている。前年、将軍義昭を都から追い出して室町幕府を潰し、宿敵の浅井久政・長政親子、朝倉義景を討って積年の遺恨を晴らした。信長の力ではないが、武田信玄は病死している。織田家にとっては順風満帆である。

「周辺の諸将や公家衆などが恐れて媚びを売るのは珍しくなからの」

千畳敷きの主殿に用意された宴の席で、賢秀は言う。

「越後の上杉謙信《うえすぎけんしん》からも使者がまいっております。お屋形様のご威光ですなあ」

賦秀は、義父となる首座の信長を眺めながら言う。

皆から挨拶を受ける信長としても、これほど愉快な気持で正月を迎えたのも久々であろう。酒を嗜《たしな》まぬ信長であるが、酔いたくなるほど機嫌がいいようである。

豪華な料理が食しきれぬほど並べられ、集まった者たちは、信長から直々三献《さんこん》の接待を受け、さらに舞台では能《のう》や幸若舞《こうわかまい》が披露されるなどの持て成しを受けていた。

公家衆や商人、外様の武将が拝賀《はいが》の礼を済ませて退出したのち、共に戦場を駆けてきた連枝《れんし》や家臣が残された。一番近い位置に嫡男の信重《のぶしげ》、北畠具豊《きたばたけともとよ》、神戸信孝《かんべのぶたか》、長野信包《ながののぶかね》、津田信広《つだのぶひろ》、織田長益《おだながます》らの一族一門衆。これに林秀貞、柴田勝家、佐久間信盛、丹羽長秀、滝川一益、明智光秀、羽柴秀吉……蒲生賢秀、賦秀親子などの武将たちである。

次はどのような催《もよお》し物があるのだろうかと、賦秀を始め諸将は期待した。

すると信長は悪戯っぽい目で近習《きんじゅ》の万見重元《まんみしげもと》に合図した。途端に、万見重元らの近習三人が、一つずつ四角い木の箱を持って現れ、台の上に並べた。

皆は怪訝《けげん》な表情で小首を傾《かし》げている。信長には、それが楽しいようである。

「世にも珍しき酒の肴《さかな》じゃ」

にんまり北叟笑《ほくそえ》んだ信長が、中の品を出せと目で近習たちに指示をすると、万見重元らは、緊張した表情で中の品を出し、公卿《くぎょう》という箱の前に置いた。

箔濃《はくだみ》（漆塗りにして金粉をかけたもの）にした壺《つぼ》を逆さに置いてあるように見える。

「はて、南蛮渡来の壺であろうかのう」

「珍品の茶道具ではなかろうか」

訝しげな眼差しを向けながら皆は口々にする。賦秀にも、なにか判らなかった。

「まだ、判らぬか」

ただ一人楽しむ信長は口元を歪《ゆが》め、再び指を動かせた。途端に万見重元は弾かれたように動き、名前の書かれた紙を垂らし、珍品を前後に反転させた。

「！」

瞬時に酔いが醒め、皆は驚愕《きょうがく》した。垂れ紙には各々、次のように記されている。

一、朝倉左衛門督（義景）の首。

一、浅井下野守（久政）の首。

一、浅井備前守（長政）の首。

何れも信長に討たれ、都で晒された首級を焼き、髑髏《どくろ》としたものである。

邪教といわれて弾劾されてきた真言密教《しんごんみっきょう》・立川《たちかわ》流は、鬼神の吒枳尼天《だきにてん》を崇拝《すうはい》し、髑髏を本尊《ほんぞん》としている。信長の側には堯照《ぎょうしょう》という立川流の怪しい僧侶がいる。

（なんたる執念深さか……。死してなお辱《はずかし》めるとは）

信長に敵対した者や裏切り者は、骨になっても許さないと家臣の目に焼きつけさせた。

（我が義父の所行じゃ。お屋形様は変わられたのかのう）

さすがに賦秀は嫌悪した。いくら憎んでも、ここまではできないであろう。

「忠三郎、盃が進んでおらぬのう。よもや気持ち悪いなどとは申すまいの」

厭《いと》わしいと思っていたことが面《おもて》に出ていたのか、信長は問う。

「いえ、初めて目に致すもので、ただ、驚き入る次第にございます」

悪い趣きだとも言えず、答えながら賦秀は盃を呷《あお》った。

すると寄親の柴田勝家は、賦秀を庇《かば》う気持からか、大声をあげる。

「これはよき肴を賜り、一層、酒を楽しめるというもの。御礼申し上げます」

「正月早々目出度き品を拝見致して縁起良し。今年は昨年以上によき年となりましょう」

秀吉は赤く染めて歯が浮くようなことを言う。これに諸将も続いた。

一応、白けた空気はなくなったものの、賦秀はなかなか酔うことはできなかった。

正月の下旬になっても、賦秀はまだ岐阜にいた。そう度々日野から登城できるものではないので、賢秀は信長に接して機嫌を取っておけと言う。

(機嫌と申してものう、髑髏を拝まされては敵わぬ。そろそろ日野に戻るか)

思いながら賦秀は岐阜城下を歩いていると、織田金左衛門《きんざえもん》(順元《のぶもと》)の屋敷前に達した。

(そういえば……ちと、覗かせてもらうか)

賦秀は門番に断わり、屋敷の中に入れてもらった。とはいえ、向かった先は厩《うまや》である。

「うん……」

思わず唸ってしまうほど見事な名馬だ。毛は漆黒に輝き、馬体が大きく、筋肉質。地を駆れば、天にまで昇りそうな馬である。見るほどに惚れ惚れしてしまう。

「いい馬でござろう。某《それがし》も貴殿ほどの武勇があれば、これに乗って戦場を駆けたいがの」

織田金左衛門は背後から賦秀に声をかける。織田とはいえ、支流なので丁寧なもの言いだ。こののち暫し津田姓を名乗ることになる。中年の温厚な性格でもあった。

「そういえば、皆に申していることは真実《まこと》でござろうか」

「偽りではござらぬ。戦の時、一番駆けして功名を立てたならば、この馬を差し上げよう。さすれば、この馬も喜ぶというもの」

「左様でござるか。是非ともその好機に恵まれたいものでござる」

名残惜しさを感じながら、賦秀は織田金左衛門の屋敷を後にした。先陣を許されれば、必ずや功名を立てる自信はあるが、信長は寄騎の蒲生家に先陣を許してはくれないのが残念でならない。先陣は武士の誉れでもあるので、誰も譲ってはくれない。いいものを見たあとだけに、賦秀は溜息ばかりを吐いていた。

その日から十日を経ずして、岐阜城に緊張が走った。

天正二年（一五七四）正月下旬、武田信玄の跡を陣代《じんだい》という形で継いだ四男の勝頼《かつより》は、軍勢を率いて東美濃に侵入して、一年少々前に攻略した岩村《いわむら》城を拠点に秋山虎繁《あきやまとらしげ》が足場を固め、さらに西に拡大せんとして、同城から二里（約八キロ）ほど南西の明《あけ》智《ち》城を包囲した。

報せは即座に東美濃衆から、岐阜に齎《もたら》された。

「是非とも某を戦陣にお加え願いたく存じます。武田の軍勢この目で見とうございます」

本来、日野に帰郷すべきところ、賦秀は信長に懇願した。

「左様か、されば、そちもよく知る一鉄の下知に従え」

「有り難き幸せに存じます」

賦秀は顔を綻ばせたまま額を床に擦りつけて礼を述べた。

二月一日、信長は先発隊として稲葉《いなば》一鉄《いってつ》、氏家直通《うじいえなおみち》、安藤守就《あんどうもりなり》ら、美濃、尾張の兵を明智城に向けて出陣させた。賦秀は岐阜城下に残る蒲生勢数人を率いて稲葉勢に従った。

信長としては、前年より越前での一向一揆が蜂起したので、柴田勝家や羽柴秀吉ら近江の武将らを鎮圧に当たらせており、参集できないので頭の痛いところであった。

賦秀ら織田軍の先陣は明智城からおよそ四里（約十六キロ）ほど北西の瑞浪《みずなみ》で兵を止めた。

「是非とも、某に物見をさせて戴きとうございます」

「左様か。あまり深入りするでないぞ」

信長の婿とあって、稲葉一鉄は気遣いながら許可をした。

許しを得た賦秀は喜び勇んで町野繁仍ら数人を率いて明智城に向かった。

三里ほども道なりに進み、細久手山《ほそくてやま》（標高約五百三十六メートル）の脇を通過した時であった。突如、敵と思しき斥候《せっこう》と遭遇した。距離は僅か三町（約三百二十七メートル）ほど、数は十余人であった。

「かかれーっ！」

敵を目にした途端、賦秀は大音声《だいおんじょう》で叫び、鐙《あぶみ》を蹴った。途端に馬は疾駆する。

武田側は賦秀を見ても恐れることはない。三方原《みかたがはら》の戦い以来、織田勢との戦いでは負け知らず。しかも賦秀らは寡勢で、さらに兜《かぶと》を冠っている。恩賞が自ら進んでくるように見えているかもしれない。一間半ほどの狭い道も、ちょうど一人で戦い易い幅であった。

そんなことを考えているとは知るよしもなく、賦秀は馬を走らせる。ただ、前年、朝倉勢を追撃した時に潰してしまった駿馬ほど馬足は速くない。流れる景色が緩慢《かんまん》に見える。

幸いなことに、武田勢は鉄砲を持っていないが弓は何人かが手にしている。ただ、いきなりの遭遇戦の場合は弓の方が実戦的ではあった。互いの距離が一町近くになると、双方弓を放ち出す。賦秀に向かい武田の矢が飛び、背後から敵に向かって矢は放たれる。頭上で矢が飛び交う中、賦秀は鏃《やじり》を恐れず突き進み、遂に戦国最強と謳《うた》われる兵と接触した。

手綱を左手で引きながら、右手で太刀を振り降ろす。相手も同じように太刀を手にしており、途端に剣戟《けんげき》の音が響き火花が飛んだ。賦秀は敵の一撃を受けながらも攻撃を繰り返す。

賦秀の馬術は巧みで、そうそう引けを取るものではないが、武田兵が乗る馬は俊敏で、太刀打ちをしながら輪乗りをすると、背後を取られてしまいそうになる。

「此奴《こやつ》！」

身の危険を感じた賦秀は敵に飛び移って一緒に落馬した。組み打ちは得意である。越前の刀根《とね》山中でも敵を討っている。賦秀は転がりながらも目を廻すことはない。回転しつつも敵の顔に左右の肘《ひじ》打《う》ちをし、頭突きをして打撃を与える。その隙に左手で鎧通しを抜き、甲冑の隙間から脇腹に切っ先を抉り込む。

「ぐっ」

途端に敵は激痛に動きを止めて顔を顰《しか》める。すぐさま賦秀は鎧通しを抜き取り、喉元を斬り裂いて仕留めた。即座に首を掻き、他の武田兵に見せつける。

「一番首、蒲生忠三郎賦秀が討ち取ったり！」

血塗れになりながら賦秀は大音声で叫んだ。

「おのれ」

討たれた者の仲間か従者かは判らないが、激怒して賦秀に鑓を突き入れてくる。

「若殿」

背後から町野繁仍が十文字鑓を手渡した。既に賦秀の太刀は刃毀《はこぼ》れしていた。

「おう」

敵の突きを躱《かわ》しながら、十文字鑓を受け取った。鑓を取ればこちらのもの。賦秀は敵の鑓を撥ね上げ、喉元を抉る。さらに、後方から前に出てきた敵の鑓を弾いて腋の下を串刺しにし、その後方にいる敵に踏み出して鑓を叩き落として首を斬り上げた。

「うああ、此奴化け物じゃ」

瞬く間に四人を討つと、他の武田兵は賦秀を恐れて逃げだした。

「逃すか」

賦秀は背を向ける敵の裏腿を穂先で突き刺した。

「ぎゃっ」

敵は悲鳴をあげながら、突っ伏した。即座に賦秀は背後から馬乗りになった。

「汝は武田の者じゃな。明智城はいかがした？」

「放せ、もう落ちたわ。城は我らのものじゃ」

武田兵が言うには、明智城を守る者の中の飯羽間右衛門尉《いいばまうえもんのじょう》が背信し、密かに武田の兵を引き込んだ。城将の遠山景行《とおやまかげゆき》は必死の防戦を試みるも、雪崩れ込んだ多勢には敵わず討死し、城は陥落した。

「飯羽間右衛門尉か、許せぬ」

賦秀は背信者への恨みを晴らすかのように、武田兵を仕留めて首を掻いた。

「いかがなされますか。城が落ちているならば、これ以上進むは無意味かと存じますが」

町野繁仍は危険だと言いたげだ。

「偽りを申しているやもしれぬ。ここで引き返しては物見の役目を果たせぬ」

賦秀は自分の目で見なければ信用しない性格だ。慎重を期しながら明智城に向かった。すると、武田家の物見が言っていたように城は落ち、周辺に兵は陣を布いておらず、城内には『風林火山《ふうりんかざん》』の旗指物が掲げられていた。

「帰ろう」

確認した賦秀は、討った首を持って帰陣の途に就いた。

数日後、信長は嫡子の信忠（信重から改名）ともども出陣し、六日、明智城からおよそ五里（約二十キロ）ほど北西に位置する神篦《こうの》城に着陣した。既に、稲葉一鉄から報せは届けられているが、賦秀は首を持参して信長の前に罷《まか》り出た。褒めてくれるとばかり思っていたが、明智城が落城したせいか、信長は不機嫌だ。

「なにゆえ物見に出かけ、敵と争ったのじゃ」

明らかに失態であることを言及している。

「はっ、武田を見たいと思ったこと。また、約束を果たさんがため」

偽りは許さぬ信長なので、賦秀は織田金左衛門とのことを正直に言った。

「であるか」

不快気に信長は一言告げると、その後、賦秀に声をかけなかった。

(以前は一騎駆けの功名を褒めて戴けたのに。なにゆえか)

賦秀は信長の思案が判らなかった。

明智城の救援が目的だったので、陥落されては予定外。信長は計画を変更して奪い返すようなことはせず、神篦城の修築を河尻秀隆《かわじりひでたか》に、近くの小里《おり》城の普請を池田恒興《いけだつねおき》に命じると、さっさと帰途に就いた。賦秀も稲葉一鉄ともども信長に従った。

(武田か。信玄死したりとも最強の名は健在。お屋形様が天下人として世を治めるためには打ち破らねばならぬ強敵よな)

賦秀は何れ戦場でまみえるであろうことを予測しながら馬足を進めた。

岐阜城下に戻ると、織田金左衛門に報せた。

「戦とは少々異なるが、一番駆けをして敵を討ったことには変わりない。よかろう、この名馬、貴殿に差し上げよう。この次は思う存分、戦場を駆けなされ」

太っ腹なのか、織田金左衛門は快く、賦秀に名馬を譲った。

「真実でござるか。忝《かたじけ》のうござる。貴殿のご好意に従い、恥じぬ戦いを致しましょう」

賦秀はこれ以上ない笑顔を向け、織田金左衛門に礼を言った。

「そちは天馬じゃ。そちに乗れば、儂は誰にも負けぬぞ。そちの名は稲妻じゃ」

賦秀は艶、腰のある毛を撫でながら名付けた稲妻に話し掛ける。見るほどに愛おしくて仕方ない。まるで、最愛の女性にでも巡り逢えたようである。

ほどなく稲妻に跨《また》がり、賦秀は日野に帰郷した。

二

七月になり、遂に信長は諸将に出陣命令を出した。

過ぐる元亀元年（一五七〇）、翌元亀二年、天正元年（一五七三）と信長は三度も伊勢長島《ながしま》の願証寺《がんしょうじ》率いる一揆勢に煮え湯を飲まされている。このたびは殲滅《せんめつ》させる覚悟でいるようで、越前や近江の武将にも参陣が命じられた。当然、中野城にも届けられた。

「こたびは某も参陣させて戴きますよう」

蒲生家預かりになっている旧伊勢亀山《いせかめやま》城主の関盛信《せきもりのぶ》が懇願する。一向に旧領への復帰が許されないので、活躍して信長の心証を良くしようという思案に違いない。

「よかろう。参陣なされるがよい」

娘婿の父を哀れに思い、賢秀は快《こころよ》く許可をした。ただ、釘を刺すことも忘れない。

「されど、敵は強く、織田の武将は何人も命を落とし、手負いも数多《あまた》でござる」

「承知してござる。さればこそ、我らの忠節を示すことができましょう」

関盛信は意気込んだ。必死さが窺える。賦秀は、他の敵を相手にした戦の方がいいのではないかと助言したい。それほど一向一揆は強敵であった。

　七月上旬、動員命令に応じ、賦秀は意気揚々《いきようよう》と愛馬・稲妻に跨がって出陣した。この頃、寄親の柴田勝家は大和《やまと》の多聞山《たもんやま》城にも在しており、多忙を極めながら伊勢に向かっていた。

　茹《う》だるような猛暑の七月十三日、信長は岐阜城を出立した。既に賦秀らは合流しており、美濃、尾張の他、越前や近江の兵を合わせた軍勢はおよそ六万。これに伊勢、志摩、伊賀の兵も途中で加わり、七万にも及ぶ大軍勢になる予定である。

　その日、織田軍は岐阜から七里（約二十八キロ）ほど進み、尾張の津島《つしま》に陣を張った。長島の願証寺までおよそ二里半（約十キロ）の距離である。

　願証寺ならびに長島城のある地は岩手川《いわでがわ》、大滝川《おおたきがわ》、今洲川《いますがわ》、牧田川《まきたがわ》、市ノ瀬川《いちのせがわ》、杭瀬川《くいせがわ》、山口川《やまぐちがわ》、飛驒川《ひだがわ》などが木曾川《きそがわ》、長良川《ながらがわ》、揖斐川《いびがわ》に合流して大河となり、東北から西の五里（約二十キロ）ないし三里（約十二キロ）の間を幾重となく巡り、南は満々と水を湛えた海面と接している。これにより、三度の攻撃が失敗に終わっている。また、十一日の大雨で各川の水嵩は増していた。

　それでも信長には勝算があるようで、自信に満ちた面持ちで布陣位置を発表した。

　東の市江《いちえ》口は織田信忠《のぶただ》（信重から改名）、長野信包《ながののぶかね》、津田秀成《つだひでなり》、津田長利《ながとし》、津田信成《のぶなり》、津田信次《のぶつぐ》、齋藤新五郎《さいとうしんごろう》、簗田広正《やなだひろまさ》、森長可《もりながよし》、坂井越中守《さかいえっちゅうのかみ》、池田恒興、長谷川丹波守《はせがわたんばのかみ》など約二万。

中央の尾早《おはや》口は信長本陣。先陣には羽柴長秀《はしばながひで》（秀吉の弟。のちの秀長《ひでなが》）、浅井新八郎《あざいしんぱちろう》、丹羽長秀《にわながひで》、氏家直通、安藤守就、飯沼長継《いいぬまながつぐ》、不破光治《ふわみつはる》、丸毛光兼《まるもみつかね》、佐々成政《さっさなりまさ》、市橋長利《いちはしながとし》、前田利家《まえだとしいえ》ら約三万。

西の賀鳥《かとり》口は佐久間信盛《さくまのぶもり》、柴田勝家、蒲生賢秀・賦秀、稲葉一鉄《いなばいってつ》、蜂屋頼隆《はちやよりたか》ら約一万。

また、九鬼嘉隆《くきよしたか》、滝川一益《たきがわかずます》、伊藤実信《いとうさねのぶ》、水野守隆《みずのもりたか》ら一万は別の場所に控えていた。

「こたびお屋形様は本気じゃ。比叡山の二の舞いになるやもしれぬ」

搔き集められるだけ集めた軍勢を見て、賢秀はもらす。

「比叡山ですか。経文の衆（宗教者）が相手ですと、厳しき処断を致しますな」

「人の信念ゆえ、簡単には変わらぬ。我らも心して戦わねばの」

賢秀の言葉に、賦秀は頷いた。

七月十四日、三手に分れた織田軍は、各方面から長島に向かって兵を進めた。

一方、一揆勢の先鋒は信長の本陣にほど近い小木江《こきえ》村に陣を布いていた。信長はこれを一蹴して進軍すると、太田修理亮《おおたしゅりのすけ》らの一揆勢が篠橋《しのはし》砦から出撃した。これに羽柴長秀、浅井新八郎らが当たる。

また、一揆勢は木曾川東岸のこだみ崎に舟で乗りつけ、堤で陣を構えたので、丹羽長秀勢が数多を討ち取り、前ヶ須《まえがす》、海老江崎《えびえざき》、いくら崎、伊勢の加路戸崎《かろとざき》を焼き払った。

「まだ、我らには下知が出ませぬな。なにゆえでございましょう」

東陣の前進を聞き、賦秀は苛立《いらだ》った。

「判らぬ。兵を東に引き付けて、一気に西から仕寄せるのかもしれぬ」

賢秀も首を捻るばかりだ。

翌十五日、志摩《しま》の海賊《かいぞく》大名と呼ばれる九鬼嘉隆が、櫓《やぐら》造りで長鉄砲、大筒を配備した安宅船《あたけぶね》に乗船して河口に姿を見せた。他にも滝川一益、伊藤実信、水野守隆らも安宅船に、島田秀満《しまだひでみつ》、林秀貞らは囲船《かこいぶね》、さらに他にも続く。殆どが大船であるが、関船《せきぶね》や小早《こはや》のほか小舟まで入れれば二百にも達し、木曾川、長良川、揖斐川を船で塞《せ》き止めようとしているようにも見えた。

「かような船を用意しておるとは」

壮観《そうかん》な眺めに賦秀は感嘆《かんたん》を吐く。川を船で埋めるような発想は賦秀には出ない。信長の戦略の凄さ、身内にも報せぬ用心深さにはただ圧巻である。

ほどなく信長の命令が下され、遂に戦端が開かれた。

途端に、大鉄砲とも長鉄砲とも呼ばれる大口径の大筒が咆哮《ほうこう》した。雷鳴が轟くような号砲がするたびに、一揆勢の砦の屋根が吹き飛び、又は柱が折れて建物が傾いた。当たらずとも外れれば砂柱が上り、人に命中すれば、押し潰されて血煙りが周囲を朱に染めた。島に潜む一揆衆は驚愕《きょうがく》して逃げまどうばかり。圧倒的な兵力の差に後退を余儀なくされる。

「放て！　放て！」

九鬼嘉隆が怒号するたびに落雷のような轟音が響き、同時に建物を破壊する音と、人々の悲鳴や呻《うめ》きが轟する。一番河口に近い島が殲滅されると、他の島に住む者たちは、挙《こぞ》って舟を漕ぎ、本島とも言える長島の長島城や願証寺に逃げ込んだ。

船団は各島を船で包囲し、逃げ遅れた者を射殺し、砦を潰して廃墟《はいきょ》とした。

「父上の申したとおりになりました。もはや一揆勢は降伏致すしかないでしょう」

「お屋形様が許せばの。おそらく、認められはすまいが」

賢秀の言葉を聞き、再び大量殺戮《さつりく》が行われるのかと、賦秀は冑を締め付けられた。

織田軍の攻撃を受け、一揆勢はおおよそ六ヵ所の城砦《じょうさい》に逃げ込んだ。まずは長島城。同城から半里ほど北東の島に築かれている篠橋《しのはし》砦。同砦から半里近く北西の島に建立されている願証寺。長良川、揖斐川を渡って同寺から半里ほど西に位置する大鳥居《おおとりい》砦。同砦から南半里の柳ヶ島《やながしま》城。同城からさらに一里少々南の中江《なかえ》城。他にも十数の拠点が存在する。

ほどなく信長から各地の諸将に攻撃命令が出された。

柴田勝家、稲葉一鉄、蜂屋頼隆、蒲生親子には肱江川《ひじえがわ》を南に越えた大鳥居砦であった。同砦は揖斐川の西に位置し、渡河さえすれば陸続きで攻められる砦である。城主は水谷盈吉《みずたにみちよし》で、砦に籠る兵は一千ほどであった。

柴田勝家、蒲生親子ら織田勢七千の兵は大鳥居砦に迫った。意気込んで進んだ賦秀であるが、報告以上に大鳥居砦は堅固であった。陸続きとはいえ、東の揖斐川以外の三方は湿地が広がり、巡らせた堀に同川から水を引き込んでいる。

「これでは稲妻を乗り入れられぬではないか」

「諦めよ。元来、城攻めに馬はいらぬ。こたびは大筒で決まろうの」

楽観的に賢秀は言うが、賦秀は諦めきれるものではなかった。

寄手は砦に迫るが、砦内から織田軍にも劣らぬ鉄砲が放たれ、また、足場の悪さもあってか、簡単に肉迫できるものではなかった。

「川は船で封鎖されておるゆえ、食い物は限られておる。兵糧攻めに致す」

砦攻めの大将である柴田勝家の決断が下され、仕方なしに賦秀も従う。

その間、他の砦には大筒からの攻撃が行われ、老若男女を問わず、多数の一揆勢が死傷した。さらに米蔵を粉砕《ふんさい》し、炎上させたので、兵糧に貧した大鳥居、篠橋砦の者たちは、和睦を申し入れてくるものの、信長は一蹴した。

炎天下が続く中、織田軍は攻撃を繰り返すので、一揆方は遺体を葬《ほうむ》る暇なく、砦の中は腐乱《ふらん》した遺体が数多転がり、砦の中は死臭が充満しているという。中には飢えに耐え切れず、骸《むくろ》に群がる地獄絵図と化している。まさに阿鼻叫喚《あびきょうかん》、酸鼻《さんび》を極める光景が遠目にも見えた。

蒲生勢も大鳥居砦を出ようとする兵に対し、矢玉を浴びせて砦に閉じ込めた。

「なにも信仰を捨てよとは申しておるまいに、武器を取って刃向かうからじゃ」

飢えに苦しむ籠城兵を見ながら、賦秀は吐き捨てた。

八月に入っても、酷暑は変わらないが、二日の晩、暴風雨が長島周辺に吹き荒れた。これに乗じて大鳥居砦に籠城していた水谷盈吉たちは夜陰に紛れて逃亡しようとした。包囲からおよそ半月、おそらく兵糧が尽きているのであろう。

「申し上げます。敵が逃れようとしております」

町野繁仍が慌ただしく賦秀の陣屋に駆け込み告げた。

「なに！　即座に追え。一人たりとも逃すでないぞ」

信長の命令は撫で斬り。逆らう訳にはいかず、賦秀は下知を飛ばした。

柴田勝家、稲葉一鉄らもこれを知り、軍勢を押し立て大鳥居砦に迫る。

砦側は逃げようとしていたので、以前ほどの闘争心は失っている。飢えで疲弊して体が動かないこともあるに違いない。

「かかれーっ！」

賦秀は十文字鑓を握り、泥を撥《は》ね上げながら湿地の中を駆け、堀を渡り、柵を越えて砦の中に乱入する。それでも、闘志のある者はおり、賦秀に鑓を突きつけてくる。

「信仰に生きたくば、坊主に生まれ変わって、静かに暮らせ！」

豪雨の中、賦秀は叫び、敵の鑓を弾き喉元を抉る。食事をしておらず、体力を失っているせいか、子供と鑓合わせをしているように感じられた。その後も、次々に敵を討った。

他の一揆勢で戦う者もいるが、元来、七対一では勝負にならず、舟に乗って逃亡しようとする者も多数いる。そんな中、蒲生勢の杉山外記之進《すぎやまげきのしん》という大剛の者は、揖斐川に飛び込み、舟にしがみついて出航させないようにすると、布施次郎右衛門《ふせじろうえもん》が、その舟に飛び乗って敵を組み伏せ首を取ろうとした。すると、一揆の者が次郎右衛門の首を刺して舟を出そうとするが、次郎右衛門は血塗れになりながらも返り討ちにした。外記之進はなおも舟を出させぬようにするが、兜が割れるほど殴打され、しまいには鉄砲で撃たれて絶命した。蒲生勢でも犠牲者は多数でている。

このたび参陣した関盛信の息子の四郎《しろう》も父と共によく戦ったが、運悪く横から鑓をつけられ、奮戦の中で討死した。盛信は嘆くが、悲嘆に暮れていられず、激闘は続けられた。

それでも、寄手は次々に砦に乱入し、遂には男女合わせて一千人余りを斬り捨て、大鳥居砦を攻略した。明るくなった頃、同砦に鬨《とき》があがった。

朝になり、大鳥居砦を落とした者たちは、討った首を持って信長の本陣に罷り出た。賦秀の番になり、子細を告げて首実検をする信長の前に差し出した。

「そもそも首を取る者は士卒のことなり。己の危きを知らず、敵を討つは功名ならず」

口調こそ静かであるが、信長は厳しく賦秀を叱責した。

信長は大将たるもの、身を危険に晒さず、戦略戦術をもって勝利を得ることを心掛けている。覇気溢れる婿であればこそ、賦秀を叱りつけたのであろう。

「畏《かしこ》まりました。胆に銘じておきまする」

そう言うしかなく、失意に暮れながら賦秀は信長の前から下がった。

（明智城近くで首を取ったにも拘らず、喜ばれなかったのはこのことか）

今さらながら賦秀は理解するが、納得はできなかった。

柴田勝家や佐久間信盛のような宿老ならば後方にいて差配すればいいかもしれないが、僅か六万石ほどの小領主で、しかも寄騎であれば、戦陣で活躍する以外、目にも止まらない。とはいえ、信長の指摘を無視できない。矛盾の中で苦悩するばかりだ。

この戦いで蒲生勢は内池孫三郎《うちいけまごさぶろう》、新關平右衛門《しんかいへいえもん》、岡田大助《おかだだいすけ》、勝木平内《かちきへいない》、大塚今日迄《おおつかきょうきつ》齋《さい》、易井茂左衛門《やすいしげざえもん》らが活躍し、蒲生家が討った首は二百十一を数えて信長から感状を得た。

その後、蒲生勢は柴田勝家らと大島居砦に入り、南の中江、柳ヶ島両城を牽制した。

十二日、長島城から半里ほど北東の篠橋砦に籠っている太田修理亮らが、一向宗を捨てて信長に忠節を尽くすので、籠城する者全ての命を助けて欲しい。許してくれるのならば、証意《しょうい》と顕忍《けんにん》の頸《くび》を取ってくるので、長島の願証寺に入寺させてくれと申し出た。

偽りであることを知る信長は、敵の兵糧を早く喰い尽させるために許すと、太田修理亮を始め篠橋砦の一揆勢は砦から出て、願証寺が用意した小舟に乗りだした。ほぼ全員の頬は痩け、体はふらついているが、信長を騙せたという喜びを嚙み締めているようである。信長が北叟笑んでいるとも知らずに、同寺が起立する島へと上陸していった。

半月が過ぎると長島城や願証寺に籠る者たちに餓死者が続出した。

「案の定ですな。なにも知らぬ女子供もおりましょう。不憫《ふびん》です」

賦秀は首を振りながら溜息を吐くが、賢秀の思案は少し違う。

「最期は皆と一緒にと思っていたのかもしれぬ。苦しみが少ないゆえ早く逝った者の方が幸せかもの。おそらく、一人たりとも降伏は許されまい」

早く死ぬ方が幸せとは、恐ろしい言葉だと思わせられる。

九月二十九日、遂に長島城に籠った者たちが、開城するので命だけは助けてくれと懇願してきた。信長は身一つで城を出ることを条件に申し出を受け入れた。

約二ヵ月半に亘る兵糧攻めで、籠城兵の体は骨と皮だけの餓鬼姿。生きているのが不思議といった形で、なんとか歩いている姿であった。思考すら満足に働かぬ中、丸腰のまま小舟に乗って長島城を退去しようとした。その時である。

「放て！」

信長の下知を受けた鉄砲指揮官の号令が響き、途端に夥《おびただ》しい数の筒先が咆哮し、矢は空気を切り裂いた。その数は弓、鉄砲合わせて三千にも達した。

織田勢は藁束《わらたば》に向かい射撃の調練を行うかのように、寸鉄も帯びぬ一揆勢に対して遠慮なく矢玉を放つ。弓弦を弾く音と、轟音が消えることがなかった。

丸腰で出てきた一揆勢は為す術もなく、矢玉の餌食となって死んでいく。中には川に飛び込んで逃れようとする者もいたが、容赦なく長柄の穂先で突き刺された。川にも弓、鉄砲は放たれる惨劇は、比叡山の焼き討ちに次ぐ大量虐殺であった。

（かようなことが行われていいものか……）

仮にも信長は都を押さえる天下人。合戦に戦略や駆け引きはつきものであるが、あからさまな騙し討ちは許されるのか。賦秀は対岸から叫喚地獄を目の当たりにして困惑した。

長島城に残留していた一揆勢は騙し討ちに激怒した。もはや生死は捨てて全裸になり、抜刀するや刺し違えるように織田兵に斬りかかった。兵数は七、八百人。

生死を超越した兵ほど強い者はいない。鬼気迫る一揆勢に押され、織田方にも多数の死者が続出した。信長の叔父津田信次、庶兄の津田信広、弟の秀成、従兄弟の信成、妹婿の佐治《さじ》信方《のぶかた》などの一族の他、荒川新八郎《あらかわしんぱちろう》など多くの馬廻も討死した。

さらに一揆勢は所構わず手薄な方面に切り込み、隙をついて逃れると、賦秀らの陣の北側に聳《そび》える多藝山方面に退き、大坂へ向かっていった。

「権六に申せ。一揆勢を皆、焼き殺せ」

激怒した信長は、柴田勝家や賦秀らが牽制する中江、柳ヶ島両城の周囲に幾重にも柵を設置して火をかけさせた。猛火の中で二万の男女はもがき苦しみながら焼死した。

いくら憎むべき敵とはいえ、一揆衆に対して信長には慈悲《じひ》の心はない。

（むごい。むごすぎる）

人肉の焼ける匂いに噎《む》せながら、賦秀は他に言葉が見つからなかった。

願証寺・前寺主の証意は崖から川に入水して死亡した。寺主の顕忍は一旦、寺の外に逃れた。信長は皆殺しにしたことを世間に広めるためもあり、顕忍は織田軍の放った銃弾に当たり戦死したと伝えさせた。

阿漕《あこぎ》な手まで遣って長島一揆を討伐した信長であるが、その代償も大きく一族の者を多数失った。それでも漸く伊勢を統一した。信長は長島周辺を滝川一益に任せて帰国した。

遅ればせながら帰郷した賦秀であるが、勝ち戦にも拘らず、喜びはなかった。

三

伊勢長島攻めののち、暫しの休息を与えられたが、忙しい信長が、そうそう家臣を休ませはしない。天正三年（一五七五）四月には宿敵、摂津《せっつ》の石山本願寺《いしやまほんがんじ》を攻め、賦秀も参陣した。この時、周辺の家臣が動員させられて、兵は十万にも及んだ。ただ、石山は天険の地で攻略には至らない。それでも三好方の十河因幡守《そごういなばのかみ》、香西越後守《こうざいえちごのかみ》を討ち取り、三好康長《みよしやすなが》を降伏させて高屋《たかや》城を始め、河内《かわち》の諸城を破却《はきゃく》して帰国した。

本願寺と示し合わせたのか、武田勝頼が出陣し、奥平信昌《おくだいらのぶまさ》が守る三河の長篠《ながしの》城を包囲した。信昌は以前、武田麾下であったが、信玄の死去後、徳川家康《とくがわいえやす》の調略に応じて主家を変更した。勝頼としては許しておけなかった。

即座に報せは家康から信長に届けられ、援軍を求められた。三方原《みかたがはら》の大敗以来、家康は単独で武田軍と戦おうとはしない。武田恐怖症が抜けきれないようであった。

報せを聞いた信長は岐阜に戻り、思慮ののち、出陣可能な者に動員命令をかけた。

前年、伊勢長島を攻める一ヵ月前の六月、武田勝頼は徳川麾下の遠江《とおとうみ》にある高天神《たかてんじん》城を包囲した。この時も信長は家康から援軍を要請されたものの、長島との挟撃を警戒して出陣を遅らせた。勝頼の妹・菊《きく》姫と願証寺の顕忍が婚約していたこともあり、信長は信長は慎重にならざるをえなかった。そのうちに高天神城は陥落してしまい、信長は徳川家康に砂金を贈って詫びている。さすがに二年連続という訳にはいかないのであろう。

当然のごとく中野城にも出陣命令がかけられた。

「遂に武田との戦ですか。武田は野戦が得意と聞きまする。腕が鳴ります」

賦秀は闘志をあらわに言うと、賢秀は顔を顰める。

「昨年、長島で窘《たしな》められたこと忘れるでない。また、お屋形様は本気で戦うか怪しいぞ」

「なにゆえでございましょう」

「まだ畿内も定まらぬのに、武田と戦う謂《いわ》れはなかろう。おそらく、長篠城の陥落さえ防げば、戦わずして退くのではないか。信玄死したりとはいえ武田は精強。戦えば多数の手負いが出る。大坂に本願寺が在る以上、東で兵を失いたくはあるまい」

鋭い指摘をする賢秀である。事実かもしれないが、少々落胆する賦秀だ。

全兵の参陣は求められなかったので、蒲生家は賦秀が兵を率いて参じ、賢秀は留守居することになった。信長は本気ではないのかもしれない。

それでも戦は出世の好機。賦秀は勇気凜々《ゆうきりんりん》中野城を出立し、岐阜城に入城した。

城下には各地からの兵が続々と参集していた。京都を警護し、または大坂の本願寺や越前の一向一揆に備えねばならぬ武将もいるので、前月ほどよりは少ないようだ。

但し、各武将から鉄砲衆と鉄砲指揮のみ参陣しているところもある。大和《やまと》の筒井順慶《つついじゅんけい》からは嶋左近丞清興《しまさこんのじょうきよおき》や、長岡藤孝《ながおかふじたか》からは松井康之《まついやすゆき》など名の通った武士の顔を見ることができた。

「武田とは鉄砲で戦われるおつもりかの」

城下を町野繁仍と歩きながら、賦秀はもらした。

徳川家康にはすぐに援軍に行くと伝えた信長であるが、なかなか腰を上げようとしない。出陣に際して神速と呼ばれる信長にしては珍しい。昨年の高天神城攻めもすぐに出立しなかった。やはり、戦国最強の武田軍と直接、干戈《かんか》を交えたくないようであった。

「ご尊顔を拝し、恐悦至極に存じます」

およそ一月ぶりであるが、賦秀は改めて挨拶をする。

「重畳至極」

いつもながら、短く寛大な口ぶりで信長は告げる。思いの他、戦に急き立てられている焦りのようなものは感じられなかった。余裕がある訳ではないが、負けぬ策のようなものを思案しているのかもしれない。出陣する以上、大将であれば当たり前かもしれないが。

「武田には鉄砲で戦われますか」

気になったので思わず賦秀は尋ねてしまった。言ったあとでやや後悔する。

「今までも鉄砲で戦った。こたびも同じじゃ。違うか」

躱《かわ》すような調子で信長は言うが、やはりなにか戦術を持っているようである。口の端を上げた。

「はっ、仰せのとおりにございます」

どんな戦いをするのか、楽しみにしながら賦秀は平伏した。

信長が三万の兵と岐阜城を出立したのは五月十三日のこと。雨は降っていないが、既に梅雨入りして湿気が多く、とても蒸し暑い。それでも旌旗《せいき》を高々と掲げ、威風堂々兵を進めた。

愛馬の稲妻に跨がる賦秀は上機嫌である。戦場で颯爽《さっそう》と疾駆する姿を思い浮かべていた。

　翌十四日、織田軍は三河《みかわ》の岡崎《おかざき》城に到着した。同城は徳川家康誕生の城である。出迎えたのは家康の嫡男・岡崎信康《のぶやす》であった。

「これは義父上《ちち》、お待ちしておりました」

　気後れしない性格なのか、潑溂《はつらつ》とした声で岡崎信康は信長に挨拶する。

「婿殿も息災でなによりじゃ」

　信長は尊大な態度で労った。自尊心の高い信長にしては、岡崎信康の態度を嫌ってはない。同盟者の息子であり、娘婿であるせいか。信康は信長の長女・五徳《ごとく》を正室にしている。

　岡崎信康は不思議なことに家康と同じ徳川姓を名乗らず、知名の岡崎を称している。実は信忠よりも信康の方が武将の質が高く、信長が危険視しているので、家康は跡継ぎと公にしないようにしているという噂を賦秀は耳にしたことがある。

（お屋形様が危惧しているとは真実かの）

　遠目に賦秀は眺めながら思案する。同盟を結ぶ大名の息子と、降将の息子の違いこそあれ、同じ信長の婿という意味では同じである。とはいえ、賦秀よりも三歳年下にも拘らず、岡崎信康は既に岡崎城主。賦秀は焦燥《しょうそう》と嫉妬を同時に覚えた。

　十五日の昼前に吉田《よしだ》城から徳川家康が駆け付けた。漸く信長が援軍にやってきていたので、脹《ふく》よかな顔は喜びに満ちている。相変わらず耳が大きく団栗眼《どんぐりまなこ》は変わらない。

徳川家康は改めて状況を説明した。

長篠城は武田軍一万七千の猛攻を受けて二ノ丸、三ノ丸など周囲の曲輪《くるわ》は落ち、あとは本丸を残すのみというところまで追い詰められていた。

「浜松殿には早急に丸太と縄を集めて戴きたい」

説明を受けた信長は、頼むような言葉遣いだが、命令口調で告げた。

「ほう、砦でも築かれまするか」

「左様」

信長の返答に岡崎信康や徳川重臣の酒井忠次《さかいただつぐ》が不満をもらすが、家康の一喝で静まった。

（織田、徳川合わせて三万八千も集めながら砦を築かれるとはのう。各将から集めた鉄砲衆と砦。お屋形様は陣城を築いて長居をなされるおつもりかの）

評定の末席に腰を降ろす賦秀は思案を巡らせる。蒲生家が織田家の麾下となってから、賦秀が目にしてきた信長の戦術は、敵城に対して付城を築いて動きを制限し、素早い移動と大量の物量で凌駕《りょうが》すること。当然、これを支える経済力があるのは言うまでもないが、何れにしても、精強な武田軍を相手に、どのような戦い方をするのか想像できなかった。

そこへ襤褸《ぼろ》を纏《まと》った鳥居強右衛門尉《とりいすねえもんのじょう》勝商《かつあき》という足軽が、信長に面会を求めた。強右衛門尉は長篠城の奥平信昌に仕える者で、武田軍の包囲をかい潜り信長の援軍を確認しに来たという。

先に信長が大量の兵糧を送っているので飢えることはないが、武田軍の攻撃を受けて日増しに劣勢に立たされ、あと幾日耐えられるか判らないと鳥居強右衛門尉は訴える。

「儂らは明日にも東に兵を向けるゆえ、安堵致せ」

信長が告げると、鳥居強右衛門尉は、城の仲間に知らせると長篠城に戻っていった。

（三河者は忠義に篤いとは聞くが、囲まれている城に戻るとはのう）

鳥居強右衛門尉を見て変わり者だと賦秀は思う。それでも、信長に長篠城を救援する気があることを知り、改めて賢秀が言っていた言葉を思い出した。

長篠城への入城を試みた鳥居強右衛門尉であるが、武田兵によって捕えられてしまう。強右衛門尉は長篠城の奥平勢に向かい、「援軍が来ない」ということを叫ぶことを条件に助命されることになり、十六日の朝、長篠城の南端・渡合《どあい》の近く、寒狭《かんさ》川（滝沢《たきさわ》川）沿いの有海原《あるみはら》篠場野《しのばの》で磔柱《はっつけばしら》に架けられた。

武田勝頼は「援軍が来ない」と叫ぶとばかり思っていたところ、鳥居強右衛門尉は兵が来るという真実を告げたので、磔柱に架けられたまま串刺しにされた。それでも信長の援軍が来ていることを知り、長篠城兵の士気は高まった。

同じ十六日、信長は岡崎城から六里半（約二十六キロ）ほど南東の牛久保《うしくぼ》城に、十七日は同城から三里九町（約十三キロ）北東の野田原《のだはら》に野陣を張った。長篠城からおよそ二里（約八キロ）ほどの距離に接近したことになる。

「これより、武田と本気で戦えるやもしれぬの」

賦秀は町野繁仍に告げる。前年の正月、武田家の斥候と干戈を交えて勝利しているので、諸将のように臆する心は微塵《みじん》もなく、愛馬を走らせることだけ頭にあった。

「はい、されど、この天気ゆえ、足が重くなりますなあ」

町野繁仍は空を見上げて言う。雨は降ったり止んだりの梅雨模様。地は泥濘《ぬかる》み、川の水嵩は増している。徒《かち》で戦場を駆けるのも辛いが、馬を疾駆させるのにもまた悪条件である。

賦秀の望みは、梅雨明け五日ぐらいに開戦してほしいということであった。

十八日、野田の陣を引き払った信長は、同地から二十七町半（約三キロ）ほど北東の志多羅之郷《したらのさと》（設楽郷《しだらごう》）にある極楽寺山《ごくらくじやま》に本陣を据えた。勝頼が本陣とする長篠城北の医王寺山《いおうじやま》から一里半（約六キロ）ほどの距離に縮まったことになる。設楽郷は一帯が平地で北方は山。その尾が南へ延びて所々に丘陵をなし、窪みも茂みも辺りに点在していた。

信長の命令で嫡子の信忠は極楽寺山から三町（約三百二十七メートル）ほどの北方にある新御堂山《しんみどうやま》に陣を張った。また、徳川家康は信長本陣から半里（約二キロ）ほど東の高松山《たかまつやま》（弾正山《だんじょうやま》とも）に布陣している。

この日、半里ほど東の有海原で織田と武田の物見が遭遇し、小競り合いが行われた。

これにより、織田、徳川両家の誰もが戦を間近に意識し始めた。

ほどなく、先に信長が徳川家康に注文した丸太と縄が山積みにされた。

すると信長は南北に細長い陣城を築くように命じた。

織田、徳川勢が布陣する少し東には南北に小さな連吾川《れんごがわ》が流れている。これをまず第一の惣濠《そうぼり》とし、そこから少し西に二重三重の空堀を南北二十余町（約二・五キロ）に渡って掘らせた。さらに、五十間、三十間ごとに虎口《こぐち》を設け、丸太を使って格子状の馬防柵を築いていく。半間の間隔で丸太の五尺（約百五十センチ）ほどを地に打ち込み、残り（約三メートル）の部分に三本の丸太を横に等間隔に縄で結びつける。また、倒れぬよう自陣に向かって斜めに添え木もした。

加えて、堀を掘って出た土を馬防柵の西側、織田・徳川軍側に盛り上げて土居《どい》とし、敵の攻撃を受けないようにした。さらに西後方の山を削って切岸《きりぎし》にしている。また、手を加え、土居には銃眼《じゅうがん》、いわゆる城壁でいう鉄砲狭間《てっぽうざま》も開けたので、鉄砲を固定して撃てる。

周辺の農民も動員して貫徹工事を行い、完成したのは十九日の昼過ぎであった。

（これは……）

賦秀は移動し、完成した陣城を東から眺めた。まさに細長い格子の壁のように見えた。さらに驚くべきことは、城の堀にはそれなりに手を加えられるが、野陣の堀は、敵側十間も離れて見ればまったく見えないことだ。

（敵が脆弱な臨時《りんじ》の陣だと思えば、突撃してくるやもしれぬ。されどのう）

賦秀は周辺を見渡すと、折からの雨で地は深田のような泥濘《でいねい》となり、鳥黐《とりもち》のような泥に足を取られて進めるものではない。普通の武将ならば、まず、この地に兵は進めない。

（戦好きと言われる武田勝頼だとしても、この陣を目にすればまず仕寄せては来るまい。織田と徳川の軍勢は合わせて三万八千。なるほどのう……）

賦秀は理解する。信長は援軍に来て、戦わず陣城を築けば、武田軍は挟撃を警戒して長篠城の包囲を解いて帰国する。信長は長篠城を救援し、武田軍を追い返したという名誉を得ることになる。しかも一兵も損ずることはない。今さらながら、賢秀が、信長は本気で戦う気がないのではないかと言った言葉を思い出して納得した。

（されば、また稲妻を走らせる機会はお預けか）

戦わずして勝つ信長の戦略に感服しながらも、失意を覚える賦秀であった。

ところが、同じ頃、信長は密かに細作《さいさく》を十人ほど呼び集めた。

「そちたちは、信長は武田を恐れて二十余町に及ぶ柵を築いたと触れ廻れ」

と一勢には命じ、もう一勢には別のことを下知した。

「その方らは、三万余の後巻《うしろまき》がまいったゆえ、勝頼も早や帰国するであろう。父信玄にはおよばぬ腰抜けと嘲笑《あざわら》うがよい」

命じるや信長は細作たちを一斉に野に放っていたことを賦秀は知るよしもなかった。

四

信長が放った細作の流言を耳にし、策に引っ掛かったのか、武田勝頼は陥落寸前だった長篠城の囲みを解くと、織田・徳川連合軍が陣する西に向かって移動を始めた。

武田信玄が死去したのちに陣代《じんだい》という形で家督を継いだ武田勝頼は、この二年弱の間、連戦連勝。信玄存命時よりも版図を広げ、前年は遠江の高天神城をも攻略している。同城攻めの際、信長は武田軍と直に干戈を交えることを恐れて出陣を遅らせたという事実も摑んでいる。加えて、このたびも出立が遅れ、武田を恐れて陣城を築き、出陣する気配がないことも摑んだ。勝頼が増長したとしても不思議ではない。ただ、それよりも武田家への異質な思い入れの方が強いのかもしれない。

武田勝頼は信玄に滅ぼされた諏方頼重《すわよりしげ》の娘・諏方御寮人《すわごりょうにん》と信玄の間に生まれた男子である。当初は諏方四郎勝頼と名乗り、武田家を継ぐべき存在ではなかった。その証拠に武田氏の正統な証である「信《のぶ》」の字が与えられていなかった。

それが、信玄との確執から信玄嫡男の義信《よしのぶ》は自刃に追い込まれ、次男の龍宝《りゅうほう》は盲目《もうもく》で家督を継ぐのは困難、三男の信之《のぶゆき》は夭折と、ひょんなことから跡継ぎにされた武将である。義信の自刃は諏方家による策謀という噂もあるが、何れにしても諏方の血を引く勝頼が武田家を乗っ取ったことになる。神の血を引くという諏方家の力を天下に示したいのかもしれない。

現実的なことで言えば、やはり武田勝頼も名目を欲している。長篠城攻略のために出陣したが、信長の援軍が来たので包囲を続けることができなくなった。とすれば、せめて信長に厳しい一撃を加えて帰国したい。相手は自分を恐れる信長。絶好の機会であった。

武田家の重臣たちは連合軍との戦いを反対したと伝えられているが、信玄死後も不敗伝説が続いているので、窘めたのはごく一部の者だったのかもしれない。

武田勝頼は長篠城の押さえとして春日昌澄《かすがまさずみ》、小山田昌成《おやまだまさなり》ら二千の兵を残すことにし、同城の南東に位置する鳶ケ巣山《とびがすやま》砦を始め、姥ケ懐《うばがふところ》砦、中山《なかやま》砦、久間山《ひさまやま》砦に武田信実《たけだのぶざね》、三枝昌貞《さえぐさまささだ》ら二千の兵を配置し、残りの兵を率いて大雨の中、長篠城のすぐ西を流れる寒狭川を渡った。

長篠城を落城寸前まで追い詰めたが、七百名近い死傷者を出したので、連合軍が待つ設楽原に向かう兵は一万二千三百ほど。寒狭川に徒渉地点は一つしかなく、武田軍は一本しか架けられていない橋を渡り、西へと向かう。しかも辺りは人馬がすれ違うのも困難なことから「一騎打ちの処」と呼ばれる狭道を進まざるをえなかった。

武田軍は嶮岨《けんそ》な道を四十六町（約五キロ）も歩き、設楽原を東から見下ろす地に到着した。現在、この場所を信玄台地と呼んでいる。勝頼は本陣を柳田《やなぎだ》の山に布き、連合軍ほどの規模ではないが、同地に陣砦を築かせた。

連合軍との距離は半里ほど。勝頼は南北に兵を開き敵に対して構えた。

「まこと武田勢は我らに向かって兵を進めたか」

武田軍の内情を知らぬとはいえ、報せを受けた賦秀は意外に思った。この時、陣城の西に臨時に建てられた小屋の中で雨宿りをしている。外は前が霞《かす》むほどの大雨であった。

「して、兵数は判るか？」

「一万二、三千そこそこで、まだ後巻の姿は見えませぬ」

賦秀の問いに町野繁仍が答えた。輪之丞《わのじょう》の探索であろう。

「左様な寡勢で、よくも……。勝頼は頭が悪いのか、あるいはさほどに武田は強いのか」

武田勝頼の行動も、賦秀の思案を超えていた。

「自信がなくば挑んで来るとは思えませぬ」

町野繁仍はごく当たり前のことしか答えられなかった。

その日の夕刻、評議が行われ、徳川家臣の酒井忠次を大将に夜襲隊が組織された。徳川家康は弓・鉄砲の優れた者を二千ほどを選抜した。信長も同数の兵を出し、さらに鉄砲五百挺を貸し出した上で、金森長近《かなもりながちか》、佐藤秀方《さとうひでかた》、加藤景茂《かとうかげしげ》を検使として遣わした。

雨の中、四千の夜襲勢は戌《いぬ》ノ刻（午後八時頃）すぎに出立し、広瀬の渡しで乗本川《のりもとがわ》

（豊川《とよ》）を渡河し、南の深山《ふかやま》を廻り、鳶ヶ巣山に向かった。

夜襲を画策したのは武田勝頼も同じ。勝頼は信長の後方、丸毛光兼、福田三河守《ふくだみかわのかみ》を警護役として入城させた牛久保《うしくぼ》城を奇襲し、背後を脅かされた軍が狼狽《うろた》えて陣が乱れたところを一気に突く策を立てた。組織された奇襲勢は甘利信康《あまりのぶやす》、浦野幸久《うらのゆきひさ》ら三百ほどであった。

ところが武田軍の奇襲部隊を住民が発見して牛久保城へ報告した。報せを聞いた丸毛光兼、福田三河守は待ち伏せし、武田の夜襲組を撃退した。

「勝頼も策士じゃが、詰めが甘かったか」

夜陰に報せを聞いた賦秀は批評しながら、連合軍の奇襲の成功を願った。これが成れば勝頼は即座に退却するか一撃を喰らわせて退陣をかけるしかない。そうすれば追撃できる。寒狭川の徒渉地は限られていることも聞いているので、自らの活躍の場ができるからだ。

一方、鳶ヶ巣山に向かった酒井忠次らは、土地の案内者・阿部四郎兵衛《あべしろうべえ》を先頭に、降雨の最中でも松明《たいまつ》を持たず、声を殺して静かに進んだ。

鳶ヶ巣砦では前後も判らず眠りこんでいたので、鬨をあげて五百挺の鉄砲を放って攻めかかった。武田方も奮闘するが、倍する敵には敵わず、鳶ヶ巣砦の守将・武田信実を始め大半は討死した。これに続いて他の砦も落ち、半数が討死し、他は逃亡した。

夜中に始まった攻撃は朝には終了する。

諸砦が陥落したという報せを聞いた長篠城の奥平信昌らは奮起し、付城《つけじろ》の武田勢に攻撃を仕掛けだす。

五月二十一日の夜明け前に信長からの遣いによって起こされた。昨晩、降っていた雨はなんとか上がっているものの、霧《きり》となって視界は極めて悪かった。

「本日はお屋形様の本陣に詰められますよう」

下知を受けて失意を感じた。信長の本陣にいれば、戦う機会は少なくなるからだ。

「昨年のことを加味すれば、戦の差配を覚えさせるためではないでしょうか」

「左様かのう。左様なことにしておくか」

町野繁仍が宥《なだ》めるが、落胆する心をなかなか発奮させられぬ賦秀だった。

まだ夜が明けきらぬ前に連合軍の布陣が終わった。

連吾川、馬防柵を前に右翼が徳川軍。そこに織田家の佐久間信盛が陣を布く。

徳川軍は南から大久保忠世《おおくぼただよ》、大須賀康高《おおすがやすたか》、榊原康政《さかきばらやすまさ》、石川数正《いしかわかずまさ》、鳥居元忠《とりいもとただ》、平岩親吉《ひらいわちかよし》。

徳川軍の後方、高松山《たかまつやま》八劒《やつるぎ》に徳川家康。松尾山《まつおやま》に岡崎信康。

中央に織田軍。

滝川一益、羽柴秀吉、丹羽長秀。

左翼の織田軍。

水野信元《みずののぶもと》、森長可ら。

秀吉の後方・茶臼山《ちゃうすやま》本陣に信長、蒲生賦秀、その南西の新御堂山に遊軍の織田信忠。

鳶ヶ巣砦に酒井忠次らが四千で、残るは三万四千。なお、布陣地には諸説ある。

信長は佐々成政、前田利家、野々《のの》村正成《むらまさなり》、福富秀勝《ふくずみひでかつ》、塙直政《ばんなおまさ》に鉄砲奉行を命じて、前線で鉄砲衆一千余りを監視させ、さらに丹羽氏次《にわうじつぐ》、徳山秀則《とくやまひでのり》を目付として置いた。

一方、八束穂《やつかほ》の武田軍。

北方の右翼に馬場信春《ばばのぶはる》、真田信綱《さなだのぶつな》・昌輝《まさてる》兄弟、土屋昌続《つちやまさつぐ》、一条信龍《いちじょうのぶたつ》。

右翼勢の後方に穴山信君《あなやまのぶただ》。合わせて約三千。

中央に典厩信豊《てんきゅうのぶとよ》、逍遙軒信綱《しょうようけんしんこう》、小幡信定《おばたのぶさだ》、同信秀《のぶひで》、安中景繁《あんなかかげしげ》など約三千。

南方の左翼に山県昌景《やまがたまさかげ》、内藤昌秀《ないとうまさひで》、原昌胤《はらまさたね》、小山田信茂《おやまだのぶしげ》、跡部勝資《あとべかつすけ》、菅沼貞直《すがぬまさだなお》、甘利信康など約三千。

信豊らの後方、信玄台地に本陣。武田勝頼、望月信雅《もちづきのぶまさ》、武田信光《のぶみつ》ら約三千。

合計一万二千の軍勢。

辺りはかなり明るくなっているが霧は消えておらず、互いに敵の姿が判らなかった。

(敵が我らを見たらいかな顔をするかの)

それが直に見られないのが残念である。賦秀は信長の背後にいるので緊張していた。

「忠三郎、天下の戦じゃ。よう見ておけ」

珍しく開戦前に信長が背後の賦秀に声をかけた。

「はっ」

弾けるような声で賦秀は返事をする。信長から天下の戦と聞いたのは初めてであった。

卯ノ刻（午前六時頃）、霧が晴れると、赤備えと恐れられる武田軍の先陣、山県昌景が雄叫びをあげて前進を始めた。足に粘りつく泥を撥ね上げながらの緩慢な進軍である。

これを大久保忠世の鉄砲衆が迎え撃ち、設楽原の戦いが開始された。

武田軍は諸将が思い思いに攻めてくると、連合軍は鉄砲で応戦する。といっても武田側も鉄砲を放ちながら兵を進める。それでも、武田軍には鉄砲を避ける術がない。唯一、青竹を纏めた竹束を楯としているが、とにかく泥濘に足を取られて満足に進めない。

さらに、銃弾をかい潜り、連吾川に達すると、普段は膝が濡れぬ川が連日の雨で増水し、幅は四間（約七メートル）ほどにも広がり、深さも胸まで浸かるほどになっていた。

まごついていれば銃弾の的となるので、川に飛び込むと、予想以上に深く、流れも速い、具足も重くて泳ぎ渡れない。動きが止まった者に鉄砲衆が轟音を響かせる。

加えて連吾川を越えても、三重の堀を越えることができず、兵は鉄砲に倒れた。

武田軍には数多勇将がいるものの、誰が攻めても結果は同じであった。

「どうじゃ、忠三郎」

「はっ、全て岐阜を出立する前から紐づいていた策だと初めて気づきました。さすがお屋形様、天下の戦にございます。ただただ感服の極みに存じます」

阿諛《あゆ》や追従《ついしょう》ではなく、賦秀の本心であった。

開戦すれば、ある程度の結果は見えていた。武田軍は連合軍の細く伸びた城攻めをしたに過ぎないので、諸将は思い思いに攻めた。これを連合軍は迎え撃っただけ。さらに賦秀自身、事前に確認したが、柵と土居は目にできても堀の存在は判らない。おそらく武田軍とすれば、平地に築いた砦だったので予想以上に脆弱に見えたはずだ。また、増水した連吾川の存在も連合軍には幸いした。

もう一つは火薬と玉の保有量が勝敗を分けた。鉄砲の火薬は硝石《しょうせき》と硫黄《いおう》と木炭で構成されている。硫黄と木炭は国内で集められるが、硝石は全て輸入品である。摂津の堺を支配下に置く信長は多くを手にすることができるが、勝頼は購入もままならぬ状態である。

また、玉に使用する鉛は多くが東南アジアから輸入されている。信長は手にできるが、勝頼は難しく、銅銭を溶かして玉に作り替えて戦に臨む状態であった。

勝頼とすれば、そのうち連合軍は火薬も玉も撃ち尽すであろう。そのあとが勝負だと思っていたが、自軍の火薬と玉が底を突いても、なお連合軍の轟音が途絶えることはなく、気づいた時には敗色濃厚という状況に陥っていたのではなかろうか。

とにかく、信長があらゆる手を講じて設楽原に武田軍を引き摺り出したことが一番の功績であろう。続いて鳶ヶ巣砦を落としたこと。この報せは武田本陣にも届けられたはず。勝頼とすれば挟撃される恐れが出てきたので、なんとしても干戈を交える連合軍にきつい打撃を与えねば退くに退けぬ状況となったのだ。

出陣を遅らせたことも踏まえ、岐阜を出立する時から作戦は開始されていた。味方の犠牲は少なく、敵には多く。まさに天下人の戦であることを認識させられた。

（凄い。お屋形様は凄い。将軍になってもおかしくないお方じゃ）

背後から信長の背中を見つめ、賦秀はただただ感心した。

未《ひつじ》ノ刻（午後二時頃）を過ぎると、武田軍の全体の三割ほどが討死した。いくら強気の武田勝頼だとしても、これ以上の攻撃を続けることはできず、退却命令を出した。

敵の退き貝を聞いた信長は、即座に怒号する。

「退き貝ぞ。追い討ちをかけよ！」

敗走する兵を背後から襲う時ほど容易《たやす》く敵を討てる時はない。信長の下知を受けた連合軍は餓狼のように、背後から武田軍に群がった。

設楽原で鉄砲の餌食となった戦死者よりも、追撃戦で討たれた兵の方が多いといわれている。『當代記《とうだいき》』には「信濃境まで追撃し、幾千という数を知らず」とある。

連合軍が二十日の晩に討ち取った者は、武田信実、三枝昌貞、五味《ごみ》貞氏《さだうじ》、飯尾《いいお》助友《すけとも》、那波《なわ》宗安《むねやす》、和気《わき》善兵衛《ぜんべえ》、大戸《おおど》直光《なおみつ》、倉賀野《くらがの》某《なにがし》（行重《ゆきしげ》か）、和田《わだ》業繁《なりしげ》、春日昌澄ら……。

翌二十一日は、山県昌景、内藤昌秀、原昌胤、土屋昌続、馬場信春、甘利信康、真

田信綱、その弟昌輝、望月義勝《よしかつ》、安中景繁、笠井高利《かさいたかとし》、杉原正之《すぎはらまさゆき》ら……。

諸書によって様々だが、武田軍の大多数を討ち取ったことは確かである。

なんとか戦場を脱出した武田勝頼は、初鹿野昌次《はじかのまさつぐ》、土屋昌恒《まさつね》のほか十数名の供廻に守られて信濃をさして落ちていった。

戦は連合軍の大勝利、勝鬨が設楽原で消えることはなかった。

残念なのは、信長の本陣にいたので賦秀は追撃に加われなかったこと。

（天下の差配を直に目にできたことを幸運と思うしかなかろうの）

そう思案して己を慰める賦秀だ。

設楽原から帰国して三月後、賦秀は他の織田軍と共に越前の一向一揆討伐に参じた。

信長の一向衆憎しの心には一点の妥協もなく、周辺にいる住民は全て捕えられて皆殺しにされた。中には一向衆とは無縁の者もいたであろうが、容赦ない殺戮であった。信長が京都所司代の村井貞勝に書いた書状には「府中は死骸ばかり」とあり、死者は三、四万人に及ぶと信長の家臣の太田牛一《おおたぎゅういち》は『信長公記《しんちょうこうき》』に記している。まさに阿鼻叫喚の地獄絵図であった。

当然、賦秀も柴田勝家の麾下として参じた。織田家の家臣である以上、命令には背けない。何人を鑓で仕留めたか覚えていない。相手が兵ならば修羅《しゅら》と化して戦えるが、刃向かわぬ農民を手にかけることは苦痛だった。

（こればかりは、どうにかならぬものか）

比叡山の焼き討ちから始まる皆殺し。信長についていけぬ唯一の事であった。

八月の末に残虐劇が終わると、九月二日、信長は越前の北ノ庄《きたのしょう》を本拠とし、柴田勝家に同国の仕置を任せ、前田利家、佐々成政、不破光治の三人を目付とした。

これによって蒲生家は柴田勝家の寄騎から外され、小禄といえども単独の領主となった。

「よかったの。柴田殿は、戦では先陣や殿軍《しんがり》をして働きを見せるが、それ以外のことは殆どお屋形様に言われたことを守るのみ。これに従っていては我らは伸びることができぬ。片や羽柴殿は目敏《めざと》い。こののちは羽柴殿にも誼《よしみ》を通じておくがよかろう」

賢秀は言うが、人の機嫌取りばかりする羽柴秀吉を、賦秀は好きになれない。

それでも蒲生家にとっては新たな展開で、こののちに賦秀は希望を持った。

第七章　斬殺の苦悩

一

とにかく信長は忙しい。そこで天正三年（一五七五）十一月には織田家の家督を嫡子の信忠に譲り、自身は近江《おうみ》の安土《あづち》城を立て直し、翌四年二月には建設途中の城に移り住んでいる。築城には畿内各地から職人が動員され、蒲生家も多数の人足を安土に派遣した。

信長が天下を見据えて安土城に腰を据えたことで琵琶湖は完全に織田家が制することになった。安土から左廻りで、佐和山《さわやま》城は惟住長秀《これずみながひで》（丹羽《にわ》から改姓）、長浜《ながはま》城は羽《は》柴秀吉《しばひでよし》、大溝《おおみぞ》城は津田信澄《つだのぶずみ》、坂本《さかもと》城は惟任光秀《これとうみつひで》（明智《あけち》から改姓）、勢多《せた》城に山岡景隆《やまおかかげたか》と湖上で六角形が完成している。

前年、信長は権大納言ならびに右近衛大将《うこんえのだいしょう》に任じられたことで武家の頭領を認められた。これにより、信長は家臣たちから「上様」と呼ばれ、また都での政庁となる二《に》条御新造《じょうごしんぞう》を造営し、本格的に天下の仕置にも乗り出している。また、信長は自身を「余《よ》」と呼んでいる。

　軍事面では、同四年（一五七六）四月、摂津《せっつ》の石山本願寺《いしやまほんがんじ》攻め、七月、摂津の木津《きづ》川口《がわぐち》の海戦、同五年（一五七七）二月、紀伊《きい》の根来《ねごろ》・雑賀《さいか》攻め、八月、加賀《かが》の手取川《てどりがわ》の戦い、十月、大和《やまと》の松永久秀《まつながひさひで》攻めとあり、蒲生家は都度、参陣していた。この中で信長自身が出陣したのは本願寺攻めと雑賀攻めで、あとは家臣たちに任せられるような状況にはなっている。とはいえ、勝利は大和のみである。

　天正六年（一五七八）になると、織田家の軍事的状況は好転し始める。三月十三日、越後の上杉謙信《うえすぎけんしん》が脳梗塞《のうこうそく》によって病死した。手取川の戦いでは柴田勝家《しばたかついえ》らが完膚《かんぷ》なきまでに叩き伏せられているので北の脅威が薄れて安堵している。六月には九鬼嘉隆《くきよしたか》率いる鉄甲船《てっこうせん》六艘が和泉《いずみ》の淡輪沖《たんのわおき》で毛利水軍を撃破している。

　賦秀といえば、八月十五日、安土で相撲興行が行われ、堀秀政《ほりひでまさ》、万見重元《まんみしげもと》らとともども、相撲奉行に任じられ、土俵作りから力士の公募、選抜、取組などを差配した。力士は京、近江から一千五百人も集まったので、奉行も大忙しであった。

　賦秀は安土勤務が多くなり、毎日のように城下から出仕する。

　城下から大手門を通り、真直ぐ延びる石段を登っていく。一町（約百九メートル）ほども登って西に曲がると、階段は左右に蛇行し、これを進むと信忠《のぶただ》の屋敷へと通じる。屋敷を通過して階段を登ると黒金門《くろがねもん》に達する。これを潜り、二ノ丸を横目に見ながら東に進むと本丸御殿に到る。この時、五層七重の絢爛豪華《けんらんごうか》な天主閣はすぐ北側で建造されている。

（いかなものに仕上がるのか）

これを横目に眺めながら、賦秀は本丸御殿の中に入る。

廊下は顔が映るほど磨《みが》かれ、常に香る檜《ひのき》の柱。至るところに金銀がちりばめられ、僅かなくすみすらない。戸を開けるたびに、部屋の中には青々しい畳が覗き、また、その縁も金糸で編まれている。馥郁《ふくいく》とした芳香《ほうこう》も漂っている。お伽話に出てくる竜宮《りゅうぐう》城《じょう》のような城である。

「蒲生忠三郎、下知を賜り参上致しました」

信長の居間の前で告げると、中から「入れ」と短く言われた。賦秀は中に入り端座した。

「荒木摂津守《あらきせっつのかみ》（村重《むらしげ》）が背きよった。討つゆえ、そちも参じよ」

なに喰わぬ顔で信長は告げた。既に決意を固めたようである。激昂していないだけに、寒気がするほどの恐ろしさを感じる。もはや進言も諫言《かんげん》も聞かない状況である。

「畏《かしこ》まりました」

賦秀は返事をして下がる。わざわざ呼ばれて参陣を命じられたということは戦闘を期待してのことと賦秀は解釈した。

（松永弾正《まつながだんじょう》の背信は病ゆえ致し方ないとしても、荒木摂津守もとはのう……）

賦秀は感慨に耽《ふけ》る。荒木村重は摂津の豪族から身を起こし、信長に従うことで、摂津の一職支配《いっしきしはい》を任せられるところまで出世した。それからの村重は、大坂攻めの一翼を担い、周辺の戦にも参陣して戦功をあげた。

信長も荒木村重の働きに満足し、今後も期待していた矢先、村重が突如、背いたのだ。理由は村重の寄騎《よりき》の中川清秀《なかがわきよひで》の家臣が、兵糧攻めをしている最中の石山本願寺に兵糧を売ったことが露見《ろけん》し、信長の叱責《しっせき》を恐れたからだといわれている。

この時、織田軍は佐久間信盛《さくまのぶもり》を大将にして、付城を築き、石山本願寺を兵糧攻めにしていた。中川清秀の茨木城《いばらき》は本願寺の北を固める重要な位置であった。

（そういえば、いつぞやの正月、参賀の席でのことを根に思っているやもしれぬの）

正月、参賀の席で信長が戯れて脇差で団子を刺し、荒木村重に喰えと命じたことがあった。一歩間違えば、口は血にまみれる。それでも、村重は躊躇《ちゅうちょ》せず、手を使わずに口だけにて団子を食べてみせた。この度胸の良さに信長は慶び、村重に脇差《わきざし》を下賜《かし》している。

表面的な噂は絶えないが、十月十七日、本願寺法主《ほっす》の顕如光佐《けんにょこうさ》は荒木村重・村次親子《むらつぐ》に対して、昵懇《じっこん》になること、村重の領地では一揆は起こさせないこと、加増は毛利家の庇護《ひご》にある将軍義昭《よしあき》に進言をするという、三ヵ条の重要な起請文を宛てている。

おそらく荒木村重は、早くから信長と毛利方に対し二股をかけていたことが窺える。

そんなことを知るよしもない賦秀は、摂津攻めの準備に入った。

既に荒木村重は信長との戦いを決意し、麾下を固めている。

嫡男の村次は尼崎《あまがさき》城、大河原具雅《おおがわらともまさ》と従兄弟の荒木元清《もときよ》は花隈《はなくま》城、叔父の重堅《しげかた》は三田《さんだ》城、寄騎の高山右近《たかやまうこん》は高槻《たかつき》城、中川清秀は茨木城、能勢十郎兵衛《のせじゅうろうべえ》は能勢城、安部二《あべに》右衛門《えもん》は大和田《おおわだ》城、塩河長満《しおかわながみつ》は山下《やました》城と、荒木村重は諸城に家臣を送り、人質を取って支配下に置いた。

さらに荒木村重は毛利や本願寺の他に、丹後《たんご》・建部山《たてべやま》（八田《やた》）城の一色義道《いっしきよしみち》、丹《たん》波《ば》・八上《やがみ》城の波多野秀治《はたのひではる》、同・黒井《くろい》城の赤井直義《あかいなおよし》、播磨《はりま》・三木《みき》城の別所長治《べっしょながはる》とも通謀していた。

加えて播磨・御着《ごちゃく》城主の家老で、秀吉に従う小寺孝高《こでらよしたか》（のちの黒田如水《くろだじょすい》）が荒木村重を説きに有岡《ありおか》城に行くと、村重は孝高を捕らえて投獄した。孝高の主・小寺政職《まさもと》も村重と通じていた。

「よく上様は背かれるの。別所に続き荒木か。皆、撫で斬りを恐れているのではないか」

中野城に戻ると、賢秀は告げる。この二月、播磨・三木城主の別所長治も背き、羽柴秀吉が攻めている。賦秀も思うところがあるが、信長の婿としては口にできない。

「厳しき処置をせねば天下統一などできませぬ。某《それがし》は上様についてまいります」

賦秀は中野城に賢秀を置き、配下を連れて出立した。この頃より父から離れ、単独で出陣することが多くなった。

賦秀は信長に従って上洛し二条御新造に入った。ほどなく、吉報が届けられた。

十一月六日、九鬼嘉隆率いる六隻の巨大船と数百の早舟は、毛利水軍の六百艘の大船団と木津川口で開戦。九鬼の巨大鉄甲船は敵の火矢や鉄はうや炮烙火矢《ほうろくびや》と言われる当時の手榴弾《てりゅうだん》を弾き、大砲で迎撃し、早舟で敵を攻撃した。これにより、毛利水軍は本願寺へ兵糧、武器、弾薬の搬入を諦《あきら》めて退却した。報せはすぐさま二条御新造に届けられた。

「ようやった！　荒木め、今頃、後悔していよう」

二年前、織田方の和泉《いずみ》水軍は、毛利方の村上《むらかみ》水軍の炮烙火矢と航海術、それに船数で完膚なきまでに撃退されただけに、信長の喜びはひとしおである。海戦の勝利によって本願寺の孤立化を一歩前進させたことになる。

「海は封鎖した。陸はとっくに抑えておる。もはや支援はない。本願寺奴《め》、長島と同じめにあわせてくれる」

信長は怒りをあらわに吐き捨てた。

（上様は地上のみならず、海にも付城を築かれたか。多数の船は多数の兵）

賦秀は報告を耳にして思う。信長は木津川口に巨大船を浮かべて、大砲で威嚇した。海に浮かぶ城は早く移動することはできぬので数百の早舟に掩護《えんご》させた訳である。物量の多さと付城が信長の戦略。設楽原の合戦と同じであると賦秀は認識した。

十一月九日、信長は上機嫌でと摂津に向かって都を出立した。

翌十日、信長は滝川一益《たきがわかずます》、惟任光秀、惟住長秀、蜂屋頼隆《はちやよりたか》、氏家直通《うじいえなおみち》、安藤守就《あんどうもりなり》、稲葉一鉄《いなばいってつ》らを摂津の芥川《あくたがわ》、糠塚《ぬかづか》、太田村《おおたむら》、猟師川《りょうしがわ》に進め、さらに太田郷《おおたごう》の北山《きたやま》に砦を築くように命じた。中川清秀の茨木城と、高山右近の高槻城を包囲、牽制するためである。

(上様はまこと、荒木摂津守を総攻めするつもりかの)

側にいる賦秀であるが、さすがに聞けず、思案を巡らせた。すると、信長から声がかかる。

「忠三郎、そちに調略の仕方を教えてやろう」

北叟笑《ほくそえ》んだ信長は高槻の安満《あま》という小高い山にも砦を構えさせ、同地を本陣と定めると、都からイエズス会の宣教師にして畿内の布教長であるオルガンチーノ・ソルドと日本人修道士のロレンソを呼び寄せた。

「右近に対し、余に忠節を尽くすよう、そちたちの英知にて説け。さすれば、耶蘇《やそ》の教会を諸国何処《いずこ》の地に築くことを許そう。叶わぬとあらば、伴天連《ばてれん》は排除致す」

これまでキリスト教に寛大であった信長はオルガンチーノとロレンソを脅し、佐久《さく》間《ま》信盛《のぶもり》、羽柴秀吉、宮内卿法印《くないきょうほういん》らとともに、高槻城の高山右近の許に向かわせた。

高山右近大夫《うこんたいふ》。諱《いみな》は重友《しげとも》、長房《ながふさ》、友祥《ともなが》などと伝わるものの真実は定かではなく、高山右近で通っている。右近は熱心なキリシタンで、永禄七年(一五六四)に入信し、洗礼名をジェストと言う。荒木村重の寄騎として諸戦で活躍、築城にも長けていた。

荒木村重の謀叛《むほん》に際し、高山右近は信長に背いては滅ぶだけと説得したが受け入れられなかった。長年の付き合いから村重を見捨てることもできず、妹と一子を人質として有岡城に差し出して、高槻城に籠ったというのが経緯である。

布教長のオルガンチーノは必死に説得した。高山右近は信長に背く気はないものの、人質を差し出しているので、迂闊《うかつ》には開城できないと返答した。

子細を聞いた信長はオルガンチーノとロレンソを安満に置き、都の南蛮寺《なんばんじ》から修道士やキリシタンを拘引《こういん》し、近江の永原《ながはら》に宣教師のジョアン・フランシスコらを監禁させた。

「降らねば、摂津のキリシタンと一緒に磔《はりつけ》にする。開城致せば、摂津半国を与える」

再度、信長はオルガンチーノに書状を書かせ、高槻城に向かわせた。

オルガンチーノらの必死の懇願を受け、右近は苦悩した挙げ句、出家し、主戦派である父・飛驒守《ひだのかみ》(友照《ともてる》)が有岡城に入ることで人質の件を解決し、開城することにした。

ほどなく信長の許に、子細が伝えられた。

「上様のお見事なる調略、有り難くご教授戴きました」

阿漕《あこぎ》ではあるが簡単に高山右近を降伏させた手腕は見事である。賦秀は恭《うやうや》しく告げた。

「まだまだ、児戯《じぎ》なものじゃ。こののちは別の陣で子細を聞くがよかろう」

笑みを作った信長は、賦秀に蜂屋頼隆らに合流するように命じた。

「はっ、有り難き幸せに存じます。ご期待に応える所存でございます」

賦秀は喜び勇み、蜂屋頼隆らに合流した。

十四日、信長は、滝川一益、武藤舜秀《むとうきよひで》らの先陣を西に向け、周辺を焼き払わせ、豊《とよ》中《なか》の刀根山《とねやま》まで進ませた。また、同地から三里（約十二キロ）ほど北西に位置する見《み》野《の》の郷には蜂屋頼隆、惟住長秀、蒲生賦秀、若狭《わかさ》衆が在陣した。

二十四日、中川清秀は茨木城に古田重然《ふるたしげなり》、福富秀勝《ふくずみひでかつ》らの織田兵を引き入れて、城を明け渡したことが信長に伝えられた。

中川清秀は荒木村重とは従兄弟の関係にある。一説には村重が弁明のために安土へ向かう途中で清秀の茨木城に立ち寄った際、信長は一度疑いを持った者は決して許さないので、覚悟を決めるべきだと謀叛を推奨《すいしょう》した人物であるとも伝えられる。

荒木村重は配下の石田伊予《いしだいよ》、渡辺勘太夫《わたなべかんだゆう》を茨木城に送り、織田軍に対していた。

信長は中川清秀に本領安堵の他に新領と金銀を与え、さらに清秀の嫡男・秀政《ひでまさ》に信長の娘・鶴姫《つるひめ》を嫁がせるという条件を示すと、清秀は降伏を受け入れという。

（欲の前には義もへったくれもないか。高山右近の方がよほど清いのう）

勇んで戦陣に立った賦秀は、途端に虚《むな》しさを感じた。と同時に、信仰によって開城した高山右近に俄然、興味を持ったのも事実であった。

その後、信長から西に兵を進めろという命令が出され、賦秀は惟住長秀や滝川一益らの多勢の中で西宮《にしのみや》、茨住吉《いばらすみよし》、雀《すずめ》の松原《まつばら》、三陰《みかげ》の宿《しゅく》、芦屋《あしや》の里《さと》、滝山《たきやま》と制圧し、神戸《こうべ》の生田《いくた》ノ森《もり》に陣を布き、大河原具雅と村重の従兄弟・荒木元清が籠る花隈城を遠巻きにした。

十二月四日、賦秀は惟住長秀、滝川一益と共に、源平の昔に戦いが行われた一ノ谷《いちのたに》を焼き払い、兵を戻して尼崎の塚口《つかぐち》に陣を布いた。他の軍勢も別のところから兵を進めたので、完全に有岡城を包囲した形になった。

有岡城は丘城であるが、東の裾を猪名川《いながわ》が流れ、伊丹台地《いたみだいち》の突き出た段丘上に築かれている。鵯塚砦《ひよどりづか》のある南は急斜面で、北と西は湿地の湖沼地帯。東に本曲輪《ほんくるわ》があるが、堀幅が広く梯子《はしご》とてかけられぬ状態である。まさに要害堅固な城であった。

十二月八日、信長は満を持して総攻撃を命じた。

賦秀らは南から攻めかかるが、急峻な崖は忍びでもない限り、簡単にはよじ登れない。梯子をかけて這い上がろうとするが、鵯塚砦には野村丹後守《のむらたんごのかみ》を大将として、傭兵の雑賀《さいか》衆が籠っており、卓越した鉄砲の射撃術で連続的に玉を浴びせられ、さらに岩や丸太が落とされて、とても、城郭に近づけたものではない。他の方面は湿地に足を取られて接近できない。寄手は攻めあぐねて後退した。

「これは滅多なことでは落ちぬの」

城を見上げながら賦秀はもらした。

この攻撃で城の真際まで攻めかかった万見重元が荒木勢の鉄砲を受けて討死した。

股肱《ここう》の近習《きんじゅ》であり、寵臣でもあったので、信長はたいそう失意に暮れていた。

その後も攻撃を繰り返すものの、堅い有岡城の牙城を崩すことはできなかった。

十一日、信長は総攻めを諦めて兵糧攻めに切り替えた。信長の城の周囲に付城を築くことと在番を命じて、自身は一里九町（約五キロ）東の古池田《こいけだ》に移陣した。

城は遠巻きに取り囲まれた。付城群の中、賦秀はそのまま塚口に在することになった。同陣には惟任長秀、蜂屋頼隆、蒲生賦秀、高山右近、神戸信孝が在陣している。

「正月は塚口で迎えねばならぬやもしれぬの」

賦秀は町野繁仍に告げる。

「戦陣で正月を迎えるなど武士の誉れ。珍しいゆえ飽きぬでよろしいかと存じます」

町野繁仍は豪気に言って慰めるが、冬の長陣は兵が弊するので、無報告で帰国する者が出たりして、余計な処罰をしなければならなくなる。避けたいのが本意だ。

賦秀の思案どおり、十二月二十五日、信長は包囲を確認したのち安土城へ帰城した。他の者は、殆どが有岡の付城に在陣することになった。

かくして天正六年は暮れていった。

二

荒木村重の有岡城を包囲しているが、城方から攻めてくることはないので静かなものである。二ヵ月が過ぎて天正七年（一五七九）の二月に入ると寒さにも慣れてきて、各陣は弛緩している。長対峙にはよくあることだ。

同じ塚口の陣には降将の高山右近がいる。十字架《クルス》を首から下げるキリシタン武将には、以前から興味があったので、賦秀は高山の陣を訪ねた。

家臣に案内されて陣幕の中に入ると、別の客がいたので驚いた。上座の床几に腰を降ろしていたのは信長の三男・神戸信孝である。

「これは」

即座に賦秀は義弟に深々と頭を下げた。

「忠三郎か、珍しいの。よく来るのか？」

神戸信孝は鷹揚《おうよう》に告げる。賦秀より三歳年下の二十一歳。次男の北畠信意《きたばたけのぶおき》（のちの信雄《のぶかつ》）より二十日ほど早く生まれたが、実母の坂《さか》氏の身分が低いので三男にされたという。信長に似て色白の細面で、信意よりも賢いともいわれている。

「いえ、初めてのこと。信孝様はようまいられるのですか？」

「デウスの教えをあれこれ聞きたくての」

信孝の返事を聞き、目的は同じだと賦秀は頷いた。

「某も同じです。以前、上様の許でフロイス殿に聞いた話では、確かデウスは人を殺《あや》めるなと教えているとか。我らや右近殿も乱世の武士。このことはいかにお考えか」

賦秀は高山右近に目を向ける。武将には似つかわしくない静かな面持ちだ。

「デウスの教えは正しきこと。人を殺めていいことはございませぬ。それは武士も同じ。ゆえに未熟な某は悔い改め、懺悔《ざんげ》をする日々を過ごしております。早う、安寧《あんねい》な日が来ることを、ただただ祈るばかりにございます」

「人を殺めても、懺悔とかいうことをすればデウスは許してくれますのか」

「デウスは全ての人を許されます。信じれば救われます」

「なにやら一向宗（浄土真宗《じょうどしんしゅう》）と似ておりますな。なんでも教を開いたという親鸞《しんらん》は、悪人（欲望や妄念の深い人間）こそ、阿弥陀仏《あみだぶつ》が救ってくれると言っているとか」

「それは明確に違っております。一向宗は進めば極楽、退けば地獄と謳い、門徒を死に追いやっております。デウスは決して、戦いを進めるようなことは致しませぬ」

「されど、右近殿は上様の下知とは申せ、かように戦陣に立たれておる」

「不徳の至り。早う戦のない世が来ることを待ち望む次第にございます」

詫びるように高山右近は言う。平和を望む心は本心であるらしい。ただ、うまく逃げているような気もする。また、南蛮人の教えをまだ学びきっていないのではとも思う。さらに、都合よく解釈しているに違いない。ただ、それは信長と敵対する顕如光佐にも言えること。おそらく宗教の始祖は平和を解くことにおいては皆同じだと賦秀は認識している。但し、人は欲や利権などによって勝手な解釈を伝えているに過ぎない。

（そういった意味では上様の思案は一貫しておる。信仰はどの宗教も否定せぬが、刃

向かう者は何れも容赦しない。政《まつりごと》と宗教を分けておられる。但し、利用はしている）

高山右近の話を聞きながら、賦秀は信長を思い浮かべた。

その後も賦秀は質問を繰り返した。三位一体《さんみいったい》、天国と地獄、人の起源、なぜイエスを裏切るユダを弟子にしたか、結婚と性愛、天使と悪魔、平等、復活、宣教師の行動などなど……。納得できるところもあれば、できぬところもあり、また感心もした。何れにしても興味を深めたのは事実。賦秀は暇を見つけては足を運んだ。

有岡の陣は、兵糧攻めと決められているので、時折、矢玉を放つ程度でさしたる戦闘にはならない。特に寄手は城内の兵糧が尽きるのをただ待つだけであるが、広大な城域なのでまず水が涸れることはなく、また、中で作物を作れるので簡単に飢えはしない。但し、着実に減ってきているのは事実。最初の包囲から十ヵ月もすると城方は苦しくなってきた。

荒木村重は何度も包囲勢の目を盗んで使者を抜けさせ、安芸《あき》の毛利輝元《もうりてるもと》に援軍を出すよう依頼したが、梨《なし》の飛礫《つぶて》で埒《らち》があかない。もはや秋、兵糧が尽きるのも時間の問題だ。

そこで、荒木村重は自ら安芸に行かねば腰の重い毛利は動かぬと決断し、あとは一族で重臣の荒木久左衛門《あらききゅうざえもん》に任せることにした。九月二日、夜陰に紛れた村重は乾助三郎《いぬいすけさぶろう》に家宝の葉茶壺《はちゃつぼ》（兵庫壺《ひょうごつぼ》）を背負わせ、阿古《あこ》という側室を含む五、六人の供廻を連れて有岡城を抜けだし、数日後、息子の村次が籠る尼崎城に入城した。

城主が城を抜けることは逃亡も同じ。これを知った城兵たちも城を抜け出した。そのうちの数名を蒲生家の家臣が捕え、縄がけしたまま賦秀の前に引き出した。

「なんと、荒木摂津守は、城兵を置き去りにして逃亡したと申すのか」

仔細を聞いた賦秀は、開いた口が塞がらなかった。恥を知らぬのかと罵倒したい気分だ。

ほぼ同時期、他の諸将も逃亡兵を捕え、有岡城攻めの総大将である信忠に報せた。すると、信忠は一部の兵を割いて、尼崎城包囲を強めた。

報せを聞いた信長は九月二十七日、伊丹《いたみ》の古屋野《こやの》城に着陣した。信長は同城に腰を落ち着けず、その足で毛馬《けま》の滝川一益の許に行き、さらに塚口に到着した。

「わざわざお足を運び戴き、恐悦至極に存じます」

賦秀は神戸信孝を始め、惟住長秀、蜂屋頼隆らと共に恭しく出迎えた。

「近く伊予守《いよのかみ》（滝川一益）の手によって城門が開かれるゆえ陥落させよ」

声こそ疳高《かんだか》いものの、腹の底に響く信長の声。陥落は撫で斬りを意味しているので、皆、顔をこわばらせながら応じた。

さっそく滝川一益は甲賀者の佐治新介《さじしんすけ》を有岡城に潜り込ませ、中西新八郎《なかにししんぱちろう》を内応させた。

十月十五日、中西新八郎は荒木勢の足軽大将・星野《ほしの》左衛門《さえもん》、山脇《やまわき》加賀守《かがのかみ》、同源太夫《げんたゆう》、

宮脇平四郎《みやわきへいしろう》を寝返らせ、城の西側に位置する上臈塚砦《じょうろうづか》の城門を開き、滝川勢を引き入れた。

いとも簡単に惣構《そうがまえ》の中に突入した滝川一益は、刃向かう城兵を数多《あまた》斬り捨て、すぐに西側の町を焼き払った。まさに鎧袖一触《がいしゅういっしょく》、瞬《また》く間に辺りには骸《むくろ》の山が築かれた。

滝川勢に続き蒲生勢も城内に雪崩れ込み、町を灰燼《かいじん》に帰していく。

「南に向かえ！」

賦秀は怒号して、散々に排除された南の鵯塚砦に西から向かう。雑賀衆は城郭を巧みに使って散々に蒲生勢ら寄手を悩ませてきたが、もはや遮《さえぎ》るものがなくなると対抗するのは困難。惟住長秀勢を含む蒲生勢が一気に飲み込んでいく。

岡定俊《おかさだとし》、種村伝左衛門《たねむらでんざえもん》、結解十郎兵衛《けっけじゅうろうべえ》らは雄叫びをあげて敵を蹴散らし、次々に城兵を討ち取った。やがて、砦将の野村丹後守も捕獲された。

勢いに乗る織田勢は南北西の三砦を落とすと、東の一角にある本曲輪を囲んだ。この城郭は外堀と同じ幅で広く、町とは橋で繋がれているが、惣構に寄手が進撃したことを知ると、受け入れられるだけの人を入れたのち、橋を切って落とした。まさに深川の中洲に築かれた城という様相になった。曲輪に籠る者は老若男女合わせて七百ほどであった。

簡単には落とせぬと、信忠と滝川一益は話し合い、兵糧攻めにすることに決め、蒲生勢を始め、織田軍は蟻の這い出る隙もなく本曲輪を包囲して、兵糧が尽きるのを待った。

包囲の最中、二つの事件が起きた。

一つ目は、過ぐる九月二十二日、信長次男の北畠信意が独断で伊賀に攻め入り、撃退されて逃げ帰り、信長から叱責を受けたこと。

伊賀は日野から山一つ越えた隣国。忍びの術を身に付けた土豪集団が信長の息子を排除したことで勢いに乗り、日野に乱入することも考えられる。

「父上がいるゆえ、大事はないと思うがのう……」

とはいえ危惧は消えるものではなかった。

二つ目は過ぐる八月二十九日、徳川家康の正室の築山御前《つきやまごぜん》が遠江《とおとうみ》の富塚《とみつか》（三方原《みかたがはら》とも）において殺害され、九月十五日には家康嫡男の岡崎信康が遠江の二俣《ふたまた》城で自刃させられたというもの。

築山御前殺害の理由は、信長を快く思っておらず、甲州の唐人薬師《とうじんくすし》を通じて武田家と通じたこと。岡崎信康は素行の悪さのみならず、信長の長女五徳を蔑《ないがし》ろにして信長を敵視し、家康を排除して徳川家を乗っ取り、武田家と与しようとしたためだという。

「よもや左様なこと。今の織田と武田を比べて武田を取る戯《たわ》けが何処にいようか」

「火のないところに煙は立たず。返り忠もあながち偽りではないのやもしれません」

賦秀の疑問に町野繁仍が応える。

「なにゆえか」

「徳川家は家康殿の浜松衆と信康殿の岡崎衆でもめていたとか。戦功の機会が与えられる浜松衆に対し、岡崎衆は機会がないために恩賞が得られない。亀裂が入ったところをうまく武田に突かれた。家康殿は家を守るためにお二方を死に追いやったのやもしれません」

「さもありなん。されど、設楽原には信康殿も参じていたであろうに。奥方とて、もはや実家の今川は血筋のみで頼るべきは家康殿しかなかろうて」

どう考えても家を割るほどにはならぬと賦秀は思う。

築山御前は今川義元の姪と名家の出自で自尊心が高いかもしれないが、乱世を生きる女性として状況を判らぬような馬鹿ではないはず。また、岡崎信康の素行の悪さなど、信長の幼少期に比べれば可愛いもの。

「上様が信康殿らを斬るように命じられたのか？」

「いや、家康殿の方から申し出られたようにございます」

「返り忠騒動が発覚すれば、あらぬ疑いをかけられる。その前に悪い芽は早めに摘んでおこうということか」

家康と信長の非情さには寒気がする。

（上様の本音はいかなものか。上様は信忠様と信康殿を比べ、のちの世の憂えを断っておこうと思案なされたゆえ許可なされたか。今、徳川家は上様の後ろ楯がなくば武田に対抗はできぬ。信康殿は武勇に勝れ、有能であったからか？　妹婿の浅井長政も武勇に秀でていた。とすれば、次は儂の番になるのか？）

思った途端、悪寒が走る。若き日の信長は家中を纏《まと》めるために、実の弟の信勝《のぶかつ》（信《のぶ》行《ゆき》）を自らの手で殺害している。妹や娘の夫などには毛ほどの情も持っていないであろう。

まさか信長は滅ぼす武将のために妹や娘を嫁がせたとすれば、考え過ぎであろうか。とすれば、賦秀にとっては由々しきこと。

（儂は上様に選ばれし男。されど、武功をあげ、上様を驚かせるような発言をすれば排除されてしまう。されば、こののちは当たり障《さわ》りなく……。されど、それでは禄は増えぬ。それよりも、既に目をつけられたとすれば、もはや逃れられまいか）

懸念は募るばかり。賦秀の闘志は冷めていった。

有岡城の本曲輪は一ヵ月ほどは持ちこたえたが、十一月中旬になって守将の荒木久左衛門らが降伏を申し出た。報せは信長に届けられると、尼崎城に籠る荒木村重と花隈城に籠る荒木元清を説得して開城させるという条件で降伏は認められた。

「妻子を捨てて逃げた荒木摂津守が、家臣の説得を受けようか」

賦秀には説得が成功するとは思えなかった。

それでも荒木久左衛門を始め三十人ほどの者は、荒木村重を説きに尼崎城に向かい、十一月十九日、一年余りの長きに亘って攻囲に耐えた有岡城は陥落した。但し、村重の妻子を始め籠城した者たちは解放されず、引き続き城に止め置かれ人質となった。

荒木久左衛門は説得するが、荒木村重は信長の言葉が信用できないと、開城を拒んだ。すると、久左衛門らは人質になっている妻子、一族郎党を見捨てて逃亡した。

「荒木一族に男はおらぬのか。揃いも揃って妻子を見捨てるとはのう」

報せを聞いた賦秀は呆《あき》れるばかり。また、一度は寛大な配慮をした信長の逆鱗《げきりん》を考えると、再びおぞましい惨劇が行われるのではないかと気が重くなった。

案の定、十二月十二日の晩、荒木一族の妻子三十余人は夜通しかかって都に向けて護送され、妙顕寺《みょうけんじ》に造られた大きな牢屋や、村井貞勝の屋敷にある牢屋に投獄された。

他は十三日の辰《たつ》ノ刻（午前八時頃）、尼崎城から半里（約二キロ）ほど北側の七松《しちまつ》という地で百二十二人が選ばれ、荒木村重から見えるように磔《はりつけ》にされた。さらに五百十二人の男女は四つの家に押しこめられて焼き殺された。

「これほどのことを目の当たりにして、なお己だけ生き延びたいのかの」

残忍な信長の命令も然《さ》ることながら、荒木村重を思うと、賦秀は虫酸《むしず》が走る。

十二月十六日の辰ノ刻、都で投獄されていた荒木一族の者たちは車一両に二人ずつ乗せられ、京都の町を引き廻され、下京の六条河原《ろくじょうがわら》で男女上下三十七人が処刑された。

その後、尼崎城、花隈城包囲に一部の兵が当てられ、賦秀は帰国が許された。

暫し賦秀は冬姫の愛に包まれ、日野で戦塵を落とすことに専念する。

三

天正八年（一五八〇）のまだ寒い二月、冬姫は賦秀の前で含羞《はにか》んだ。

「稚《やや》ができたようにございます」

「まことか！」

賦秀の顔は綻んだ。賦秀に嫁いでから十年。念願の子が授かったのだ。信長の娘を正室にしているだけに、側室を持つことなど考えられない。このまま子に恵まれぬのかと思っていた矢先のことなので、賦秀は歓喜した。

「丈夫な子を産んでくれ」

賦秀はすぐに領内の神社に安産の祈願をさせ、宴を開いて祝った。日野は喜びに浸る。

織田家にとっても吉凶それぞれの報せが届けられた。

二月下旬、まず尼崎城に籠っていた荒木村重・村次親子は夜陰に乗じて同城を抜け出し、花隈城に逃げこんだ。城主のいない城は脆いもので、ほどなく同城は陥落した。

三月になり、荒木村重・村次親子は再び花隈城を出て、船で毛利領へ逃亡した。村重はまたも、家臣たちを見捨て、織田軍は再び取り逃がし、信長は怒るばかりだ。

閏三月五日、正親町《おおぎまち》天皇の斡旋により、信長と石山本願寺が和睦した。本願寺と同盟を結ぶ者たちが信長に潰され、あるいは麾下に組み込まれ、頼みの毛利家も羽柴秀吉の中国攻めで手が廻らなくなってきたので、門跡の顕如光佐は、ほどよいところで鉾を収めるのが得策と判断してのこと。ただ、武器も兵糧も豊富で、中洲地帯の石山領は至って健在であったので、降伏とは違っていた。それでも十一年の長きに亘る石山戦争は終結した。

四月九日、顕如光佐は石山を退去して紀伊《きい》の鷺森御坊《さぎのもりごぼう》に移動した。ところが嫡子の教如光寿《きょうにょこうじゅ》はそのまま石山に残り、信長に対して徹底交戦を主張した。

七月二日、池田恒興は摂津の花隈城を陥落させた。城将の大河原具雅は自刃。荒木元清は乱戦の最中、家臣を捨てて脱出した。

これで摂津に味方はなくなり、八月二日、教如光寿は父親の許に落ちていった。

漸く大要塞と化した石山を得られると思いきや、教如光寿が立ち去るにあたり、松明《たいまつ》の火に強風が吹きかけ、数多《あまた》あった伽藍《がらん》は一宇《いちう》も残さず灰燼《かいじん》に帰した。火は三日三晩燃え続け、黒煙が大坂の空を真っ黒に染めた。

のちの展開を考えて、石山を無傷のまま受け取るために、総懸かりを避けて、天皇まで担ぎ出して建物を開け渡させたのだ。炎上の報せを聞いて信長は激怒した。

佐久間信盛は石山本願寺攻めの総大将であった。石山炎上が引き金となったのか、信長は突如、佐久間親子に折檻状《せっかんじょう》を突き付け、紀伊の高野山《こうやさん》に追放した。

追放の理由は一条の本願寺攻めで傍観していたことから始まり、朝倉攻めの時に反論したことなど十九ヵ条の長文によって記されている。

ただ、本願寺を遠巻きにしていたのは信長の命令であり、他の武将が任されたとしても、結果はそう変わりはなかったはず。それほど一向衆は精強であり、多数の家臣が討死した。事実、信長は天皇の叡慮《えいりょ》を得たので、漸く石山の地を得たのである。さらに、三方原で戦うなと命じたのは信長自身である。加えて、信長に対して三十年以上の忠節を尽くしたことがどれほど困難なことか。林秀貞や柴田勝家などは信長の弟・信勝を押し立てて敵対している。先行き不安な時に見捨てなかったことが、どれほど有り難いことか。書の文言ではないが、一々挙げていればきりがない。

報せを聞いた賦秀を始め、織田家に衝撃が走った。

三十年、粉骨砕身仕えた結果、身ぐるみ剝がされて追い出される佐久間信盛の心中たるや、察して余りある。さらに信長は、高野山に住むことも許さぬと通達し、間もなく信盛は熊野《くまの》の奥に移らねばならなかった。

加えて、林秀貞、安藤守就、丹羽氏勝も追放された。

「今まで忠節を尽くしてきた者を、かくも憎み、犬猫のごとく捨てられまするか」

尊敬し畏怖する信長の下知ながら、賦秀は素直に受け入れられはしなかった。

「上様は恨みを捨てぬ。そちも婿の地位に胡坐《あぐら》をかかぬことじゃ」

このところ病弱になった賢秀が言う。

「元より左様なつもりはありませぬ。既に一人の婿は腹斬らされておりますゆえ」

「左様なことは口外致すな。どこで漏れるやもしれぬ。それにしても、佐久間殿も不運よな。なにもしなければ排除されるか。高禄を得ていたゆえの悲劇よな」

賢秀の言葉に賦秀は頷いた。

十一月下旬、沈んだ空気は産声が掻き消した。冬姫が子を産んだ。

「男子を産めず、申し訳ございませぬ」

女性の大事な一仕事を終えた冬姫であるが、気落ちしていた。

「なにを申しておる。健やかな稚ではないか。これはそなたに似て美しい姫になるぞ。よき衣をたくさん用意せねばなるまいの。雛《ひな》人形も数多《あまた》並べねば可哀想じゃの。他にも欲しいものはなんでも買うてやらねばならぬ。儂ももっと働かねばの」

賦秀は寝息をたてる愛娘を眺め、満面の笑みを向けながら言うと、冬姫も微笑んだ。

長女は籍《せき》と名付けられた。乱世ゆえ男子の誕生を望んだのは事実であるが、初めての子であるせいか、我が子がこれほど愛しいとは思わなかった。

（にも拘らず、上様は娘の幸せを踏み躙《にじ》るとは。儂とはやはり違うのかの）

目に入れても痛くない長女を眺め、賦秀は考えさせられた。

天正九年（一五八一）九月三日、信長は北畠信雄《のぶかつ》（信意から改名）を大将にして、伊賀攻めを行った。二年前、勝手に攻めて失敗したことの再挑戦と、伊賀国人衆への報復である。

伊賀の北・近江の甲賀《こうか》口からは、甲賀衆、滝川一益、蒲生賦秀、惟住長秀、京極高《きょうごくたか》次《つぐ》、多賀常則《たがつねのり》、山崎秀家《やまざきひでいえ》、阿閉貞征《あつじさだゆき》、同貞大《さだひろ》、北畠信雄。

伊賀の北西・近江の信楽《しがらき》口からは、堀秀政《ほりひでまさ》、永田景弘《ながたかげひろ》、進藤賢盛《しんどうかたもり》、池田景雄《いけだかげかつ》、山岡《やまおか》景隆《かげたか》、同景佐《かげすけ》、青地元珍《あおじもとよし》、不破直光《ふわなおみつ》、丸岡民部少輔《まるおかみんぶのしょう》、青木玄蕃允《あおきげんばのじょう》、多羅尾光太《たらおみつもと》。

伊賀の北東・伊勢の加太《かぶと》口からは、滝川雄利《たきがわかつとし》、伊勢衆、長野信包《ながののぶかね》。

伊賀の西・大和《やまと》口からは、筒井順慶《つついじゅんけい》、大和衆。

織田軍の軍勢は『伊勢國司記略《いせこくしきりゃく》』によれば四万四千の大軍であった。一方、これに対抗できる伊賀の兵数は老若男女を入れて九千ほど。他の者たちは南方に逃亡した。

織田の大軍勢を前に、甲賀と信楽にほど近い福地《ふくち》城の福地伊予守《いよのかみ》や川合《かわい》の領主・田《た》矢掃部介《やかもんのすけ》が投降して許されている。

伊勢亀山《かめやま》の旧城主・関盛信《せきもりのぶ》は馬上、勇んだ。

「こたびは活躍をして上様に認めてもらう」

九月六日、信楽口と甲賀口の軍兵が一つとなり、壬生野《みぶの》城、佐那具《さなぐ》城、峯嵐《みねあらし》砦に向かって出立した。北畠信雄は御台河原に陣を据え、滝川一益、惟住長秀、堀秀政、近江、若狭衆らに命じて、各城を包囲させた。

賦秀らが向かったのは峯嵐（峯颪《みねおろし》とも）砦である。同砦は標高約三百五十メートルの山頂に築かれ、土塁を巡らせてはいるが、館の域を出ていない。

「伊賀者は異術に長けておる。油断するでない」

賦秀は注意をしながら下知を出し、自ら十文字鑓を握って山を駆け登る。勇んで砦に乱入するとそこは蛻《もぬけ》の殻《から》だった。

「どうやら、敵は逃亡したようにございます」

町野繁仍が告げると、賦秀は落胆しながら砦を出た。その時であった。

茂みから矢が放たれ、賦秀は辛うじて躱《かわ》した。その途端に影が飛びかかってくる。皆、黒い忍び装束に身を包み、布を顔に巻き、目だけを出した者たちである。

「おのれ！」

賦秀は十文字鑓を振るうが空を切るばかり。そこで、攻撃を止めて誘い込むと、敵は斬りかかってくるので、一歩引いて下から撥ね上げると、漸く仕留めることができた。

「敵を追うな。他の者は背後に廻れ」

家臣たちは下知に従い、二、三人で敵を挟み、仕留めていった。ほどなく敵は逃亡する。

「砦は使えぬように焼き払え」

賦秀は北畠信雄に命じられたとおり、周囲に火を放った。その後、賦秀ら蒲生勢は五町（約五百四十五メートル）ほど東の山に建つ浜瀬氏《はませうじ》砦や、山の北麓の千歳司館《せんざいつかさやかた》を攻撃し、猛火に包んだ。圧倒的に優位ではあるが、伊賀者の奇襲に遭い、蒲生勢にもかなりの死傷者が出ていた。

千歳周辺を制圧した賦秀は滝川一益と合流して、十日、佐那具城に攻めかかった。途端に同城から伊賀勢が出撃してきたので、滝川一益、堀秀政は迎え撃ち、屈強な武士を十数騎討ち取った。後詰の賦秀は一益が討ちもらした敵を斬り捨てた。

十一日、佐那具に籠る城兵は夜陰に乗じて逃亡したので、北畠信雄は何なく入城した。信雄は同城を拠点とし、織田の諸勢を手分けして各地の平定を命じた。

阿加《あか》郡を北畠信雄。山田《やまだ》郡を長野信包。

名張《なばり》郡を惟住長秀、筒井順慶、蒲生賦秀、多賀常則、京極高次、若狭衆。

阿閉《あや》郡を滝川一益、堀秀政、永田景弘、阿閉貞征、不破直光、山岡景隆、甲賀衆ら。

二年前、小国の山岳地に住む伊賀勢は、地形を生かした奇襲戦で北畠信雄を攪乱《かくらん》し、這々《ほうほう》の体《てい》で敗走させたが、このたび織田軍は四方から本腰を入れて攻めてきたこともあり、また当初に裏切り者などが出たこともあったので、思うような反撃ができなかった。加えて、戦端が開いたのちの降伏は認めぬ。老若男女を問わず、伊賀の領民は撫で斬りとし、国は焦土にしろというのが信長の厳命なので、織田勢は想像を絶する殺戮《さつりく》を敢行した。

「山の洞穴、井戸に隠れている者もいるゆえ引きずり出して討ち取れ」

賦秀は命じられたことを下知しなければならなかった。そこで、蒲生勢は他の武将と同じように、寺社仏閣の中に逃れたことを知れば、建物ごと火をかけ灰燼に帰すなど、徹底した焦土戦を行い、敵を殲滅《せんめつ》させた。開戦前に国に残った者は皆無に等しく、一時、伊賀の国に生あるものは織田の兵と烏《からす》のみと噂されるほどであった。

中には国境を越えて大和に逃れた者たちがいたが、筒井順慶は山間に分け入り、虱《しらみ》潰《つぶ》しに探し出して名のある侍を七十五人を討ち、その他は捨て斬りにしている。

九月末には平定はほぼ終わった。伊賀四郡のうち三郡は北畠信雄に、一郡は長野信包に与えられた。信長に逆らった者の顚末《てんまつ》を改めて世間に示した結果であった。

（殺し合いに正々堂々もなかろうが、互いの武功をかけた対等な戦をしたいの）

侘びしさのみが残る伊賀攻めであった。

十月十日、信長が伊賀の一宮《いちのみや》に到着し、十二日、信忠ともども、北畠信雄や筒井順慶、惟住長秀らの陣所を廻り、翌十三日、安土へ帰城した。

十七日、賦秀ら諸将も帰途に就く。関盛信の復領は認められなかった。

この年、賦秀と冬姫の間には次女も誕生していた。早く嫡男を望む賦秀だ。

四

天正十年（一五八二）が明けると、神戸信孝らの調略を受けた信濃《しなの》の木曾義昌《きそよしまさ》が武田家を見限り、織田家に内応した。

報せを受けた信長は、嫡子の信忠を大将にして武田討伐を命じた。

二月三日、信忠の先陣として森長可《もりながよし》、団忠正《だんただまさ》、河尻秀隆《かわじりひでたか》、津田信房《つだのぶふさ》らが出発。十二日には信忠も滝川一益らを率いて岐阜を出発した。他にも飛騨《ひだ》からは金森長近《かなもりながちか》、駿河からは徳川家康、相模《さがみ》からは北条氏政《ほうじょううじまさ》が武田攻めに参じることになっている。

織田軍は連戦連勝。武田軍は緒戦で敗れると、あとは戦わず逃亡し、あるいは降伏して織田軍に参じたので、信忠軍は豆腐《とうふ》を箸《はし》で貫くがごとく武田領を制圧した。

賦秀は信長に従って三月五日、安土を出立し、十一日、東美濃の岩村《いわむら》に達した。

この日、武田家の陣代として当主を務めた武田勝頼は、家臣の裏切りと離脱で甲斐の田野《たの》に追い詰められ、滝川一益家臣の伊藤永光《いとうながみつ》に討ち取られた。

翌日、報せは信長の許に届けられ、賦秀もほどなく耳にした。

「あの武田が滅びるとはのう。世の中、なにがあるか判りませぬな」

賦秀は一緒にいたかつての武の師である齋藤利三《さいとうとしみつ》に話し掛ける。利三は過ぐる天正五年（一五七七）の暮れに稲葉一鉄《いなばいってつ》の許を出奔し、以来、惟任光秀《これとうみつひで》に仕えていた。

「坂を登るはなかなか進めぬが、転がり落ちるは早いものと申すゆえの」

利三は感慨深げにこぼした。

武田信玄存命時、信長は徹底して直接対決は避けた。戦国最強と近隣諸国から恐れられた武田軍が西上した時には驚愕したものだ。三方原合戦で敗北した徳川家康は馬上、脱糞しながら命からがら逃げたほどである。武田家滅亡は信玄死去から僅か九年目であった。

物見遊山のような足どりで進む信長は三月十四日、信濃の浪合《なみあい》に到着した。そこで、信忠の家臣・関加平次《せきかへいじ》、赤座助六郎《あかざすけろくろう》が届けた武田勝頼親子の首級と対面した。

（勝頼とは、かような顔をしていたのか）

色白で鼻筋がとおり、目は切れ長で頬は脹よか。諏方《すわ》と武田源氏の血を引くだけあって端整な顔をしている。賦秀は信長の斜め後ろから武田勝頼の首級を目にした。

と同時に、間違っても敵の手に己の首級を渡さぬということを胆に銘じた。

信長の方は、まさか、自分抜きで武田家が滅亡するとは思ってなかったようで、珍しく戸惑った表情を見せた。やはり最期の止めは己がと考えていたのかもしれない。

「勝頼の首は信濃の飯田《いいだ》に晒せ。それと、武田旧臣は全て撫で斬りに致せ」

信長は冷めた口調で、厳しい下知を矢部家定《やべいえさだ》に命じた。

（武田が滅ぶ前は内応、降伏を認めたが、もはやその必要はないか。また撫で斬りか。日本《ひのもと》が平定されるまで、かようなことが続くのであろうかの）

甲斐《かい》、信濃で再び多く虐殺が行われる。賦秀は聞きながら溜息を吐くばかりだ。

信長の命令を受け、甲斐、信濃では武田家の残党狩りが行われ、各地では夥《おびただ》しい血が流された。もはや戦国最強の武田兵の影は見ることもできなかった。

十九日、信長は諏訪の法華寺《ほっけじ》（法花寺とも）に入り、各方面の備えを指示した。また、徳川家康が挨拶をしにきたので酒宴が開かれた。その席で惟任光秀がぽつりともらした。

「某も年来、骨身を惜しまず働いてきたかいがござった」

これを聞いた信長は血相を変えて首座を立ち上がり、惟任光秀の前に走り寄った。

「金柑！　その方が、どこで骨を折ったのじゃ！　申してみい！」

憤怒《ふんど》の形相となった信長は、惟任光秀の襟首《えりくび》を摑むや縁側に引き摺り出し、さんざん欄干《らんかん》に叩きつけ、顔を摺りつけた。すぐに光秀の顔は朱に染まった。

（なにも、そこまでせずとも。佐久間殿を追放した時、あれほど褒めたはず）

賦秀は惟任光秀を見て不憫《ふびん》に思う。ただ、信長の逆鱗《げきりん》を恐れ、誰も止めなかった。

信長と一緒に諏訪の法華寺に在している賦秀は懐《なつ》かしい名を耳にした。蒲生家の旧主である六角義治《ろっかくよしはる》が甲斐の恵林寺《えりんじ》に匿《かくま》われているとのこと。

すぐに信長は引き渡しを命じた。

（散々上様に楯突いたゆえ仕方あるまい。近江の千草《ちぐさ》では善住坊《ぜんじゅうぼう》に狙撃させたの）

賦秀は父の賢秀ほど六角家には思い入れはないので、苦しむようなことはなかった。

ところが、別の事態が発生した。

恵林寺の住職は正親町天皇から、大通智勝国師《だいつうちしょうこくし》の国師号を賜った快川紹喜《かいせんじょうき》である。快川国師は美濃・土岐《とき》氏の出身で、信長を挟撃するため、齋藤龍興《さいとうたつおき》と信玄の同盟を結ばせたこともある。そんなことで信長の命令を無視し、密かに六角義治を逃がして、知らぬ顔をした。

「左様な輩《やから》は焼き殺せ」

激怒した信長は、信忠に恐ろしい厳命を出した。

信長の命令を拒む者など織田家にはいない。信忠は津田元嘉《つだもとよし》らの奉行に命じて、恵林寺の中にいる者を一人残さず山門の楼上《ろうじょう》に押し上げ、藁を積んで火をかけた。途端に火は猛火となって山門を包み込む。周囲は鉄砲足軽が取り囲んでおり逃れることはできない。中の者たちは灼熱地獄の中で悶え苦しみ、絶叫と悲鳴が谺《こだま》した。

紅蓮の炎に包まれる中で、快川国師は一人落ち着いた顔で瞑想《めいそう》していた。

「安禅《あんぜん》は必ずしも、山水《さんすい》をもちいず。心頭《しんとう》を滅却《めっきゃく》すれば、火もまた自《おのず》から涼《すず》し」

という有名な偈《げ》を残して従容と酷炎《こくえん》に包まれた。長老だけでも十一人、老若上下を合わせれば百五十余もの人が焼き殺されたという。すぐに報せは法華寺に届けられた。

「これで甲斐も良き国となろう」

信長は焼き畑でも終了した報せを聞いたかのように、静かな口調で告げた。

（上様にとって、背く者は虫けら以下の存在でしかないのか。遠からず日本《ひのもと》を一つになされ、将軍にでも就任なされるお方ゆえ、今少し恩情を持って戴けぬであろうか）

賦秀は先行きを危惧する。戦略、戦術、国造りなどなど……合理的な発想は敬服《けいふく》するが、敵を一人たりとも残さず抹殺する考え方だけは同意できなかった。

その後、信長は甲斐に入り、四月十日、甲府を発つと駿河を経由して帰途に就いた。安土に凱旋したのは同月二十一日。賦秀も漸く草鞋《わらじ》の紐《ひも》を緩められた。

嫌悪ばかりを噛み締めた武田討伐であるが、唯一、心の和みは日本一の富士山を信濃、甲斐側と駿河側から見ることができたこと。頭を白く染めた雄大な山は美しいの一語。古《いにしえ》より信仰の対象になっているのも判る気がした。

「忠三郎、じき、そちにも良き戦い場所を与えるゆえの。楽しみにしておれ」

安土に帰城した信長は、賦秀に笑みを向けて告げた。

「有り難き仕合わせに存じ奉ります。何処なりとも先陣仕る所存でございます」

恭しく賦秀は平伏し、下城した。帰国を許されたので日野の中野城に帰城した。

この頃、賢秀は安土の留守居をしていた。身内だけになると皮肉を口にするが、基本的には実直で温厚、さらに義理堅い。留守居を命じるにはもってこいの武将である。

帰城した賦秀は二人の幼い姫を腕に抱き、満面の笑みを向けながら酒を口にした。

「上様から良き戦場を与えると言われた。何処か判らぬが、また出陣せねばならぬ」

それまでは一緒にいられると、賦秀は交互に姫を眺めている。

「遠き地でございますか」

冬姫は心配気に言う。賦秀から信長のことを聞かされているので憂えている。

「羽柴殿は中国の毛利。滝川殿は関東。残っておるは四国、九州、奥羽。遠いのう」

「義父上《おちちうえ》様のように安土に務められませぬのか」

「それでは儂の禄が増えぬ。それと父上は病弱ゆえ安土におるが、健やかな儂が安土にいられる訳がない。安堵致せ、儂は敵の矢玉では死なぬ。上様が選んだ男じゃ」

安心させるように賦秀は言うが、実際、働き場所を与えられるとすればかなり遠国であることは覚悟している。また、織田家で信長の命令を拒むことは許されない。さらに声がかかるうちが花でもある。佐久間信盛や林貞秀ら見捨てられた者の末路は哀れに尽きた。

賦秀は陣触れがあるまで、妻子の愛に浸ることにした。

蒲生預かりの関盛信は神戸信孝麾下に編成されたので、賦秀として気が楽になった。

信長抜きで武田家を滅ぼしたことは敵味方を問わず朝廷にも大きな衝撃だった。

五月四日、上臈局《じょうろうのつぼね》、大御乳人《おおちのめのと》、武家と朝廷の橋渡し役を勤める武家伝奏《ぶけでんそう》の勧修寺《かじゅうじ》晴豊《はれとよ》らは安土に下向し、正親町天皇と嫡子である誠仁親王《さねひとしんのう》の御書を手渡した。

書は武田討伐を労ったあとで、「このことは古今比類なきことなので、いか様の官、にも任せられることになりました。今後とも油断なく天下や朝家のために奔走《ほんそう》することが肝要です」と記されていた。

勧修寺晴豊は口答で、「関白、太政大臣《だじょうだいじん》、征夷大将軍《せいいたいしょうぐん》の何れでも望む任につかれますように」と勧めた。いわゆる三職推任《さんしきすいにん》である。

信長は四年前の天正六年（一五七八）四月、右大臣と右近衛大将を辞任している。圧倒的な武力を持つ信長が、無職でいるのが恐ろしいようで、なんとか、自分たちの制度の中に取り込み、庇護をしてもらいたいに違いない。間違っても鉾先が自分たちに向かぬようにしなければならなかった。ところが、信長は勧めに答えず、使者を都に返した。

報せは賦秀の許にも届けられた。

（平家を称している上様が征夷大将軍を勧められたことに満足したのか、あるいは、三職全てよこせと申したら、武家伝奏が嫌悪を示し、これに立腹なされたか、よもや禁裏などいらぬとでも思われたか……）

増長している今の信長ならば、充分に考えられることであった。

ほどなく徳川家康が武田攻めの恩賞で駿河を与えられたことへの挨拶をしに安土に来ることが決まり、惟任光秀が接待役を命じられた。

五月十五日、雨の中、徳川家康、旧武田家の重臣の穴山梅雪斎《あなやまばいせっさい》ら五十数名の一行は安土に到着し、惟任光秀は山海の珍味《ちんみ》を並べて饗応《きょうおう》を行い、信長や家康から褒められている。

ところが、十七日の夜、備中《びっちゅう》の陣から羽柴秀吉の使者が到着し、羽柴軍が二万余の兵で清水宗治《しみずむねはる》が籠る高松《たかまつ》城を水攻めにしていると、敵将の毛利輝元が叔父の両川、吉《きっ》川元春《かわもとはる》・小早川隆景《こばやかわたかかげ》ともども五万の軍勢で出陣してきた。好機なので、野戦で一気に叩き伏せるべく信長に出馬して欲しいという出陣の申し出をした。

使者の口上を聞いた信長は、惟任光秀に接待役を解除し、すぐに羽柴秀吉の援軍に向かうように告げた。

この頃、織田軍は中国に羽柴秀吉、北陸に柴田勝家、関東・奥羽に滝川一益、さらに四国には神戸信孝と、それぞれ方面司令官を立てて敵に当たらせていた。惟任光秀は畿内の方面司令官。今、畿内には敵対する者はいないので後詰が命じられた。

　この時、惟任光秀の応対が悪く、信長に叱責されたという。光秀の態度が収まらず、安土城内の摠見寺《そうけんじ》で能《のう》や猿楽《さるがく》の催しが行われた際、梅若《うめわか》太夫《だゆう》の舞いが不出来だと叱られている。

　その後、徳川家康は穴山梅雪斎らと共に、京、堺、奈良見物をするために安土を出立。五月二十一日、信忠は五百ほどの兵を率い、家康の上洛を護衛して上洛した。

　五月二十九日、信長は僅かな供廻を率いて上洛した。その数はおよそ百五十人ほど。

　安土を出立する前に先駆けて、惟任光秀が在する近江の坂本《さかもと》城に青山《あおやま》与三《よぞう》を使者として差し向け、「惟任日向守に出雲《いずも》、石見《いわみ》の二国を与える」と告げ、さらに「丹波、近江は召し上げるものなり」と伝えさせた。

　報せは安土留守居の賢秀から賦秀に齎《もたら》された。

「まこと上様は日向守殿から丹波、近江を召し上げられるのか。父上は聞き間違いをなされたのではあるまいか」

　賦秀には理解できない。戦の前に敵国を与えることは、発奮させる約束手形なのでよくあること。移封を行うにしても、それは敵地を制圧してからの話。その前に旧領を召し上げることなど聞いた試しがない。

「日向守殿も佐久間殿らのような目に遭うのであろうかの」

　そう思うと不憫でならない。既に惟任光秀は『當代《とうだい》記《き》』によれば六十七歳。かなりの高齢である。その年齢で流浪の身となるなど、考えてもいなかったはずだ。

「妙なことにならねばよいがのう」

賦秀はただただ憂慮《ゆうりょ》する。ただ、人事ではない。信長が中国攻めに信忠ともども参陣するというのに、賦秀に声はかかっていない。

（儂はいかがあいなるのかのう）

同じような目に遭うのかと、急に己の身を心配する賦秀だ。

六月一日、信長は下京の本能寺《ほんのうじ》で大茶会を行い、多くの公家衆で賑《にぎ》わった。他には博多《はかた》の商人である島井宗室《しまいそうしつ》、神屋宗湛《かみやそうたん》とも顔を合わせ、今後のことを話し合っている。

さらにその晩には暦《こよみ》を京暦から尾張暦（三島《みしま》暦）への変更も提言している。

かくして運命の六月二日を迎えることになる。

第八章　青天の霹靂《へきれき》

一

　天正十年（一五八二）六月二日未明、惟任日向守《これとうひゅうがのかみ》光秀は一万三千の兵を率いて都に乱入し、下京の四条にある本能寺《ほんのうじ》に宿泊する信長を自刃させ、続けて二条御新造《にじょうごしんぞう》に入った信忠《のぶただ》も切腹させた。いわゆる本能寺の変である。光秀は午前中には都を制圧し、午後には近江討伐に乗り出した。

　都の喧噪《けんそう》が安土に伝わったのは午前中もかなり早い刻限であったが、殆どの留守居は信用しなかった。ところが刻を経るごとに真実だということが報され、城内は騒然となった。

　そこで留守居の蒲生賢秀《がもうかたひで》は家臣の外池甚五左衛門《とのいけじんござえもん》に命じて鎮静化に努めた。ところが甚五左衛門が裸馬に乗り、城の内外に触れて防衛に尽力することを告げると、逃亡者が続出した。

この時、本丸の留守居は津田源十郎《つだげんじゅうろう》、賀藤兵庫頭《かとうひょうごのかみ》、野々村又右衛門《ののむらまたえもん》、世木弥左衛門《せぎやざえもん》など。二ノ丸の留守居は賢秀、木村高重《きむらたかしげ》、雲林院出羽守《うじゐでわのかみ》、山岡景佐《やまおかかげすけ》などである。

「某《それがし》は兄上の許にまいります。なにかあればすぐに遣いを出しましょう」

一緒に留守居を勤める山岡景佐は賢秀に告げ、兄の景隆《かげたか》が在する勢多《せた》城に向かった。

勢多城の西に位置する膳所《ぜぜ》城主でもあった山岡景佐が、安土城を出たということもあり、安土城内は一層大混乱に陥《おちい》った。尾張や美濃、又は近江の山中に所領のある者は安土を逃亡して帰郷し、城下の町人も知り合いを頼って逃れ、閑散としていた。

「いかがするかの」

賢秀は残る留守居を集め、対応に追われた。何れ寄せ迫るであろう惟任軍に備えねばならないが、巨大な安土城を防備する兵力は万の単位は必要である。ところが、壊乱となっている状態では望むべくもない。賢秀は山岡景佐からの報せを待ちつつ、外《との》池新介《いけしんすけ》（甚助《じんすけ》とも）を中野城に遣わし、本能寺の変の報せを賦秀に届けさせた。

一方の惟任光秀は、未《ひつじ》ノ刻（午後二時頃）には瀬田橋に達した。

勢多の地は京と安土を結ぶ要衝で、瀬田川の東には勢多城がある。城主は山岡景隆で、甲賀《こうか》五十三家の忍びの一族とも呼ばれ、広い情報網を持っていた。なので惟任光秀は味方につけるべく書状を送って誘いをかけた一人でもある。

ところが、勢多に到着すると、日本随一といわれた瀬田橋が炎上して落ちていた。橋は幅四間（約七・二メートル）、長さは百八十間余（約三百二十七メートル）にも及ぶ。

山岡景隆、景佐兄弟は信長が討たれたことを知ると、「信長公の御恩浅からず」と光秀の申し出を断り、橋と城館を焼き落とし、一族郎党を連れて甲賀の山中に逃亡していたのだ。

「おのれ美作守《みまさかのかみ》（景隆）め、世の流れを知らぬ戯《たわ》けが。致し方ない。本日は坂本に帰城致す。秀満《ひでみつ》、早急に橋の修復を致すように」

惟任光秀は眉間に皺を寄せて吐き捨てつつも、あっさり諦めて指示を出した。

瀬田川に橋が架かる辺りの深さは人の胸ほどで、川底は柔らかく、顔が浸かるところも多々ある。おそらく、天下の軍が泥に塗《まみ》れて天下の安土城に入城することを嫌ったのであろう。さらに、大手を振り、威風堂々、橋を渡りたかったのかもしれない。

同じ頃、遅ればせながら、中野城に外池新介が駆け込み、賦秀に変を報せた。

「なんと！」

聞いた瞬間、賦秀は言葉を失った。あれほど恐れられた信長があっさり討たれ、この世にいないというのが信じられなかった。但し、少しして、やはりという思いが込み上がる。敵にしろ味方にしろ徹底的に追い詰める信長は多数の麾下に背かれた。浅井長政、松永久秀、荒木村重、別所長治……そして惟任光秀。

（いつか、かような日が来てもおかしくはなかったか。日本《ひのもと》の統一もそう先ではなかったはず……惜しむべきは今少しの恩情を持っておれば、されどあれが上様の生きざ

まか）

万感の思いが込み上がるが、今は感傷に浸っている暇は賦秀にはなかった。

「すぐに城を固め、領内に触れを出して城に人数と兵糧を集めよ。老若男女は問わず、必ず儂が守るゆえ安堵せよとな」

即座に賦秀は触れさせた。織田家の兵は神速。どれほどの速さで惟任軍が近江に兵を進めてくるか。その前になんとしても中野城の防備を固めておかねばならなかった。

惟任軍が坂本方面に退いたという報せが安土に届けられたのは申《さる》ノ刻（午後四時頃）過ぎのこと。耳にした賢秀は一先ず胸を撫で降ろした。とはいえ、危機であることは変わらず、刻が経つほどに城兵は減る一方だった。

そこで、賢秀は信長の妻子やそれに付き従う侍女たちを日野の中野城に退去させることにして、同城に在する賦秀に迎えに来るように下知を出した。

報せは酉《とり》ノ下刻（午後七時頃）近くには賦秀の許に届けられた。既に城の防備は固めている。城には一千五百の兵のほか、五百の女子供、老人が籠っていた。

「左様か、すぐさま輿《こし》や駕籠《かご》と馬、鞍《くら》を集められるだけ集めよ」

即座に賦秀は家臣たちに命じ、手分けして探させた。

「こののち、いかようなことになるのでしょう」

父と兄を同時に失った冬姫は不安気に言う。

「安堵致せ。儂が責任を持って御台様《みだいさま》らをお迎え致す。そなたの暮らしも変わらぬ」

言ったことは本心だ。決して背信した惟任軍に自領を侵させぬ決意に満ちていた。

日付が変わった頃には、輿や駕籠五十丁、鞍を置いた馬百頭、伝馬二百が揃った。

「儂はこれより安土に向かい、御台様をお迎えするゆえ、あとは任せた」

賦秀は妹婿の小倉行春《おぐらゆきはる》に留守居を任せ、兵三百を率いて中野城を発った。輿担ぎや駕籠持ちの人足、馬は都合三百を率いての移動、加えて途中から雨が降り出したので、思いのほか困難を極めた。それでも三日の卯《う》ノ刻（午前六時頃）には安土城下の腰越《こしごえ》に達した。

「なんたる姿かのう」

雨とはいえ、辺りは一刻近く前から明るいので、普段ならば多くの人で賑《にぎ》わっているはずであるが、まるで夜中の墓場にでも来たように人っ子一人目にできなかった。そのせいか、安土山に聳《そび》える荘厳な五層七階の天主閣が侘《わ》びしく見えた。

ほどなく賦秀は天主閣を仰ぎ見るような五間（約九メートル）幅にも及ぶ大手道の広い石段を登っていく。麓《ふもと》からまっすぐに伸びた石道は、絶対に敵には攻められぬという信長の意思のままに築かれた見事なものであるが、信長がいなくなった途端に裏目になって脆弱さを露呈することになるとは、なんたる皮肉であろうか。

途中の石段には、周囲の寺から強奪するように持ってきた仏石が使用されている。神仏を恐れぬ信長らしいが、仏石を奪われた僧侶たちにすれば、神仏の祟《たた》りだとでも言うかもしれない。階段を登り、西に廻ると信忠屋敷があり、そのさらに西の摠見寺《そうけんじ》に達した。同寺には信長の御神体とされる「盆山《ぼんさん》」という石が安置されている。

（左様な石を置いたゆえ、寿命を縮めたのか。これは上様の墓石であったかの）

そんなことを思いながら二ノ丸を通過して本丸御殿に達した。そこには賢秀がいた。

「ようまいった。待っておったぞ」

「遅くなりました。いつ敵がまいるやもしれませぬゆえ早速」

言うと賢秀は頷き、信長の妻子を輿に乗せ始めた。

「口惜しや、惟任がごとき者にかような名城を奪われるくらいならば、いっそ火をかけては？」

女房衆の中には絢爛豪華《けんらんごうか》な天主閣を仰ぎ見て悔しげに言う者もいる。

「この名城は亡き上様が心血注いで築いた城。我らが火をかけたとあれば、申し訳がない。一旦、惟任が手に渡るも天命。何れ奪い返す日がまいりましょう」

賢秀は優しく諭した。だが、女房衆の不満は消えない。

「されば、せめて上様のお宝をお持ちしてはいかがか」

「火急の大事に盗賊《とうぞく》のような真似はできませぬ。そっくり渡し、惟任がいかな処置をするか見定めようではありませぬか。それよりも、急がれますよう」

賢秀は勧めて次々に移動させた。ところが拒む女性がいた。

「わたくしは、蒲生の世話にはなりませぬ」

頑《かたく》なに拒絶するのは近年、信長の実質的な正室とも呼ばれるお鍋《なべ》ノ方《かた》である。お鍋ノ方は愛知《えち》郡の小倉《おぐら》城（一般的には佐久良《さくら》城）主・小倉実房《さねふさ》の妻であった。実房は若き日の信長が上洛した際、千種《ちぐさ》越えを案内した時から誼《よしみ》を通じており、その後、六角《ろっかく》承禎《じょうてい》が信長と対立した際、承禎に攻められて自刃した。その軍勢には賢秀も参じており、実房とお鍋ノ方の間に生まれた小倉甚五郎《じんごろう》と松寿《しょうじゅ》は一時、中野城に預けられていた。信長が観音寺《かんのんじ》城を攻略したのち、お鍋ノ方は自ら信長の側室になることを申し出た猛女でもあった。

因みに小倉松寿は本能寺の変が勃発した時、都に在していたが病で伏せており、変を聞くや本能寺に駆け付けて討死している。甚五郎は安土にいた。また、賢秀の弟の実隆《さねたか》は小倉家の養子となっており、実房の小倉家とは同族であった。

いくら勧めてもお鍋ノ方が拒むので蒲生親子は諦めて、他の女性を輿に乗せだした。お鍋ノ方は小倉甚五郎と岐阜に向かった。三日後の六月六日、お鍋ノ方は織田家の菩提《ぼだい》寺である崇福寺《そうふくじ》に信長親子の位牌《いはい》を安置している。

輿や駕籠が連々と続き、さらに付き添う侍女たちは馬に乗せられ日野に向かう。疎遠となっていた正室の帰蝶《きちょう》（齋藤道三《さいとうどうさん》の娘・濃《のう》姫）や信長の生母の土田《どた》御前などなど……。ただ、全員が乗り物に乗れる訳はなく、下働きの女性は徒《かち》なので、皆はつま先を朱に染めた。

女性を乗せての移動は牛歩《ぎゅうほ》のように遅い。判っていたことであるが、賦秀は苛立《いらだ》った。漸く最後尾が城を出たのは未ノ刻（午後二時頃）であった。

「されば、あとのことをお願い致す」

賢秀は安土城を木村高重に任せ、賦秀ともども中野城に向かった。

「瀬田川に架けるのが舟橋で構わぬならば一日で事足りましょう。さすれば、そろそろ敵がまいってもおかしくはありませぬ」

「左様のう。とはいえ、女子供ばかりゆえ、これ以上は急がせる訳にもまいるまい」

蒲生親子が危惧していると、案の定、半刻もせぬうちに惟任軍の旗指物が見えた。

「水色に桔梗《ききょう》の紋が見えまする。惟任日向守の兵にございます」

物見が戻り、賦秀に伝えた。

「かくなる上は仕方なし。父上は先頭にでて皆を導いて下され。某は殿軍《しんがり》を務めます」

「判った。されど、決して犬死するでない。いかな手を使っても生き延びよ」

「ご安心召され。某は亡き織田信長公が選びし婿でございます。返り忠が者など、何人押し寄せようとも、皆、追い払ってみせましょう。されば、早う」

胸を叩いて賦秀が豪語すると、賢秀は笑みを作って先頭に向かった。

同行した蒲生勢三百は殆どが賦秀の許に残っている。

「よいか、道は狭いゆえ、敵も二、三列になってしか進めぬ。横から見れば細長く伸びて、我らに矢玉を放ってくれと申しておるわ。臆することはない。されば……」

賦秀は三百の兵を百、百、五十が二つと四つに分け、五十を左右の茂みに配置し、残りを前後二段に備え、絶対に女房衆たちに敵の矢玉が届かぬように配置した。

日野に近づくと水田地帯が広がり、周囲は開けるので、兵数の多さを発揮されてしまう。なんとか山間部で敵を混乱させて、追い返さねばならない。

やがて惟任軍も気づいたようで、馬蹄《ばてい》や甲冑《かっちゅう》の摩擦音が近づいてきた。兵を指揮するのは明智秀満《あけちひでみつ》。秀満は三年前まで三宅弥平次《みやけやへいじ》（光春《みつはる》）と名乗っていたが、荒木村重の嫡子村次に嫁いでいた惟任光秀の養女を後妻に迎えて改名した武将なので光秀の信頼は篤い。

「敵は蒲生。信長の姻戚《いんせき》じゃ、思う存分に討ち取れ」

明智秀満が怒号すると、騎馬武者が数騎、賦秀らに向かって砂塵《さじん》を上げ、これに鉄砲衆が続く。敵は奇襲といえども信長を討った常勝軍。地を駆ける足にも勢いがある。

「まだぞ、存分に引き付けよ。正義は我らにあり。決して臆するでない」

賦秀は配下に下知を飛ばし、敵に備えた。

但し、敵もただの猪武者《いのししむしゃ》ではなく、鉄砲の威力を充分に知り尽した惟任勢、馬鹿《ばか》面《づら》をして突き込んできたりはしない。騎馬武者は一町（約百九メートル）ほど離れたところで止まり、続いて鉄砲衆が到着して、賦秀らに対して筒先を向けた。

「放て！」

ほぼ同時に賦秀と、蒲生勢の指揮官が大音声《だいおんじょう》で号令をかけ、途端に十数発ずつの轟音が響き渡った。射程距離には達しているが、楯があるので殺傷するには至らない。

それでも互いに威嚇《いかく》にはなる。双方共に距離を縮めようとはしなかった。

ただ、惟任勢の方が幾分、玉込めが速い。鉄砲の射術をもって朝倉家に仕えたとされる若き日の惟任光秀だけに、末端の鉄砲足軽まで、よく訓練されていた。お蔭で自分たちの楯に当たる玉数が増え、時には倒されることもある。

「退け！」

先ほどとは打って変わり、賦秀は退却命令を出した。

「敵は退いたぞ、追い討ちをかけよ！」

鉄砲指揮の後ろで明智秀満が怒号する。途端に惟任勢は前進を始める。勢いに乗る兵の足は速く、瞬《また》く間に半町（約五十五メートル）ほども進んだ。刹那、賦秀は足を止めて、大声で叫ぶ。

「放て！」

賦秀の下知と共に、道の東からは池田和泉守《いけだいずみのかみ》が、西からは赤座隼人《あかざはやと》が指揮棒を降り下ろす。瞬時に筒先から火が噴き、また、矢が放たれた。刹那、十数人の敵兵が地に倒れた。

「伏兵ぞ。茂みの中に伏兵がおるぞ。気をつけよ」

突然の攻撃に明智秀満はおののき叫ぶ。惟任勢の足は止まった。

「放て！」

こんどは正面から賦秀が下知すると、引き金が絞られ、渇いた射撃音が轟いた。

惟任勢は三方面から攻撃されて、慌てている。

「自ら蟻地獄に踏み込んだのじゃ。決して、逃さぬ。かかれーっ！」

賦秀は空気を裂くような大声で叫び、岡定俊《おかさだとし》らを正面から惟任勢に突撃させる。家臣だけではなく、自ら十文字鑓を握り、疾駆する。

「亡き上様の弔い合戦じゃ。これは仇討ちぞ。皆の者、励みおろう！」

潰れるような声で闘争心を煽り、賦秀は駆けに駆ける。惟任勢は左右にも気を使わねばならず、正面の賦秀らだけに集中できないようであった。

遂に賦秀は惟任勢に突き入り、十文字鑓で突く、突く、突く。ここ最近にない熱い闘志が激流となり、全身を駆け巡る。お陰で恐怖心などは微塵《みじん》もなく、炎の塊となって戦った。

とはいえ、いくら狭い道での戦闘であっても、敵は蒲生勢の十倍。一旦、踏み止まられてしまえば、自力で押し返されてしまう。

「退け！」

頃合を見て、賦秀は退却させる。蒲生勢は賦秀の手足のように俊敏《しゅんびん》に動く。

「敵は寡勢じゃ。追え！」

すぐに明智秀満は追撃をさせる。ここが采配の見せ所だ。

「放て！」

退きながら賦秀が怒号すると、途端に茂みから筒先が咆哮《ほうこう》する。瞬時に惟任勢が倒れ、狼狽《うろた》えている隙に、正面からまた鉄砲衆が引き金を絞る。警戒して足を止めると、再び賦秀は自ら鑓を持って敵中に乱入して次々に血祭りにあげる。続けてまた退く。

これを六、七度も繰り返すと、明智秀満は嫌悪感を示した。

「我らが当所《あてど》（目的）は愚《おろ》かな土豪と戦うことに非《あら》ず、安土の制圧じゃ。皆、安土に迎え」

本来の目的を思い出したのか、明智秀満は撤退命令を出した。

「愚かは何れじゃ」

激昂した賦秀は追撃を行おうとするが、こちらの目的も無事に信長の妻子を中野城に移動させること。また、見れば、惟任軍は隊列を整えた殿軍を置き、夥《おびただ》しい鉄砲を構えていた。今度、こちらが攻め込めば、間違いなく蜂の巣にされる。

賦秀は茂みと正面から威嚇射撃を行わせながら兵を退いた。賦秀らが帰城した時には、一行が入城したあとだったので安堵した。

但し、本当の戦いはこれからであった。

二

賦秀が帰城すると、前田利長《まえだとしなが》夫婦が尋ねてきた。利長は能登《のと》一国を与えられた前田利家《としいえ》の嫡男で、利長は利家とは別に越前の府中《ふちゅう》で三万三千石を与えられていた。理由は信長の娘の永《えい》姫を正室にしているからだといわれている。冬姫にとっては妹に当たるので、賦秀は快く受け入れた。

前日、ちょうど安土城にいた前田利長夫婦は上洛最中で、本能寺の変を知り、急遽《きゅうきょ》引き返し、永姫を前田家の本領である尾張の荒子《あらこ》に逃れさせようとしたが、途中で家臣たちが逃亡してしまったので安土に戻り、異母姉の冬姫がいる中野城に来た次第だ。

「是非とも、軍勢の端にお加えくだされ。亡き上様の恨み晴らさずにおられません」

「貴殿のようなお方がいれば心強い。さんざんに打ち破りましょうぞ」

今は一兵でも多く欲しいところ。前田利長の申し出に、賦秀は素直に同意した。その後、賦秀は自ら陣頭指揮を取って堀や土塁の修築を急がせた。

賦秀に排除された明智秀満はすぐに安土城に行くと、木村高重が寡勢で城を守っていた。降伏勧告を行うが、高重が拒否したので戦いとなった。戦闘は半刻と持たず、高重は城の西の百々橋《どどばし》辺りで討死した。これにより、美麗な安土城はほぼ無傷で惟任勢の手に渡った。

六月四日になると、惟任光秀の誘降勧告を受けて、近江の山崎《やまざき》城主の山崎秀家《ひでいえ》、北《きた》津田《つだ》城主の京極高次《きょうごくたかつぐ》、若狭《わかさ》の石山《いしやま》城主の武田元明《たけだもとあき》が応じた。

また、光秀の寄騎で大和の郡山《こおりやま》城主の筒井順慶《つついじゅんけい》は、奈良《なら》の辺りに兵を布陣させ、麾下の井戸良弘《いどよしひろ》を光秀の許に派遣した。順慶の嗣子《しし》の定次《さだつぐ》は光秀の娘（養女とも）・秀《ひで》子《こ》を信長の養女として娶《めと》っていた。

安土の近くでは長浜《ながはま》城主の羽柴秀吉《はしばひでよし》や佐和山《さわやま》城主の惟住長秀《これずみながひで》などの有力な大名は他国に出陣しており、留守居役がいるばかり。そこで、山崎秀家は惟任光秀の命令を受け、佐和山城に向かった。城はのちに石田三成《いしだみつなり》が普請し直した佐和山城ほど堅固ではなく、大敵が迫るとの噂が広まり、城に残る者は殆どが逃亡。秀家は拾うような形で同城を手にした。

この段階で公然と惟任光秀に敵対するのは中野城の蒲生家ぐらいとなったので、光秀と昵懇《じっこん》の関係にある吉田《よしだ》神社の神主で公家の吉田兼和《かねわ》（のちの兼見《かねみ》）は日記に「江州ことごとく日向守に属す」と記している。

六月五日、惟任光秀は安土城に入城し、齋藤利三《さいとうとしみつ》に命じて長浜城に進んで空になった城を手に入れ、さらに羽柴秀吉の妻子などの残党狩りを行わせた。

この時、他の織田家の家臣たちの動向はいかに——。

越中に在陣する柴田勝家《しばたかついえ》、前田利家、佐々成政《さっさなりまさ》らは上杉家臣の山本寺景長《さんぼんじかげなが》、吉江宗信《よしえむねのぶ》らが籠る魚津《うおづ》城を謀《はかりごと》によって攻略し、続いて須田満親《すだみつちか》が在する近くの松倉《まつくら》城に兵を向けていた時に本能寺の変を知り、それぞれの居城に帰国したところであった。

惟任光秀の娘婿である長岡忠興《ながおかただおき》は、備中に出陣するために丹後《たんご》の宮津《みやづ》城を出立したが、途中で事変を知って即座に帰城。父の藤孝《ふじたか》と共には剃髪《ていはつ》をして藤孝は幽齋《ゆうさい》、忠興は三齋《さんさい》と号し亡き主君の喪《も》に服《ふく》すことにした。

長岡親子は惟任光秀の組下大名であったが、事前に謀叛を知らされなかったこともあり、さらに、主殺しは栄えぬの喩《たと》えに従い、光秀を見限った。

信長次男の北畠信雄《きたばたけのぶかつ》は、居城の伊勢松ヶ島城《いせまつがしま》に在しており、事変を知るや、軍勢を率いて伊賀《いが》を越し、近江の土山《つちやま》に出たところ、同国の土豪が不穏な動きを見せた。

忍びの郷でもある伊賀の国は二度に亘って信長に攻められ、特に前年は焦土と化し、老若男女を問わず、万余の者が殺戮《さつりく》された。同地には織田家に恨みこそあれ、義を立てるような者は皆無。そこで信雄はそれ以上、西には進めなくなった。

信長三男の神戸信孝《かんべのぶたか》は四国攻めをするために堺《さかい》に在し、副将の惟住長秀、津田信澄《つだのぶずみ》は大坂《おおさか》、蜂屋頼隆《はちやよりたか》は住吉《すみよし》にあった。渡海の寸前で本能寺の変を知った信孝は堺から大坂に退き、惟住長秀らと合流したのちに相談し、惟任光秀の実娘を娶っている津田信澄を騙し討ちにした。光秀の意を受けていると勘ぐったためである。

神戸信孝の養父となるはずであった三好康長《みよしやすなが》は、先鋒として阿波《あわ》に渡っていたが、事変を知り、慌てて河内《かわち》へと引き返した。関盛信《せきもりのぶ》は信孝と一緒にいた。

堺遊覧中の徳川家康《とくがわいえやす》は上洛している信長に挨拶に向かう途中で、家康を迎えにきた京の呉服屋《ごふくや》・亀屋栄任《かめやえいにん》によって本能寺の変を知り、即座に伊賀越えをしている最中であった。

遠く上野《こうずけ》の厩橋《まやばし》城にいる滝川一益《たきがわかずます》は事変を知るよしもなかった。

備中《びっちゅう》の高松《たかまつ》城を水攻めにしていた羽柴秀吉は、変を知ると、すぐに毛利家の外交僧・安国寺恵瓊《あんこくじえけい》と和睦交渉を行い、城主の清水宗治《しみずむねはる》に切腹をさせて退却したところだった。


賦秀の中野城では、何度か惟任光秀からの降伏勧告が行われた。

「当家に下れば、蒲生殿には湖東の地を与えると主は申してござる」

「生憎《あいにく》、当家には織田の血を引く者や御恩を受けた者が多々ござっての、返り忠をして主殺しをするような輩《やから》と与する訳にはまいらぬ。いつでも仕寄せてまいられよ」

賢秀も同席する中、賦秀は断固、勧告を拒否した。

「あとで吠《ほ》え面《づら》かくでないぞ」

使者は捨て台詞《ぜりふ》を残して日野城を後にした。

「若いの。かような時は、のらりくらりとどっち付かずで躱《かわ》すものじゃ」

賦秀の返答を聞き、賢秀は口元に笑みを浮かべながら窘《たしな》める。

「既に我らは惟任勢と一戦しております。姑息《こそく》な策が通じましょうか。また、いくら日向守が上様を討ったとしても、他の織田家中の方々が黙っているはずはありませぬゆえ、これに兵を割かねばならず、当城に向けてくる兵の数は高《たか》が知れております」

きっぱりと賦秀は言いきった。人の道を外しかけていた信長ではあるが、賦秀にとっては尊敬する政や戦の師であり、義父である。惟任光秀を許す訳にはいかなかった。

「とはいえ、宿老たちは皆、遠国で敵と戦っておる。万が一、敵が上様落命の事実を知れば和睦など適わず。追い討ちをかけられ、這々《ほうほう》の体《てい》で帰国し、とても日向守と戦などできまい。今、我らが期待できるとすれば、頼り無くとも信雄様しかおるまい」

「信雄様でございますか……」

頼り無く賦秀は溜息を吐くが、気を取り戻して言う。

「大丈夫でございます。城に籠るは精鋭揃いに加え結束しております。腰抜けの荒木摂津守ですら、二年近く籠城しました。なんの我らができぬことがありましょう」

覇気ある目を向け、賦秀は告げる。

「よう申した。そちの闘志は本物じゃ。二十七歳。武将として脂の乗っている時である。儂は病弱ゆえ、こののちは蒲生の家督はそちに譲る。何処なりとも良き方に導くがよい。上様の時代は終わった。老兵は去るのみじゃ」

信長と同じ四十九歳。賢秀は肩の荷が下りたような表情で告げた。

緊急の大事に責任を任されるのは荷が重い。ただ、隠居する気持ちになった者の心を変えるのは難しい。また、信長は十九歳で家督を嗣いでいる。賦秀は素直に応じることにした。

「まだ未熟者ではありますが、謹んで蒲生の家督お受け致します。粉骨砕身励《はげ》む所存ですので、こののちもご助言下さりますよう」

恭《うやうや》しく平伏し、賦秀は家督を継ぐことになった。

火急の時なので、譲渡式と祝宴はささやかなもの。賦秀はやらねばならないことがある。

まずは、土山にいる北畠信雄に使者を送り、惟任光秀の申し出を撥《は》ね付けたことを伝え、近く攻め寄せてくるであろう惟任軍への後詰の依頼。

もう一つは賢秀と連署で紀伊《きい》の鷺森御坊《さぎのもりごぼう》に移動した顕如光佐《けんにょこうさ》に書状を送り、誼を通じること。この機に乗じて一揆でも蜂起されてはたまらないからだ。

惟任家中の者では埒《らち》があかぬと、惟任光秀は六角旧臣で、蒲生家の麾下となっていた多賀貞能《たがさだよし》と布施公保《ふせきみやす》（長政とも）を使者として中野城に差し向けてきた。

布施公保は賦秀の姉を妻にしている親戚でもあった。

「上様は蒲生殿が下られれば近江半国を任せても構わぬと仰せになられておる」

身の振りが早い布施公保は恥も外聞もなく言ってのけた。

「これはしたり。上様は返り忠が者によってお亡くなりになられたはず。なんで領地を差配できようか。親戚の誼で話を聞けば、嘲《あざけ》りも大概になされよ」

賦秀は一笑にすると、布施公保は顔を顰めた。

「されば、どうあっても降らぬと申されるか」

「くどい！　不義を犯した輩に誰が合力しようか。戻って新たな主に申すがよい。もはや、下らぬ話に付き合う暇《ひま》はない。万端、弓矢にてお相手致そう、とな」

賦秀はきっぱりと言いきり、布施公保を城から追い立てた。

「胸が透《す》くもの言いじゃが、戦を早めてしまったようじゃの」

賢秀は心配気に言うが、賦秀の考えは違う。

「一日や二日早まったとて問題はありませぬ。蒲生家は一騎当千《いっきとうせん》の兵《つわもの》ばかりです」
中野城には小倉実隆《おぐらさねたか》・行春《ゆきはる》親子、林蔵人《はやしくらんど》、小倉又次郎《おぐらまたじろう》、外池周防守《とのいけすおうのかみ》、町野備前守《まちのびぜんのかみ》・繁仍《しげより》親子、儀我三河守《ぎがみかわのかみ》、音羽相秀《おとわまさひで》、三木式部丞《みきしきぶのじょう》、小谷越中守《おたにえっちゅうのかみ》、中村右近大夫《なかむらうこんたいふ》、和田《わだ》左近大夫《さこんたいふ》、青地勝兵衛《あおちしょうべえ》などなど……『氏郷記』には名のある武士五十人の名が記載されている。

賦秀は充分に勝機があると踏んでいる。というのも土山に陣を布く北畠信雄から、後詰の件は応じるということが伝えられた。但し、条件がある。

「上様ならびに嫡子の信忠様亡き今、これに続くのは信雄様。そなたにとっては異母弟じゃ。決して籍《せき》を蔑ろにすることはあるまい」

悲しむ冬姫を説得し、賦秀は北畠信雄に長女の籍を人質に出すことで援軍を受ける約束を取り付けた。但し、この時、信長の死を知った伊賀の国人衆が領国に戻り蜂起していたので、信雄はこれを制圧しに引き返さねばならず、すぐに兵を出せる状況にはなかった。さらに、四国攻めの神戸信孝に援軍も送っていたので、厳しい対応を迫られていた。

賦秀に追い返された布施公保は安土城に戻り、蒲生家からの挑戦を惟任光秀に報せた。

「中野城は生壁《なまかべ》ゆえ破り易うございます。仕寄せれば簡単に落ちましょう」
布施公保は助言もして、中野城攻めの陣に加わることを申し出た。

惟任光秀は許したが、先陣は明智秀満に下知し、中野城に向かわせた。

「申し上げます。惟任勢、当城より一里ほど北に陣を布いております。その数三千」

家臣が慌ただしく主殿に駆け込み、報告する。

「三千とは少ないではないか。城の外に屍《しかばね》の山を築いてくれよう。腕が鳴るの、皆に持ち場を固めさせよ」

気勢を吐いた賦秀は、家臣たちに指定した場所を堅く守らせた。これが六日のこと。

翌七日になっても、明智秀満は中野城への攻撃をしてこなかった。

「こちらから打って出て、様子を見てはいかがにございましょう」

岡定俊ら主戦派の武将は主張するが、賦秀は許さなかった。

「城攻めは籠城兵の三倍をもって同等とし、五倍をもって漸く有利とすれば、寄手の兵数は少なかろう。されど野戦になれば倍する敵は優位。功に逸って城を出るなと厳命致せ」

賦秀は窘めたのち、町野繁仍を呼んだ。

「他に理由があるのやもしれぬ。安土と上方のことを探らせよ」

下知を受けた町野繁仍は、即座に甲賀者の輪之丞に探索させた。

明智秀満は一発の鉄砲玉も放たぬまま六月八日、安土に帰城していった。

「追い討ちをかけまするか」

岡定俊らのみならず、小倉実隆らも好戦的なことを言う。

「敵も充分に備えての退き陣であろう。今、味方の手負いを増やすこともあるまい。この先、必ず大きな戦がある。それまで控えるよう心得よ」

以前ならば、真っ先に城を飛び出していたはずなのに、家督を譲られた途端に慎重になっている自分が妙に腹立たしく感じた。

この日、惟任光秀は石山本願寺跡地に築かれた大坂城で婿の津田信澄が謀殺されたことを知り、明智秀満に安土城代を命じ、佐和山城には荒木氏綱《あらきうじつな》を入れて坂本城に帰城した。

六月九日、惟任光秀は上洛して正親町《おおぎまち》天皇と誠仁《さねひと》親王、都五山《みやこござん》と大徳寺《だいとくじ》、吉田神社などに安土にあった財宝から献金をし、津田信澄の仇を討つために、齋藤利三や藤田《ふじた》行政《ゆきまさ》らを都の南西に位置する山崎《やまざき》の下鳥羽《しもとば》に向かわせた。

同日、賦秀は領内の中野村に建つ常願寺《じょうがんじ》に、翌十日には同じく長命寺《ちょうめいじ》に乱暴狼藉《らんぼうろうぜき》等禁止の禁制を布いている。現存する賦秀最初の書とされている。

十日、惟任光秀は羽柴秀吉が毛利家と和睦し、世に名高い中国大返《ちゅうごくおおがえ》しをして姫路《ひめじ》に入城し、さらに上洛準備をしていることを知って愕然《がくぜん》とした。そこで即座に河内に出陣した。光秀は何度も組下の大名を誘うが、長岡藤孝、筒井順慶は応じず、中川清秀《なかがわきよひで》、高山右近《たかやまうこん》は羽柴秀吉と行動を共にして、まさに孤立無援の状態になっていた。

十一日、惟任光秀は下鳥羽に帰陣し、淀《よど》城の普請を行わせた。

同日、羽柴秀吉は尼崎《あまがさき》に着陣している。

輪之丞が中野城に戻り、惟任軍の情報を賦秀に報せたのはこの日のことであった。

「……左様か、筑前守《ちくぜんのかみ》（秀吉）殿が真っ先に戻ってきたか。あの筑前守殿がのう……」

賦秀にとっても羽柴秀吉の退却の早さは衝撃的だ。なぜ、追撃が行われなかったのかが不思議でならない。元はと言えば、信長の上洛の契機を作った男。なにかキナ臭い気もしないではないが、これも現実として受け止めなければならなかった。

「羽柴殿が上様の仇討ちにやってきました。これに信孝様らも参じられるようですので、惟任日向守の倍にもなる様子。対して日向守に参じる者はおりませぬ。某も上様の婿として羽柴殿の陣に参じとうございます」

賦秀は一応、隠居した賢秀に相談した。

「そちが城を出れば、守りが手薄となり、御台様らを守れるか判らぬ。安土には後詰の兵が残っているであろう。空の城に仕寄せられれば、ひとたまりもないぞ」

「されば、安土に仕寄せてはいかがにございましょう。敵は三千ほど。地侍を集えばかなりの兵を集められましょう。三千の兵では安土を守れませぬ」

「同じじゃ。そちが留守にしている間、仕寄せられれば守りきれぬ。こたびは静観致せ」

「されど、こたびの戦は他の戦と重さが違います。参じなければ後悔致しましょう」

「それでも出陣は適わず。御台様らをお守り致すことが肝要じゃ」

頑固な賢秀が反対するので、賦秀も折れるしかなく、城の防備を固めるばかりだ。

六月十三日、山城の山崎で羽柴秀吉・神戸信孝軍四万一千と惟任光秀軍一万三千が激突して、羽柴軍は惟任軍を鎧袖一触《がいしゅういっしょく》。惟任光秀は一旦、近くの勝龍寺《しょうりゅうじ》城に逃れ、夜陰に乗じて同城を脱出するも、小栗栖《おぐるす》の藪で落ち武者狩りの土民に討たれて呆気無《あっけな》い最期を迎えた。

翌十四日の早朝、山崎の合戦の結果が中野城にも届けられた。

「やはり返り忠が者は誰にも指示されぬか。因果は巡ったのやもしれぬの」

賦秀は賢秀や冬姫、信長正室の帰蝶にも報せ、ささやかな酒宴を開いた。と同時に、羽柴秀吉に対して戦勝祝いの使者を送り、帰蝶らが無事であることを伝えさせた。

同日、明智秀満は安土城を捨てて坂本城に入っている。

十五日、堀秀政《ほりひでまさ》らに攻められて坂本城は炎上。城に籠った者は皆、討死した。

「近く、安土城に戻れますゆえ、今暫くの辛抱をお願い致します」

賦秀は帰蝶らに挨拶をして居間に戻った時であった。

「申し上げます。安土が炎上しております。火をつけたのは信雄様とのこと」

町野繁仍が血相を変えて賦秀に報せた。

「なんと、あのお方はうつけか。偉大な父の遺業を灰燼《かいじん》に帰したのか」

北の方を眺めると、薄っすらと黒煙が立ち上るのが見えた。

（あの見事な城が息子の手によって焼け落ちるとはの。これも因果なのかの）

賦秀は感慨深いものを感じさせられた。

三

六月十六日、羽柴秀吉と神戸信孝は焼け落ちた安土城に到着した。

賦秀は挨拶に向かうために中野城を発った。その最中、安土城から半里（約二キロ）ほど南に位置する桑実寺《くわのみでら》に立ち寄った。同寺には、前日、安土城を焼いた北畠信雄が在していた。賦秀は人質を差し出していることからも、信雄を無視する訳にはいかない。会うと信雄は苛立っていた。

「儂は上洛しようとしたが、伊賀の国人どもが騒いだゆえ、動けなんだのじゃ」

父親の弔《とむら》い合戦という大仕事に参じた仲の悪い異母弟の神戸信孝が安土城にいるからであろう。後ろめたさもあって賦秀に会うなり弁解をする。

「存じております」

「城を焼いたは儂の下知ではないぞ。松明《たいまつ》が風に煽られて燃え移ったのじゃ」

梅雨時に厳しい言い訳であるが、あえて賦秀は追及したりはしない。

「致し方ないことにございます。それはそうと筑前守殿が安土にまいられております。某はこれより挨拶に向かいますので、ご同道願えませぬか」

「儂はいかぬ。筑前守がここにまいるならば会ってもよい」

明らかに神戸信孝に嫉妬している。

「信忠様亡きあと、これに続くは御次男の信雄様。嫌でも労わねばならぬかと存じます」

賦秀は出来の悪い義弟を諭す。

「左様か。されば、伊賀のこと、城が燃えたこと、そちも助言してくれるか」

「畏《かしこ》まりました」

応じた賦秀は北畠信雄を伴い、安土城に向かった。

（あの美しい城は、まことと燃えてしまったのじゃの）

辺りはまだ燻《くすぶ》り、焦《こ》げた匂いが立ちこめている。廃墟と化した城を見渡し、賦秀は溜息を吐く。栄華を極めた城であるだけに落胆は否めない。

秀吉と信孝は焼けた天主閣跡に床几を置き、挨拶に来る者たちに応じていた。主君の仇討ちをしたということで、尊大な態度をしているのは当たり前かもしれなかった。

「こたびの戦勝、御目出度うござる。亡き上様も喜んでおりましょう」

北畠信雄は黙っているので、賦秀が挨拶《かくま》をする。

「おう、忠三郎殿か、貴殿が御台様らを匿《かくま》い、光秀めに屈しなかったゆえ、他の者も悪《あ》しき誘いに乗らなんだ。これは戦に参じると同等の手柄じゃ。さすが上様の婿じゃの」

羽柴秀吉は鷹揚《おうよう》に告げる。既に朝廷から討伐将軍の証として御剣《みつるぎ》を下賜《かし》されているので、日吉《ひよし》大社から飛び出してきた猿のように得意顔であった。秀吉は北畠信雄にも目を向ける。

「信雄様も、領国が大変なおり、ようまいって下された」

寛大なもの言いで秀吉は告げる。

「そうなのじゃ。国の仕置を始めて一年も発っておらぬゆえの、伊賀者どもが……」

秀吉が水を向けると北畠信雄はべらべらとしゃべりだす。これを秀吉は尤もだという顔で聞いている。多分、安土炎上の噂も聞いているであろうが、あえて口にはしない。

（味方は一人でも多い方がいいか。やはりただ者ではないの）

このことに始まる織田家中での勢力争いを優位にするためだと賦秀は感じた。

（とすれば、信孝様にも、なにかの知恵をつけているのかの）

本来、仲の悪い神戸信孝とすれば父親の弔い合戦に参じなかったことを責め、安土城を焼いたことを詰《なじ》るに違いないが、ただ、蔑《さげす》んだ目を向けているばかりだ。おそらく寛容《かんよう》な態度でいれば、跡継ぎは信孝だとでも耳打ちしたのかもしれない。

何れにしても、戦後処理はかなり大変であることは窺えた。

この時、惟任光秀に応じて、下るように賦秀を説得にきた布施公保は三千石の所領を没収され、所領は賦秀に功として与えられた。賦秀はこれを家臣の稲田《いなだ》数馬助《かずまのすけ》に預けた。

また、賢秀は布施公保の不忠を怒り、離縁させて娘を中野に帰城させた。この姫はほどなく関長門守一政《せきながとのかみかずまさ》（永盛《ながもり》）に再婚する。

十八日、信長殺害を勧めたとされる齋藤利三も捕獲され、六条河原《ろくじょうがわら》で車沙汰《くるまざた》（車裂き）の刑に処せられた。

同日、全ての結果を知ったからか、本願寺の坊官、下間頼廉《しもつまらいれん》から賢秀、賦秀親子に対し、誼を通じることに満足していることを伝えてきた。信長謀殺の黒幕説の噂が流れているので、早々に身の潔白を晴らそうとしているのかもしれない。

（それにしても、独り舞台とは、あのようなことを申すのかのう）

俗に言う清洲《きよす》会議を終え、賦秀は感嘆《かんたん》すると同時に危惧もした。

六月二十七日、織田家の行く末を決める評議が尾張の清洲城で行われた。

まず、北畠信雄と神戸信孝は共に織田家の正当な血筋を主張するため、北畠、神戸性を捨てて織田姓に戻している。

主殿の上座には信雄と信孝。少し下がったところに柴田勝家、惟住長秀、向かい側に秀吉、池田勝入《いけだしょうにゅう》（恒興《つねおき》の出家号）、それと発言権はないものの、信長の婿として賦秀も末席に腰を降ろした。

本来、この席には滝川一益がいていいはずであるが、武蔵と上野の境における神流川《かんながわ》の戦いで北条氏直《ほうじょううじなお》軍に敗れ、信濃を経由して敗走している最中であった。

評議の議題は織田家の家督後見人《かとくこうけんにん》と、闕国《けっこく》の分配を決めることである。家督は信忠の忘れ形見である僅か三歳の三法師《さんぼうし》に決まっている。秀吉の家臣、浅野長吉《あさのながよし》は信孝の宿老の岡本良勝《おかもとよしかつ》と齋藤利堯《さいとうとしたか》に宛てて「信孝様と三助（信雄）様の御両人が、御名代を御争いなされたことについて、何れを御名代に立て置くか、宿老どもが清洲にて談合致し（後略）……」と書状に記していることでも明らかである。

その後見人を巡り、信雄と信孝が各々主張し、烏帽子親《えぼしおや》の柴田勝家は弔い合戦にも参じた信孝を推す。話が決まりそうになったところで秀吉が口を開いた。

「何れを立てても争いになりましょうゆえ、ここは御二方を後見役とし、安土における傅役《もりやく》を上様の側近の堀久太郎《ほりきゅうたろう》（秀政）に据え、宿老四人で補佐してはいかがか」

秀吉の主張に一番驚いたのは信孝であった。一緒に弔い合戦をした仲で、双方認め合っていた。おそらく秀吉は後押しするぐらいのことは言っていたに違いない。また、器量も信雄と比べて信孝の方が上。そのことを宣教師のルイス・フロイスも書簡に記している。

信孝と柴田勝家は嫌悪感を示すも、多数決で秀吉の意見が通った。宿老筆頭の勝家も、仇討ちに不参加なので持論をごり押しできず、渋々従わざるをえなかった。

闕国の分配は、信雄が尾張全域。信孝は美濃全域。柴田勝家は近江の北部。秀吉は山城、丹波全域と河内の一部。近江北部は削除。惟住長秀は近江の高島郡と志賀郡。近江の佐和山は削除。池田勝入は摂津の一部。堀秀政は近江の佐和山。高山右近らは増石。

信雄、信孝は別として、弔い合戦に参じられなかった柴田勝家は薄増であった。その後、秀吉は手懐《てなず》けてあった三法師を抱いて現れると、皆は三法師に対して平伏する。ただ、あたかも秀吉に頭を下げているように見えた。

（全て筑前守の筋書きか。このままでは織田家を牛耳《ぎゅうじ》るかもしれぬの）

賦秀が清洲会議で感じたことであるが、的を射ているとも思えた。

会議が終了したのち、賦秀は別室にかつての寄親であった柴田勝家に呼ばれた。

「こたびの評議、そちもずっと目にしていたゆえ、諄《くど》くは申すまい。このまま猿（秀吉）めの横暴を許す訳にはいかぬ。事起こりし時、儂と信孝様に付いてくれるの」

判りやすい真直ぐなもの言いの柴田勝家だ。賦秀としても、こういう言い方は嫌いではないが、些《いささ》か稚拙《ちせつ》な誘いにも感じる。

「お誘いは忝《かたじけ》のうございます。されど、某はこれでも上様の婿。されば信雄様と信孝様、他の宿老方が争わぬようにする役目を命じられたものと心得ております」

迂闊《うかつ》なことを口にする訳にはいかず、賦秀は申し出を煙《けむ》に巻いた。

「三助殿に質を出しておる、そちの胸内は察するが、何れは明確にせねばなるまい。代々織田家に仕えた我が柴田に付くか、草履取りに付くかよくよく思案致すように」

柴田勝家は告げると、賦秀の前を立ち上がった。

（家か、その家も危うくなっておる。柴田殿の思案は少し古いかもしれぬ。自《おの》が地位に胡坐《あぐら》をかき、どれほどの名家が滅んできたことか上様の許で目の当たりにしてきたはず。しかも柴田殿が蔑む草履取りが弔い合戦をやってのけたのじゃ。皆、同じように苦しい立場にあったはず。されど、筑前守はなり振り構わずやってきた。この凄さを判らぬのか）

形《なり》が大きい柴田勝家が、賦秀には小さく見えた。

廊下を歩いていると、秀吉の弟・小一郎長秀《こいちろうながひで》（のちの秀長）に声をかけられた。

「我が兄は蒲生殿の信義を敬服《けいふく》しております。また、柴田殿の寄騎であったことも充分理解しておりますれば、いざという時、中立を保って戴ければ幸い。このちも昵懇にして戴きたいと申しております。信雄様も案じておられました」

温厚な性格の羽柴長秀は誠実な口ぶりで告げるが、ちくちくと脅す。中立というのは味方しろということ、せねば人質の籍の命が危ういと言う。

「昵懇は吝《やぶさ》かではないが、亡き上様の婿は脅しには屈せぬ。筑前守殿にそう申されよ」

自尊心の高い賦秀は突き放すように言う。

（はて、蒲生六万三千余石、何れかに賭けねばならぬ時が来るやもしれぬの）

清洲会議で認識した本当のことであった。

会議ののち、信孝は浅井長政の未亡人にて信長の妹のお市御寮人《いちごりょうにん》を説いて柴田勝家に嫁がせ、盟約を磐石《ばんじゃく》にした。秀吉はお市御寮人に憧れていたので、地団駄《じだんだ》踏んで悔しがり、勝家への憎悪をより深めたという。中野に帰城してからも、双方から誘いの使者はたびたび訪れた。賦秀はそのたびに、中立を保つように返答していた。

北条軍に敗れ、這々の体で伊勢長島に戻った滝川一益は、一歩（坪）の所領も増えず秀吉に申し立てたが、あっさりと却下されると、柴田勝家と誼を通じるようになる。

一方の秀吉は、五畿内はしっかり固め、高山右近、中川清秀、筒井順慶、三好康長のほか、池田《いけだ》教正《のりまさ》、多羅尾《たらお》綱知《つなとも》、野間《のま》康久《やすひさ》ら若江《わかえ》三人衆などから人質を取り、さらに、長谷川《はせがわ》秀一《ひでかず》、山崎秀家、池田《いけだ》景雄《かげかつ》、山岡景隆も麾下に入れ、城を固く守るように指示を出している。明らかに秀吉方が優位であった。

その後も、禄高の低い織田家の家臣にまで両軍の誘いは激しくなっていた。

「こののち、いかようになるのでしょうか」

冬姫は憂えた面持ちを向けて賦秀に問う。

「哀しいことであるが、織田は割れような。乱世ゆえ中立を唱《とな》えておる訳にはまいらぬ。どちらかに付くとすれば籍を抱える信雄様の方になろうな」

これが賦秀の唯一の自尊心であった。羽柴方が有利だからとは言いたくない。情けなくはあるが、人質を取られているので仕方ないというのが勝手な理屈であった。

「されば信孝殿の身はいかに。また、叔母上（お市御寮人）の身は？」

「よもや斬られることはあるまい。早めに鉾を収められれば僅かながらの所領も得られよう。また、御寮人様は女子ゆえ身は安全じゃ。そなたは心配せず、よき子を産んでくれ」

優しく賦秀は言う。この時、冬姫はまた身籠っていた。

両軍の暗闘は増し、緊迫感を深めていった。

四

柴田勝家からの最後の遣いとでも言うか、かつて蒲生家に仕えていた安井孫右衛門《やすいまごえもん》が訪れた。さすがに賦秀としても白を切ることはできなくなってきた。

「柴田殿にはすまぬと思うておる。されど、器量云々は別として三男の信孝様は次男の信雄様に従われるべき。また、三法師様を堀久太郎に預けるはずなのに、約束を違《たが》えて匿っておられる。不義は世を乱す元。宿老の柴田殿が正さぬのも罪でござる」

後ろめたさを感じながら、賦秀は理路整然と正しい秩序を訴えた。

賦秀の言葉を聞いた安井孫右衛門は越前の北ノ庄《きたのしょう》に戻り、涙ながら柴田勝家に伝えた。

「左様か、忠三郎も辛かろうの。そちは元は蒲生の家臣、ゆえあって当家に仕えているに過ぎぬゆえ日野に戻るがよかろう。万が一、こたびの戦で我らが勝利したならば、そちには近江で過分の知行を与えようほどに、安堵して存分に忠三郎のために戦え」

落胆した柴田勝家は告げ、安井孫右衛門を賦秀の元に送り返した。

「柴田殿が、左様なことを申されたか。あのような方こそ真の武人よな」

安井孫右衛門から柴田勝家の言葉を聞かされ、賦秀は乱世の矛盾に苛《さいな》まれた。

もはや後には退けなくなり、賦秀は秀吉に与することを告げた。

途端に秀吉から労いの使者が到着し、近く行動を起こすので準備するようにという命令まで出された。悔しいが、石高から言っても仕方ない。さらに、秀吉は信長五男（一般的には四男）の秀勝《ひでかつ》を養子にしている。養父としての権限を最大限に利用していた。

十二月三日、秀吉は入京した。既に越前は降雪しており、柴田勝家が動けぬことを確認しての出陣である。九日、秀吉は五万の兵を率いて安土新城に信雄を迎え、十一日、佐和山に着陣すると、勝家の甥・勝豊《かつとよ》を城主とする長浜城に兵を向けた。

既に秀吉は柴田勝豊の重臣たちを調略しており、この時、勝豊は健康不良で戦陣に立つこと適わず、勝家からの援軍を得られぬことから、秀吉に降伏した。秀吉は寛大な態度を示し、勝豊は開城後も同城に居続けることができた。

十六日、後の処理を弟の羽柴長秀に任せた秀吉は、美濃《みの》の大垣《おおがき》城に入城した。同城の城主は氏家直通《うじいえなおみち》であるが、こちらも秀吉の調儀をもって信孝を裏切り、誼を通じていた。また、清水《きよみず》城主の稲葉一鉄《いってつ》、曾根城主の稲葉貞通《いなばさだみち》親子は実子を人質として秀吉に差し出して忠誠を誓った。これに倣《なら》い、今尾《いまお》城主の高木貞久《たかぎさだひさ》・貞利《さだとし》ら西美濃衆の殆どと、さらに東美濃の兼山《かねやま》城主・森長可《もりながよし》らも秀吉方に属した。

万端、準備が整った秀吉は、孤立無援となった信孝の岐阜《ぎふ》城を囲んだ。美濃勢と合わせておよそ三万。対して城内に籠る兵は五千にも満たなかった。

家老の岡本良勝ですら、秀吉に内応していたので、とても戦などできはしない。二十日、信孝は三法師を渡し、娘と実母の坂氏を人質として差し出して秀吉に降伏した。

信孝を下した秀吉は満足の体で帰途に就いている。

賦秀も一千五百の兵を率いて参じたが、なにもすることはなかった。

僅か半月で美濃を制した秀吉の手腕には舌を巻くばかりだ。

（戦わずして勝つは孫子《そんし》の兵法。年齢も然《さ》ることながら将の器が違ったの）

帰城して年末を迎えた賦秀は、十二月二十九日、中野城下に楽市楽座《らくいちらくざ》を含む十二ヵ条からなる条規を定め、鉄砲町を築いて鋳造を行わせ、軍事力の向上に努めた。

かくして激動の天正十年は暮れていった。

天正十一年（一五八三）正月、蒲生家に関わるところから再び戦端が開かれた。

伊勢の亀山城は信長死去後、信孝の麾下にされていた関盛信に戻されていた。盛信は賢秀の妹を正室にし、また、跡継ぎに定めた次男の一政も賢秀の長女を妻にした。長男の四郎は過ぐる天正二年の伊勢長島攻めで討死している。二つの婚姻と長年の関係により、蒲生家が秀吉に従っているので盛信も倣い、帰参の挨拶をしに姫路の秀吉の許に向かった。

ところが、三男の勝蔵《かつぞう》の擁立《ようりつ》を謀《はか》る岩間八左衛門《いわまはちざえもん》や同夢庵《むあん》は、関盛信親子の留守を機に滝川一益と結んで亀山城を奪ってしまった。一益は信孝の家老でありながら秀吉に与した岡本良勝の峯《みね》城を攻め落とし、さらに国府《こう》、関《せき》両城をも掌中に収めた。亀山城には家臣の佐治新介《さじしんすけ》を、峯城には甥の滝川益重《ますしげ》を入れて固めている。

　すぐさま報せは中野城の賦秀にも届けられた。賦秀は賢秀に言う。

「よもや亀山が戦の契機になるとはのう。安芸守《あきのかみ》（盛信）殿は迂闊でしたなあ」

「そうじゃが、成り行き上、亀山への先陣、そちに命じられるやもしれぬの」

　賢秀の言葉に賦秀は言葉を飲む。滝川兵が入ったとはいえ、城には関勝蔵を始め、他の関一族もいる。乱世の倣いとはいえ、攻めたくはないのが本音だ。

　一方、姫路で秀吉に挨拶をしていた関盛信親子は、帰る城がなくなって驚愕した。暫し秀吉の許で世話になっていた盛信らは閏一月下旬、中野城を訪れた。

「近く、筑前守殿は出陣なされます。蒲生殿、先陣の端にお加えくだされ」

　関盛信と一政は両手をつき、涙ながらに訴えた。

「心得てござる。存分に働かれよ」

　不憫に思いながら賦秀は気遣う。ただ、自身も真価を問われる時なので奮戦を決意する。

　二月十日、秀吉は出陣し、軍勢を三つに分けて伊勢に兵を進めた。実弟の長秀らは美濃の土岐多羅《ときたら》口から、甥の三好孫七郎《みよしまごしちろう》（のちの秀次《ひでつぐ》）らは近江の君畑越《きみがはたごえ》から、自身は近江の安楽越《あんらくごえ》から伊勢に侵攻した。総勢数万の大軍。蒲生勢は秀吉本隊に従った。

十二日、大軍は亀山城から一里九町（約五キロ）北の峯城を囲んだ。峯城は安楽川と御幣川《おんべ》の合流する丘陵に築かれた平山城で、西を除く三方は急峻な崖で、土塁と空堀に守られていた。

十六日、賦秀らは周辺を焼き払ったのち、城攻めの下知を受けた。

「よいか、蒲生の武威を示す時ぞ、者ども勇め！」

周辺から鉄砲で威嚇射撃がされる中、賦秀は怒号し、蒲生勢は西から攻めかかる。ところが城方からも夥しい鉄砲が放たれ、寄手は簡単に近づけない。他の兵と入れ替えて攻撃をしても結果は同じであった。

秀吉は惟住長秀に同城を任せ、滝川一益が在する桑名《くわな》城に兵を向けた。

「蒲生殿、周辺を焼き払われよ」

下知を受けた賦秀は周辺を焼き払って滝川一益を誘い出そうとするが、一益は誘いに応じず、城門を閉ざして出陣する気配を見せなかった。

「致し方ない。亀山城に兵を向けよう」

力攻めを望んでいないらしく、秀吉はさっさと攻撃目標を変えた。

亀山城は鈴鹿《すずか》川の北側十町（一・一キロ）ほどの丘陵に築かれた丘城で、現在の市街地に見える城址《じょうし》は、のちに築かれたもの。当時は少し西の若山《わかやま》に築かれていたので若山城、又は丹陵《たんりょう》城とも呼ばれ、堅堀と土塁の他、二重三重に柵が構築されていた。

寄手は竹束を前に攻め寄せるが、急峻な傾斜に阻《はば》まれて簡単には登れず、柵に達すると城内からの鉄砲を釣瓶《つるべ》撃《う》ちにされ、排除された。蒲生勢は南の市ケ坂《いちがさか》を登るが結果は同じ。長岡忠興勢は東の虎口を攻めて、かなりの犠牲者を出していた。

「総攻めを致せば、夥しい手負いが出ますな。兵糧攻めがよいかと存じます」

城を見上げながら町野繁仍が告げる。

「筑前守殿は急がれている様子。それはなるまい。我らがなんとかせぬとの」

告げた賦秀は甲斐の武田家が使った手を参考にし、城を崩すことにした。竹束を前に攻め寄せ、鉄砲で威嚇しながら鍵縄を柵にかけて一つずつ丁寧に引き倒し、これを堅堀にかけていく。すると、僅かながらの突破口ができた。

「さすが蒲生殿じゃ。皆もこれに習え」

秀吉は喜び、他の諸将にも下知を出し、皆は同じように城から柵を取り除く。あとはじわじわ攻め寄せ、二ノ丸、三ノ丸を落とし、遂に本丸のみというところになった。

ここまで賦秀の他には長岡忠興、加藤清正《かとうきよまさ》、山内一豊《やまのうちかずとよ》らが奮戦している。

もはや落城は免れない。三月三日、佐治新介は賦秀に降伏を申し出た。秀吉に確認すると許されたので、賦秀は亀山城の本丸を受け取った。佐治新介は残りの城兵を連れて滝川一益の在する桑名城に落ちていった。

「こたびの戦功、蒲生忠三郎が第一、よって亀山城を与える」

祝宴の中、満座の中で賦秀は秀吉に賞賛された。

「恐悦の極みに存じますが、亀山は関殿が居城。なにとぞ関殿に与えられますよう」

賦秀は遠慮した。家督を継いだばかりで飛び地を管理するのは難しい。それよりも関家の反対勢力を排除できたので、旧主に任せる方が得策であり、恩も売れると思ってのこと。

「なんと義を大事にする武将か。ゆえに上様も婿に選ばれたか。されど、亀山は滝川を押さえるためにも重要な地。されば、関安芸守を蒲生家の寄騎と致す。異存はなかろうの」

否とは言わさぬといった目を関盛信に向け、秀吉は告げた。

これにより関盛信は賦秀の寄騎とされた。

その最中、佐久間盛政らの先鋒とした柴田軍が北近江に侵攻した。

「儂は権六めを叩き伏せるゆえ、峯城攻めは蒲生殿にお任せ致す」

三月十一日、秀吉は賦秀の他、自軍の一部と信雄勢を北伊勢に残して、即座に兵を返し、近江の北の木之本《きのもと》辺りまで出陣した。亀山から木之本までおよそ十三里（約五十二キロ）。これを僅か一日で駆け抜けた。中国大返しに続く伊勢大返しである。

その後、羽柴、柴田両軍が余呉《よご》湖の少し北で互いに砦を築いて対峙し始めた。

賦秀は峯城を包囲しながら思案する。

「こたびは兵糧攻めでよかろう。羽柴殿も簡単には動けまい」

賦秀は周囲から鉄砲で威嚇しながら、一方では金掘り人足を集め、地下から城郭を崩す作戦に出た。日にちはかかるが、当主として犠牲を出さぬ配慮をしなければならなかった。

四月の中旬になると、かなり掘り進み、本丸の土居近くまでに達し、城兵を脅かした。この頃、兵糧も底をつき、また援軍も得られない。滝川益重は降伏を申し出た。秀吉が余呉湖の陣に在しているので、賦秀は岐阜城の信孝を牽制する信雄に相談すると許されたのでその旨を滝川益重に伝えた。

四月十七日、滝川益重は開城し、伊勢の長島《ながしま》城に落ちていった。

前日の十六日、美濃と北近江で動きがあった。岐阜城に籠る信孝が、羽柴方の氏家直通の大垣城を攻撃すると、これを知った秀吉はその日のうちに大垣城に入城した。

四月二十日、余呉湖南の賤《しず》ヶ《が》岳《たけ》で佐《さ》久《く》間《ま》盛政《もりまさ》が奇襲をしたという報せを聞いた秀吉は先の伊勢大返しに続く、大垣大返しを敢行。およそ十三里の距離を僅か二刻半（約五時間）で走って陣に戻った。道の整備をし、周囲の農民を動員して兵糧を整えさせた結果だ。

帰陣した秀吉は深入りしすぎた佐久間盛政を賤ヶ岳で叩いた。この時、福島正則《ふくしままさのり》や加藤清正らが賤ヶ岳七本鑓として活躍した。すると、柴田軍に属す前田利家は戦線を離脱し、これを見た柴田軍は総崩れと勘違いして退却を始め、羽柴軍は柴田軍を追った。秀吉は越前の北ノ庄城に追い詰め、四月二十四日、お市御寮人ともども柴田勝家を自刃させた。

報せは信雄と行動を共にする賦秀の許にも届けられた。

「柴田殿が、かように早く敗れるとはのう。戦とは、左様なものやもしれぬの」

かつての寄親に味方しなかった罪悪感を覚えつつも賦秀は乱世の哀れさを感じた。

柴田勝家が敗れて自刃したという報せが岐阜城に届けられると、前日は二百ほどいた兵は四散し、僅か二十七人にまで減っていた。そこで信雄は降伏勧告を行った。もはや抵抗できる術もなく、信孝は応じた。その後、信孝は尾張の内海《うつみ》野間《のま》の大御《おおみ》堂寺《どうじ》内にある安養院《あんよういん》に移されて、五月二日、信雄に迫られて切腹させられた。

（乱世では騙される方が悪いか。いくら織田の後見役になりたいとはいえ……）

逃れられぬ異母弟を謀で自刃に追いやった信雄の性根を賦秀は疑った。

ほどなく滝川一益も降伏し、剃髪して不干《ふかん》と称し、所領没収で命だけは救われた。

これにより、織田家の家督は三法師、後見役は信雄、筆頭の宿老は秀吉ということになった。

「おそらく筑前守殿は、今の地位では満足なされまい」

帰城した賦秀に対し、賢秀が告げる。案の定、人質の要求をしてきた。

「日向《ひなた》（次女）を質にする訳にはいかぬの。ここは於とらに頼もう。儂に任せよ」

賢秀が汚れ役を買って出てくれた。容姿端麗の於とらは賢秀と歳の離れた末妹。まだ二十歳の身空であるが、夫を戦で亡くし実家に戻っていた。

「戦に弱い殿御は嫌ですが、筑前殿は天下に近い方。よろしゅうございます」

真意は違うのかもしれないが、於とらは蒲生家のためを思って快く応じた。

六月、秀吉は日野に立ち寄り、於とらを伴って山崎城に戻っていった。ほどなく於とらは秀吉の側室となる。のちの三条ノ方である。一般的には賦秀の妹とするが、系図の類にはなく、『信楽院伝系図《しんぎょういんでんけいず》』には賢秀の末妹として記されている。

於とらを人質に出したことで籍が信雄から返されたことは喜ばしいことであった。この年、賦秀に嫡男の鶴千代《つるちよ》が生まれた。のちの秀行《ひでゆき》（秀隆《ひでたか》）である。

一つの区切りがついた年であるが、まだ激動はこれからであった。

第九章　従属の合戦

一

　亡き主君・織田信長の遺業を継ぎ、表向きは跡継ぎ候補の信雄《のぶかつ》を立てながら、虎視《こし》眈々《たんたん》と天下を狙う秀吉の前に、思いもかけぬ強敵が現れた。あるいは満を持してと言うべきか、徳川家康である。

　信長の家臣のような同盟者であった家康は、和泉の堺を遊覧していた時、本能寺の変を知った。家康は即座に帰途に就くことを決意し、のちに「神君伊賀越え」という難路を通って帰国した。休息もそこそこに、朋友の仇討ちという名目の天下取りに乗り出すべく、上洛する途中で、山崎の合戦の結果を知った。

　そこで家康は鉾先を甲斐《かい》、信濃《しなの》に向け、織田家の武将が旧領に逃げ帰ったことをいいことに、火事場泥棒さながらに切り取り、甲斐一国と信濃の大半を掌握《しょうあく》した。僅かな期間で五ヵ国の太守に昇り詰めた家康は、小田原《おだわら》の北条《ほうじょう》家と不可侵条約を結び、娘の督《とく》姫を北条氏直《うじなお》に嫁がせて東を固めた。

一方、惟任光秀《これとうみつひで》を討ち、柴田勝家《しばたかついえ》、織田信孝《のぶたか》を滅ぼして旧織田家を簒奪《さんだつ》した秀吉は、畿内の殆どを手中に収めて信長の後継者であることを確実にしている。家康としては、歯痒《はがゆ》くて仕方ない。

もう一人、悔やんでいるのは信雄であった。信雄は異母弟の信孝を自刃させたあとで、漸く秀吉に利用されていることに気づき、次は自分が狙われると、危機感を持つようになった。

これを知った家康は信雄の恐怖感を煽り、和平派の三重臣を始末するよう仕向けた。

天正十二年（一五八四）三月六日、信雄は勧めに応じて岡田重孝《おかだしげたか》、津川義冬《つがわよしふゆ》、浅井長時《あざいながとき》を殺害して家康に報せると同時に、越中《えっちゅう》の佐々成政《さっさなりまさ》や美濃《みの》では兼山《かねやま》城の森長可《もりながよし》、大垣《おおがき》城の池田勝入《いけだしょうにゅう》、岐阜《ぎふ》城の同元助《もとすけ》、近江《おうみ》・佐和山《さわやま》の堀秀政《ほりひでまさ》など織田旧臣に誘いをかけ、さらに伊勢の諸将から人質を取り、秀吉と対決する姿勢を見せた。

報せは寄騎の亀山《かめやま》城主の関一政《せきかずまさ》から届けられた。父の信盛《のぶもり》は隠居して万鉄斎《まんてつさい》と号している。

「よもや、これほど無思慮なお方であったとはのう」

耳にした賦秀は落胆した。秀吉と信雄の器量の違いは今に始まったことではない。また、秀吉が旧主の息子を快《こころよ》く思っていないことは明白。賦秀は信長の娘婿でもあるので充分に把握しており、慎重を期していた。なので信雄と顔を合わせるたびに、それとなく示唆《しさ》もしたが、まったく聞き入れられなかったことになる。

「まこと秀吉殿に勝てると思っているのかのう」

秀吉は前年、従四位下の参議に任じられているので昇殿の資格がある。名実共に天下に手をかけている武将に、信長の息子というだけで兵を集められると思っていることに、賦秀は呆《あき》れるばかり。さらに信雄は再び人質を出すように迫ってもきたのだ。

「こたびは信雄殿を相手に戦をなさるのでございますか」

冬姫は哀しげに言う。賦秀が直接干戈《かんか》を交えた訳ではないが、昨年は信孝を敵にし、また、大丈夫だと豪語したわりにはお市御寮人を自刃に追いやっている。憂えるはずだ。

「その気はなくとも、行き着く先は、左様になるやもしれぬ。これも乱世の倣い。鶴千代や籍らのためにも致し方ない。早う信雄様が改心してくれればいいのだがのう」

返答に窮しながら賦秀は告げると、冬姫は臆することなく言ってのけた。

「子のためとは狡《ずる》い申しよう。亡き上様が選んだ婿の裁量はその程度ですか」

「亡き上様も御台様《みだいさま》の齋藤家を潰しておる。今はその流れが僅かに残るのみ。当主がしっかりせねば淘汰《とうた》されるのがこの乱世。我が蒲生家とて変わらぬ。とは申せ、そなたの頼みでもある。信孝様の二の舞いにはならぬよう尽力は致そう」

「出過ぎたことを申しました。なにとぞよしなにお願い致します」

冬姫は両手をついて懇願する。本当に織田家が絶えることを心配しているようであった。

賦秀は愛しい妻のためにも努力するつもりだが、蒲生家を賭けることとは別である。家臣や領民のためにも、絶対に滅ぼしてはならぬのだ。

さっそく和睦するように遣いを送り、仲介することも伝えたが、「話がしたければ人質を出せ」と門前払いにされた。

（さほどに徳川を頼りにして大丈夫なのか。確かに姉川では朝倉を破ってはいる。徳川の強さは認めるが、今の秀吉殿は十万の兵を集められよう。いくらなんでも敵《かな》うまい）

賦秀は冬姫のことを考え、信雄を危惧した。

信雄が三家老を斬ったことで、秀吉は戦線布告と判断し、麾下に信雄領の伊勢侵攻を命じた。賦秀には信雄の属城である峯《みね》城を攻撃しろという下知が出された。

こうなれば、もはや和睦などとは言っておれない。また、同城は前年、苦心の挙げ句に開城させた堅固な城である。秀吉は昨年の実績を買っての命令であろう。

「敵もそのこと知っていようのう」

当然、普請し直しているはずなので、困難であることは想像できた。

ほどなく中野城には長谷川秀一《はせがわひでかず》、日根野弘就《ひねのひろなり》、堀秀政、滝川《たきがわ》不干《ふかん》（一益《かずます》）らが着陣した。峯城攻めの大将は賦秀。かつての同僚あるいは宿老だった者に下知できるのも乱世所以《ゆえん》だ。

「されば、いざ出陣！」

三月十二日、賦秀は大音声《だいおんじょう》で号令をかけ、威風堂々《いふうどうどう》中野城を出立した。賦秀らは南東に向かう。東海道の鈴鹿峠のほうが通りやすくはあるが、近道でもあり、前年勝利の縁起を担いで安楽越《あんらくごえ》から伊勢に入る。

安楽川沿いに東へ下ると安坂山《あさかやま》の麓《ふもと》で関一政が出迎えた。これで合わせて一万の軍勢になる。一政は同国内の戦ということもあり、家臣を総動員して出陣した。

居城の亀山城には隠居した万鉄斎や葉若藤左衛門尉《はわかふじざえもんのじょう》ら名のある武士は僅かに十三人しか残っていない。これを信雄方の神戸正武《かんべまさたけ》が知り、亀山城に攻めかかったが、万鉄斎らは城下を焼き、煙に紛れて奇襲戦を試みて、寄手を散々に討ち破って城門を閉ざした。神戸勢は攻めあぐねて退いている。ほどなく報せは賦秀にも届けられて、安堵した。

「隠居殿が敵を排除したのじゃ。我らも勝る働きをしようではないか」

賦秀は遠慮せず、それでいて驕《おご》りもせずに諸将の功名心を煽った。

蒲生勢らが峯城近くに着陣したのは夕刻近く。翌日、賦秀は城を包囲させた。

「どうも信雄様は思案が足らぬのか、壊れた箇所を補修したのみでございます」

町野繁仍《まちのしげより》が報告をする。

「間に合わなかったのやもしれぬ」

と答えた賦秀は秀吉の判断の早さが功を奏したと感心した。

一応、武士の倣いとして賦秀は降伏勧告して一日待ったものの、城将の佐久間正勝《さくままさかつ》は拒絶した。城には正勝の他、山口重政《やまぐちしげまさ》、中川雄忠《なかがわかつただ》ら四千の兵が籠っていた。

「されば致し方ないの」

三月十四日、賦秀は総攻撃を命じたところ、城方から打って出てきた。

「城壁の修築未だならず、居ながら敵を拒《ふせ》ぐべきに非《あら》ず」

佐久間正勝は下知し、城方は喊声《かんせい》をあげて出撃してきた。

「これは好機。一人残らず討ち取れ！」

川を隔てて対峙していた賦秀は、本来の闘志に火がつき、真っ先に駿馬を走らせた。鯰尾《なまずお》の兜《かぶと》を冠る主君に負けじと蒲生家臣たちも水飛沫《みずしぶき》を上げて敵に向かう。

号砲が轟き、矢玉が飛び交う中、賦秀は疾駆《しっく》し、誰よりも先に剣戟《けんげき》の音を響かせた。途端に周囲で金属音が重なり、甲冑《かっちゅう》のぶつかり合う音や、喊声、悲鳴が螺旋《らせん》を描く。

佐久間、山口、中川勢も精鋭を揃えていようが寄手は倍。二刻（約四時間）の戦いで劣勢に立つ。

一方、蒲生勢では岡定俊《おかさだとし》が一番首を挙げ、二番は竹村藤次《たけむらとうじ》、その他、上坂左文《こうさかさもん》、坂源三郎《さかげんざぶろう》らも敵の兜首《かぶとくび》をあげ、堀家中では重臣の堀直政《なおまさ》、山岡八郎左衛門《やまおかはちろうざえもん》が敵と鎧を合わせるなど押しに押す。敗色が濃厚となり、佐久間正勝は関甚五兵衛《せきじんごべえ》を殿軍《しんがり》にして退く。正勝らは城に逃れることができたが、甚五兵衛は討死し、配下の三百も皆、戦死した。

その後も寄手は城門を破り、二ノ丸、三ノ丸にまで肉迫したが、日暮れとなったので、賦秀は兵を退かせた。この分では翌日には陥落させられそうだった。

そこへ徳川軍の後詰が、伊勢の峯城から十里（約四十キロ）ほど北東に位置する尾張の津島《つしま》に着陣したという報せが届けられた。

「徳川の兵は神速。夜討ちをかけてくるやもしれぬ。今少し兵を退かせよ」

賦秀は一里（約四キロ）ほど兵を南に退かせると、佐久間正勝らは好機到来と、夜陰に乗じて城を捨て、逃亡してしまった。翌十五日、賦秀は蛻《もぬけ》の殻《から》となった城に入城した。

「当所《あてど》は果たしたゆえ、構わぬな」

自分を納得させた賦秀は即座に秀吉に報せた。

すると、秀吉からはすぐさま羽柴長秀らが攻める松ヶ島《まつがしま》城の陣に合流しろとの命令があった。羽柴長秀、同秀勝《ひでかつ》二万数千の軍勢は君畑越《きみがはたごえ》をして伊勢に兵を進めていた。

賦秀は峯城に滝川不干を残し、同城から八里（約三十二キロ）ほど南東の松ヶ島城に向かった。

松ヶ島城は伊勢湾の入江に築かれた平城で、海水を堀に引き込んだ構造は海城といっても過言ではない。築城は信雄で、中央には信長の息子であることを象徴するかのように、壮大な五層の天守閣が聳えている。滝川雄利《たきがわかつとし》が城将として在し、日置大膳亮《ひおきだいぜんのすけ》や徳川家臣の服部正成《はっとりまさなり》など三千が籠っていた。

「よき城じゃ。仕寄せるのが惜しいの」

城の東から眺めた賦秀は、勿体無《もったいな》いという気がしてならなかった。

同じ日、城を遠巻きにした寄手は周辺を焼き払い、周りに柵《さく》を巡らせた。

「参議殿からは、確実に落とすようにという下知を受けてござる」

羽柴長秀は兄の秀吉が貴人になったことを強調するように言う。

「左様でござるか。されば兵糧攻めでも構わぬのですな」

賦秀が言うと長秀は頷くので、少々落胆した。

翌十六日、それでも筒井順慶の軍勢は先陣を切って城に攻めかかった。山崎の合戦では羽柴、惟任の両軍にもつかずに日和見《ひよりみ》をしたので、忠節を示さねばならぬ重圧でも受けているのかもしれない。ただ、身が重い病にかかっているという。

筒井勢の進撃を受け、城方も打って出て乱戦になった。また、長野から復姓した織田信包《のぶかね》は、城下に乱入して放火している。蒲生勢も兵を進めるが、徳川の伊賀・甲賀衆による鉄砲衆と放ち合って、この日は終了した。

松ヶ島城は陸を抑えても海からの出入りが出来るので、秀吉は九鬼嘉隆《くきよしたか》や田丸直息《たまるなおおき》で編成した水軍で海上を封鎖し、兵糧、武器弾薬の搬入を阻止した。
十七、十八日と日置大膳亮は城から打って出て、筒井の陣を襲撃するなどして覇気を示したが、松ヶ島城から半里（約二キロ）ほど南西に位置する船江《ふなえ》城主の本田親康《ほんだちかやす》が降伏し、松ヶ島城内で人質になっている千勝丸《せんしょうまる》を家臣の高島政勝《たかしままさかつ》が奪還《だっかん》すると、城内は騒然とした。

内応者が出ると、夜陰に乗じて城から逃亡する者が現れた。

「矢玉を放ち、城内に追い返せ」

賦秀は城兵の逃亡を許さず、兵糧を喰い尽させる策を強化した。

十九日、星合下野守《ほしあいしもつけのかみ》の娘・比丘尼慶宝《びくにけいほう》の調停によって城方は開城した。海上封鎖が城兵の闘志を萎えさせたようである。城は羽柴長秀が受け取り、岡本重政《おかもとしげまさ》に預けた。

賦秀は秀吉からの下知で羽柴秀勝らと共に尾張の犬山《いぬやま》城に向かった。というのも、二日前の十七日、森長可と池田勝入が尾張の羽黒《はぐろ》において徳川軍の酒井忠次《さかいただつぐ》、奥平信昌《おくだいらのぶまさ》、榊原康政《さかきばらやすまさ》らに敗れたので、急遽、秀吉も参じるというもの。この時、家康は信雄と共に、信長が美濃攻めの足掛かりとして築いた小牧《こまき》城に在していた。

賦秀が犬山城に入って十日ほどした二十八日、秀吉も同城に到着した。

「蒲生殿、ようまいられた。貴殿は戦で敗れたことがないゆえ心強く思っておるぞ」

池田勝入、森長可をより愚弄するかのように、秀吉は賦秀には鷹揚《おうよう》に告げる。

途端に、周囲にいる武将たちの目が賦秀に集まった。信長の麾下として参陣し、退却する織田軍の中に賦秀の姿もあるが、単体としては局地戦を含め、敗北はなかった。

「痛み入ります」

照れながら賦秀は言うが、そんな目で自分を見ていたのかと、改めて秀吉の眼力に驚いた。ただの人誑《たら》しではなく、分析、判断、気遣いの能力が長けていることを認識した。

何れにしても秀吉直属の三万に加え、伊勢方面に参じた畿内の武将は十万に達した。対して家康・信雄軍は二万五千ほど。家康は秀吉の出陣を知ると、小牧城の周辺に柵を築き、土塁を普請し直すなどして堅固にした。

これを知った秀吉は小牧城から一里半（約六キロ）ほど北の楽田《がくでん》まで進み、同地に砦を築き諸将を配置し、互いに対峙した。俗に言う小牧の戦いであるが、実際の戦闘は先の犬山城攻略と羽黒の戦いを言い、小牧の対峙というのが正しいかもしれない。暫し睨《にら》み合いが続いた。

二

長対峙が続く中、池田勝入らが家康の領国を攪乱《かくらん》する「中入り」を申し出ると秀吉は渋々了承した。

四月六日夜半、池田勝入を先頭にして森長可、堀秀政、大将の三好信吉《みよしのぶよし》（のちの秀次《ひでつぐ》）ら二万の軍勢は三河に向かって南東に進路を取った。

これを知った家康は八日の夜半に小牧城を抜け出し、九日の早朝、長久手周辺で背後から急襲し、池田勝入・元助親子と婿の森長可を討ち取った。羽柴勢は大敗北を喫し、這々《ほうほう》の体《てい》で敗走した。この戦いで羽柴勢は二千五百余人を失ったという。

秀吉の激怒は凄じく、三好信吉を手打ちにしそうな剣幕で、さらに自ら先陣を駆けそうな勢いを周囲がなんとか宥《なだ》めるといった様相であった。

家康の方は深追いをせず、すぐに小牧城に戻り、陣を固めている。

(やはり家康、亡き上様と盟約を結んだだけのことはあるの。強い)

姉川の戦いで倍近い朝倉勢を敗走させたことと言い、賦秀は徳川軍の強さを改めて実感した。

十一日、秀吉は陣を半里ほど南の小松寺山《こまつじやま》に移し、そこで六万二千余の兵を十七隊に分けて小牧城を攻撃しようとするが、家康は迂闊《うかつ》に出陣せず、対峙は続いた。

膠着状態が続く中の四月十七日、中野城からの早馬が賦秀の許に駆け込んだ。

「申し上げます。本日未明、御隠居様、城中で身罷《みまか》られました」

「！」

あまりのことに賦秀は言葉を失った。このところ容態が悪く臥せているとは聞いていたが、まさか五十一歳の若さで病没するとは思わなかった。天正七年に死去した祖父の定秀《さだひで》は七十二歳。蒲生家は長寿だと思っていただけに衝撃である。陰に日向に賦秀を支え、時には叱咤《しった》し、また多数の助言をしてくれた賢秀がもはやこの世にいないというのが信じられない。今このように安心して出陣していられるのも城に父親がいると思えばこそだ。

(親の死に目にも会えぬとは、儂はなんたる親不孝者か。これもなにかの業《ごう》かの)

いい年齢をしてと言われるかもしれないが、大海の海原に一人抛《ほう》り投げられた心境だ。

「なにがあるか判らぬゆえ、暫し喪《も》は伏せるようにと御坊に申せ」

賢秀の弟で僧侶の真阿忍誉《しんあにんよ》がいるので、賦秀は家臣に命じて頼むことにした。

一方、いくら仕掛けても家康は城から釣り出されないので、秀吉は攻撃目標を信雄に定め、信雄配下の城を攻略することに切り替えた。五月三日、秀吉は小牧城包囲勢を残したまま、尾張の加賀野井《かがのい》城（現岐阜県）を攻撃するために移動した。

「こたびの尻払いは蒲生殿に願いたいがいかに」

懇願口調であるが、何度も殿軍を務めたのだから拒むまいと言いたげな秀吉だ。

「御安心めされ。矢玉一発、参議殿の陣には入れ申さぬ」

拒否できないのだから、賦秀は快く応じることにした。

ほどなく移動は始まった。これを見た徳川家の家臣たちは追撃を主張した。

「殿軍は何度も尻払いを務めた信長公の婿の蒲生じゃ。無駄に咬みついて、いらぬ手負いを出すは愚かと申すもの。このままじっと構えておれば我らは敗れることはない」

家康は蒲生家の『対《むか》い鶴』の家紋を見て家臣を止めたという。

木曾《きそ》川を越えた羽柴軍は富田《とんだ》の聖徳寺《しょうとくじ》に陣を構えた。

「さすが蒲生殿じゃ。浜松の狸《たぬき》も臆《おく》して追い討ちもかけられなんだ様子。蒲生殿が背後にいたおかげで安心して兵を進められたぞ」

労《ねぎら》った秀吉は大手への一陣を長岡忠興《ながおかただおき》、蜂須賀家政《はちすかいえまさ》、堀尾吉晴《ほりおよしはる》、一柳直末《ひとつやなぎなおすえ》らに、また、殿軍を勤めた賦秀を二陣として搦手《からめて》に配置、一陣の背後に秀吉の本陣を定めた。

「二陣か。こたびは戦いの場がないやもしれぬな」

「お味方の楽な勝利を思案すれば左様なことになりましょう。痛し痒《かゆ》しですな」

賦秀の言葉に町野繁仍《ながら》が頷いた。

加賀野井城は木曾川と長良川に挟まれた扇状地に築かれた平城で、周囲は湿地という天然の要害であった。城主は加賀井重宗《かがのいしげむね》で、嫡子の秀望《ひでもち》（のちの重望《しげもち》）や伊勢で敗れた神戸正武、千草三郎左衛門《ちぐささぶろうざえもん》、浜田与右衛門《はまだよえもん》、楠十郎《くすじゅうろう》ら二千余人が籠っていた。

四日の払暁《ふつぎょう》、長岡忠興らの一陣は城の外郭を打ち破り、城主の加賀井重宗を討ち取った。城主を失っても、嫡子の秀望が兵を率いて奮戦する。そこで秀吉は柵で囲んで兵糧攻めの構えを見せ、さらに夥《おびただ》しい弓鉄砲で威嚇《いかく》すると、城兵は降伏を申し出た。

ところが秀吉はこれを許さず、信長を真似てか撫で斬りの下知を出した。

「恐れながら、某の遠縁もおりますれば寛大な配慮をして戴けませぬでしょうか」

賦秀は秀吉に懇願をした。千草三郎左衛門は賦秀の母の叔父にあたる人物だ。

「左様なことを申すならば、なにゆえ伊勢の陣で降らなかったのじゃ。もはや下る時期は逸した。蒲生殿、亡き上様は果断であったぞ。失望させぬようにの」

命令違反は許さぬと、秀吉の厳しい言いように、賦秀は渋々応じて帰陣した。

（天下が近くなると、皆、上様のようになるのかの。これも長久手の敗北ゆえか）

死者に鞭打つ気はないが、賦秀は池田勝入らの敗北を恨んだ。

その夜、密かに千草三郎左衛門の使者が賦秀の陣に訪れ、夜襲をかける旨を伝えた。

これに備え、出撃した際、蒲生家の陣に匿《かくま》ってほしいというものであった。

ここは思案のしどころ。苦渋の決断をしなければならぬ状況であった。

「機は逸した。降伏は認められぬ。最期に武威を示されよと叔父御に申せ」

明確に言いきり、賦秀は使者を陣から追い出した。果たして使者が城内に戻ったかは定かではない。千草三郎左衛門は意思が伝わったと思い、藁《わら》をも摑む思いで蒲生家の陣に駆け込んでくるかもしれない。これを討てば騙し討ちと三郎左衛門から罵られよう。

（それでも討たねばなるまいの。蒲生家のため。儂が討つとしよう）

賦秀は決心し、敵が夜襲をかけることを報せてきたことを秀吉に報告させた。

子《ね》ノ刻（午前零時頃）過ぎ、千草三郎左衛門は大胆にも大手門から打って出てきた。

「よいか。身内がいようとも、籠城兵は全て敵。恩情をかける者は同じように敵と見なすゆえ左様に心得よ。油断致せばその方たちの身のみならず、当家が危うくなる。今宵は鬼となり、向かってくる者は全て討ち取るのじゃ。かかれーっ！」

賦秀は甘い己の心に活を入れるように怒号した。

「おおーっ！」

意思が伝わったのか、いつになく家臣たちの鬨《とき》は大きく感じた。

いつものように、鯰尾の兜を冠った賦秀は、真っ先に駆け出し、千草勢に十文字鑓をつけた。これに岡定俊、上坂左文、坂源三郎らが続く。

賦秀が問答無用で討ち取ったのは十八歳の峰孫左衛門《みねまござえもん》。続いて十六歳の楠十郎も穂先で串刺しにした。その後も向かってくる者は容赦なく血祭りにあげた。

「忠三郎、汚し！　騙し討ちまでして功名が得たいか。賢秀殿は違ったぞ」

賦秀の前に現れたのは六十歳になる千草三郎左衛門であった。

「騙し討ちが汚いならば、味方を欺《あざむ》き、密かに遣いなど送って来ぬがよい。さあ、まいられよ。我が鑓で三途《さんず》の川を渡らせてやろう」

「ほざくな騙《かた》りめ。死ぬは汝じゃ」

千草三郎左衛門は老軀《ろうく》の身にありながら、素早い踏み込みで鑓を繰り出してきた。賦秀は二合、三合したのちに横に三郎左衛門の鑓を弾き、喉元を切っ先で抉り抜いた。途端に血飛沫が闇の中に散り、三郎左衛門は動かなくなった。久々に虚しい勝利であった。

夜襲は失敗に終わったものの、千草三郎左衛門らが奮戦している最中に、加賀井秀望と神戸正武は搦手から城を抜け出し、西の清洲方面に逃げていった。

かくして加賀野井城は陥落。賦秀は千草三郎左衛門の首を持って秀吉の前に罷《まか》り出た。

「さすが蒲生殿。私情を挟まず、武士の本分を務められた。天晴れじゃ」

身内を手にかけた気分はどうかと秀吉の金壺眼《かなつぼまなこ》は笑っているように賦秀には見えた。また、「百姓出のそちに、武士のなにが判る！」と怒鳴りたいのを堪《こら》えながら下がる賦秀だ。

城方の死者は一千二百余人、寄手は三百七十余人であった。

加賀野井城を落とした羽柴軍は一里（約四キロ）ほど西北の竹ヶ鼻《たけがはな》城に向かった。

竹ヶ鼻城の濠は広く、辺りには池や沼が点在する湿地帯で簡単には近づけない。ただ、周囲には洪水防止の堤防が所々に築かれていた。秀吉はこれに目をつけ、水攻めにすることを諸将に伝え、周辺の領民も動員して堤防を繋ぎ合わせる作業を行わせた。

「備中の高松城も水攻めにしたと聞きましたが、同じでござるか」

賦秀は作業を監督しながら、秀吉の子飼いの一人、一柳直末に問う。

「左様。我が殿はよう思案が廻られる。山でも川でも使えるものはなんでも使う」

誇らしげに一柳直末は答えた。

（人、道具、金、自然の地形を使うか。上様の考えを忠実に継承されたのは秀吉かもしれぬの）

柴田勝家らの宿老衆や信長の息子たちを頭に浮かべて感じた。

（されば儂は？　上様が選んだ儂は？　儂と秀吉の差は？　儂にはなにが欠けておるのじゃ？）

賦秀は秀吉と自分を比較する。六万三千石の所領を受け継いだ賦秀と、二百万石近くを手に入れた秀吉。信長に認められたという点では同じでも、随分と差を開けられたものだ。

戦といえば、小領主ということもあるが、賦秀はどうしても先陣に立たねばならない。信長や秀吉のように与えるものがあれば背後で采配しているだけでも、家臣たちは恩賞欲しさで勇むが、蒲生家では自ら覇気を見せねばならなかった。

（強いて申せば人を惹きつける力。それと武士を逸脱した思案か）

簡単にはいかないが、それでも二人の年齢差は十九歳。相手に一日の長があることは判っている。ただ、秀吉は草履取りから這い上がって今の地位を得た。

（年少の儂はまあ学ばねばならぬようじゃ。秀吉が人、道具、金、自然なんでも使うのならば、儂は秀吉から学び、自分のものとして勝負するしかない）

今は我慢の時、懐に入って学ぶも手の一つと賦秀は自身を言いきかせる。本来は信雄や家康と組んで織田家を簒奪する秀吉に抵抗したいところであるが、早くしないと秀吉は天下を取ってしまいそうである。これに協力している矛盾に苛《さいな》まれてもいた。

堤防を繋ぎ合わせる工事は数日のうちに完成し、本郷から狐穴《きつねあな》村までおよそ一里と十四町（約五・五キロ）、高さ六間（約十一メートル）、幅六間（約十一メートル）から十五間（約二十七メートル）の防壁が構築された。

秀吉は城の北東の位置から木曾川の水を流し込んだ。暴れ川はその中のとおり、轟音をあげ、津波のように押し寄せながら堤防の中を水で満たしていく。数日もすると城内を浸し、籠城兵は簀《すのこ》を結びつけてその上に乗り、寄手に備えねばならなかった。

地形をも変更させる秀吉の手腕は、設楽原で長い陣城を築いた信長を越えていると賦秀は感じた。さすがにこのような思案はなく、嫉妬さえ覚えた。

一度、堤防が決壊したものの、すぐに修築すると、七百の城兵たちは闘志を失くす。六月七日、困窮《こんきゅう》した城主の不破広綱《ふわひろつな》は美濃部彦兵衛《みのべひこべえ》を使者に立てて降伏を申し出た。秀吉は許し、十日、開城して城兵を解き放つ。広綱は一宮に退いていった。

(なにゆえ竹ヶ鼻の降伏は認めず、こたびは認めたのか)

賦秀には理由が判らない。聞けば、そんなことも判らないのかと、蔑まれそうで聞けない。

(あるいは儂に身内を斬らせ、忠誠を試すためだったか。そうであれば、なんと陰険な輩か。儂はかような男に仕えねばならぬのか)

賦秀は秀吉を嫌悪する。

ただ、秀吉は信雄と家康を含めた中部地区の人間たちに、奇抜な発想、動員力、経済力をまざまざと見せつけ畏怖させることに成功した。

開城ののち、竹ヶ鼻城で酒宴が行われた。その席で賦秀は秀吉に呼ばれた。

「こたび伊勢、尾張での活躍は蒲生忠三郎が第一、よって伊勢松ヶ島十二万石を与える」

満座の中で秀吉は賦秀を賞した。

「有り難き仕合わせに存じます」

心の中では競争相手だと思っている秀吉から加増を受けることは屈辱であるが、今は身代を大きくしなければならぬ時。実際、増領は嬉しいもの。賦秀は感謝の態度を示した。

「但し、日野六万三千石は召し上げる。開けた伊勢でよき仕置をするがよい。百姓を連れていってはならぬ。次に日野に入る者が哀れゆえの」

驚くべき言葉が後から続けられた。これでは本能寺の変の前における惟任光秀と同じではないか。ある程度、松ヶ島は制圧しているが、まだ周辺には信雄の息がかかる城が残っており、領民も賦秀を敵視しているはず。しかも慣れ親しんだ領民たちを置いていかねばならない。まさに身一つで敵地に乗り込むようなものであった。さらに秀吉の言葉は続く。

「松ヶ島には、このまま入るがよかろう。家財道具は留守居に運ばせよ。奉行を立てて一品ずつ確認させるゆえ安堵するがよい」

さすがに秀吉、手抜かりはない。中野城に籠らせるような失態はしない。

(いかがする？　このまま屈してよいものか。先祖が代々守ってきた墳墓ある地を儂の代で捨てるのか。それとも、ここで斬り捨てるか)

一瞬、殺意を催すものの、周辺には賤ヶ岳で活躍した加藤清正、福島正則らの他、秀吉から甘い汁を吸わされている武将たちも多々いる。刺し違えることも難しいであろう。万が一、適ったとしても、賦秀が生きて陣を出ることはまず無理であった。

「承知致しました。これより、賜《たまわ》りました松ヶ島にまいります」

苦悩した挙げ句、賦秀は承諾することにした。文句を言っても覆《くつがえ》せるものではない。おそらく秀吉は用《よう》意周到《いしゅうとう》、次に備えている。拒めば軍勢が留守の日野に向く可能性もある。家臣たちと家を守るためには屈辱も甘んじて受けねばならぬ。当主とは厳しいものであった。

「よき判断じゃ。これで伊勢も落ち着き、よき国となろうのう」

乱せば所領を取り上げると言わんばかりの秀吉だ。

追って関一政のほか田丸直息、さらに大和の沢源六郎《さわげんろくろう》、秋山《あきやま》右近将監《うこんのしょうげん》、芳野《よしの》宮内《くないの》少輔《しょう》も寄騎にされた。五人の総石高は約三万八千石。『勢州軍記《せいしゅうぐんき》』によれば津川三松《つがわみつまつ》、神田《かんだ》修理亮《しゅりのすけ》、中村仁《なかむらじん》右《え》衛門尉《もんのじょう》らも賦秀に預けられたという。何れにしても、これは与えられた十二万石の中に含まれている。賦秀の加増は一万九千石しかなかったということになる。

(あの猿、どこまで阿漕《あこぎ》なのじゃ。弱味を見せれば何処まで付け入ってきよる)

憤《いきどお》るが、返事をした以上、拒むことは許されなかった。

祝宴のあと、賦秀は蒲生の陣に戻り、主立った者たちに子細を告げた。

「なんと!」

さすがに皆は驚き、又は怒り「なぜ撥《は》ね付けられませなんだ!」と迫る者や、「これより羽柴本陣を急襲すべし」と激昂する者もいた。

「皆の怒りは尤《もっと》もじゃ。相手の方が上だった。拒めば我らのみならず、日野の家族も死なせよう。これは得策ではない。日野は先祖の墳墓ある地じゃが、これ以上、日野では所領を増やすことはできぬ。対して伊勢の松ヶ島なれば、海があるゆえさらなる実入りが増える。今は我らが身代を大きくせねばならぬ時。力をつけ、功をあげ、何れ日野を取り戻そうぞ」

悔しさを堪え、皆を説得する賦秀だ。このようなことを口にしている己が奇妙であった。賢秀が死去した以上、蒲生家を守るのは自分しかいないという責任感からかもしれない。幸か不幸か父親の死が賦秀を一皮剝けさせたのは事実であった。

翌日、賦秀は竹ヶ鼻の陣を発った。賦秀にとって新たな試練の始まりだ。

三

梅雨も明けた炎天下の六月十三日、蒲生軍は隊伍を整え、威風堂々松ヶ島城に向かった。

賦秀に課せられたことは加増による移封であるが、未だ敵地に進むことには変わりはない。いわば蒲生軍は信雄を支持する領民にとっては、侵略軍である。いつ一揆が蜂起して入城を邪魔されるかもしれない。最初に躓《つまず》く訳にはいかないので、家臣たちにも厳しい命令を下していた。

茹《う》だるほど暑かろうが具足に身を固め、松ヶ島の領内に入ってからは進軍を乱してはならぬ。また、立ち止まってはならぬ。馬沓《うまぐつ》を打ち替えてはならぬ、というもの。ところが福満次郎兵衛《ふくみつじろうべえ》という武勇の臣が、命令に背いて立ち止まり、馬沓を打ち替えてしまった。

「戯《たわ》け！　我が下知を愚弄致すか。斬り捨てよ」

馬上の賦秀は怒号して外池甚五左衛門《とのいけじんござえもん》と種村慮斎《たねむらりょさい》に命じて福満次郎兵衛を斬首させた。

これを見た蒲生家臣のみならず、松ヶ島の領民たちは罪罰《ざいばつ》に厳しい領主が赴任《ふにん》したとおののいた。賦秀としては厳格な軍紀と領民への威服が目的なので仕方ない行動だった。

賦秀は岡本重政から松ヶ島城を受け取り、晴れて入城した。

本来、喜ばしい新たな城での夜であるが、賦秀は福満次郎兵衛を思い一人涙に暮れていた。法は私曲せず、自らも正すというのが賦秀の身上であった。

入城して賦秀が思ったことは、領国の府となすには城の位置が東に片寄り過ぎていること。また、賦秀自身も加わってのことであるが、松ヶ島城は攻略されていること。

（新たな府となすには別の地を選んで城を築かねばならぬの）

少々慌ただしくてすぐにという訳にはいかないが、領内に良き地を選定し、新たな城を築くことを賦秀は決意した。但し、今、生きている瞬間も生活はしなければならない。中継ぎの城とはいえ、それなりの城下町を築く必要があった。なんにせよ、城下町を築くにしても先立つものは必要だ。そこで、百姓の移動は禁止されているが、商人に触れは出されていない。賦秀は日野の商人に呼び掛け、賦役の免除や自由に商売ができる特権を与えて松ヶ島城下に住まわせ、出資させることにした。まずは、ここからの出発であった。

一方、小牧の陣で信雄、家康と対峙している秀吉は、包囲を麾下に任せて六月二十八日には大坂に帰城している。まだ、小牧の睨《にら》み合いは続いていた。

移封したばかりの賦秀は、本来、腰を据えて国造りに励《はげ》みたいところであるが、四里（約十六キロ）ほど北西の戸木《へき》城には木造具政《こづくりともまさ》・長政《ながまさ》親子が籠り、賦秀らに備えていた。同城は雲出川《くもずがわ》を南に見下ろす台地に築かれた台城で、南は切り立った崖。所々に開析谷《かいせきこく》が入り込む自然の水堀となり、北側は低目の水田が間際まで広がる天然の要害であった。同城が立つ地は、安濃津《あのつ》城主の織田信包が与えられた地であるが、松ヶ島領と隣接しており、木造具政らは信雄麾下。このまま見過ごしておく訳にはいかなかった。

そこで賦秀は織田信包と連携し、信長の戦術に従い、戸木城に付城を築いて監視することにした。賦秀領では、戸木城から二里（約八キロ）ほど南東の曾原《そはら》城に上坂左文、同城から半里（約二キロ）ほど西の須賀《すが》城には坂源左衛門尉《さかげんざえもんのじょう》、同城から十町（約一・一キロ）ほど北西の小河《おがわ》城に谷崎忠右衛門尉《たにざきちゅうえもんのじょう》、同城から一里（約四キロ）ほど北西の八太《はた》城に寄騎の生駒弥五左衛門尉《いこまやござえもんのじょう》を配置した。

戸木城の北側となる織田信包領では小森上野《こもりうえの》城に分部光勝《わけべみつかつ》、半田神戸《はんだかんべ》城に中尾内蔵《なかおくらの》允《すけ》、浄土寺《じょうどじ》城に守岡金助《もりおかかねすけ》、連部《つらべ》城に家所藤高《いえどころふじたか》、林《はやし》城に信包の息子の信重《のぶしげ》を置いた。

まず、賦秀は木造領の刈田を行い、実りの時期となっても兵糧を得ることができないことを具政らに植え付けた。それでも木造勢は戸木城に籠ったままでいた。

暫し睨み合いが続く中の七月十二日、一族の木造具康《ともやす》が城から南の須賀表《すがおもて》に打って出てきた。これを坂源左衛門尉が迎え撃つと、具康らは城に逃れていった。また、木造勢は城から南西の八太方面に出撃してきたので、生駒弥五左衛門尉が撃退している。

八月に入り、戸木城から二里半（約十キロ）ほど西に位置する小倭《おやまと》（小山戸）の岡《おか》村修理亮《むらしゅりのすけ》が賦秀に味方し、兵を引き入れたいと申し出てきた。

「よかろう」

賦秀は承諾すると、二千の軍勢を率いて小倭郷に向かって出陣し、十四日には口佐《くちさ》田《だ》城を囲んだ。同城は奥佐田《おくさだ》城の出城とも言え、周辺には湿地が点在し、南は雲出《くもず》川の支流に守られ、東は谷という天然の要害である。

臆せず賦秀が泥に塗《まみ》れながら城に迫るので、家臣たちも城壁の際に達した。その時、突如、城から青地内匠助《あおちたくみのすけ》の軍勢が出撃し、蒲生勢は後退させられた。

「戯け！　下がるでない。進め！」

最前線で怒号し、賦秀は敵と干戈《かんか》を交えるが、最初の突撃で近習の和田亀寿丸《わだかめじゅまる》、岡《おか》田甚兵衛尉《だじんべえのじょう》、池内雅楽助《いけうちうたのすけ》らが討死した。

「総懸かりにて敵を討ち取れ！」

大音声《だいおんじょう》で叫んだ賦秀は真っ先に城に乗り入れて、群がる敵を蹴散らした。奮戦する主に引かれるように蒲生勢は四方から城に乱入して、城兵を斬り捨てると、城主の森《もり》長越前守《ながえちぜんのかみ》ならびに青地内匠助は城を捨てて逃亡してしまった。ほどなく蒲生勢は口佐田城を制圧した。

同じ頃、蒲生家の八角内膳佐《やすみないぜんのすけ》らの兵が南出城《みなみで》を攻略し、城主の吉懸入道《よしかけにゅうどう》ならびに、その息子吉懸市之丞《いちのじょう》の首を討っていた。他にも蒲生軍は奥佐田城の支城の三ヶ野《みつがの》城、中ノ村《なかのむら》城も攻略していた。

午後になり、賦秀は奥佐田城を包囲した。同城は比高四十二メートルの地に立つ平山城で、城主は堀山次郎左衛門尉《ほりやまじろうざえもんのじょう》であった。

「先陣は上坂左文、坂源左衛門尉、関勝蔵《せきかつぞう》に命じる」

賦秀は三名を任命し、総攻めの下知を出そうとした。その時、伊賀に隠居している北畠具親《きたばたけともちか》の使者として安保大蔵少輔《あぼおおくらのしょう》が訪れた。

「城は開城させますので、なにとぞ城主と城兵の命は助けて戴きますよう」

「よかろう」

賦秀は懇願を受け入れ、城を受け取った。堀山次郎左衛門尉は城兵と落ちていった。

小倭を制した賦秀は、その日、奥佐田城で酒宴を開いた。翌八月十五日、賦秀は八角内膳佐らに城を預けて帰途に就くが、途中で上坂左文の曾原城で足を止めた。

「今宵《こよい》は仲秋《ちゅうしゅう》の名月、この城で月を愛《め》でると致そう」

賦秀は上坂左文に告げて月見の用意をさせたが、岡定俊を密かに呼んだ。

「敵も月見で油断していよう。隙があれば叩くゆえ兵を控えさせておけ」

「承知致しました」

主同様、戦陣を駆けるのを無上の喜びとする岡定俊は嬉しそうに下がっていった。

そこへ戸木城の者が上坂左文の許を訪れた。

「今宵は仲秋の満月ゆえ、月を愛でながら川辺で鵜飼をしたいが承知してほしい」

申し出を受けた上坂左文は、即座に賦秀に相談した。

「怪しいの。誰ぞ差し向けて敵の様子を窺ってまいれ」

下知を受けた上坂左文は配下二人を派遣して雲出川を探索させると、木造衆百人余りが鵜を三十羽ほど川に入れ、魚を獲っていた。それだけではなく魚を賦秀に献上してきた。

「真実のようにございます」

上坂左文の報告を聞く賦秀であるが、包囲されている者が呑気に鵜飼を楽しむとは思えなかった。そこで再び岡定俊を呼んだ。

「敵は我らを油断させ夜襲をかけてまいるやもしれぬ。ゆえに、誰ぞ配置させ、敵が出てきたならば、鉄砲を空に向かって放たせよ」

命じた賦秀であるが、せっかくなので、満月を楽しむことにした。団子を食べ、酒を口にしている時、風流をぶち壊すかのように鉄砲が放たれた。

「やはり！　出陣じゃ。敵の夜討ちじゃ！」

怒号した賦秀は即座に甲冑を身に着け、駿馬に騎乗するや真っ先に城を打って出た。

木造衆はこれを待っていた。賦秀さえ討ち取れば劣勢を一気に逆転できるとの策であった。蒲生家は賦秀で持っている。蒲生勢の中で常に先陣を駆けるのは賦秀自身。

賦秀が飛び出すと、木造勢の筒先が火を噴いた。刹那、三発が鯰尾の兜に当たったが、幸いにも貫通しなかった。

「戯けが！　左様な姑息《こそく》な策で儂が討ち取れるか！」

賦秀は真一文字に敵中に突撃すると、猛然と敵陣を駆け廻り、次々に斬り捨てながら攪乱した。これに岡定俊らが合流し、敵を散々に討ち取った。

乱戦になっては敵わぬと、木造勢は退く。蒲生勢は追撃し、賦秀は適当なところで切り上げるが、外池長吉《とのいけながよし》は深入り、中川《なかがわ》左門《さもん》の二人が引き返し、賦秀に挑んできた。

「おう、二人纏《まと》めて討ち取ってくれる」

賦秀は下馬し、十文字鑓を手に二人の鑓を弾き、時には躱《かわ》して追い立てる。

「此奴は化け者じゃ」

二人は賦秀の強さに怯え、あちこちに傷を作りながら這々の体で逃れていった。

蒲生勢でも黒川の西ならびに田中新平らが討死するものの、坂源次郎、赤座隼人《あかざはやと》、吉村助右衛門《よしむらすけえもん》、結解駒之丞《けっけこまのじょう》らは敵の首を多数取った。岡半七《おかはんしち》は兄の岡源七《げんしち》と大剛の畑《はた》作兵衛《さくべえ》を討ち取っている。蒲生勢は夜襲を撃退して曾原城に退いた。

「ちと、傾いてしまったが、これより真の月見じゃ」

賦秀は月を見ながら戦勝の祝いを家臣たちと楽しんだ。この戦いを菅瀬《すがせ》合戦と言う。

九月、秀吉から正式な所領安堵状が賦秀に出された。所領の合計は十二万三千百五十五石。このうち自分領は八万一千百五十五石八斗三升であった。

（まずはここから始め、十年後には五、六倍。いや十倍の領主になってやる。さすれば天下も見えてこよう。十年後でも今の秀吉よりは九歳若い。左様、まだ儂は若いのじゃ）

賦秀は憂えることは止めにし、足元から着実に一歩ずつ進むことにした。

また、この月、秀吉は信雄に講和の交渉を持ちかけると、信雄は賛成したが家康が反対したので破談となった。秀吉は怒りを募らせる。

十月になっても戸木城の籠城は続けられている。そんな中、北伊勢の桑名城には徳川家臣が籠って抵抗しているので、これを攻略するために賦秀には秀吉から出陣命令が出された。賦秀は戸木城包囲の衆はそのままにして桑名城に向かった。

十月六日、桑名城の南側に着陣すると、同城から一里（約四キロ）ほど南西の縄生《なお》城を修築して付城にするように秀吉から下知されたので、賦秀はすぐに普請にとりかかる。また、同城から一里ほど西の桑部《くわべ》城には蜂須賀家政《はちすかいえまさ》が入り、桑名城に備えた。

一方、信雄は桑名城の半里（約二キロ）ほど北の中江《なかえ》に本陣を置き、四日市の浜田《はまだ》城に滝川雄利《たきがわかつとし》を入れて備えた。

蒲生勢は滝川勢と日々、小競り合いを行っている。

十月二十五日、秀吉は鈴鹿の神戸《かんべ》城に着陣すると、二十八日には脇坂安治《わきざかやすはる》に命じて伊賀の諸城を破却させた。信雄は指を咥《くわ》えて自領の城を落とされるのを傍観するばかり。

十一月七日、秀吉は縄生城を訪れた。

「遠路、ようまいられました」

賦秀が恭《うやうや》しく出迎えると、秀吉の態度は以前より高飛車になっていた。

「忠三郎、よき働きじゃ」

堪えるのも役目の一つと賦秀は割り切っている。

「そろそろ信雄めを許してやろうと思うがいかに？」

秀吉は悪戯っぽい目を向けて問う。口にするからには下準備ができているに違いない。

「はい。信雄殿もお喜びになりましょう」

余計なことを口にすると揚げ足を取られるので、賦秀は言葉少なく応じた。

十一月九日には、慌てて家康も中江に着陣し、酒井忠次を桑名城に入れて備えた。

ほどなく秀吉は富田知信《とみたとものぶ》と津田信勝《つだのぶかつ》を使者として信雄の許に派遣して再び講和の交渉を行わせると、信雄は家康の意見を聞かずに応じる旨を伝えてきた。

十一日、秀吉と信雄は尾張の矢田河原《やだがわら》で会見し、講和は締結された。

講和の条件は信雄の娘を秀吉が養女（人質）とすること。秀吉は北伊勢四郡を信雄に返却すること。信雄は信長の弟の織田長益《おだながます》のほか、滝川雄利、佐久間正勝、土方雄久《ひじかたかつひさ》らから人質を取り、秀吉に差し出すこと。また、信雄は伊賀三郡と南伊勢四郡の他、尾張の犬山を割譲すること。両軍はこのたびの戦で新たに築いた伊勢、尾張の城を破却することであった。

（これでは降伏と同じではないか。亡き上様がおられたらなんと申されるか）

信雄の卑屈さに、賦秀は呆れた。

（この戦、家康が仕掛けた訳じゃが、秀吉ともども信雄様を使って争っただけか）

家康は長久手の局地戦で勝利を得た。秀吉は大いに版図が広がった。果たして何れが勝利者か……。戦闘で家康が勝利し、戦国流の陣取り合戦では秀吉が勝利した。

（否、家康が名を取り、秀吉が実を取った。ただ一人、信雄様が負けた戦かもしれぬの。お蔭で儂の所領も増えたか。旧領を失いはしたがの。果たして感謝していいものか否や）

賦秀が出した感想であり、疑問の残る結果だ。

講和が結ばれると、家康は重臣の石川数正《いしかわかずまさ》を秀吉の許に遣わして祝いの言葉を述べさせている。また、のちに家康は次男の於義伊《おぎい》（のちの結城秀康《ゆうきひでやす》）を人質に差し出すことを決めている。

ほどなく両軍は兵を収め、帰国の途に就いた。

木造具政も戸木城を開き、一族を連れて信雄領の田辺《たなべ》城に移動し、漸く松ヶ島城周辺も落ち着きを取り戻し、賦秀は新たな町造りに勤しむばかりだ。

講和から何日もしない十一月二十二日、秀吉は権大納言《ごんだいなごん》に、四ヵ月後には内大臣《ないだいじん》を叙任している。一時期の信長のように出世する速度を誰も止められなかった。

四

天正十三年（一五八五）三月、秀吉は紀伊攻めを敢行した。前年、小牧・長久手の戦いに於いて、根来《ねごろ》・雑賀《さいか》の地侍たちは家康・信雄と与して秀吉の背後を脅かしたからである。秀吉は毛利水軍なども動員した上で兵を進めた。その数は十万を超えた。

和泉《いずみ》の千石堀《せんごくぼり》城には羽柴信吉《はしばのぶよし》、筒井定次《つついさだつぐ》、長谷川秀一《はせがわひでかず》、堀秀政ら一万五千。

同じく積善寺《しゃくぜんじ》城には長岡忠興、大谷吉継《おおたによしつぐ》、稲葉典通《いなばのりみち》、佐々行政《さっさゆきまさ》、伊藤長弘《いとうながひろ》、池田照政《いけだてるまさ》ら一万数千。

同じく沢《さわ》城には高山右近《たかやまうこん》、中川秀政《なかがわひでまさ》ら数千。

田中《たなか》城に蒲生賦秀の二千であった。

三月二十一日、諸将はそれぞれ命じられた城を攻撃した。

賦秀らが向かった田中城は御所山《ごせやま》に築かれた城というよりも、根来寺の出城的要素が強く、さして堅固ではない。津田川《つだがわ》の東岸の小山に築かれていた。

「敵は鉄砲に勝れているが寡勢じゃ。臆して蒲生の武威《ぶい》を貶《おとし》めるでない。かかれーっ！」

賦秀は怒号し、いつものように自ら先陣を切って北側から小山を登り出す。主が真っ先に攻めかかるので、家臣たちは躊躇《ちゅうちょ》していられない。岡定俊、上坂左文らは東から、赤座隼人、坂源左衛門尉らは南から、関一政、田丸直息らは南からと四方から殺到した。

途端に鉄砲の轟音が響くものの、蒲生勢に臆する者はおらず、勇猛果敢に突進し、半刻（約一時間）とかからずに柵を破り、土居を越えて城内に乱入した。十数人を討ち取って館の中に突入すると、中は蛻の殻だった。

ほどなく町野繁仍が跪《ひざまず》いた。

「申し上げます。辰巳《たつみ》（南東）に抜け道があり、城兵は紀州の方に逃れたようにございます」

「左様か。まあ、一揆の類は左様なものじゃ。二度と使えぬよう城を焼き払え」

賦秀は田中城を炎上させて、岸和田《きしわだ》に本陣を布く秀吉に報せたところ、積善寺城攻めに加われという下知が出たので、二十七町半（約三キロ）ほど西に移動した。この日は千石堀城が陥落した。

二十二日、積善寺城攻めが開始されたが、蒲生勢は後詰に廻され、活躍の場が与えられずに落城。翌二十三日には沢城が落ちた。

勢いに乗る羽柴軍は紀伊に侵攻し、根来衆の総本山である根来寺を全焼させて多数の僧兵を討ち取り、諸砦や小城を各個撃破して雑賀の太田《おおた》城に達した。同城は紀ノ川《きのかわ》とその支流の雑賀川（和歌川）に囲まれた地で、周辺は湿地と深田が続いている。

ここで秀吉は備中の高松城や尾張の竹ヶ鼻城のように水攻めを行った。先の二城のように、太田城も二つの川の氾濫防止の堤防が築かれていたので、これに盛り土をして強固にし、二里半（約十キロ）にも及ぶ堤を構築して紀ノ川の水を流し込んだ。

途中で決壊する事故があったものの、およそ一ヵ月の攻防で両軍とも疲弊し、主格の太田左近《おおたさこん》を始め主立った者五十一人が斬首され、残りは帰農することで和睦が締結した。

過ぐる天正五年、信長が攻めても攻略できなかった雑賀の地であるが、秀吉はなんとか制圧して四月二十五日、大坂に帰城した。紀伊は弟の羽柴長秀が領することになった。

（秀吉は子飼いの武将には活躍の場を与えるが、そうでないものは矢玉の楯にするか、後詰のような役しか与えぬ。このままでは所領を増やせぬの）

紀伊攻めで賦秀が感じたことであった。

六月、秀吉は弟の羽柴長秀を総大将にして十一万余の兵を三方面から四国に派遣して、前年、家康・信雄と結んで秀吉を牽制した長宗我部元親《ちょうそかべもとちか》討伐に差し向けた。

羽柴軍が連戦連勝する最中の七月十一日、秀吉は前関白・近衛前久《このえさきひさ》の猶子《ゆうし》となり、従一位・関白に叙任し、姓を藤原に改めた。字《あざ》すらない卑賤《ひせん》の身から身一つで成り上がり、位人臣を極めたことは日本史上初めてのことで、耳にした者たちはただ唖然《あぜん》とした。

（亡き上様は解答を出す前に本能寺で逝かれたが、あの秀吉が受け継ぐとはのう。こののちはあの草履取り上がりの男を上様と呼ばねばならぬか）

もはや秀吉は手の届かないところに昇り詰めてしまった。最初から遅れをとってはいたが、賦秀は改めて敗北したことを実感した。

七月二十五日、長宗我部元親は降伏し、秀吉を抜きにしたままで四国は平定した。

八月八日、秀吉は十ヵ国の兵を率いて越中《えっちゅう》の佐々成政《さっさなりまさ》討伐のために都を出立した。この中には蒲生勢も含まれている。成政も家康らと結び、秀吉麾下の前田利家を攻めたからである。

既に成政は降伏を申し出ているが秀吉は許さない。本性が執念深いのか、あるいは、信長を真似ているのかは定かではないが、気に喰わぬ相手には執拗《しつよう》である。

同月中旬、秀吉は前田利家の居城、加賀の尾山《おやま》（のちの金沢《かなざわ》）城に入城すると、利家が恭しく出迎えた。賦秀らの諸将も主殿に招かれたので足を運んだ。上座に秀吉を置き、利家は賦秀の真向かいの斜横、上座に近い位置に在している。

「こたびも蒲生忠三郎が一緒ゆえ、戦勝は間違いなかろう」

話の中で秀吉は戯《ざ》れ言《ごと》を口にすると、皆の視線が賦秀に集まる。利家も同じだ。

賦秀と利家は共に、柴田勝家の寄騎であり、また、見限ったというところも一緒だ。

（否、違う。儂はそちとは違う）

賦秀は利家を見返しながら肚裡《とり》で吐く。賦秀は戦の前に明確に味方しないことを告げている。対して、利家は参陣しながら背信同然に陣から離脱した。さらに、秀吉が北ノ庄城攻めをした時、先陣をしている。利家は信長一族のお伽衆《とぎしゅう》・拾阿弥《じゅうあみ》を斬り、一時浪人している。その時、柴田勝家の世話になっていた。賦秀の寄騎とは立場が違うのだ。

賦秀の心中を察してか、利家はすぐに視線を秀吉に戻して相槌を打つ。

（儂よりも取り入るのは巧みか。乱世は左様な世の中になったのかのう）

かつては鑓の又左《またざ》と言われ、敬服《けいふく》もしていたが、今では幻滅感の方が強かった。

数日逗留した秀吉は、二十日には倶利伽羅《くりから》峠・礪波《となみ》山を越えて越中に侵入した。

佐々成政は同峠の左右三十六ヵ所に砦を築き、領内五十八城を修築させ、徹底交戦の構えを見せた。ところが、十余万にも及ぶ大軍を見て、越中の豪族たちは戦意を失い、とても防戦できる状態ではなくなった。そこで、八月二十六日の夜半、成政は剃髪、黒衣を纏って秀吉の前に罷り出て、降伏を申し出た。仲介役は信雄であった。

（見たくはなかったの）

信長の黒母衣衆《くろほろしゅう》として活躍し、鉄砲衆を扱うのが巧みで、敵陣に果敢に進撃する姿には好感を持てた。若き日の賦秀は憧れてもいたので、失望したのは否めない。

（されど一人覇気を示し、天下の軍に刃向かった気概《きがい》は見事じゃな。一人の武士としては爽快《そうかい》じゃが、一領主とすれば思案せねばなるまいの）

降伏した佐々成政を見て賦秀は考えさせられた。

佐々成政には新川《にいかわ》の一郡のみが許され、残りの越中は前田利家に与えられた。これで前年、家康らに通じて秀吉に敵対した者は皆、降伏か滅ぼされたことになった。

矢玉一つ放つことのなかった賦秀は、ほどなく帰国した。

九月九日、秀吉は豊臣《とよとみ》姓を賜ることになった。この時、秀吉は賦秀を含む二十数名に官職を申請して許された。これより賦秀は飛驒守《ひだのかみ》、松ヶ島《まつがしま》侍従《じじゅう》に叙任された。

（官位官職など得ても禄が増える訳でもなし。逆に出費が嵩むだけじゃ。それを……）

晩年の信長は官位官職に興味を示さなかった。三職推任の返答を見送っている。そのようなものがなくても全国平定できる状況にあったからだ。

（まあ、一度は通る道かもしれぬの）

面倒ではあるが、十月、秀吉が上洛したので賦秀も入洛して、上京の相国寺《しょうこくじ》で謁見した。当然、秀吉に対しても、朝廷に対しても相応の献上品は持参している。

また、この頃、賦秀は高山右近の勧めで入信した。洗礼名はレオン。

神に縋《すが》って生きていく気はない。ただ、武士は戦で多数の敵を殺《あや》めている。憎い敵でも一応、罪悪感は持っている。入信し、懺悔《ざんげ》することで許されるならば、それに越したことはない。死後、神の御許に行けるというならば信じてもいいと思ってのこと。他にもある。

新たな国造りをしている松ヶ島の湊《みなと》に、外国の船を入港させたい。宣教師は外国の商人とも親しく、また紹介などしていた。堺などでも見ているが、交易による利益はただならぬものがある。附随するもので、賦秀は硝石《しょうせき》が欲しかった。おそらく日本国中の武将も大量に手にしたいところ。火薬を作る上で硝石は欠かせないが、もう少し年が経たねば、日本で作ることはできなかったからだ。

さらにもう一つ。宣教師は軍事顧問団の役目も担っている。信長はルイス・フロイスから南イタリア、チェリニョーラの戦いを聞き、これを設楽原の戦いに応用した。世界にはまだ賦秀が知らぬことが多々ある。これは聞かねば損である。

賦秀はロステルというイタリア人を家臣にし、羅久呂左衛門《らくろざえもん》、のちに山科勝代《やましなかつよ》（勝《かつ》成《なり》）と名乗らせている。最初は関一政の家臣であったが、一政が前年、寄騎となったおりから賦秀に仕えている。勝代は賦秀の命令でローマに向かっている最中であった。

（秀吉が活躍の場を与えぬとあらば、儂は独自に力を大きくする手を考えねばなら

ぬ）

入信は一石二鳥を兼ねたものであった。因みに翌天正十四年（一五八六）十一月、ローマ法王にも謁し、鉄砲、武器などを購入してきた山科勝代は帰国する。

その年、賦秀に三女が生まれている。何れの子も母親は冬姫。一夫一婦制は守っている。

同年十月二十七日、遂に家康は上坂し、秀吉に臣下の礼を取った。これに至るまで秀吉は妹を離縁させて家康に嫁がせ、さらに母親を人質に送って漸く礼を得たことになる。

（家康も関白に逆らうのは損、高く売れる時に絶妙な時期に己を売り込んだのであろう）

満座の中で秀吉に平伏する家康を見ながら賦秀は推測した。

家康が臣下の礼をとったことにより、秀吉は東に不安がなくなったので、天正十五年（一五八七）三月、九州の島津討伐のために大坂を出陣した。

秀吉は兼ねてより豊後《ぶんご》の大友宗麟《おおともそうりん》から、薩摩《さつま》の島津義久《しまづよしひさ》の侵攻に押され、援軍を求められていた。

そこで秀吉は関白になってすぐの十月二日、九州における惣無事令《そうぶじれい》、いわゆる停戦命令を出していたが、一年以上、義久は無視し続け、この時には九州の半国以上を支配下に収め、さらに北上している最中であった。

島津家は初代の忠久《ただひさ》が源頼朝《みなもとのよりとも》の落胤説があるほど頼朝とは密接な関係にあり、暦とした源氏（藤原氏とも）の血を引く家柄である。草履取りが成ることのできる関白の言うことなど聞く耳は持っていなかった。逆に、都がそんな状況ならば、上方まで攻め登り、清和《せいわ》天皇の末裔《まつえい》である義久が征夷大将軍になってやろう、そんな思案でいるのかもしれない。

既に秀吉は前年九月には毛利輝元《もうりてるもと》、小早川隆景《こばやかわたかかげ》、黒田孝高《くろだよしたか》らを豊前《ぶぜん》に、長宗我部元親、十河存保《そごうまさやす》、仙石秀久《せんごくひでひさ》らを豊後に渡海させて地慣らしをさせていた。

三月二十八日、秀吉は豊前の小倉《こくら》に着陣した。賦秀らを含めた兵力は実に二十二万余人にも達する大軍勢であった。ここで秀吉は弟の秀長《ひでなが》（長秀から改名）を大将とする軍勢を九州の東側、豊後から日向《ひゅうが》を経て大隅《おおすみ》に進ませ、秀吉は自ら九州の西側を通って薩摩に向かうことを伝えた。二十九日、秀吉は豊前の馬ケ岳《うまがたけ》に進んだ。

ここで秀吉は巌石《がんじゃく》城攻めを命じた。

「先陣は蒲生飛騨守（賦秀）（二千）、二陣は前田肥前守《ひぜんのかみ》（利長《としなが》）（三千）、大将は羽柴左近衛権少将《さこんえごんのしょうしょう》（秀勝《ひでかつ》）（五千）、検視は谷出羽守《たにでわのかみ》（衛友《もりとも》）と小野木縫殿助《おのぎぬいのすけ》（重勝《しげかつ》）が致せ」

「有り難き仕合わせに存じます」

久々の先陣。賦秀は顔を綻ばせて礼を口にした。巌石城は彦山《ひこやま》山麓の巌石山（標高約四百四十六メートル、比高三百八十メートル）の山頂に築かれた山城で、全山岩塊《がんかい》に覆われた難攻不落の堅城で、秋月種実《あきづきたねざね》の家臣・熊井久重《くまいひさしげ》、芥田悪六兵衛《あくたあくろべえ》らが三千の兵と共に籠っていた。

巌石城攻めにおいて、賦秀は戦奉行の左一番に上坂左文、右一番に谷崎忠右衛門、左二番に本多正重《ほんだまさしげ》、右の二番に横山喜内《よこやまきない》を定め、戦闘の采配を命じ、抜け駆けを禁止した。

「山三郎、遅れるでないぞ」

賦秀は側で緊張している眉目秀麗《びもくしゅうれい》の小姓に話し掛ける。名は那古屋山三郎《なごやさんざぶろう》。山三郎は那古屋因幡守敦順《いなばのかみあつのり》（高久《たかひさ》とも）と中川重政《なかがわしげまさ》（忠政《ただまさ》）の妹（養雲院《ようういん》）との間に生まれたので、信長の祖父・信定《のぶさだ》の血を引いている。敦順は織田信包の家臣だったが、故《ゆえ》あって牢人したのちに死去。養雲院は織田の血筋でも、信雄ではなく賦秀の将来を見込んで冬姫を頼り、山三郎は蒲生家に仕官していた。このたびが初陣だ。

「はい」

那古屋山三郎は顔を強ばらせたまま答える。これに賦秀は笑みを向けた。

四月一日の寅《とら》ノ刻（午前四時頃）、先陣と二陣は巌石城に達した。蒲生勢は大手のある城西の添田《そえだ》口、前田勢は搦手のある城北の赤村《あかむら》口であった。

「かかれーっ！」

まだ朝靄《あさもや》のたちこめる中、賦秀は怒号すると胸の前で十字を切って真っ先に坂を駆け上がる。ほどなく石垣の上から矢玉が放たれるが、賦秀は臆せず矢を十文字鑓で弾き、身を低くしながら突進する。

（儂には神の御加護がある。鉄砲の玉になどは当たらぬ）

賦秀はそう信じている。

城兵も兜を冠った身分が高そうな武士が突撃してくるので、恩賞首が得られると、城門を開いて打って出てくる。賦秀には恰好の相手である。

最初の相手は一合も合わせず胸元を抉り、次は敵の鑓を弾いて喉元を貫く。さらに首を薙《な》ぎ、股を斬り上げ、柄で叩き、倒れたところを串刺しにして仕留めた。賦秀が通り過ぎると次々に骸《むくろ》が転がる。まさに阿修羅《あしゅら》のような戦いぶりだ。

賦秀の奮闘を目にした本多正重は昂揚して軍法を忘れ、上坂左文を追い越して敵にぶち当たる。これを見た横山喜内と上坂左文も賦秀の命令を無視して敵に向かう。

「戯け！　軍令違反は切腹ぞ。下知を守れ！」

抜け駆けを目にした賦秀は激昂して怒鳴ると、三人は渋々引き返した。

漸く前が空いたので、先鋒の坂源次郎が一番に攻め登り、二ノ丸の城壁に白い吹貫《ふきぬき》に「コハン」と仮名で書いた旗を立てると、寺村半左衛門《てらむらはんざえもん》は黒い吹貫を押し立てて攻め入り、家臣の中で一番首を取った。これを見た岡定俊、岡半七、西村左馬助《にしむらさまのすけ》、岡田《おかだ》大助《だいすけ》らは我慢できずに敵中に乱入して城兵を仕留めていく。

これでは埒《らち》があかぬと賦秀は後退して全体の把握に努めた。そこへ岡定俊が敵の首を持って現れた。定俊は褒められると思ったようであるが、褒《ほ》めれば軍法違反を認めることになるので賦秀は無視した。すると、定俊は働きが足りないと判断したようで、首をその場に捨てると、再び戦場に戻っていった。西村左馬助も首を持って訪れたが、機嫌の悪い賦秀を見て、同じように戦場に引き返した。

「まったく、どいつもこいつも！　山三郎、そちも戦ってまいれ」

「はっ、有り難き仕合わせに存じます。さればこれにて」

那古屋山三郎は六尺豊かな体軀《たいく》を翻《ひるがえ》し、喜び勇んで前線に疾駆した。

ほどなく二ノ丸が炎上すると、炎は本丸にも燃え上がる。蒲生勢同様、前田勢も三ノ丸を炎上させたので、城兵は狼狽して逃げ場を失い、北西に陣する羽柴秀勝勢の前に達したことから多数の者が討死した。

城は申《さる》ノ刻（午後四時頃）には陥落し、城兵は四百余名が討ち取られた。

また那古屋山三郎は初陣にして首を取り、賦秀を喜ばせている。

秀吉に報告すると大層喜び、坂源次郎に金銭十疋、呉服、折紙が下賜《かし》された。寺村半左衛門には金銭十疋と羽織が下賜された。賦秀も蒲生の陣で賞罰を行った。

「そちたちは戦奉行の身にありながら、軍法を無視して抜け駆けするとは許しがたし」

賦秀は上坂左文ら戦奉行四人を睨《ね》めつけ、怒鳴り散らした。

「恐れながら、某《それがし》らは功をあげるだけではなく、二ノ丸を燃やして敵を狼狽させようと思ったまでのこと。決して抜け駆けをしたのではござらぬ」

上坂左文が言うと、横山喜内も頷いたが、本多正重は言い訳をしない。

「そちは、いかな思案か」

「戦は生き物。予定どおりにはいかぬものかと存じます」

悪びれることなく本多正重は言ってのけた。正重は徳川家康の重臣、本多正信《まさのぶ》の弟なので弁が立つ。諸国を渡り歩いてきたので、賦秀の戦ぶりが幼稚だと言わんばかりの口ぶりだ。

「自《おの》が勝手に動いていては軍勢は纏まらぬ。儂が先陣を切るは、切らねばならぬ事情があってのこと。儂の下知に従えぬとあらば、暇を遣わすゆえ何処なりともまいるがよい」

賦秀は本多正重を勘当した。それだけではなかった。

「そちたちは昨日、今日儂に仕えた訳でもないのに、我が下知に背くとは言語道断。日頃より儂を蔑《ないがし》ろにしている様子。暇をやるゆえ、何処の家にでも仕えるがよかろう」

賦秀は涙を飲んで、岡定俊、岡半七、西村左馬助、岡田大助らを解雇した。

後悔しても既に遅い。岡定俊らは涙を流しながら賦秀の許から下がっていった。この者たちはその後、頭を丸め、京の寺に身を寄せながら帰参の機会を窺うことになる。この一件で蒲生家の軍紀はいっそう厳しくなったが、賦秀にとっての代償は大きいものであった。

巌石城の落城により、豊臣軍の圧倒的な力量の差を見せつけられた秋月種実は降伏し、秀吉から島津攻めの先陣を命じられることで許された。その後、島津家に下った者たちは離反し、続々と秀吉の許に馳せ参じて臣下の礼を取った。これによって戦は時折、局地戦で劣勢になっても、大局では鎧袖《がいしゅう》一触《いっしょく》に近い。また東道を通る秀長軍も同じ。互いに薩摩、大隅に達する時には三十数万の軍勢に膨れ上がっていた。しかも、豊臣軍が持つ火器の比率は、鉄砲が伝来したとされる種子島を支配下に置く島津家を遥かに凌《しの》いでいた。これでは、一兵の力が強い島津軍としても勝負にならない。

五月八日、島津義久は剃髪して龍伯《りゅうはく》と号し、秀吉の軍門に下った。

既に秀吉は唐入りの構想を描いていたので降伏を認め、薩摩一国と大隅、日向の一部の領有を安堵した。また、佐々成政には肥後《ひご》一国を与えるなど所領の差配をして帰国した。

漸く帰途に就けて賦秀も肩の荷が下りた。悔やまれるのは家臣たちの勘当であった。

七月、凱旋した賦秀に与えられた恩賞は羽柴の姓を与えられたことだけである。

丹羽長秀と柴田勝家の姓など、誰が喜ぼうかと思うのはなにも賦秀だけではないが、皆、恭しく受け取った。どうせならばもう少し機嫌を取っておこうと賦秀は秀吉に進言した。

「某は賦秀を名乗っておりますが、上様と同じ秀の字を名乗るのは恐れおおきこと。されば、先祖代々の郷の字を取り、氏郷《うじさと》と名乗る所存です」

「ほう飛騨守は律儀よな。左様か、さればこれよりは羽柴飛騨守氏郷と名乗るがよい」

「有り難き仕合わせに存じます」

これにより、蒲生氏郷が誕生した。氏郷は家臣たちに蒲生姓や郷の字を下賜した。

上坂左文は蒲生左文郷可《さとよし》、上坂源之丞は蒲生五郎兵衛《ごろうべえ》郷治《さとはる》、坂源次郎は蒲生源左衛門《げんざえもん》郷成《さとなり》、坂源兵衛は蒲生源兵衛《げんべえ》郷舎《さといえ》、横山喜内は蒲生喜内頼郷《よりさと》、赤座隼人は蒲生四郎兵衛《しろうべえ》郷安《さとやす》、上野田《こうずけだ》主計助《かずえのすけ》は蒲生主計助郷貞《さとさだ》。

谷崎忠右衛門、生駒弥五左衛門、安藤将監《あんどうしょうげん》、儀我忠兵衛《ぎがちゅうべえ》、小谷越中守《おたにえっちゅうのかみ》、林五郎作《はやしごろさく》、後藤金右衛門《ごとうきんえもん》は蒲生姓が与えられ、後藤喜三郎《ごとうきさぶろう》は戸賀十兵衛《とがじゅうべえ》、岡彦作《おかひこさく》は岡部玄蕃《げんば》、稲田数馬助《いなだかずま》は玉井《たまい》数馬助、大塚左兵衛《おおつかさへえ》は松浦《まつうら》左兵衛と改姓改名した。

実のある恩賞を与えたいが、できない。氏郷のささやかな恩賞であった。

第十章　新城の仕置

一

天正十六年（一五八八）四月十四日、後陽成《ごようぜい》天皇が秀吉の聚楽第《じゅらくだい》に行幸《ぎょうこう》なされた時、氏郷は正四位下《しょうしいげ》・左近少将《さこんのしょうしょう》に任じられている。

その年の秋、氏郷は満を持して松ヶ島城から一里（約四キロ）ほど南西の四五百森《よいほもり》に新たな城を築き始めた。同地はかつて潮田《うしおだ》城が築かれていたところであるが、この時は廃城となっていた。地形は広く海辺にも近くて舟着きもでき、将来に発展が望める地であった。

氏郷は兼ねてから松ヶ島が伊勢神宮《いせじんぐう》への参宮街道の要地と認めていたが、細頸《ほそくび》と呼ばれるほど地形が狭く海に近過ぎたので、城を移そうと考えていた。城造りは町造りと一緒に思案せねばならず、町が発展すると同時に防衛も兼ねていなければならない。そういった意味では信長の岐阜、安土、秀吉の大坂なども充分に参考にしたつもりだ。

西から北に流れる坂内川《さかないがわ》と、南から東に流れる愛宕川《あたごがわ》を自然の外堀とし、両川に挟まれた地の丘陵を切り通して東西に分け、東を城部分に、西を自然のままの森とする。城下の外側に寺院を並べ、街路を曲折させて防御態勢を取る。城郭の敷地は東西二百七十八間（約五百メートル）、南北三百三十三間（約六百メートル）の中に三層の天守櫓、本丸、二ノ丸、三ノ丸を築き、周囲は石垣で固める。城は松坂《まつさか》城と命名した。蒲生家の旧領、中野城近くに若松の森があり、初めて移封した地が松ヶ島。蒲生家にとって松は吉ということで名をつけた。

町の中心には日野町を作った。日野から移ってきた者たちのためである。ただ、明確にしなければならぬのは法である。松坂の町は楽市楽座とし、諸加役は免除する。但し、油は別。押し売り、押し買い、宿の押し借りの禁止などなど……。十二ヵ条からなる町掟を定めた。軍法同様、町人が安心して平穏に暮らすためには絶対に必要だ。特徴は商人と農民、それと武士が同居することだが、町中でも完全に分離して秩序を保つことにした。

（三年ののちには完成させたいのう）

氏郷が予定した歳月であった。普請工事は風雨に拘らず続けられた。

伊勢神宮への途中に新たな城が築かれていることは、瞬《またた》く間に諸国に広まった。お蔭でさまざまな人が集まり、蒲生家に仕官を求めてくる者は後を絶たない。

大和の浪人で松田金七秀宣《まつだきんしちひでのぶ》が河井金左衛門《かわいきんざえもん》を頼り、氏郷に仕官を求めてきた。秀宣は牢人している時、町人と諍《いさか》いを起こし、多勢に袋叩きにされた。これを恥じて一度は死を覚悟したが周囲に止められ、以来背中に金箔で「天下一の卑怯者」と書いていたものを着ていた。「こんな某《それがし》でもお役に立つならばお召し抱え下さい」と秀宣は氏郷に申し出た。

「正直でよろしい」

氏郷は実直さを気に入り、鉄砲方として召し抱えた。

また、筒井旧臣の松倉権助《まつくらごんすけ》は臆病者と称されていた。

「臆病者でも良将の下で用いる道があればなにとぞ御扶持下さりますよう」

氏郷は松倉権助の正直さを見込んで家臣にした。

その者たちに対し、氏郷は次のように告げている。

「我が家中には銀の鯰尾《なまずお》の兜《かぶと》を冠り、常に先陣を駆ける武士がおる。この者に遅れを取らぬように働くがよい」そう言って氏郷は笑みを向ける。

また、勘当された西村左馬助《にしむらさまのすけ》が長岡忠興《ながおかただおき》の取り成しで氏郷に再仕官を求めた。

「相撲をしてみるか」

氏郷は庭に降り立って諸肌を見せた。一方、西村左馬助は大剛の武士。蒲生家時代も腕力ならば誰にもひけを取らないという男であった。

「八卦良《はっけよ》い、残った！」

掛け声と共に氏郷は左馬助に組み付くが、左馬助は武士の本能でか、すぐさま氏郷を投げ捨てた。

「くそっ、もう一番じゃ」

悔しさを吐き捨て、氏郷は再び西村左馬助に組み付いた。誰が見ても体の小さな氏郷が不利。周囲の者は左馬助に負けろと目で合図する。左馬助も迷ったであろうが、氏郷が本気で倒しにきたので、たまらず再度投げ飛ばし、土埃《つちぼこり》が上がった。

誰の目にも西村左馬助は手打ちになると思い、視線を落とした。

「左馬助、天晴れじゃ。帰参を許そう。手抜きすれば生涯、暇《ひま》を出すところであったぞ」

氏郷は笑みを向け、かつての二百貫に加増して召し抱えた。西村左馬助は志《し》賀《が》三《さん》右衛《え》門《もん》と改名し、生涯を蒲生家で終え、息子も氏郷の嫡子に仕えることになる。

ただ、氏郷の機嫌取りをするだけの者などもいるので、そういった者には目もくれない。本気で奉公する者にしか興味を示さない氏郷だった。

町は日に日に活気づき、普請も進む中の天正十七年（一五八九）十一月二十四日、秀吉は諸大名に対して関東に覇を築く小田原《おだわら》の北条《ほうじょう》討伐を宣言した。

既に西国は統一しており、秀吉は関東、奥羽に対して惣無事令《そうぶじれい》を発した。大方の者が従う中、会津《あいづ》の伊達政宗《だてまさむね》と小田原の北条氏直《うじなお》はこれを無視して私戦を続けていた。

北条家は始祖の伊勢新九郎《いせしんくろう》から数えて五代、およそ百年に亘って関東に根を張り、この時は関東八州、石高にして二百数十万石を有している大大名である。都とは一線を画し、独立国家を構築しつつあるので、出来星関白の命令など聞く気はなかった。

それでも一時は秀吉の裁定に従う姿勢を見せた。北条家は上野《こうずけ》の沼田《ぬまた》領を巡り、真田昌幸《さなだまさゆき》と争っていたので、秀吉は沼田領のうち三分の二は北条領とし、先祖の墳墓がある名胡桃《なぐるみ》は真田領とした。

前年、秀吉に待望の男子・鶴松《つるまつ》が誕生したので、秀吉は多くの所領を鶴松に残そうと考えた。できるだけ畿内に近い地を。しかし、なんの落ち度もない者から所領を召し上げるわけにもいかない。そう考えていた時、多くの所領を持ちながら秀吉の命令を無視する北条家の存在は秀吉にとっては有り難かった。北条家を潰して、目の上の瘤《こぶ》である徳川家康を移封させる。空いた地に畿内の武将を移動させる。秀吉の思案は固まった。

裁定を出したのち、秀吉は真田昌幸や上杉《うえすぎ》家の直江兼続《なおえかねつぐ》を使って沼田を攻めると触れさせると、攻められる前に攻めるは乱世の鉄則。北条家は手薄な名胡桃城を奪い取った。作戦は成功。惣無事令に違反をしたので、秀吉は待ってましたと諸将に号令をかけた。

だが、北条家が名胡桃の地を奪う半月前、秀吉は諸将に対して北条討伐の軍役を定めていたので、北条家が定めに背かなくても、あれこれ理由をつけて攻めるつもりだった。

何れにしても時の関白・太政大臣が討伐の太刀を振り上げた以上、もう後には引けない。秀吉は討伐のために二十万石の兵糧と黄金一万枚を用意した。

（普請が終わったのちにして欲しかったがのう）

氏郷の本音だが、愚痴を言っても始まらない。さっそく準備にとりかかった。

天正十八年（一五九〇）二月七日、氏郷は四千の兵を率いて普請最中の松坂城を出立した。本来の軍役より一千人多く連れているのは、氏郷の性格による。去る者は追わず、来る者は拒まずというのが氏郷の信条なので、石高以上の家臣がいる。どこから禄を捻出しているかといえば、氏郷の蔵入り地からである。なので氏郷は驚くほど質素な生活をしている。

人が自分を求めてきているうちが花。また、人が力となることは、あらゆることで明白。癖のある者ばかり集まってくるので、石高以上の力を発揮できると氏郷は信じていた。

氏郷の少し前には「三階菅笠《さんがいすげかさ》」の馬印が掲げられている。それまでは「熊の毛」の棒であったが、小田原参陣にあたり変更した。

「是非とも佐々《さっさ》内蔵助《くらのすけ》（成政《なりまさ》）殿の三階菅笠の馬印を賜《たまわ》りたく存じます」

聚楽第で出陣命令が出されたおり、氏郷は満座の中で懇願した。佐々成政は島津討伐ののち肥後一国を与えられたが一揆を暴発させた責任を取らされて切腹した。過ぐる天正十六年（一五八八）閏五月十四日のことである。氏郷が口を開くと、秀吉は不機嫌になり、周囲は危惧した。

「なにゆえか」

「内蔵助殿の武功は尋常ならず。これに肖《あやか》り、関東武士に上方の力を示す所存です」

「さすが松坂少将、内蔵助の馬印を許そう。されば一番強き敵を挫《くじ》いてもらうぞ」

「有り難き仕合わせに存じます。叶うならば敵の先陣と干戈《かんか》を交えとうございます」

先陣を望む秀吉子飼いの武将たちが多い中、氏郷はこれらを抑えて言ってのけた。

「天晴れなる心掛けじゃが、先陣は徳川殿ゆえ、少将には強敵に当たってもらう」

秀吉の言葉に氏郷は平伏する。ただ、氏郷は口だけではなく、多く召し抱えた家臣たちのためにも武功をたて、所領を増やさねばならぬ使命を持っていたのが本音だ。

二月二十五日、氏郷は家康領の駿府《すんぷ》城に到着すると、ほどなく信雄が合流した。

「松坂の少将殿か、息災でなにより」

信雄は、信長の小姓風情が偉そうにと、慇懃無礼《いんぎんぶれい》な言いようであった。

「はっ、内府（信雄）様も、ご機嫌麗しゅうございます」

「内蔵助の馬印で猿の気を惹《ひ》いたようじゃが、そちがいくら功をあげても禄は増えぬぞ。それは、そちが織田の娘を嫁にしておるからじゃ。あの猿は我が父にこき使われたことを根に持っておる。忘れたくて仕方ないのじゃ。ゆえに織田の者は厚遇せぬ。いくら媚《こ》びを売っても無駄じゃ。織田を愚弄することに喜びを感じる猿公《えてこう》じゃ」

卑屈な信雄のもの言いだ。確かに言い分に一理はあるが、それで天下を治められるほど世は甘くない。信雄の器量の小ささを憂える氏郷だ。

微妙な間柄の二人は、家康が在陣する駿河《するが》の沼津《ぬまづ》城に着陣した。北条家の領する伊豆国境までおよそ一里半（約六キロ）に迫ったことになる。その後も諸将は続々と到着した。

派手な出で立ちで秀吉が到着したのは三月二十七日のこと。秀吉は近くの三枚橋《さんまいばし》に入り、家康、信雄や氏郷の他、主立った武将が挨拶に赴いた。

翌二十八日、羽柴秀次《はしばひでつぐ》らの三万七千八百の兵が三島《みしま》の山中《やまなか》城を、信雄ら四万五千七百が伊豆《いず》の韮山《にらやま》城を、家康が箱根《はこね》の諸城を攻撃することが決まった。

信雄らはその日のうちに兵を進めた。信雄軍の中に蒲生勢も含まれている。

「相模の者どもも、精強と言われる坂東武者《ばんどうむしゃ》なのかの」

馬上の氏郷は馬を並べる町野繁仍《まちのしげより》に問う。

「よく判りませぬが、弱ければ関八州を収められぬかと存じます」

町野繁仍の言葉に氏郷は頷いた。

三月二十九日の早朝。氏郷を含む信雄軍は、北条氏政《うじまさ》の四弟・氏規《うじのり》が籠る伊豆の韮山城を囲んだ。同城は山中城ともども箱根から南伊豆を押える重要な地で、北条家始祖の伊勢新九郎が、堀越公方《ほりこしくぼう》の息子の足利茶々丸《あしかがちゃちゃまる》を追い出して築いた城である。

城の南東には天狗峰《てんぐみね》が隆起し、西には狩野川《かのがわ》が流れて天然の要害をなしている。丘陵の一番高い所（標高約五十メートル）に本丸を置き、北に二ノ丸、権現曲輪《ごんげんくるわ》、三ノ丸と順番に低くなっている。また、本丸の南には南曲輪を築き、郭と峰の間には堀切《ほりきり》を作り、普段は橋を架けて峰の一部を出丸としている。本丸の北東に大きな池があり、天然の堀とする。また、池の東に江川《えがわ》砦、その南の天狗岳《てんぐだけ》砦、和田島《わだじま》砦、土手和田《どてわだ》砦が周囲を取り巻き、難攻不落の城砦群を形成している。独立した丘陵城郭なので簡単に落ちる城ではなかった。

城には氏規を城将として、横井越前守《よこいえちぜんのかみ》、小机修理亮《こづくえしゅりのすけ》、波多野勘解由左衛門《はたのかげゆざえもん》、根府川《ねぶかわ》太郎二郎《たろうじろう》、小野寺善九郎《おのでらぜんくろう》、三浦与一左衛門《みうらよいちざえもん》、広瀬孫兵衛《ひろせまごべえ》、大石四方之助《おおいししかたのすけ》、小笠原十郎《おがさわらじゅうろう》左衛門《ざえもん》、石巻新五郎《いしまきしんごろう》、工藤二郎三郎《くどうじろうさぶろう》ら三千六百四十の兵が籠っていた。

朝靄《あさもや》の中、信雄勢は韮山城に接近し、城を包囲した。その数は四万五千七百。

蒲生氏郷勢四千は織田信包《おだのぶかね》三千二百、稲葉貞通《いなばさだみち》一千二百ともども北東に布陣した。

本陣は北側に陣する豊臣勢の後方に織田信雄一万七千。

「儂は後ろにおるゆえ、こたびはそちたちが先陣を勤めよ」

小田原口と言われる城の北東に陣を布く氏郷は、蒲生郷可《さとよし》・郷治《さとはる》兄弟を先陣に据えた。

「有り難き仕合わせに存じます。蒲生の名を汚さぬよう励《はげ》む所存でございます」

蒲生郷可・郷治兄弟は喜び勇んで蒲生の陣から出ていった。

「さすが宗瑞《そうずい》（北条早雲《そううん》）が築きし城じゃのう」

韮山城を見上げながら氏郷はもらす。

「堅固でございますなあ。簡単にはまいりますまい」

町野繁仍が正直に答えると、氏郷は頷き、再び口を開く。

「さればこそ我が蒲生家が一番乗りを致すのじゃ」

氏郷が決意を家中に示すかのように言った時、城の西側で轟音が鳴り響いた。

「放てーっ！」

射撃音を聞いた氏郷が下知すると、蒲生家の鉄砲衆は途端に引き金を絞り、射撃音を轟かせた。これに遅れじと、他家の諸将も命令を下し、筒先から火を噴かせる。城兵も外塀の狭間から鉄砲を放つので、瞬く間に硝煙《しょうえん》で周囲は灰色に煙った。

竹束を前に前進する寄手であるが、急峻となっている地形を登るのに苦労している。そこを城兵は狙い撃ちにした。

寄手は何とか突破口を見つけようと攻め寄せるが、城将の氏規が指揮する弓・鉄砲を前に屍《しかばね》を晒すばかりで次第に前進する足が鈍くなる。

困難ではあるが小田原口に陣する蒲生勢は犠牲を出しつつも詰め寄った。

「敵の矢玉など臆するな。今少し進めば、敵は狼狽《うろた》え放てなくなるわ」

蒲生郷可は陣頭で騎乗し、下知を飛ばす。

「あの者を黙らせせよ」

北条氏規は蒲生郷可を見つけ、家臣に指示をした。途端に引き金が絞られた。

轟音と同時に銃弾は郷可の従者が持つ鑓の柄を真っ二つに叩き折る。それだけではなく、跳ね返った玉は郷可の左目に食い込んで、瞬時に顔は朱に染まった。

「なんのこれしき」

蒲生郷可は滝のように流血する左目に指を突き入れて眼球を抉り、陣頭で指揮を取る。

「かくも言い聞く鎌倉権五郎景政《かまくらごんごろうかげまさ》の再来か」

鎌倉権五郎景政とは源 義家《みなもとのよしいえ》の家臣で、永保《えいほ》三年（一〇八三）に起きた後三年《ごさんねん》の役《えき》で、敵に右目を射られながら、その敵を射殺した剛勇のこと。

「申し上げます。左文（郷可）殿、左目を負傷なされましたが前線で采配を執り続けております」

蒲生家の本陣に戦目付の使者が走りこみ、子細を告げた。

「なに、左文が！　前に出る。我に続け！」

氏郷は用意させた馬に飛び乗るや鐙《あぶみ》を蹴った。これに那古屋山三郎《なごやさんざぶろう》の旗本も続く。

自ら敵陣に切り込むことを信条としている氏郷。大将にあるまじき行動と蔑《さげす》む武将もいるが、本人は少しも恥じてはいない。

「関東者の矢玉はひ弱ゆえ、当たっても死なぬ。見よ儂を。臆するな。かかれーっ！」

氏郷が先陣に選んだ蒲生郷可は、ただ手拭いを顔に巻くだけで痛い素振りも見せず、大音声《だいおんじょう》で配下を鼓舞していた。

「左文、怪我の様子はいかに？」

銃弾が飛び交う前線に到着するが、氏郷はまったく恐がることなく問う。

「なんの、殿が心配するには及びませぬ。掠《かす》り傷でございます」

この主にあってこの家臣。蒲生郷可は血まみれの顔に笑みを作る。

「殿がまいられた。まごまごしていると殿に先を越されるぞ。皆の者、勇みおろう」

「うおおーっ！」

氏郷の出現によって、蒲生家の戦陣では野獣の雄叫びのような鬨《とき》が上がった。兵の士気は向上し、皆、恐怖心など払拭したかのように城に向かって進撃する。但し、気概だけでは地理的な不利を打破することはできず、勇猛な蒲生兵も攻めあぐねた。

小田原口での戦況は一進一退。氏郷は果敢に攻めるも我慢を余儀無くされた。

寄手は朝から猛攻に次ぐ猛攻を加えたものの、北条方の奮闘で陥落させることはできない。ほどなく、夕刻になり、諸将は法螺《ほら》を吹いて兵を退かせた。

「内府（信雄）が躊躇《ちゅうちょ》なく兵を繰り出していればのう……」

諸将は愚痴をこぼすが、氏郷はあえて口には出さなかった。

この日の一戦で蒲生勢は四百三十余人の死者を出した。ほかには福島勢が六百八十余人、手負いは数知れず。誇張はあったにせよ、寄手の死傷者が多数出たことは事実であった。

夕食前に、氏郷と福島正則は山中城を攻略した秀吉に呼ばれたので、即座に向かう。

闇の中を駆け付けて主の前に罷《まか》り出ると、韮山城攻めの経緯を報告した。

「左様か、されど、韮山城は天下無双の要害にして、城主の美濃守《みののかみ》（氏規）は並みの武士ではない。堅固な城に籠られては、そちたちほどの将が多数懸かっても容易に城は落ちるものではない。無理をして総懸かりを致せば、味方の兵を多く失うばかり。支城に無謀な城攻めを致すよりも、小田原城を落とすことが肝要じゃ」

その後、秀吉は無能な信雄に城攻めの大将を任せられぬと、福島正則に変更し、付城を築いて兵糧攻めに切り替えさせ、氏郷らは小田原に向かうように命じた。

これにより氏郷、織田信雄、織田信包、長岡忠興は小田原に向かって出立した。また、福島正則に加え蜂須賀家政も改めて韮山城攻めの大将を命じられ、残された二万ほどの軍勢とともども、周囲に十の付城を築いて包囲し、長期戦に出る構えをした。

二

四月五日、氏郷は小田原城の城北に着陣した。同陣するのは羽柴秀勝二千五百と羽柴秀次の一万千。蒲生勢は死傷者を除く三千五百に減っていた。

城を取り巻く寄手の兵は陸が十三万四千二百、長宗我部、毛利などの水軍が六千六百余で合計十五万七千八百。

一方、東山道《とうさんどう》（中仙道《なかせんどう》）から関東に侵攻した前田利家《まえだとしいえ》、上杉景勝《うえすぎかげかつ》ら北国勢三万五千の軍勢は上野《こうずけ》の諸城を次々に落としていた。

「それにしてものう」

氏郷は小田原城を見て感嘆する。大坂城も巨大であるが、匹敵する大きさだ。

小田原城は八幡山《はちまんやま》に主郭を置き、西の早川《はやかわ》、東の山王川《さんのうがわ》を外堀として、土塁、空堀を備え、町を取り込む様相は総延長十一キロにも及ぶ巨城である。嘗《かつ》て、上杉謙信《けんしん》、武田信玄《しんげん》と戦国の二大英雄が攻めても攻略できなかった城はまさに難攻不落。謙信に至っては十一万余の兵で攻めても城壁すら崩すことができなかった城である。城には関東の諸城から精鋭を集め、これに領民が籠り、十万人が普通に生活していた。

包囲陣は地形に応じて砦を築いた。壕を掘り、土塁を造り、塀や柵を巡らし、逆茂木《さかもぎ》、乱杙《らんぐい》を設置して、小田原城を取り囲む防衛戦を確立した。攻撃用というよりも、籠城兵を一人も外出さないための巨大な付城を建造したようなものであった。

「これはかなりの長対峙になるやもしれませぬな」

氏郷の横で町野繁仍が溜息まじりに言うので氏郷は釘を刺す。

「左様のう。かような戦は謀《はかりごと》にて勝敗が決するかもしれぬ。されど、油断は禁物だ」

同陣の羽柴勢はあてにならないので、自軍を引き締める氏郷だ。

四月八日、早くも小田原城に籠る下野《しもつけ》・皆川《みながわ》城主の皆川広照《ひろてる》、上野・安中《あんなか》城主の安中左近大夫《さこんのたいふ》が夜陰の雨に紛れ、あいついで豊臣勢に投降。二十一日には常に先陣を駆けてきた玉縄《たまなわ》城主の北条氏勝《うじかつ》が開城し、豊臣方の先導役をすることを約束した。

関東の諸将は小田原城に籠っているので、居城の守りは手薄。そこで、秀吉は家康と相談して武蔵《むさし》、上総《かずさ》、下総《しもうさ》の城を攻めることを決め、二十六日、浅野長吉《あさのながよし》、木村重茲《きむらしげこれ》、本多忠勝《ほんだただかつ》、平岩親吉《ひらいわちかよし》、鳥居元忠《とりいもとただ》らを差し向けた。下野は秀吉への帰属を誓っている佐竹義宣《さたけよしのぶ》、宇都宮国綱《うつのみやくにつな》らが攻略している最中である。

小田原では両軍が時折、鉄砲を撃ち合うほどで、さしたる戦いはない。ただ、城内の兵は猜疑心《さいぎしん》と先行きの不安に満ちていた。これを打破するために、北条氏直の弟の太田氏房《おおたうじふさ》は夜襲を試みることにした。氏房らの岩付《いわつき》勢は小田原城の東方を守備していた。

五月三日も日が暮れかかり、周囲は茜《あかね》色に染まっていた。

「昨日、今日と北から東の敵は一発も矢玉が放たれなんだ。怪しいゆえ探らせよ」

氏郷は町野繁仍に命じて、輪之丞《わのじょう》を城に差し向けた。

亥《い》ノ刻（午後十時頃）過ぎに城方の警戒が緩くなったので、輪之丞は土塁や堅堀を越えて埋門《うずみもん》まで達した。その時、太田氏房らが夜襲の準備をしているところを目撃した。輪之丞は即座に蒲生の陣に戻り、町野繁仍に報告。繁仍はすぐさま氏郷に報せた。

「左様か。やはりの。すぐに家臣を叩き起こせ」

氏郷は手分けして防備の構えを取らせようとしたが城方の行動の方が早かった。

「敵襲！　夜討ちじゃ。皆起きよ！」

この日の夜警を任されていた関一政《せきかずまさ》の家臣たちが太田氏房の兵を発見して怒号する

と、真っ先に太田勢に向かって矢を放つ。太田勢は用意周到《よういしゅうとう》、鉄砲を用意しており、すぐに轟音を響かせた。

「関を助けよ」

氏郷が下知すると、周囲にいた蒲生郷可、同郷治、佃又右衛門《つくだまたえもん》らも敵に向かう。

蒲生勢でも用意が整った兵は次々に参戦する。鉄砲頭の蒲生郷成《さとなり》、門谷助右衛門《かどたにすけえもん》、寺村半兵衛《てらむらはんべえ》、森民部丞《もりみんぶのじょう》、弓頭の蒲生忠右衛門《ちゅうえもん》、同弥五左衛門《やござえもん》も参じ、敵の鉄砲衆に向かって矢玉を放ち、踏み止まって防戦に努めていた。そこへ氏郷が加わった。

「ついてまいれ！」

氏郷は大音声で叫ぶや、矢玉が飛び交う中も気にせず、真っ先に太田勢の中に突撃する。これにまだ傷の癒えぬ蒲生郷可や郷治、佃又右衛門、北川平左衛門《きたがわへいざえもん》が続く。

「味方が足りませぬ、このままでは危のうございます」

乱戦の中、蒲生郷可が諫《いさ》めるが、氏郷は聞かない。

「左文、臆したか。傷で戦えねば下がっていよ」

「なんの、某は殿の御身を気遣ったまで。北条の輩《やから》など、目を閉じても討てましょう」

蒲生郷可は氏郷の言葉を受け、発奮した。

「申したな。されば、一人残らず討ち取れ！」

氏郷は十文字鑓を構え、敵に向かって突き出した。鯰尾の兜は北条方にも知れているようで、太田の兵は兜を見つけるや群がってくる。氏郷はこれを次々に仕留めていった。

それでもまだ蒲生勢が少ない。そこで蒲生郷可は機転を利かせる。

「敵の後ろに廻れ、退き口を塞いで撫で斬りに致せ。うおおーっ！」

蒲生郷可は、あたかも後詰が到着したように叫ぶと、太田勢は退路を断たれては敵わぬと退却していった。氏郷は適当なところで追撃を止めて引き上げさせた。氏郷はこの戦闘で十数の首を取っている。家臣の誰よりも多く、皆にはまだまだなと笑みを向けた。

関一政の家臣の川北弥次郎《かわきたやじろう》が活躍し、河井捨介《かわいすてすけ》の若党の小勘《こかん》が太田勢の三島文右衛《みしまぶんえ》門《もん》を捕え、城内の様子を聞き出すことができたので、二人は秀吉から多数の褒美を貰った。

籠城する者たちは不安には思っているものの、兵糧、武器、弾薬は二、三年分はあるので、切迫《せっぱく》した様子はないとのことであった。

（なるほど、城と城下のあり方も変わってきておるな）

浅井、朝倉攻めをしている頃は山城が多かったことを思い出す。また、今は参陣の最中なので滞っているが、普請最中の松坂城ならびに城下の考え方は正しいと氏郷は納得する。

小田原の陣に退屈した秀吉は側室の淀《よど》ノ方《かた》や御茶頭《おさどう》の千利休《せんのりきゅう》なども呼びよせていた。

お蔭で氏郷もその恩恵に預かっている。秀吉は小田原城から二十七町半（約三キロ）ほど西の笠懸山《かさがけやま》に石垣山《いしがきやま》城を築いている。そこには茶室もあり、氏郷は利休と二人でいた。

「侍従殿、茶を点《た》てて戴けぬか」

茶道を極めた千利休に言われたので、氏郷は亭主となった。亭主となるには床に飾る花や掛け軸を用意し、茶器を選び、菓子や料理なども工夫して持て成すものである。だが、氏郷は戦に臨み、茶道具など持ってきていない。諸将は国許から取り寄せたり、陥落させた城からの戦利品などで茶を楽しんでいた。

仕方がないので、氏郷は秀吉が禁制を布いた寺で借り受けた名もなき茶道具をもって、この座についた。床には白い紫陽花《あじさい》を一輪、少し前に切った青竹の花入に差しただけ。

氏郷は緊張しながら茶を点て、千利休に差し出した。

茶を飲んだ利休は、静かに茶碗を置いて言う。

「結構なお点前《てまえ》で」

「わざわざお招きを戴きましてお礼申し上げます」

氏郷は恭《うやうや》しく千利休に頭を下げた。氏郷は信長の小姓時代からたびたび利休とは面識がある。ただ、他の武将のように弟子入りして茶の湯に没頭はしていない。若き頃、齋藤利三《さいとうとしみつ》に「武士に能芸は要らざること」という教訓を受けたことが頭にあるからだ。

それでも、秀吉を始め、諸将との付き合いがあるので、一通りのことは習得していた。

先日、千利休には不幸があった。小田原城には秀吉に嫌われた千利休の高弟、山上《やまのうえ》宗二《そうじ》が在していたが、師の利休が小田原に来ていることを知って城を出ると、秀吉に内応という言い掛かりをつけられて四月十一日、耳を削がれた上で斬首されている。

「茶は誰に習いましたか」

「信長様が点てておられるのを見た猿真似でございます。お恥ずかしい限りです」

「なんの、見事な点前です。信長様を師とするならば手前の孫弟子になりますな」

「これは恐れ多きこと。左様なことは烏滸《おこ》がましくて申せませぬ」

「手前の弟子では不服でございますか」

「いえ、利休様は某の憧れにて、習えば汚してしまうような気が致します。某は高価な茶器を求めることはできず、身の丈に合った物で飲みたい時に点てるが精一杯です」

「その心こそ侘《わ》び茶の神髄《しんずい》。こののちもお付き合いくだされ。また、こののち、なにがあろうとも、まずは堪忍が第一。さすれば良きこともありましょう」

「こちらこそ。ご教授、忝《かたじけ》のうございます」

千利休の言葉が引っ掛かるが、久々に清々しい気分になった氏郷だ。このことは即座に周囲に流れ、氏郷は千利休の弟子になったと伝えられた。

小田原城の包囲が続く中、浅野長吉、本多忠勝らによって上総、下総の諸城は悉《ことごと》く陥落、あるいは開城し、武蔵に至っては前田利家らも参陣して北条氏照《うじてる》の八王子《はちおうじ》城、藤田氏邦《ふじたうじくに》の鉢形《はちがた》城、成田氏長《なりたうじなが》の忍《おし》城を残すのみというところまで追い詰めていた。

六月五日、遅ればせながら会津の伊達政宗が小田原に到着した。但し、すぐに謁見は許されず、小田原から二里（約八キロ）ほど西の底倉《そこくら》に押し込められた。報せは氏郷にも届けられた。

「今頃、のこのこ出てきて首を刎《は》ねられにまいったか」

率直な氏郷の感想だ。独眼竜《どくがんりゅう》と恐れられる伊達政宗は出羽《でわ》の米沢《よねざわ》を拠点に秀吉の惣無事令を無視し続けて奥羽《おうう》に版図を広げ、秀吉に誼《よしみ》を通じていた会津の蘆名《あしな》氏を滅ぼして同地に移り住んでいた。

六月七日、施薬院全宗《せやくいんぜんそう》や戦陣から呼び戻された浅野長吉、前田利家らが底倉を訪れ、政宗に上洛御礼の遅滞、ならびに小田原参陣の遅刻、秀吉麾下の蘆名氏を討ち滅ぼし、会津を奪ったこと、親戚関係にある諸家と争うことを詰問したところ、全てにおいて理路整然と説明（言い訳）をしてのけ、使者に舌を巻かせたという。

翌八日、政宗が秀吉の前に罷り出るというので、氏郷も家康や利家と共に石垣山城の普請場にいた。秀吉は首座で曲彔《きょくろ》に腰掛けている。そこに政宗は参上した。死を覚悟してのことか、あるいは画策か、髷《まげ》を水引《みずひ》きで結び直し、死装束《しにしょうぞく》をしている。氏郷にはとても本気で死を決意しているとも、屈しているとも思えない。右目に眼帯をしているのは、幼少時に疱瘡《ほうそう》を病み、病毒が右目に転移して眼球が飛び出る様相を成した時、近習の片倉景綱《かたくらかげつな》に抉り取らせたからだという。過ぐる天正十三年（一五八五）、隠居の父・輝宗《てるむね》が、伊達家に屈した畠山義継《はたけやまよしつぐ》に捕らえられた時、畠山勢への攻撃命令を出して父もろとも死に追いやった惨劇を見たともいう。その後は宿敵の蘆名氏を滅ぼして奥州で約百数十万石ほどの領地を得た。この年二十四歳というから驚きだ。

政宗を目にした秀吉は暫し眺め、やがて足元に来るように命じた。

「今少し遅ければ、ここが危なかったぞ」

跪《ひざまず》いた政宗の首を、秀吉は持っていた杖で二度叩いた。驚くことにこれで惣無事令への違反は許され、会津、岩瀬《いわせ》、安積《あさか》を没収されることで豊臣家への奉公が認められた。

（なにかに使うつもりか？　あるいは泳がせて滅ぼす契機と歳月を待つつもりか）

氏郷には大陸出兵を思案している秀吉の心中は読めなかった。

政宗は秀吉に気に入られ、引見ののち茶を披露され、会津引き渡しのために帰国の途に就いた。氏郷は宿敵となる政宗とただの一言も交わすことはなかった。

六月十四日には鉢形城は開城し、十五日には北条家の筆頭家老・松田憲秀《まつだのりひで》親子の裏切りが発覚して投獄。小田原城内が疑心暗鬼にかられる中の二十三日には八王子城が落城した。

六月二十六日、遂に石垣山城が完成し、秀吉は早雲寺から移動して、間にある樹木を切り倒した。途端に突然、現れた城に小田原城に籠る者たちは度胆を抜かれた。

七月になり、韮山城将の北条氏規《うじのり》は開城を決意すると、北条氏直の心は折れ、五日、城を抜け出して岳父《がくふ》の家康を訪ね、降伏する旨を伝えた。

七月六日、小田原城は開城。十一日、氏政、氏照兄弟は切腹し、ここに、北条早雲以来、およそ百年続いた北条家は滅亡した。氏直は家康の娘である督姫《とくひめ》と離縁し、高野山に追放され、三百人ほどの家臣を連れて小田原を発った。

「これが戦とはの。世も変わったものよ」

氏郷は少しも嬉しそうな顔をせずにもらした。

十三日、秀吉は小田原城の主殿で論功行賞を行い、諸将の前で家康に向かう。

「こたびの関東攻めの功は徳川大納言が第一、よって北条が旧領のうち、伊豆、相模、武蔵、上野、上総、下総の六ヵ国を与える」

「有り難き仕合わせに存じます。徳川家康、伏して関白殿下に御礼申し上げます」

拒むことなく家康は平伏した。但し、既に石垣山城の普請の最中、秀吉は家康と立ち小便をしながら内々で伝えていたという。この噂は氏郷も耳にしている。問題はこれから。

「三河、遠江、駿河、甲斐、信濃を織田内大臣に与えるゆえ、旧領は返上致すこと」

「恐れながら、尾張は先祖代々の地にて、国替えはご遠慮戴きたい」

信雄が答えると、秀吉は待ってましたと睨めつけた。

「内府殿は信長公のお血筋なれば、東海の五ヵ国をお預け致そうと思うたが、どうやら余の見誤りか。そういえば、こたびは韮山一つ落とせず、北条との内応の噂もござったの。左様な者に国を治める器量はない。よって尾張と北伊勢は秀次に与えることにする。そちはもはや内大臣でもないわ。汝の身は左様、佐竹《さたけ》にでも預けるとするか。誰ぞ連れ出せ」

秀吉の命令で、罵倒を繰り返す信雄は主殿から引きずり出されていった。信雄は佐竹義宣《よしのぶ》の監視下で下野の那須《なす》に追放された。捨扶持《すてぶち》は僅か二万石であった。

(左様か、韮山から儂らを引き上げさせたのは、このためであったか。なんと阿漕《あこぎ》な)

とは思うが、氏郷には取り成す暇が与えられなかった。

騒然とする主殿の中、秀吉は氏郷に目を向けた。

「蒲生飛騨守氏郷、韮山での奮闘ならびに小田原での夜討ちの撃退は天晴れじゃ。よって、会津周辺の奥州十七郡を与えるゆえ、松坂十二万石は返上致すこと」

否とは言わさぬ秀吉の金壺眼《かなつぼまなこ》。拒めば信雄の二の舞いであった。

(信雄殿に続いて儂か。秀吉はまこと織田の血を排除したいようじゃの)

氏郷は信雄の言葉を思い出す。また、千利休の助言も……。

「有り難き仕合わせに存じます。されど、関白殿下にお願いの儀がございます」

石高がどれほどなのか判らぬのに、受けざるをえない氏郷の怒りと不安で腸《はらわた》が煮え繰り返りそうである。そこで、ささやかな一矢を報いねば、気が収まらなかった。

「申してみよ」

「奥州は未だ落ち着かぬと聞き及びますれば、佐久間久右衛門《さくまきゅうえもん》（安政《やすまさ》）・源六《げんろく》（勝之《かつゆき》）兄弟を召し抱えることとお許し戴きとうございます」

佐久間安政・勝之兄弟は柴田勝家の姉婿の佐久間盛次《もりつぐ》の息子。北ノ庄落城後、牢人をしたのち、小田原の北条家に仕えていた。蒲生郷可も勝家旧臣だったので、小田原落城後、郷可を頼ってきていた。二度、秀吉に敵対したならばまず命の保証はないからだ。

「佐久間久右衛門？　ほう、生きておったか。好きに致すがよい」

「恐悦の極みに存じます。佐久間兄弟に代わり、改めて御礼申しあげます」

屈辱感と忿恚《ふんい》の中、氏郷は平伏した。

三

秀吉に先駆けて、氏郷は小田原を出立して陸奥《むつ》へと向かった。途中、小田原落城後に開城した武蔵の忍城に立ち寄り、徹底して抵抗を続けた成田一族を連れて北へ進んだ。

（もはや松坂を見ることもできぬとはのう）

心残りは幾つもあるが、第一は城と城下町の完成を見ることができないこと。日野から松ヶ島に移封が決まった時、日野に立ち寄ることができなかったように……。

（陸奥とは陸《りく》の奥《おく》か。会津とはどれほど遠いところかのう）

氏郷にとってはまったく想像のできぬ地である。顔見知りの奉行・浅野長吉に尋ねたところ、会津周辺の十七郡で四十万石は下らぬであろうとのことだった。

（四十万石か。松坂十二万石からすれば三倍強。されど、陸の奥ゆえ数字をそのまま信じてよいものか。松坂は都にも近く、伊勢への参道だったので人の往来が多かったがの）

畿内で四十万石あれば、一万の兵を動員できるが、会津が畿内ほど人口密度が高いとは思われない。また松坂は湊に近く海産物が豊富に獲れたが、会津は山の中なので望めない。

（それよりも、会津の者たちは、儂を敵と見ていようのう）

これが最大の問題。日野から松ヶ島に移封しただけでも、信雄勢力には頑強な抵抗を受けたものだ。一歩間違えば肥後における佐々成政の二の舞いであった。

（されど、儂は俵藤太《たわらとうた》の末裔にして織田信長の婿。従わぬ者は討ってでも従わせる）

騎乗の氏郷は政治、経済、武将、領民……などなど全ての敵に闘志を燃やした。

先に下野の宇都宮《うつのみや》で待っていると、七月二十六日、秀吉が着陣した。

ここで秀吉は奥羽大名の知行割りを決めた。陸奥では米沢の伊達政宗、岩城《いわき》の岩城貞隆《さだたか》、三戸《さんのへ》の南部信直《なんぶのぶなお》、小高《おだか》の相馬義胤《そうまよしたね》、堀越《ほりこし》の津軽為信《つがるためのぶ》、出羽では山形《やまがた》の最上義光《もがみよしあき》、角館《かくのだて》の戸沢光盛《とざわみつもり》、横手《よこて》の小野寺義道《おのでらよしみち》。秋田《あきた》の秋田実季《さねすえ》は翌年になる。

八月四日、宇都宮を発った秀吉と氏郷は白河《しらかわ》を経由して、九日、会津の興徳寺《こうとくじ》に入寺し、奥羽における第二段目の仕置を発表した。

まずは小田原に参陣しなかった大崎義隆《おおさきよしたか》の大崎五郡、葛西晴信《かさいはるのぶ》の葛西七郡、石川昭《いしかわあき》光《みつ》の石川一郡、結城《ゆうき》不説斎《ふせっさい》の白河一郡、田村宗顕《たむらむねあき》の田村一郡、黒川晴氏《くろかわはるうじ》の黒川一郡、和賀義忠《わがよしただ》の和賀一郡、稗貫広忠《ひえぬきひろただ》の稗貫一郡など……およそ五十万石を没収した。

右のうち石川昭光、結城不説斎、田村宗顕などは伊達氏の勢力下に属しており、政宗の命令で留守居をしているうちに、秀吉への謁見の機会を逸した。また、大崎義隆、葛西晴信は政宗の介入で家中は分裂し、とても馳せ参じることはできなかった。何れにしても皆、政宗の影響を受けていたことは事実であった。

諸事情があろうとも、天下人には関係ない。秀吉はさらに奥羽の所領割りを発表した。

氏郷は十二郡一庄（会津六郡、白河、石川、岩瀬、安積《あさか》、安達《あだち》、二本松《にほんまつ》、越後《えちご》小川《おがわの》庄《しょう》）の四十二万石。小田原で十七郡と口にしたが、秀吉自身よく判っていなかったのであろう。

（四十二万石か、松坂の三倍半になったか。なんとかなりそうじゃの）

来る途中、琵琶湖ほどではないにしろ、猪苗代湖《いなわしろこ》という大きな湖があることを氏郷は知った。松坂から商人を呼び寄せ、これらを絡めていく。また、四十二万石とは言われたものの、いわばこれは差し出し検地で、秀吉が畿内以西でやった竿入《さおい》れという実地検地とは違う。同じように行えば十万石ぐらいは上乗せできそうである。但し、これは兵農分離を意味するので、間で中間搾取をする地侍の実入りがなくなり、農民を煽って一揆が暴発する可能性は充分に秘めていた。

（松坂で出来なかったことを会津でやろう。今は力を貯《たくわ》える時、儂はまだ若い）

秀吉の知行割りを聞きながら氏郷は思案していた。

木村吉清《きむらよしきよ》・清久《きよひさ》親子は大崎五郡、葛西七郡の合計十二郡で三十万石。木村親子の前禄は僅か数千石。あまりの高禄に面喰らい、ただただ恐縮している。

「木村親子は飛驒守を親とも思い会津に出仕致せ。飛驒守も木村親子を子と思うようにの。ゆえに飛驒守は上方への出仕は免ずる。万が一、一揆が起きたならば、政宗を先陣として立たせ、飛驒守は後陣で非常の変に備えるがよい」

秀吉は氏郷と木村親子に向かって命じた。

「恐れながら、さすれば某は関白殿下の名代と思うて構いませぬか」

「左様、そのつもりでそちを会津に据えたのじゃ。その訳が判るか？」

秀吉は氏郷を直視して問う。いつもの悪戯っぽい目ではなかった。

「……申し訳ございませぬ。思い浮かびませせぬ」

まさか冬姫を正室にしているので妬《ねた》み、嫌っているのであろうとは言えなかった。

「左様なことでは心許《こころもと》ない。そちは信長公に選ばれた者だからじゃ。直に信長公の元で学んだ者は、余を除けば、もはや、そちと加賀の前田宰相《さいしょう》（利家）しかおらぬ。陸奥には龍だの虎だのと申して新たな世が判らぬ者がいる。これらを切り従えるのがそちの役目。信長公の愛弟子ならば、困難であろうとも出来よう」

よもや秀吉の口から信長に選ばれた者と聞けるとは思わなかった。

会津に誰を据えようか、秀吉は思案して長岡忠興に話したところ、忠興はとても自分の手には負えません。小国で構わぬので西国に置いてほしいと辞退した。困った秀吉は家康に相談すると家康は一番に氏郷、二番に堀秀政《ほりひでまさ》を押し、秀吉はその逆を主張した。その後、話し合いで、堀と伊達を隣接させれば茶碗と茶碗がぶつかり合うようなものなので、硬軟合わせた氏郷に決まったという。家康が氏郷を推したのならば、背後を襲われにくいと判断したか、あるいは、秀政よりも扱い易いと考えたのか。秀吉とすれば氏郷を遠くに追いやることができた上、移封させる家康の顔を一つぐらい立ててやろうと考えたか。

因みに堀秀政は小田原討伐最中の五月二十七日、早川口で病死しており、真実、秀吉と家康が相談したかは定かではない。何れにしても、氏郷にはいいとばっちりであった。

「承知致しました。見事、会津を治め、奥羽に睨《にら》みをきかせる所存にございます」

「うむ。重畳至極。期待しておるぞ。それと東に目を向けることも忘れぬようにの」

秀吉はちくりと釘を刺す。関東に追いやっても、家康は恐い存在のようであった。

その晩、ささやかな酒宴ののち、氏郷は部屋にいた。側には那古屋山三郎がいるだけだ。

「明日の朝、誰ぞと人に聞かれるようにこう申せ、〈たとえ小身であっても、都の近くにおれば一度は天下に号令する望みもあったろうに、かような遠国にいては、天下への望みは適わぬ。儂は既に廃《すた》り物になったも同じじゃ〉、そう言って涙をこぼしていた、とな」

「畏《かしこ》まりました」

返事をした那古屋山三郎は翌朝、別の小姓と話をすると、秀吉の馬廻を勤める山崎《やまざき》定勝《さだかつ》が聞き止め、瞬く間に広がっていった。

（これで秀吉に警戒されまい。また、堀もおらぬゆえ、儂を処分できぬはず）

奥州に覇を築くため、氏郷には時間と邪魔されぬことが必要だった。

十日に奥羽に検地の命令が出され、翌十一日、早速、政宗は兵を出している。

八月十二日、秀吉は黒川城を発ち、帰洛の途に就いた。

移封した氏郷は、のんびりはしていられない。まずはやらねばならぬことが三つ。
一、伊達勢力ならびに反抗勢力を会津から一掃すること。
二、関白太政大臣・豊臣秀吉の名代として奥州に覇を成す城と町を築くこと。
三、奥羽全体を監視し、豊臣政権という名目の氏郷に服従させること。

（会津を含めた北を纏《まと》めれば優に二百万石にはなる。天下を睨むに充分な石高だ。そのためにも早く会津を安定させねばならぬ）

氏郷は諸国から豪勇を集いながら、領内をくまなく巡視して廻り、一先ず重臣たちを配置した。

白河に関一政、須賀川《すかがわ》に田丸直息、阿子ケ島《あこがしま》に蒲生郷成。大槻《おおつき》に蒲生忠右衛門、猪苗代に蒲生郷安、南山《みなみやま》に小倉行春《おがわゆきはる》、伊南《いな》に蒲生郷可、塩川《しおかわ》に蒲生頼郷、津川《つがわ》に北川直実《きたがわなおざね》などである。まだ蔵入《くらいり》が明確にならないので、禄高までは踏み込めなかった。

また、会津移封に伴い、氏郷は九州攻めで勘当した岡定俊、岡半七らの帰参を許した。このまま国造に没頭できると思いきや、乱世はそれほど甘いものではなかった。

四

十月下旬、浅野長吉から大崎・葛西で一揆が勃発したという報せが届けられた。

「やはり」

氏郷の危惧は当たり、所領没収で禄を失った牢人たちと中間搾取をしていた地侍、実地検地による重税に苦しむ農民、さらに武士の魂を奪うかのような刀狩りに憤懣《ふんまん》が暴発した。

加えて木村吉清・清久親子は五千石の旗本から三十万余石の大名に出世したばかり

で、仕置の仕方を知らない。占領軍にありがちな略奪、乱暴、狼藉を自由気儘《きまま》に行ったので、不満が合致して一揆の蜂起となった。ただ、同時期、陸奥の九戸《くのへ》、福岡《ふくおか》、和賀、稗貫、大森《おおもり》、出羽の藤島《ふじしま》、尾浦《おうら》で一揆は勃発していた。

葛西領では胆沢《いさわ》、気仙《けせん》、磐井《いわい》で一揆が沸き上がったので、新領主の木村清久は古川《ふるかわ》城から父の吉清が在する登米《とよま》に向かった。その最中、岩手沢《いわてざわ》で起きた一揆は同地の岩手沢城を落とし、さらに古川城を攻めた。これに触発されてか大崎・葛西にも一揆は広がった。

登米からの帰宅道、木村清久は佐沼《さぬま》城に逃れ、救援に来た吉清と共に一揆勢に包囲された。古川城から逃れた木村家臣たちは黒川郡で一揆勢に惨殺されている。

「戯けたことを。身分を弁《わきま》えず増長しおるからじゃ」

報せを聞いた氏郷は、即座に秀吉と家康にも報せ、領内の警備を厳命した。これが松坂ならば、すぐさま出陣するところであるが、まだ会津には伊達政宗に意を通じる者や上方武士を嫌う者たちが蟠踞《ばんきょ》し、いつ一揆が蜂起するか判らないので見定める必要があった。

十月二十六日、政宗は一揆討伐のために出陣している。

それで氏郷に使者をよこし、様子を見て報告するので出陣を待つようにと言ってきた。

（忠節を示すふりをして、なにか画策しているのではないかの）

当然のことながら、氏郷は政宗を信用していない。

氏郷の準備は整っているが、十一月に入っても政宗からの報せはない。故意的に氏郷の出陣を遅らせているような気がする。討伐を一人占めして、氏郷の無能を秀吉に告げる魂胆《こんたん》か。または一揆と示し合わせて氏郷を討つ算段か。もはやまごまごしていられなかった。

「よいか、会津への古参の者は身分に拘らず一切出入りさせるな」

氏郷は蒲生郷可、小倉行春、上坂兵庫助、関万鉄齋ら留守居に命じた。

その上で白河に関一政、須賀川に田丸直息、南山に小倉行春、津川に北川直実、塩川に蒲生頼郷に備え、十一月五日、蒲生郷成、蒲生忠右衛門を先陣とした十番立てで黒川を出発した。兵数は六千。移封したてで兵数は足りないが、仕方なかった。

この日はグレゴリオ暦では十二月一日にあたり、大雪が降っていた。家臣たちが体を丸め、厭戦気分を蔓延《まんえん》させているので、氏郷は素肌に甲冑を着用して覇気を示した。

とはいえ、豪雪に慣れておらず、家臣や周辺の者に雪掻きさせねば進めなかった。

翌六日、亀《かめ》ヶ《が》（猪苗代）城に入城すると町野繁仍が出迎えたのちに諫言《かんげん》する。

「外はこの大雪、一揆も動けますまい。春を待って出陣なされてはいかがでしょう」

「そちの申すことは尤《もっと》もじゃが、殿下は木村親子を子と思えと申された。ここで木村親子を死なせては末代までの恥。儂が討ち死にしようとも、木村親子は死なせぬ」

氏郷の決意は変わらない。硬軟を使い分け、十一月七日、氏郷は田村の三春《みはる》城に在する片倉景綱《かたくらかげつな》に謙《へりくだ》った書状を送っている。紙一枚で油断してくれれば見つけものである。

十一月八日に二本松《にほんまつ》、九日には政宗領の大森城に着陣した。ここで政宗からの書状が届けられた。内容は「先手として一揆の様子を見極めるまで出陣を延期されたし」とのこと。

「政宗めは一揆を煽動《せんどう》しているのではありますまいか」

怪訝《けげん》な表情をして町野繁仍は問う。

「左様なことは黒川を出る時に承知しておる。政宗が我が馬先を阻《はば》むならば一揆勢諸《もろ》共《とも》討ち取るばかりじゃ。蒲生の足は止まらぬ。下々の者にも左様申しておけ」

町野繁仍に命じた氏郷は政宗に返書をした。

「下々の者が到着するのは難しいと申しているが笑止なこと。我らも油断なく罷り越すのでなにごとも御意を得るように。御忠節の心底は浅からず、我らは申すにおよばない」

同日、浅野長吉にも現状を報せている。

蒲生軍の進路は吹雪《ふぶき》で難行を極めている。さらに伊達領では政宗の支持を受けて、領民たちが宿はおろか鍋、釜も貸さず、薪なども売らないので、蒲生軍は深雪の中で夜営せねばならず、かじかむ手で米をとぎ、なんとか火を焚いて食事をとり、皆で丸まって仮眠を取った。そんな行軍を進めながら、十一月十三日は松森《まつもり》に着陣。翌十四日、氏郷は三里（約十二キロ）ほど北に進み、漸く政宗と鶴楯《つるだて》城で会見した。

「この城から佐沼城まで、いかほどの道のりがあろうか」

氏郷が問うと、政宗は心持ち笑みを浮かべながら告げる。

「道なりに進んで十二里（約四十八キロ）でござろうか」

「これより、佐沼城まで一揆勢の城はいかほどござろうか」

「さあ、大崎、葛西は敵地でござったゆえ、皆目検討がつきませぬな」

真剣味がないというか、空惚《そらとぼ》けた口調の政宗だ。

「左様か、されば、これよりは陣を共にし、出陣を十六日に致すではいかがか」

「承知致した。ところで、蒲生殿は利休殿の高弟と伺ってござる。某も小田原でご昵《じっ》懇《こん》にさせて戴いた。なにとぞ某の点茶、お見立て願えませぬか」

「生憎《あいにく》、某は茶の湯をしに参陣した訳ではござらぬ。左様な儀は一揆討伐後に願いたい」

乱世で敵かもしれぬ者の茶を飲む慮外者が何処にいようか、と喉元まで出かかったが、氏郷は堪え、冷たく言い捨てると四十六町（約五キロ）北東の舞野《まいの》にある要害館《ようがいやかた》に入った。これにより、政宗の毒茶の逸話が作られたといわれている。

翌十五日、氏郷は改めて政宗と覚書を交わし、明日の出陣に備えた。その時である。伊達家臣の須田伯耆《すだほうき》が、一揆を支援する政宗の書状を携えて氏郷の許を訪れた。さらに、政宗は一揆勢と共謀して氏郷を殺害しようとしていると訴えた。須田伯耆の父・

道空《どうくう》は輝宗を追って殉死したが、息子の伯耆は期待した加増が得られず恨んでいたという。

「政宗め、つまらぬ画策をしおって。茶の席でも毒を盛ろうとしたか」

憤りをあらわに吐き捨てた氏郷は、即座に出陣命令を出した。

「何れに向かわれるのでございますか」

焦って町野繁仍が問う。伊達軍は一万五千で精強揃い。しかも地の利を知り寒さにも慣れている。六千の蒲生軍が勝利するのは難しいからだ。

「慌てるな一揆勢じゃ。背後から政宗が仕寄せるかもしれぬので、備えながら進め」

十五日の夜、氏郷は政宗に断わりもせずに単独で出陣した。どうやら、政宗は蒲生軍の状況を掴んでいない。翌十六日、蒲生軍は兵を進めると飾間《しかま》（四竃）の砦に一揆衆が籠っていたので、氏郷は攻撃命令を出した。

「うおおーっ」

これまでの鬱憤《うっぷん》を晴らすかのように蒲生軍は雄叫びをあげて攻めかかる。最初は矢玉を放ち合うと、火器で劣る一揆勢はすぐに押された。あとは獰猛な蒲生兵が襲いかかり、開戦一刻（約二時間）と断たぬうちに砦を攻略した。

「周辺の屋敷ともども焼き払え」

氏郷は辺りを紅蓮《ぐれん》の炎に包み、北に兵を進めた。

その後も中新田《なかにいだ》城を攻略し、さらに北に向かうと名生《みょう》城からいきなり鉄砲を撃ちかけられた。須田伯耆の話では、政宗はここで挟撃する策をたてているという。

「我らを挟み撃ちにするなど戦を知らぬもいいところ。蒲生の武威《ぶい》を見せてやれ！」

忿恚をあらわに氏郷が怒号すると、蒲生郷成、同忠右衛門、同郷安、町野繁仍が城に向かい、息をもつかせぬ猛攻を加えた。四将の率いる軍勢は瞬く間に二ノ丸、三ノ丸と攻略し、池野作右衛門《いけのさくえもん》が一番首を取って本陣に罷り越した。

「重畳至極。あと一息ぞ、政宗が来る前に陥落させよ！」

氏郷は大音声で叫び、自ら十文字鑓を取って疾駆する。蒲生郷治、西村左馬允、北川又八を並べて大手口から攻め入り、次々に敵を斬り捨てる。

「皆、勇め。蒲生の武威を奥州に示すはこの時ぞ！」

怒号する氏郷は家臣たちに負けじと敵中に乱入し、突く、突く、突く、薙《な》ぐ、払う、抉る、刺す、斬る、貫く、叩く。氏郷が前進するたびに一揆勢の骸《むくろ》が増えていく。

二刻とかからぬ戦いで蒲生軍は六百八十余の首を取って本丸を占領、名生城を攻略した。城を陥落させた氏郷は城の周辺を焼き払い、討った首は首塚を築いて埋めた。

ほどなく政宗にも名生城落城の報せは届き、呆気《あっけ》にとられたという。それでも須田伯耆が名生城にいると知ったらしく、慌てて出陣し中ノ目《なかのめ》城、師山《もろやま》城などを手中に収め、宮沢《みやざわ》城、高清水《たかしみず》城など攻撃した。

氏郷は須田伯耆のことを二本松に在する浅野長吉に報せ、秀吉にも報告してもらった。

名生城を落とした氏郷は同城を出ようとせず、上方軍の到着を待つことにした。

焦ったのは政宗で、一揆の支援をしたことが露見すれば改易は免れず、自身の命も危ない。なんとか心証を良くしておく必要があると、高清水城を開城させたのちに佐沼城に向かい、同城を包囲する一揆勢を撃退して木村親子を救いだした。

その後、政宗は高清水城に入ったまま動かない。浅野長吉の説得で十二月下旬、信夫《しの ぶ》郡の杉目《すぎのめ》城に移動した。それでも氏郷は名生城を出ない。

過ぐる天正十三年（一五八五）、人取橋《ひととりばし》の戦いで佐竹軍に後れを取った政宗が黒脛《くろはば》巾衆《きしゅう》と称する忍びを使って佐竹義重《よししげ》の叔父・小野崎義昌《おのさきよしまさ》を討ち、佐竹軍を帰国させていることを須田伯耆から聞いているので、氏郷は人質を得るまでは城を出るつもりはなかった。

その後、浅野長吉の勧めで伊達成実《しげざね》が人質になることが決まり、天正十九年（一五九一）元旦、名生城に来たので、氏郷は二本松城に入った。子細を告げた氏郷はおよそ二ヵ月ぶりの一月十二日、漸く会津の黒川城に帰城した。

翌月、政宗の一揆煽動を詮議するということで、氏郷は上洛をした。

政宗はまた突飛な行動に出て、白装束で金箔《きんぱく》を貼った十字架を担いで上洛し、秀吉に斬れるならば斬ってみろと器を試すように迫る。

秀吉は政宗に須田伯耆の書を差し出して間違いないなと確認をした。

「これはよう似ておりますな。されど、真っ赤な偽物にござる。かようなこともあろうかと、某が記する鶺鴒《せきれい》の花押には針の一点を入れ眼《まなこ》を開けてござる。ゆえに、蒲生殿に差し上げた目のある花押が本物。眼のない花押は偽物でござる。篤とご披見戴きますよう」

政宗は悪びれることなく言ってのけた。

この言い訳が秀吉に気に入られ、政宗は死罪を免れた。氏郷は不満だったが、その理由を知るのは翌年のこと。まさか唐入りで使うつもりでいるとは夢にも思わなかった。

秀吉は政宗の謀を知っていながら許した。もはや政宗は逆らうことはできない。自分でつけた火を自分で消す以外に伊達家の存続は認められないことになった。

第十一章　一揆の討伐

一

大崎《おおさき》・葛西《かさい》の一揆は奥羽各地に広がった。そのうちの一つが東陸奥（岩手県）に居を置く九戸《くのへ》で勃発した。

九戸周辺を支配するのは九戸政実《まさざね》である。政実は宮野《みやの》城（九戸城）を居城とする南《なん》部《ぶ》氏の一族で、主家の南部信直《のぶなお》を凌ぐ一大勢力を持っていた。

九戸氏は南北朝で活躍した結城親朝《ゆうきちかとも》の小笠原《おがさわら》一族だという説もあるが、南部光行《みつゆき》の六男・行連《ゆきつら》の系譜というのが一般的で、行連から数えて十代目の当主が政実である。

九戸氏は足利十三代将軍・義輝から関東衆の一人として認められているので自尊心が高いこともあり、秀吉が東進したおり、小田原にも宇都宮にも参じなかったので大名とは認められず、南部信直の家臣という扱いとなった。

九戸政実も北条氏政同様に、出来星関白に先祖代々の所領を奪われる筋合いはない。

さすがに大軍が接近している時に刃向かうのは得策ではない。帰国するのを待っていた。大和朝廷時代から奥羽の人々は虐げられてきた。自分と同じように不満を持つ者は奥羽には数多《あまた》いる。その一人は伊達政宗。同様のことを思案しているであろうと考えた。

案の定、豊臣の大軍が帰国した途端に大崎・葛西の一揆を期に、所領を奪われた国人衆が各地で蜂起した。九戸政実もこれに倣った。

左近将監《さこんのしょうげん》を官途とする五十六歳の九戸政実は主家の南部信直と戦っても負けたことはない。天正十九年（一五九一）三月十三日、満を持しての挙兵である。

九戸政実の妹婿の七戸家国《しちのへいえくに》は伝法寺正長《でんぽうじまさなが》の伝法寺舘《でんぽうじだて》を、櫛引清長《くしびききよなが》は苫米地忠純《とまべちただずみ》の苫《とま》米地舘《べちだて》を、九戸政実は木村秀清《きむらひできよ》の又重舘《またしげだて》を配下に攻めさせた。

南部信直は兵を集うが、家中の争いに参じても恩賞は望めない、と日和見《ひよりみ》を決め込む家臣が多くいた。南部家は一族や国人衆の連合隊なので中央のような大名の組織を形成していなかったので、小競り合いを続けている間に中央から取り残された形跡がある。

あれよあれよという間に九戸の勢いは大きくなり、南部家は二つに割れ、信直は単独では討伐することができなくなった。当然、隠すことはできない。信直は恥を承知で、減封も覚悟し、浅野長吉に報告した。

報せは聚楽第《じゅらくだい》にいる秀吉に届けられた。

早く帰国して会津の国造りに没頭したい氏郷であるが、鶺鴒《せきれい》の花押の眼《まなこ》の件以来、不穏な報せが多々届けられたので、都に留め置かれた。

氏郷は秀吉に呼ばれ、聚楽第に登城した。

「会津少将、奥羽が荒れだした。そなたに討伐の大将を任じたい」

秀吉はいつになく神妙な面持ちで告げる。それだけ危機感を持っているようだ。

「承知致しました。されど、陸奥には、なにをするか判らぬ曲者がおりますが」

断れないのならば、即座に応じたほうがいいが懸念もある。

「伊達か。彼奴《きゃっ》には大崎・葛西の一揆の討伐をさせる」

「自分でつけた火を自分で消させるのですな」

「左様。消せねば所領は狭くなるばかり。なくなる恐れもあるゆえ、必死に消そう」

秀吉はにんまりと北叟笑《ほくそえ》む。

「さすが殿下。して、某《それがし》は何処に向かえばよいのですか」

「南部一人では九戸を討てぬらしい。そなたが、上方の戦を教えてやってくれ」

「畏《かしこ》まりました」

「後詰もつけるゆえ、安心して事に当たってくれ。来年には唐《から》入りするつもりじゃ。なんとしても奥羽の一揆は年内に収めねばならぬ」

「お任せください。必ずや年内に片づけて御覧に入れます」

胸を叩き、氏郷は秀吉の前を下がった。

四月二十三日、氏郷は国許の蒲生郷成《さとなり》に対し、近日、帰国することを告げた。ただ、秀吉は情報不足のせいか、すぐに氏郷を発たせようとはしなかった。なにか新たな報せが届けられるたびに氏郷は呼び出された。

「会津少将のみならず、江戸大納言（徳川家康）や越後中将（上杉景勝《うえすぎかげかつ》）なども後詰として出陣させるゆえ、安堵するよう」

秀吉は氏郷に言うが、口に出すことで自身を落ち着かせようとしているのかもしれない。翌年、本気で唐《から》入りするつもりらしい。

秀吉は明国《みんこく》に交易を求めたところ、まずは臣下の礼をとれと明国に一蹴されたので、兵を進めるつもりでいるらしい。明に先駆けて朝鮮国には先導役を務めろと対馬の宗《そう》義智《よしとし》から命じさせていた。国内に争乱の種を残して海外に出陣させることはできないので、秀吉も焦っているようであった。

氏郷に帰国の許可が下りたのは五月の下旬。氏郷はようやく帰途に就いた。

（徳川や上杉まで動員せねばならぬとは、相当荒れているということじゃの。伊達がまた背後で糸を引いているやもしれぬ。心してかからぬとな）

覚悟しながら氏郷は馬を進めた。

氏郷が二本松《にほんまつ》城に到着したのは六月十四日のことだった。

二本松城は霞がよくかかることから霞ヶ城《かすみがじょう》とも呼ばれ、城山（標高約三百四十五メートル）に築かれた平山城で堅固な石垣に守られていた。珍しく馬蹄型城郭《ばていがたじょうかく》という形式で縄張りされ、政宗の父の輝宗《てるむね》を虜にした畠山義継《はたけやまよしつぐ》の居城でもあった。同城を畠山氏から奪った政宗は、片倉景綱、その後は伊達成実に監理させていたが、秀吉によって没収。氏郷は蒲生郷成に預けていた。

二本松城には奉行の浅野長吉がいた。

浅野長吉は最初、信長に仕え、秀吉の正室・北政所《きたのまんどころ》の妹（義妹とも）・彌々《やや》（禰々《ねね》）を娶《めと》っていることから、秀吉と行動を共にすることが多く、本能寺の変ののちは秀吉に仕え、主に奉行として働き、奥羽や九州の大名の取次をしていた。この年四十五歳になる。額の皺が特徴であった。

「奥羽はいかな様子にござるか」

気心が知れた仲なので、氏郷は前置きなく問う。

「由々しき事態にござる。抛《ほう》っておけば奥羽のみならず、一揆が全国に飛び火しかねない。その前に鎮圧せねば、天下統一のやり直し。それだけは避けねばならぬ」

奉行としての手腕も問われているので、浅野長吉の顔は緊張していた。逼迫《ひっぱく》しているのが判った。

「左様でござるか。して、あの曲者はいかがしておりますか」

「伊達でござるか？　殿下は伊達の謀《はかりごと》を承知しながら許された。伊達も尻に火がついているので、見過ごすわけにはいかず、そうそうに帰国して一揆討伐の準備にかかっている模様でござる」

「自分でつけた火を自分で消す以外に伊達家の存続は認められない、というわけですか。こたびは鶺鴒の眼はなさそうですな」

「そうあって欲しいもの」

「されば、某も支度にとりかかります」

挨拶をすませた氏郷は二本松を後にした。

氏郷が会津に帰国して何日も発たぬ六月二十日、秀吉は改めて奥羽再仕置の軍割を発表した。

一番は伊達政宗、二番は蒲生氏郷、三番は佐竹義宣《さたけよしのぶ》、四番は宇都宮国綱《うつのみやくにつな》、五番は上杉景勝、六番は徳川家康、七番は羽柴秀次《はしばひでつぐ》。

政宗は大崎・葛西一揆の大将、氏郷は九戸一揆の大将。上杉景勝は出羽地域の大将。家康と秀次は大崎・葛西に駐留して全体を掌握して後詰を派遣する。大崎・葛西の目付は石田三成《いしだみつなり》、九戸は浅野長吉、出羽は大谷吉継《おおたによしつぐ》となった。

出陣するからには敵状を明確に摑まなければならない。出陣するからには兵糧の確保は重要。奥羽の冬は早く、十月には雪が降りだす地もあるので短期決戦で片付けなければならない。氏郷は慎重を期した。

七月十三日、氏郷は出陣に際して乱暴、狼藉《ろうぜき》、掠奪《りゃくだつ》等の十七条からなる法度《はっと》を定めた。

　さらに主だった者を集め、軍を編制した。右一番が蒲生郷成、左二番が蒲生（谷崎）忠右衛門《ちゅうえもん》から十三番まで定めた。兵数は一万五千。

　発表の直後、十八歳になる甥の氏綱《うじつな》が進み出た。

「畏《おそ》れながら、某も先陣にお加えください」

　まだ、あどけない顔をしている。

「そちは初陣ではないのか」

「左様です。初陣が先陣を賜《たまわ》ってはならぬという法はございません。決して、蒲生の名に恥じることは致しません。もし、某が退くようなことをすれば、いつにても某の首を刎《は》ねてください」

　若き氏綱は、自分の首を何度も叩きながら進言する。

「よかろう。見事、蒲生の先陣を駆けてみよ。但し、源左衛門（郷成）と忠右衛門に相談もせず、抜け駆けするでない。決して逸って死に急ぐではないぞ」

　甥の意気込みを感じ、氏郷は氏綱に先陣に加わることを許した。

「承知致しました」

　応じた氏綱は皆に向かう。

「宮野《みやの》（九戸）の城は、三方が峨々《がが》たる岩石で谷深く、苔《こけ》は滑《なめ》らかで、鳥も並《な》べて通い難く、人馬の通り難い大山に乱杙《らんぐい》、逆茂木《さかもぎ》を繁く引き、難儀難所の地だという。心してかかるべし」

「おおっ、若年ながら大将の器じゃ」

宿老たちは氏綱の所信表明に感心した。

この頃、氏郷は真田昌幸《さなだまさゆき》の弟の隠岐守信尹《おきのかみのぶただ》ならびに武田旧臣の曾根内匠助《そねたくみのすけ》を召し抱えていたので、信玄流の押太鼓《おしだいこ》を命じ、兵の進退の合図にすることに決めた。

まだまだ残暑厳しい二十四日、氏郷は満を持して会津を出発した。

(増えたの。万余の兵を采配するのはこたびが初めてか。儂の武将としての真価が問われる戦いじゃの。一揆の討伐では不服じゃが、致し方ない。そうそうに鎮圧し、天下取りの第一歩と致す)

栗毛の駿馬の上から気持ちを新たに前方に目をやった。馬蹄《ばてい》や具足の摩擦音や地を踏み締める音が延々続き、残暑を謳歌する蟬の声を掻き消していた。

会津から二本松は道なりに進んで十四里(五十六キロ)。二十六日、氏郷は二本松に着陣すると、すでに浅野長吉は北に向かった後だった。

「まあ、一両日中には追い付こう」

氏郷は翌日には八里(三十二キロ)ほど北東の桑折《こおり》、さらにその次には桑折から五里ほど北東の白石《しろいし》辺りで追い付くつもりでいた。

「申し上げます。徳川殿からの遣いがまいっております」

蒲生郷成が取り次ぐので、氏郷は家康からの書状を開いた。書には秀次の到着が遅れているので待っていてほしい。浅野長吉も交えて話がしたい、とあった。

「なにか、新たな下知が殿下から下されたか」

早速、氏郷は先に進んだ浅野長吉を呼びに使者を遣わした。

家康に続き、秀次が二本松に到着したのは八月六日のことであった。

四人は主殿で顔を揃えた。総大将の秀次を首座に置き、家康を左に、長吉と氏郷が右に腰を下ろした。

大坂城や聚楽第では何度も顔を合わせたことがあるが、こうして面と向かうと複雑な気持ちになる。特に家康と秀次は長久手の戦いで直に干戈《かんか》を交え、秀次は大敗北を期し、馬を失い徒《かち》で逃れねばならなかった経緯がある。吊り上がりぎみの目で神経質そうな顔をした秀次は二十四歳。上座に居ても、どこか居心地が悪そうであった。

対して勝利した家康は下座に譲りながらも余裕の態度であった。

家康は、天文十一年（一五四二）、三河の小豪族、松平広忠《まつだいらひろただ》の嫡男として生まれ、六歳の時、今川家に人質として出されたが、途中で義母の父である戸田康光《とだやすみつ》に奪われ、尾張《おわり》の織田信秀《おだのぶひで》に売られた。その後、人質交換によって当初の予定どおり今川家に送られ、駿河で人質生活を送ったが、田楽狭間《でんがくはざま》で今川義元が討死したことを期に人質から解放された。

織田信長と同盟を結び、独立を果たしたものの、武田信玄《たけだしんげん》には三方原《みかたがはら》の戦いで滅亡寸前に追い込まれた苦い経験をしている。危機を脱したところ、今度は信長から謀叛の疑いをかけられ、妻子を斬らざるをえなかった。

武田家が滅亡したのち、家康の版図も東に広がったものの、邪魔者として駆逐される恐れが浮上し、怯えていると、今度は惟任《これとう》（明智《あけち》）光秀が本能寺で信長を討ってくれたので助かった。

変時、和泉《いずみ》の堺を遊覧《ゆうらん》していた家康は危険な伊賀越えをして帰国し、信長の仇討ちをしようとしていたところ、秀吉に先を越されたので、甲斐《かい》、信濃《しなの》の掌握に勤しんでいた。ところが、またも秀吉は賤《しず》ヶ岳《たけ》の戦いに勝利して勢力を拡大。信長の天下統一を継承していた。

増大する秀吉に小牧《こまき》・長久手《ながくて》の戦いを仕掛けた家康は局地戦で勝利したまではよかったものの、同盟者の織田信雄が秀吉に屈したことで、圧された形で鉾《ほこ》を収めた。その後は臣下の礼をとったので、二百五十五万石を得る筆頭の位置にいた。秀吉でさえ気を遣わねばならぬ武将である。この年四十九歳。

小太りしているが、鷹狩りや遠駆けで体は鍛え、薬に精通しているので病気知らずだという。団栗《どんぐり》のような丸い目、良く聞こえそうな福耳、油断のならない男である。

（秀次のほうはどうにでもなろうが、儂は徳川に勝てようか）

今は味方だが、つい氏郷はそういう目で見てしまう。

「殿下からの言葉を伝える」

気弱そうであるが、虎の威を借る狐のごとく、秀次は前置きをして続ける。

「昨年、会津に下ったおり、跪《ひざまず》かぬ輩《やから》の所領は召し上げたが首は取らなかった。恩情を示してやったが、北夷の輩どもには、これが判らぬらしい。今、明の南（東南アジア）は南蛮の者どもに食い荒らされておる。これを見過ごせば、其奴らを従えた南蛮勢がこの日本《ひのもと》に兵を進めてくるであろう。その前に、こちらから打って出ねばならぬ。左様な大事を前に、いつまでも一揆の討伐などはしておれぬ。二度と一揆など蜂起させてはならぬ。もはや慈悲の心はいらぬ。徹底して排除すること」

　非情な秀吉からの命令であった。

　家康は眠そうな顔をして聞いていたが、氏郷と長吉は顔をこわばらせた。

「降伏は認めぬということでござるか」

「そういうことらしい」

　秀吉からの命令を伝えるだけなので、秀次は気楽そうである。

「大納言殿はいかに」

「下知とあらば、やむなし。励みましょうぞ」

　おそらく家康も前線には出ないので他人事のような口ぶりであった。

（嫌な役目は下々の我らか。その価《あたい》が四十二万石か。今は仕方ないか。誰しも先祖代々の土地を奪われれば、武器を手にしよう。気乗りせぬが、敵は失うものがなにもない者どもじゃ。鬼にならねば、こちらの身が危ない。心せねばの）

　信長の比叡山焼き討ちや、長島一向一揆攻めを思い出しながら氏郷は気持ちを切り替えることにした。

翌七日、氏郷と長吉は、秀次勢の中から堀尾吉晴《ほりおよしはる》、徳川勢の中から赤備えで有名な井伊直政を連れ、二本松を出発した。進路を北西にとり、水沢を経由して二十三日には東陸奥の和賀《わが》に着陣した。道なりに六十里（約二百四十キロ）進んだことになる。大雨で北上川《きたかみ》と連なるそれぞれの支流が反乱し、渡河できず足留めを余儀なくされたので、日数がかかってしまった。

和賀では和賀義忠《よしただ》らが旧居城の二子《ふたご》（飛勢《とばせ》）城を取り戻し、騎馬武者百三十、雑兵八百が戻った。二子城は北上川の南岸に隆起する二つの小山に築かれた平山城で、川を外堀とし、土塁に守られていた。館は山頂と東の麓にあり、平素は麓で暮らし、敵が攻めてきた時は山頂に籠る態勢をとっていた。

和賀勢は路に堀切を講じ、落とし穴を作り、乱杙を打ち、逆茂木を置き、橋を外し、堀を深くし、掘った土を土塁の上に重ねて高くし、外郭には柵を二重、三重に築き、所々に井楼《せいろう》を組んで寄手に備えた。

「この城はさして堅固ではありませんな」

南から二子城を遠望した氏郷はもらす。

「ここは浅野殿にお任せして構いませんか。某は一刻も早く九戸に向かいたい」

「承知致した。されば、儂と帯刀《たてわき》（堀尾吉晴）で落とし、後日、合流致そう」

長吉が納得したので氏郷はすぐに和賀を発った。

浅野長吉、堀尾吉晴に合流した最上義光《もがみよしあき》ら一万の軍勢は十重二十重に城を囲んで総攻撃を加えたところ、衆寡敵せず。城兵はほぼ討死し、旧城主の和賀義忠は、なんとか寄手の包囲をかい潜って逃れたものの、山中で落ち武者狩りに遭遇して討たれた。

和賀一揆を鎮圧した長吉らは、周囲の動向を窺いながら、氏郷の後を追った。最上義光は出羽の仙北《せんぼく》方面に向かった。

一方、存亡の瀬戸際に立たされた伊達政宗は、南出羽の米沢《よねざわ》に帰国すると、六月十四日、必死の覚悟で出陣した。徳川家康、羽柴秀次、上杉景勝らも参じるので手心は加えられない。因果応報《いんがおうほう》とはいえ、煽った一揆を殲滅《せんめつ》する必要に迫られた。

六月二十五日、伊達軍は中陸奥の宮崎《みやざき》城を落とし、七月三日には佐沼《さぬま》城を攻略した。翌日、登米《とよま》に移動すると、一揆勢が投降してきたので、その首領《しゅりょう》を深谷《ふかや》に移した。七日には長江月鑑斎《ながえげっかんさい》、黒川月舟斎《くろかわげっしゅうさい》を米沢に送った。

葛西領主であった葛西晴信《はるのぶ》の消息がなくなった。前田利家に預けられる、遠野に逃げた、黒川の大谷村《おおやむら》に蟄居した、討死したなど諸説あるが、死人に口なし。おそらくは政宗が一揆先導の露見を恐れ、どさくさに紛れて始末したのかもしれない。

それでも八月上旬には葛西、大崎の一揆はほぼ鎮圧された。

八月十八日、家康は中陸奥にある伊達領の岩手沢《いわてざわ》に到着した。ここで政宗は正式に所領を言い渡された。南陸奥の伊達、信夫、田村、刈田郡と、二本松、塩松《しおのまつ》および南出羽の長井（米沢）を没収。

新たに下賜および認められた地は江刺《えさし》、胆沢《いさわ》、気仙《けせん》、磐井《いわい》、本吉《もとよし》、登米《とめ》、牡鹿《おしか》、加美《かみ》、玉造《たまつくり》、栗原《くりはら》、遠田《とおだ》、志田《しだ》、桃生《ものう》、黒川《くろかわ》、宮城《みやぎ》、名取《なとり》、亘理《わたり》、伊具《いぐ》、柴田《しばた》、宇多《うだ》の二十郡。およそ五十八万五千石。これまでの七十二万余石から十三万余石の減封の他、父祖の伝来の米沢城と伊達家先祖累代の仙道《せんどう》を失ったことになる。食指を伸ばしていた和賀、稗貫《ひえぬき》は与えられなかった。

各地の一揆は鎮圧されているが、九戸一揆は盛んなままであった。

二

八月二十七日、蒲生軍は和賀から道なりに二十二里（約八十八キロ）ほど北上し、九戸政実らが籠る宮野城から十里（約四十キロ）ほど南の沼宮内《ぬまくない》に達した。六里（約二十四キロ）ほど北には九戸勢の姉帯《あねたい》城がある。

九月一日、蒲生氏綱率いる軍勢が姉帯城に達した。氏郷本隊は半里ほど南に備えた。

姉帯城は馬淵《まべち》川の北岸に東西に延びた尾根（比高六十メートル）に築かれた山城で、同川に面した南は断崖、北は深く沢が切り込んだ要害となっている。東には二重の堀があり、東の主郭と西の二ノ郭を堀切で分断して橋を架けて繋げていた。城には姉帯兼興《かねおき》・兼信《かねのぶ》兄弟のほか、周囲の城主や舘主が家臣五百余が籠った。

氏綱は武家の倣《なら》いに従い、姉帯城に遣いを送り、降伏勧告を行った。

「主君の左近将監《さこんのしょうげん》（九戸政実）は大膳大夫《だいぜんのたいふ》（南部信直）に宿意があり、多少の我意や政《まつりごと》に違《たが》うことはあったやもしれぬ。されど、関白はこれに対して一応の詮議もなく、即座に多勢を差し向けた。　武は乱世を静め、悪を退けるもの。文は国を治め家を整えると聞く。文をもって治めずして武を向けたもうは天下の政か！」

胸を張り、姉帯兼興は朗々と言い放った。

「されば、どうあっても降伏はせぬと申すか」

蒲生家の遣いは念を押す。

「我らは天下に弓引く気はなく、先祖代々の地に住んで暮らしてきただけじゃ。これを侵さんとする者は相手が誰であれ命を懸けて戦うのみ。帰って左様に申されよ」

遣いを城から出した姉帯兼興は、改めて寄手に備えさせた。

「左様か。されば蒲生の武威《ぶい》を示すだけ。我に続け！」

降伏勧告を拒まれた氏綱は、攻撃の命令を下すと同時に駿馬の鐙《あぶみ》を蹴った。

蒲生勢は西から尾根を上り、姉帯城の北側に達すると、城内から鉄砲が放たれた。

轟音とともに玉に当たって数人の蒲生兵が倒れた。

「数は少ない。臆するな！」

氏綱は大音声《だいおんじょう》で叫び、山頂を目指す。

「今のうちに突き崩せ！」

城に籠ったままかと思いきや、姉帯兼興は大声で命じ、城を打って出た。兼興は配下の後方で指示を出す。

「寄手の陣形が整う前に敵中に突き入れ」

混乱させながら蒲生兵を馬上から斬り捨てる。

「我は蒲生源左衛門郷成《さとなり》が家臣・本田九助《ほんだくすけ》じゃ」

鑓衆の中で二十一歳の本田九助はまっ先に姉帯勢に向かったが、逆に腰を突かれる重症を負った。

「戯け！ 退くな。それでも蒲生の家臣か。一歩でも退いた者は斬り捨てる」

背後から攪乱《かくらん》されている前方の味方を見て、補佐の蒲生郷成は激怒した。蒲生家の軍法は厳しい。当主の氏郷は義父の織田信長が叱責《しっせき》してもきかず、先陣を駆ける武将なので、家臣たちにも同じことが要求される。後退することは敵からではなく味方から死を宣告される家である。

蒲生郷成の叱責で蒲生勢は目が覚めたように勇み、踏み止まると押し返した。

「退け！」

多勢が態勢を立て直せば、敵はない。姉帯兼興は下知し、城内に退却する。

「追え！ 逃すな」

蒲生郷成が怒号すると、蒲生勢は姉帯勢を追って城に向かう。城からは月舘京兆《つきだてけいちょう》、岩舘彦兵衛《いわだてひこべえ》らの豪勇たちが躍り出て、蒲生勢に応戦しながら味方を城内に撤収させて、城門を閉ざした。姉帯兵は城内から弓、鉄砲を放って寄手を追い返そうとする。

「城門を撃ち破れ！」

氏綱は叫ぶと、蒲生兵は城兵の攻撃を受けながらも、楯や竹束を前に矢玉を避け、閉ざされた厚い城門には十数人で抱えた丸太を、ぶち当てて中の閂《かんぬき》を破壊しにかかる。

その間にも多勢の蒲生兵は城壁までの傾斜をよじ上る。上から石や丸太を落とされて沢に転落する者も続出するが、諦めることなく繰り返すと、城兵は仕留めきれなくなり、遂に谷崎三十郎《たにざきさんじゅうろう》が一番乗りを果たすと、ほかの蒲生兵が続々と二ノ郭内に乗り込むことができた。

こうなると、止めることは難しい。やがて中から門は外され、蒲生兵が殺到した。重症の本田九助であるが、城外で死ぬのは恥辱と、ふらつく体で城内に入り、倒れた。ほどなく両軍の屍《しかばね》が山となり、二ノ郭は蒲生勢に落ちた。

主郭と二ノ郭の間に橋が架かっている。これを落とせば、間には深い堀切があるので簡単に這い上がることはできないが、姉帯兼興は橋を落とそうとはしなかった。

二ノ郭でも散々戦った姉帯兼興は、主郭に引き上げている。

「もう少し戦いたかったのう。上方の者は鉄砲戦しか知らぬ臆病者揃いかと思いきや、蒲生は違うようじゃ。さて、最期の働きをする前にしておかねばならぬの」

姉帯兼興が主殿で告げ、小姓に筆を執らせた。

「行き暮れて　我の今年の秋なきに　玉と見るまでおける白露」

辞世の句を残すと二歳年下の弟・兼信も続いた。

「もろともに　訪ねて行かん死出《しで》の山　遅れ先立つ習いなりとも」

もはや思い残すことはない。姉帯兼興は、弟の兼信ともども主殿から打って出た。

すでに周囲には蒲生勢が群がり姉帯勢を捜すのが困難な状態だった。

「我は姉帯大学兼興なり！　我と思わん者はかかってまいれ」

怒号を上げて飛び出した姉帯兼興は蒲生勢の中に飛び込み、接近する敵を次々に突き伏せた。兄に負けじと兼信も奮戦、姉帯兄弟に近づいた者は皆、骸《むくろ》となった。

十数人を討ち、疲労困憊した姉帯兼興が肩で息をしていると、正室の小滝《こだき》ノ前が寄り添った。見れば具足に身を固め、鉢巻きをして手には薙刀を持っていた。

「わたしは十四歳の春からあなた様に馴れ初《そ》めて、早や七年が経ちます。その間に教えて戴いた薙刀の腕前、今こそ、ここでご覧あれ」

言うや否や、小滝ノ前は長い艶やかな黒髪を靡《なび》かせて蒲生勢の中に走り、川勝卯兵《かわかつうべ》衛丞《えのじょう》と嶋田文七《しまだぶんしち》を斬り伏せて二人の首を下げて戻ってきた。

「さすが我が御台所《みだいどころ》。儂も女子には負けておれぬ」

一息吐けた姉帯兼興は、疲弊した体に活を入れ、駿馬に飛び乗るや蒲生勢の中に突撃した。勇猛な敵と見れば並んで駆け、組んでは首を打ち落とし、追い縋《すが》る足軽は斬り捨てた。

姉帯兼興が奮戦する最中、弟の兼信は寄手の熊谷貞氏《くまがいさだうじ》と戦い、肩から馬の腹まで切り込む勢いを見せたが、石黒喜助《いしぐろきすけ》と組み打ちとなり、刺し違えて討死した。

「天晴れなる露払い。我も続かん」

勇猛な弟の戦いを褒《ほ》め讃え、十四ヵ所に傷を受けて満身創痍となる姉帯兼興は、もはや主殿に戻って切腹する退路も断たれていた。

「我は姉帯大学じゃ。これより自害する様を見て武士の手本と致せ」

絶叫した姉帯兼興は、馬上で切腹し、返す刀を飲み込んで死地に旅立った。

「なんと連れない方々でしょう。わたしを捨てて何処にいかれるのか、しばらくお待ち下さい」

夫の見事な死に様を目にした小滝ノ前は両手を合わせた。

「光明遍照《こうみょうへんじょう》　十方世界《じっぽうせかい》、念仏衆生《ねんぶつしゅうじょう》　摂取不捨《せっしゅふしゃ》」

念仏を十度唱えた小滝ノ前は侍女に筆を持たせた。

「遅くとも　弥陀《みだ》の御法《ごほう》を頼まんを　三途の川にしばし待て君」

辞世の句を詠んだ小滝ノ前は懐剣の先を喉に当てたまま、俯せに倒れ、二十一歳の生涯を閉じた。

姉帯城は落ちた。籠った兵は一人残らず城を枕に討死した。

「智仁勇《ちじんゆう》の侍とは、かような者たちを申すのであろう。かような武士が左近将監に仕えたために死を遂げるとは不憫《ふびん》なことじゃ。惜しき侍たちかな」

姉帯兵の死に様を見た蒲生氏綱は、勇敢に戦った兵たちを労い涙ぐんだ。

蒲生兵の死傷者も多数に及んでいた。

姉帯城が包囲されたと聞き、同城から一里（約四キロ）ほど北西に位置する根曾利《ねそり》城主の根曾利弥左衛門《やざえもん》は五百の兵を率いて救出に向かった。その最中、蒲生氏郷の命令で根曾利城の討伐に向かった田丸直息《たまるなおおき》勢二千と遭遇した。根曾利勢は奮闘するものの衆寡敵せずのたとえどおり、一蹴され、弥左衛門は討死、一刻後には根曾利城は陥落した。

姉帯、根曾利両城の落城が同城から一里ほど北の一戸《いちのへ》城にも伝わり、在していた九戸方の兵は城に火をかけて宮野城に退いている。

両城の援軍として九戸政実は弟の実親《さねちか》、久慈《くじ》直治《なおはる》らの二千を派遣したものの、陥落を知ると宮野城への入り口にあたる険阻な浪打《なみうち》峠に兵を止め、細く伸びた軍勢を叩くように命じた。

蒲生勢の先導をする南部家の重臣の北信愛《きたのぶちか》は、これを察知し、一戸の本道から西に半里ほど反れた間道を通り、鳥越観音《とりごえかんのん》を経て中山《なかやま》の山中を進軍した。山間で奇襲戦を仕掛けようと待機していた一揆衆は、突如湧いて出た多勢に驚き、宮野城に退いていった。

蒲生軍が九戸に向かっている途中で、周囲の村が荒されていた。落城した周囲ではよく見られる光景である。

「地侍の仕業か？」

馬上、先頭を進む氏綱が首を傾《かし》げていると、村から荷車に荷を積んでを押して出てくる者が十数人いた。陣笠を冠り、いずれも具足を身に着けた武士である。その後ろには縄掛けされた女子が数人、連れられていた。

「見過ごすわけにはいかぬ」

　正義感に厚い氏綱は数人の列を離れ、武士たちに近づいた。

「その女子たちをどうする気か」

「汝《うぬ》には関係あるまい」

　右の頬に傷のある武士が見下した口調で言う。

「その口ぶりでは陸奥の者ではないの。関白殿下は、一揆討伐における掠奪《りゃくだつ》、乱暴、狼藉《ろうぜき》を禁じておる。荷と女子を返すがよい」

「青二才の分際で偉そうに申すな。儂らは太閤殿下の甥にあられる権大納言《ごんだいなごん》・秀次様の家臣じゃ。今の無礼は大目に見てやるゆえ去《い》ね」

　尊大な態度で頬傷の武士は吐き捨てる。

「秀次様の家臣が、左様な狼藉をするはずがない。放さぬとあらば、斬るまでじゃ」

「戦に出たこともない若造が笑《か》わせるな」

　自称羽柴家の家臣たちが呵々大笑《かたいしょう》するところ、氏綱は馬鞭で傷の男を打ち据えた。

途端に左の頬が僅かに裂けて血が滲んだ。

「おのれ！」

　傷の男が抜刀すると、周囲の者たちも腰の刀を抜いた。これを見て、氏綱の従者たちは鑓の穂先を羽柴の家臣たちに向ける。

「鑓が恐くて戦ができるか」

叫ぶや傷の男は氏綱に斬りかかる。

「戯《たわ》けめ」

氏綱は馬上から太刀を振り下ろすと、傷男の胴を両断し、胸元を裂いた。

「ぐあっ」

血飛沫《ちしぶき》とともに傷男は呻《うめ》きを上げて倒れた。

広い地であれば、鑓と刀では勝負にならない。自称羽柴兵は腕や肩、太股を突かれて戦意を喪失して、逃げていった。

氏綱は女子たちの縄を切ってやった。

「蒲生忠兵衛氏綱と申す。なにかあれば申してまいれ」

女子たちを解放した氏綱は軍勢に戻った。

三

九月一日の夕刻前、氏郷は宮野城の大手南東の村松《むらまつ》に着陣し、ここに本陣を据えた。

「お待ちしておりました」

南部信直が出迎えた。信直は惣領《そうりょう》の三戸《さんのへ》南部家二十二代当主・政康《まさやす》の次男・石川高《いしかわたか》信《のぶ》の嫡男として誕生した。高信の兄で二十四代当主・晴政《はるまさ》に男子がいなかったことから婿養子となったものの、その後、晴政の側室に晴継《はるつぐ》が誕生して御家騒動となり、家を二分する争いを制して二十六代目の当主となった武将である。この年四十六歳になる。眼光鋭く、鼻が高く、頬骨が張った面持ちをしている。

南部家は同族が多く、横並びの中で信直が頭一つ抜け出たような国人衆の集合体なので、上方のような大名の形にはなっておらず、支配力が弱かった。小田原への参陣も決して早いものではないが、認められたのは梟雄《きょうゆう》の伊達政宗を北から牽制する者が必要だという意味からであった。

「重畳。城の様子はいかがか」

「蒲生殿のご活躍に恐れ、貝のように城に閉じ籠ってござる」

南部信直らによる長瀬の戦いをはじめ、蒲生軍が姉帯・根曾利・一戸城を陥落させたことは九戸勢にとっても衝撃であったようである。

「左様か。じき、皆も参じるゆえ、評議を開こう、その前に城の概要を知りたい」

「承知致した」

南部信直は絵地図をもってこさせ、実際の城に目をやりながら、説明する。

宮野城は西が馬淵《まべち》川、北が白鳥《しらとり》川、東が猫淵《ねこぶち》川の三河川に囲まれた丘陵上（比高三十メートル）に築かれた平山城で、本丸と二ノ丸を中心にして北西に三ノ丸、北東に石沢館《いしざわだて》（北ノ郭）、南東に若狭館《わかさだて》（東ノ郭）、南西に松ノ丸（南ノ郭）を配置した複合城郭である。各郭には空堀を設け、一部には泥田堀として整備し、各縁は段丘崖《だんきゅうがい》となり河川に続いている。

「なるほど、南と東から仕寄せるしかないの」

「城に籠るのは領民を含めて五千がほどにございます」

思いのほか多いというのが氏郷の感想である。領民に慕われている領主に采配を取られるのは厄介である。

「兵糧のほうは？」

「全ての米を刈り入れることはできませんでした」

「左様か。一月《ひとつき》や二月《ふたつき》は持ちそうじゃの。この辺りは、いつぐらいから雪が降っておるのか」

「早ければ十月下旬。遅くとも、十一月上旬には降りはじめます」

「その前には片づけぬとな」

昨年、降雪の中を出陣し、苦労したことを思い出しながら氏郷は告げた。

長瀬の戦い、姉帯・根曾利・一戸城の陥落などが伝わったこともあり、秀吉の下知を受けた討伐軍が続々と宮野に集結し、宮野城の包囲に加わった。

城の北を流れる馬淵川支流の白鳥川の対岸に南部信直の二千五百、白鳥川の支流で城の東を流れる猫淵川の対岸に徳川家臣の井伊直政の一万。大手に面する南に浅野長吉の二千、その西に主力の蒲生氏郷が一万五千。その西に堀尾吉晴の二千五百。馬淵川の西に北から蠣崎慶広《かきざきよしひろ》、津軽為信《つがるためのぶ》、秋田実季《あきたさねすえ》、仁賀保勝利《にかほかつとし》、小野寺義道《おのでらよしみち》らの約六千。慶広はアイヌに毒矢を持たせて参じたという。総勢三万八千の軍勢であった。

後詰は南陸奥の相馬《そうま》周辺に相馬義胤《よしたね》、佐竹義宣、岩城貞隆《いわきさだたか》、宇都宮国綱と石田三成で二万余。中陸奥の三迫《さんのはさま》には総大将の羽柴秀次が一万五千。同じく岩手沢の家康が二万余。東陸奥の水沢《みずさわ》、江刺《えさし》辺りには大谷吉継の一千。同じく柏山《かしやま》には上杉景勝の一万が控えていた。

伊達政宗が居城にしようとしている岩手沢に、家康が控えているのは、政宗が九戸政実と与して再び争乱を起こすのを押さえるためだという。

すぐに蒲生本陣で評議が開かれた。諸将は楯で作った机を囲むように床几に腰を下ろした。

改めて机の上に広げた絵地図を差し、南部信直が状況を説明した。

大将の氏郷と、鎮圧できなかった南部信直以外の武将は手伝い戦なので恩賞もあまり望めず、総攻めをして手負いを出したくないという思惑があった。殆どが兵糧攻めを主張した。ただ、秀吉から尻を叩かれている浅野長吉は氏郷側にいる。

「昨年のこともあれば、雪が降る前に収めねばなりませんな」

「弾正（長吉）殿の申すとおり。まずは仕寄せてみましょう」

長吉の心中を察し、氏郷が意見をすると、諸将は頷いた。

「されば、開戦は前線の大将を任された某の合図にて始めさせて戴く」

氏郷が告げると、諸将は応じ、それぞれの陣に戻っていった。

「あの（宮野）城に総懸かりをすれば、数多《あまた》の手負いが出ましょうぞ」

二陣の大将を務める町野繁仍《まちのしげより》が諫言《かんげん》する。

「殿下からの下知じゃ。長対峙はできぬ。まずは仕寄せ、敵がいかな戦い方をするか見極めることが必要。弾正殿も承知の上じゃ」

氏郷も総懸かりは無謀だと認識しているが、大将という立場上、最初から兵糧攻めをするわけにはいかなかった。


九月二日の未明から用意させ、夜明け前には兵たちに朝食をとらせた。

卯《う》ノ下刻（午前七時頃）、蒲生郷成が騎乗して大手門に近づいた。

「関白殿下の名の下に九戸左近将監（政実）に告げる。ただ今、降伏致せば城に籠りし者全ての命は助けよう。また、左近将監の身は殿下預かりにて、沙汰があろう。応じねば老若男女に限らず撫で斬りに致す。城を開かれよ」

郷成は武士の倣いで降伏勧告を行った。

「陸奥には戦わずして降伏する者はおらぬ。戻って主に申されよ」

政実の代わりに弟の実親《さねちか》が門の上から返した。

「されば、槍刀《そうとう》にて決しよう」

郷成は告げたのちに馬首を返した。

すぐに郷成から知らされた。

「致し方ないの。兵を前に進めよ」

氏郷は覚悟を決めて命じた。

下知を受けた蒲生勢は前進する、目の前には猫淵川から引いた三間（約五・四メートル）幅の外堀があり、橋は下げられたままだった。その先が大手門である。鉄砲で圧倒し、堀に梯子を架け、大手門を破り、城内に乱入するのが作戦である。

蒲生郷成、蒲生忠右衛門、蒲生氏綱が前進し、外堀から一町ほどのところで兵を止めた。竹束を前に並べ、鉄砲の火縄には火が点されている。弓弦も張られ、下知次第に矢玉を放てる態勢にあった。

「かかれーっ！」

辰《たつ》ノ刻（午前八時頃）、本陣で床几に座す氏郷が采を振ると、野太い法螺貝《ほらがい》の音が響き、これが各陣に伝わった。

途端に轟音が響き、矢が弧を描いて城に放たれた。辺りは硝煙《しょうえん》で灰色に染まった。

寄手の矢玉は城壁に、城方の矢玉は竹束と楯に当たるばかり。しばし遠間からの飛び道具の攻防が続いた。動きが少ない我慢の戦いである。

ただ、一刻半（約三時間）ほども玉を放ち続けると、鉄砲の銃身が熱化して膨張し、水をかけて冷やしても命中率が極端に悪くなる。硝煙の煙と轟きが少なくなってきた頃、氏郷は城への突撃を命じた。

「押し立てよ！」

大将号令の下、蒲生郷成の一手は丸太を抱えて大手門を破壊しようと突進する。また、蒲生忠右衛門の配下は梯子を外堀に架けて渡り、別の兵たちは空堀から切り岸を這い上がろうとする。

「喰らわせ！」

城兵は、容赦なく矢玉を浴びせ、迫る蒲生勢を屍に変えた。九戸勢の鉄砲は全体でも三百余で、主力は弓であるが、寄手は進むたびに死傷者を続出させた。蒲生勢のみならず、寄手は堀と切岸に悩まされた。

「おのれ、早う上がれ！」

氏綱は立続けに弓を放ち、味方の掩護《えんご》をするが、氏綱自身も狙われるので、なかなか敵を倒すことができなかった。

「せめて槍刀で戦える場になればのう」

悔しい思いの中、ひたすら矢を放った。

「兵を入れ替えよ」

先陣の疲れを考え、氏郷は二陣と交代させて攻めさせたが、結果は同じで屍の山を築くばかり。攻めあぐねていると、城門が開き、一際目を惹く武者が姿を見せた。

萌黄《もえぎ》色の直垂《ひたたれ》に緋威《ひおどし》の鎧《よろい》を身に着け、龍頭《りゅうとう》の兜をかぶり、龍・鷲《わし》の子という三尺五寸（約百六センチ）の太刀を佩《は》き、厚総《あつぶさ》の鞦《しりがい》をかけた葦毛《あしげ》の駿馬に騎乗した武士である。

「我は九戸左近将監政実なり。蒲生に武士がおるならばかかってまいれ」

大将自ら名乗りを上げた政実は、混乱する蒲生勢の中を傍若無人に疾駆して、馬上から寄手を斬り捨てた。

「臆するでない！　鑓衾《やりぶすま》を作って討ち取れ！」

二陣の町野繁仍が大音声で叫ぶが、政実の勢いに押されて陣形を取れない。

そこへ新手が現れた。

「我は伊保内《いぼない》城主の伊保内美濃守正常《みののかみまさつね》なり。我と思わん者はかかってまいれ」

騎乗する伊保内正常は大声で叫び、蒲生兵を薙《な》ぎ倒し、楽しむように戦った。

「儂は蒲生忠兵衛氏綱じゃ。美濃守、尋常に勝負せよ」

一旦、下げられた氏綱は、待ってましたと味方を掻き分けて前線に出た。

「おう、青二才、かかってまいれ」

「その首貰った」

よき獲物を見つけたと、氏綱は太刀を抜き、伊保内正常に向かって鐙を蹴った。

接近した二人は互いに太刀を振り、剣戟《けんげき》の音を響かせた。途端に火花が散る。氏綱はすぐに馬首を返して斬りかかるが、伊保内正常に弾かれ、逆に袈裟《けさ》斬りされる。これを氏綱は躱《かわ》して薙ぐと、受け止められた。

二人は何度もこれを繰り返すと、太刀は鋸《のこ》のようになって歪んだ。いつ折れてもおかしくない状況だった。

そこへ城方から退き貝が吹かれた。

「忠兵衛、勝負は預けた」

笑みを浮かべて告げた伊保内正常は脇差《わきざし》を抜いて奮戦し、殿軍《しんがり》のような形で退いていった。

「待て」

氏綱も脇差を抜いて追うが、味方に遮《さえぎ》られて追い付かなかった。

「逃すな！」

先陣を交代させられた郷成は己の不甲斐無さも重なり、激昂して自ら追い掛ける。郷成らが城門近くに達すると、城内から夥《おびただ》しい矢玉が放たれた。切り岸を上っていた兵は、ずり落ちたところを仕留められ、梯子を渡っていた者は落下して矢玉を浴びた。空堀は血で満ちそうなほどである。

「初日はかようなものか」

奮戦虚しく、陽が傾いたので氏郷は兵を退かせた。

城方に鉄砲上手の兵がおり、どのぐらいの腕なのか、蒲生勢の一人が退く際に一町ほど離れたところに唐笠を立てたところ、工藤右馬助業綱《くどううまのすけなりつな》が見事に打ち落として城の内外を感嘆させた。

ほかの陣でも城に近づいた寄手は多くの死傷者を出して退却していた。

「新たに召し抱えられた者たちが、下知どおりに動きませんでした」

郷成らは本陣で反省の弁を述べる。

「左様か」

なんとなく判っていたことである。

「明日、同じような仕寄せでは、今日と同じく手負いを数多出すことになります」

攻め方を変えようと、町野繁仍は催促する。

「判っておる。これで弾正殿も総懸かりが無駄であることを納得しよう」

そのために多くの命を失わせたことに、氏郷は罪の意識を感じた。

「明日は射程の長い鉄砲が届く予定じゃ。これで敵の玉には当たらず、こちらの玉が敵を仕留めていこう。ゆえに、今宵は兵をよく休ませよ」

氏郷には勝算があったので、それほど心配はしていなかった。

氏綱は昼の余韻が残っているせいか、昂《たかぶ》ったままで眠くならなかった。

「敵は我らを寄せつけなかった。おそらく勝ちに乗じて夜討ちを仕掛けてこよう。油断するでない。いつにても戦えるようにしておけ」

氏綱は夜警の者たちに声をかけ、夜襲に警戒させた。

子《ね》ノ刻（午前零時頃）、案の定、城方は西の虎口を抜け、空堀の中を通り、堀尾吉晴の陣との間辺りから堀を上り、夜襲を行おうとした。

「敵じゃ」

氏綱の号令の下、一斉に龕燈《がんどう》が城方の兵に向けられた。これは金属製の外枠の中に回転する蠟燭《ろうそく》を入れた当時の携帯照明であった。

「放て」

命じた瞬間に三十余の弦が弾かれ、矢が敵に向かう。城方は具足を着用すると音が出るので小袖、袴のままであった。蒲生勢も鉄砲を構えると火縄で敵に気づかれるので氏綱は弓衆を備えさせていた。城兵はばたばたと倒れた。

「退け」

夜襲は見破られれば、殲滅の恐れがある。ただ退くに限る。

「逃すな！」

氏綱は命じ、次々に城兵を仕留めさせた。城兵は二十余の屍を晒した。

翌朝、氏郷は皆の前で氏綱を賞賛した。

四

翌三日、氏郷は九戸勢の出撃に備えさせる兵を残し、ほかの兵には早朝より、周辺の竹林から大量の青竹を刈り取ることを命じた。これには諸将も応じた。さらに午後にはお陰で昼前には城に対して青い壁に見えるほどの竹束を作成させた。さらに午後には遅れていた多数の鉄砲が届けられた。

「これでこの城も終《しま》いですな」

新型の鉄砲を手に、郷成は顔を綻ばせる。これに対して氏綱は不満気だ。

「将とは敵の首を取ることに非ず。城を落とすことが当所《あてど》じゃ」

氏郷が氏綱に説くと、周囲の重臣たちは頰を緩めた。

「よもや、左様な言葉を殿の口から聞けるとは思いませんでした」

「戯け、主を愚弄するな。儂とて成長するのじゃ」

告げて笑みを作ると、陣に笑い声がおこった。それだけ氏郷には余裕があった。

昼過ぎ、氏郷は竹束を前にして西南の松ノ丸に兵を進めた。自身も敵が見えるところまで前進し、采を振り下ろした。

刹那、鉄砲衆は新型の鉄砲の引き金を絞る。途端に筒先は火を噴き、轟音が谺《こだま》した。昨日よりも音が大きい。

新たに届けられた鉄砲には標準的な六匁《もんめ》（直径約十五・五ミリ）玉を放つ口径よりも大径で銃身が長く、十匁（直径約十八・四ミリ）筒と呼ばれる鉄砲があった。六匁玉の鉄砲の有効殺傷距離はおよそ一町（約百九メートル）。十匁玉の鉄砲はさらに十二間（約二十二メートル）ほどは長くなった。その分、火薬も多く使用するので、劈《つんざ》くような音がした。

「氏郷分別して竹束を近々と付け、鉄砲を数千挺をもって撃ちすくめ候」と『蒲生氏郷記』には記されている。

瞬時に周辺は硝煙で灰色に染まり、咆哮《ほうこう》が途絶えることはなかった。前日とは違った攻撃に、城方は出撃する余裕がなくなった。それだけではなく、寄手の鉄砲は城兵に当たるが、城方の鉄砲は寄手に届かない。城兵は敵に顔を晒すこともできない。九戸勢は悲愴感を認識しはじめた。

一方、新たな鉄砲で九戸勢を圧倒する寄手ではあるが、さすがに城内に乗り込むことはできなかった。そこで、氏郷は浅野長吉や徳川家臣の井伊直政を本陣に招いた。

「敵への威嚇は十分に出来たと存ずる。そこで今後のことを話し合いたい」

氏郷が口火を切ると、長吉が口を開いた。

「某も考えてござった。こたびは戦功のための首取りに来たわけではござらぬ。一揆を収束させるための出陣。和議という名の降伏をさせ、首謀者を斬り、一刻も早い開城をさせるべきと存ずる」

「左様な儀なれば、当家に異存はござらぬ」

長吉の意見に井伊直政は同意した。

「某も弾正殿の意見に賛成でござる」

秀吉が正々堂々の戦いを望んでいない以上、氏郷は不本意ながら反対する謂《いわ》れはない。長吉に従い、南部信直を本陣に呼んだ。

「今日の戦、敵は手も足も出なかった。ゆえに九戸を説かせようと思う。誰ぞ九戸に近い人物はござらぬか」

長吉が南部信直に問う。

「左様なことなれば、長光寺《ちょうこうじ》（長興寺）は九戸の菩提寺《ぼだいじ》ゆえ、住職の申すことならば聞くかと存ずる。早速、呼びにやらせましょう」

南部信直は政実の弟の中野直康《なおやす》を宮野城から三里（約十二キロ）ほど南東の長光寺に向かわせた。

中野直康は弘門《こうぜん》和尚を説き、夕刻前には連れてきた。因みに僧名は林賀《りんが》、閲全《えつぜん》、察伝《さつでん》、薩天《さってん》とも伝わるが、寺記に従う。

氏郷らの申し出を聞き、弘門和尚は長吉らが記した誓紙を持って、浅野六左衛門《あさのろくざえもん》と共に宮野城に向かった。

「一書をもって申入れる。その趣きは、このたび大軍を引受けて堅固に籠城した働きには驚いている。併《しか》し、天下を敵として、いかに本望を達せることができようか。そのうちに本丸も押し崩され、一人ずつ首を刎《は》ねられることは明白。政実は早く降参なされ、天下に逆心なき旨を、京都に上って訴え申すべきである。されば一門郎党までの身命を助け、また武勇の働きを聞き届けられ、帰国を許されて領地、知行が認められるであろう。ここに案内する」

弘門和尚らが宮野城に向かっている最中、突如、氏綱は高熱を発し、生死を彷徨《さまよ》う事態に陥《おちい》った。

「なにゆえ、かような仕儀となったのじゃ」

氏郷は氏綱の許に駆けつけ、傅役《もりやく》の前司《ぜんじ》兼俊《かねとし》に問う。

「判りませぬ。ただ、忠兵衛（氏綱）様は、裸足で走り廻るのが好きな方ゆえ、知らず知らずのうちに釘などを踏み、なんらかの毒（破傷風か）を体に入れたのやもしれませぬ。あるいは、姉帯の陣や、こたびの陣で受けた掠り傷から、敵が放った毒が入ったとも考えられます。皆と同じ物を食しておりますので、食べ物に毒を入れられたことはないかと存じます」

前司兼俊はこわばった表情で答えた。

「左様か。毒を盛られたのではないとすれば、左近将監（政実）の呪詛《じゅそ》か。左様なことはさせぬ」

氏郷は都から同行させた名医の戸嶋法橋流閑《とじまほっきょうりゅうかん》、度会伯玄《わたらいはくげん》、津田三庵《つださんあん》、相良玄仲《さがらげんちゅう》の四人を呼び寄せ、診察させた。

「これは呪詛ではありませぬ」

戸嶋法橋流閑が言うと度会伯玄が続く。

「賢いと申しても忠兵衛様はまだ十八歳。慣れぬ地に出陣し、敵を倒す策を考え続けたゆえ、疲れから風邪をこじらせ、五臓が破れているので我らの手には及びませぬ」

名医たちは首を振った。

それでも麻《あさ》から作った気を休める薬を処方すると、氏綱の容態は落ち着いた。麻薬によって痛みが麻痺したようである。

痛みが収まったので、氏綱は頼んで氏郷を枕元に呼び寄せた。

「鬼神をも欺く計略をもって左近将監を討ち取って御覧に入れようと、心を尽したかいもなく、陸奥の果てで命を散らすのは無念で仕方ありません」

「なにを申す。気の弱いことを口にするな。病は気からと申す。かようなものは病ではない」

氏郷は甥の手を取り、勇気づける。

「いいのです。自分のことは自分がよく判ります。せめて、敵と戦って討ち死にするならば、冥土の旅も潔いものを、かような形で先立つ不孝の罪をいかにせん。我が魂《こん》魄《ぱく》のある限り、殿に付き添い、御護《おまも》り致します」

息も絶え絶えに氏綱は告げた氏綱の手から力がなくなった。

「忠兵衛！」

氏郷は絶叫し、何度も氏綱の体を強く揺すり、叫ぶが、氏綱が目を開けることはなかった。

「忠兵衛……うぅっ……」

氏郷は人目も憚《はばか》らず嗚咽した。

「畏れながら、人の生死は運命で定められたこと。まだ戦が終わらぬ中、大将の殿が力無く悲しんでいては、戦の勝敗にも影響を及ぼすことになりましょう」

町野繁仍が宥《なだ》めた。

「そちは知らぬゆえ、かようなこと申せるのじゃ。忠兵衛は去る高松《たかまつ》の合戦で父を失い、孤児となり、儂ら夫婦が面倒を見て、我が子、我が弟と思って育てたかいあって元服したのじゃ。器量、骨柄も周囲の者を超え、勇気、知謀を兼ね備え、槍刀をとっても並ぶ者がなく、いかなる大将に傅《かしず》いても苦しからず、天とも地とも頼んでいたものを、とても叶わぬならば、せめて敵と戦って討たれたのならば、かほどに悲しむことはなかったであろう」

氏郷はひれ伏して慟哭した。

傅役の前司兼俊も落涙しながら項垂《うなだ》れた。

「人の寿命は老人が先に死に、若者が後に死ぬとは限らぬが、つい今しがたまでお側を離れず、言葉を交わされていたのに、生き死にの道はどうにもならないものじゃ。今はお目が塞がり、色も変わって、身も冷たく息絶えておられる。御誕生の時、数百の家臣から選ばれて寝食を共にし、冬は寒風を防ぎ、夏は扇の風を招き、盆暮れもお側に付き添って片時も目を離さなかったものを、月日が経つに連れ、器量、骨柄も人を超え、このたびの戦ぶりを見るにつけても潔く、二十四、五歳にもなられたら天下の宝となられるだろうと、我が身の老いも忘れて頼もしく思っていたのに、なんの因果の報いか。某もお供致しましょう。しばし待たせ給え」

嘆いた前司兼俊は脇差の鯉口を切った。

「お止めなされ」

周囲の者たちが前司兼俊の手を押さえ、脇差を取り上げた。

「貴殿が殉死しても忠兵衛は喜ぶまい。死ぬぐらいならば出家して念仏回向《えこう》するがよい」

郷成が宥め、前司兼俊を思い留まらせた。

落胆する氏郷は近くの僧侶を呼んだ。

「生死の無常は世の常ながら、若者に先立たれ、跡に残る者の思いをお察し下され。貴僧の結縁《けちえん》により、導引《どういん》をお願い致す」

氏郷は頭を下げた。

「お嘆きはご尤《もっと》もなこと。昨日の昔は今日の夢。飛花落葉《ひからくよう》の気色《けしき》は明らか。朝に紅顔《こうがん》の身も夕べは白骨となる浮世の倣い。釈迦如来《しゃかにょらい》三十二相の御尊顔も沙羅双樹《さらそうじゅ》の煙となる定め。必ず嘆き給わせぬよう」

僧侶は氏郷を慰めた。

氏郷は僧の読経とともに念仏を唱え、遺体を荼毘《だび》に付して埋葬し、その地（伊勢堂山）に一宇《いちう》を建立して伊勢の社と称することにした。

現在、伊勢の社は大崩崖《おおほうがけ》の頂上に移されて、地元の人に弔われている。本来、嫌われて然るべき上方勢の一将なのに、慕われているのは、戦勝兵の略奪を、人攫《ひとさら》いを阻止したからかもしれない。

五

弘門和尚が説くが、宮野城内では殆どの諸将は降伏に反対だった。

「皆が申すとおり、我らは負けてはおらぬ。されど、今日の午後、寄手が見せた鉄砲の力を思い出せ。我らが百挺の鉄砲を集めるのに、いかほどの歳月と労力を要したか。敵はわずか半日で二千以上を増やし、我が籠城兵数と同じ数の鉄砲を手にした。しかも我らよりも遠くに飛ぶ。一つの郭を確実に攻めてきたゆえ、もはや今までの戦い方は通じぬ。城を開くのは優位な今しかない」

九戸政実は力を見せつけたので、長宗我部、島津のように存続は認められると思っているようである。最悪、自身が斬られても家名が残ればいいと考えた。

これにより降伏することになった。

九戸政実は最悪のことを思案し、何人かいる息子の中で十一歳の亀千代《かめちよ》を弘門和尚に托し、逃れさせることにした。亀千代は弘門和尚の許に身を寄せたのち、伊達領の気仙に落ち延びて伊達政宗に仕え、多田姓を名乗ることになる。

弘門和尚が戻り、氏郷らに降伏を受け入れたことを伝えた。

「御苦労でござった」

氏郷は労うが、氏綱の死の悲しみのせいか、どこか上の空であった。

弘門和尚が去ったあとで長吉が氏郷に耳打ちする。

「宮野城に籠りし者は全員始末しろとの下知にござる」

「なんと！」

それでは約束が違うと、さすがに失意の氏郷も驚愕《きょうがく》した。

「二度と一揆を起こさせぬため、見せしめが必要。九戸が殿下に力を見せるのは昨年であった。一年遅い。日本が統一されたのちの蜂起は単なる反乱。やはり陸奥は陸奥のようでござる。よもや殿下の下知に異議を唱えられるようなことはござらぬの」

背けば蒲生家は改易。長吉は氏郷に迫る。

「無論、異議などない」

吐いたものを呑み込むような思いで氏郷は応じた。

九月四日の辰ノ刻（午前八時頃）、弘門和尚と浅野家の家臣・浅野忠政《ただまさ》と同六左衛《ろくざえ》門《もん》が宮野城に入城した。

巳《み》の刻（午前十時頃）になり、弘門和尚に伴われた九戸政実は剃髪し、櫛引清長・清政《きよまさ》兄弟、七戸《しちのへ》家国《いえくに》、久慈直治・政則《まさのり》・政祐《まさよし》親子、大里親基《おおさとちかもと》、大湯《おおゆ》昌次《まさつぐ》、一戸《いちのへ》實富《まさとみ》、円子《まるこ》光種《みつたね》らともども浅野長吉の陣に降り、囚《とりこ》となった。

九戸政実らは近くの古民家に押し込められた。家には外からは門を掛け、兵が十重二十重に囲んだ。

九戸政実らがいなくなると、浅野家と蒲生家の家臣が続々と宮野城に入り、城兵を二ノ丸と三ノ丸に押し込んだ。最後に本丸に向かったところ、門は閉ざされ、中からは門が掛けられていた。政実の弟の実親は降伏を拒み、自刃しようと残っていたところ、浅野、蒲生勢の様子がおかしいので、門や扉を閉ざしたという。

「早う投降されぬと、左近将監殿が権大納言様がおられる三迫《さんのはさま》に行けぬ」

浅野忠政が説いて実親を本丸から出し、すぐ東の二ノ丸に向かわせた。

「彼奴を二ノ丸に入れて、再び蜂起されては厄介じゃ」

浅野忠政と同六左衛門は相談し、実親が二ノ丸に向かう途中、背後から鉄砲を放った。背を撃たれた実親は、血反吐を吐きながら無念の最後を遂げた。

鉄砲の轟音を皮切りに浅野勢は三ノ丸に、蒲生勢は二ノ丸に火をかけた。

生きたまま焼き殺されては敵わぬと、城兵は門のかかった扉を壊して外に出ると、寄手の鉄砲が火を噴いた。城郭の中にいれば焼死。出れば鉄砲の的。迷っている間にも炎は城郭を飲み込んでいく。わずかな可能性にかけて飛び出す者は鉛玉を喰らって骸になった。扉の外は瞬く間に屍の山となる。隙を突いて、なんとか逃れる者もいたが、すぐに弓衆が矢を放ち、鑓で抉り、太刀で斬り捨てた。比叡山の焼き討ちを思わせる阿《あ》鼻叫喚《びきょうかん》の様相であった。

鎮圧は二刻とかからずに終了した。二ノ丸と三ノ丸を覆い尽くした紅蓮《ぐれん》の炎は本丸にも飛び火し、螺旋《らせん》を描いて火柱となって立ち上った。

この日、宮野城から逃れられた者は皆無。百五十余の首が討たれ、死者は数知れず、諸書には数千と記されている。

唯一、七戸家国の妻子だけは城郭に押し込まれずに助け出された。この女性は南部信直の旧主筋にあたる八戸《はちのへ》政栄《まさよし》の長女であったため、長吉が気遣ったという。

豊臣政権に刃向かった最後の九戸一揆は討伐された。

宮野城の火が消えたのち、氏郷は同城の普請を始めた。

九月六日、氏郷は浅野長吉、堀尾吉晴、井伊直政らと九戸の百姓、地下人を呼び戻すため、帰住証文を記し、各村に触れを出した。ただ、残党狩りかもしれぬと旧領民は恐れ、なかなか集まらなかった。それでも、戦後復興は少しずつ進められていた。

同月八日、後処理は氏郷に任せ、長吉は宮野の陣を発った。縄懸けされた九戸政実らは、降将というものではなく、罪人のように歩かされている。前後には火縄に火を点した鉄砲衆や弓衆、鑓衆が固めている。まさに囚人の護送であった。

二十日、九戸政実らが三迫に到着した。羽柴秀次は最初から政実らを上方に連行する気はなく、十人の斬首を命じた。

九戸政実らは三迫の川原に引き出され、首を刎ねられた。

普請をする中、氏郷は南部信直から婚姻の申し込みをされた。嫡子・利直《としなお》に蒲生家の姫を娶りたいというもの。

「ようござるが、今のところ儂には娘がおらぬゆえ、縁筋でよかろうか」

氏郷も伊達政宗を挟撃するにあたり、南部家との結びつきは重要。快く応じた。

「かまいませぬ。蒲生殿との結びつきが大事」

南部信直は喜んだ。

翌年、氏郷の遠縁にあたる蒲生家の重臣で会津の南山《みなみやま》城将を務める小倉行春《おぐらゆきはる》の娘・武《たけ》姫を利直に嫁がせることにした。

十月中旬には普請の目処がついたので、氏郷は帰国の途に就いた。

九戸一揆を討伐した。勝利したが、殺戮を指揮させられ、お世辞にも気分のいいものではない。ただ虚しいばかりであった。

帰国した氏郷は国許の仕置もそこそこに秀吉に挨拶をするために上洛した。

九戸一揆討伐の恩賞で、氏邦はかつて伊達領であった塩松《しおのまつ》（四本松）、伊達、信夫、苅《かり》田《た》、米沢、長井《ながい》郡上下七郡が与えられ、この段階で七十三万四千石になった。

徳川家康、毛利輝元、前田利家に次ぐ石高である。

（これだけの広さがあれば、さらに石高は増やせよう。百万石も夢ではない。さすれば利休殿との約束が果たせるであろう）

氏郷は理想の国造りに期待した。

最終章　無念の悔恨

玄界灘《げんかいなだ》の波濤《はとう》が岩壁に当たって白い波飛沫《なみしぶき》を立てている。遠くを眺めれば、陸地が微かに見える。これから日本軍が渡海する朝鮮国である。

天正二十年（一五九二）三月上旬、氏郷は肥前《ひぜん》の名護屋《なごや》にいた。

名護屋は東松浦《ひがしまつうら》半島の北に位置する鎮西《ちんぜい》の地で、玄界灘に向かって突き出した波戸《はど》岬《みさき》にある。その付け根に隆起する標高九十メートルの丘陵があり、そこに聚楽第《じゅらくだい》にも劣らぬ平山城が築かれていた。城の面積は十四万平方メートルで、天守閣は五重七階。三段構えの渦郭《かかく》式の城は、大坂城に次ぐ規模を誇っていた。

天下統一を果たした秀吉は、新たな支配地を求めて異国への出陣を決定し、その前線基地として名護屋に城を築かせた。加藤清正《かとうきよまさ》ら九州の大名たちが突貫工事を行い、まだ普請の途中であるが、僅か四ヵ月余りで巨大な白亜の城を大方完成させていた。

朝鮮出陣の名目は、仮途入明《かとにゅうみん》ということになっている。

秀吉は明国に兵を進めるので朝鮮国に道を開けて先導役を務めろと高圧的に求めたが、問答無用で拒否された。現在、再交渉の最中であるが、明国を宗主と仰ぐかのような朝鮮が、親ともいう明国に背き、日本の道案内をするはずがない。どの武将も、まずは朝鮮との戦が行われるという認識でいた。

(唐入り、なんと胸の透くような言葉か。武士として生まれた以上、外国に兵を向けたいというのは胸を昂《たかぶ》らせるの)

渡海の第一段は加藤清正らの九州や四国など西国の大名の兵約十五万余で、氏郷ら東国の大名は名護屋での後詰を命じられていた。

「もし、某《それがし》に朝鮮を賜《たまわ》るならば、自力で奪い取って御覧に入れましょう」

氏郷は進言して喜ばせたが、危惧もしている。

(信長公はよく敵を調べ、勝てる時に腰をあげた。天下を取るまでの秀吉もそうであったが、こたびは急ぎすぎてはいまいか。あるいは、秀吉も先行きを懸念し、命あるうちに偉業を行っておこうということか。さすれば、儂に天下取りの機会が訪れるやもしれぬ)

秀吉は氏郷と一緒に名護屋に下向する予定であったが、体調不良で都を発つことができず、氏郷は先に出発した次第だ。

本来ならば、移封した会津の国内整備に勤しみたいところであるが、出陣とあらば仕方ない。名護屋にいながら、会津の町造りを思案した。

蒲生家の陣屋は半島中部の北側の白崎《しらさき》という地にあった。

「それにしても狭いの」

氏郷は一千五百の兵を連れて参陣しているが、家臣たちは屋敷で川の字になって寝なければならぬ状態だった。もっと屋敷を広げたいところであるが、ほかの家と隣り合わせなのでそれもできない。

秀吉は畿内に留守居を残し、国をあげての出陣命令を出したので、武士の大移動が行われ、狭い場所に短期間で大都市が出来上がった形だった。

秀吉の着陣を待たずして三月下旬から日本軍は名護屋の湊を発って壱岐や対馬に移動し、四月十二日、辰《たつ》ノ刻（午前八時頃）、小西行長《こにしゆきなが》らの一番組が朝鮮の釜山浦《プサンポ》に上陸し、翌十三日、釜山城を攻略したことを皮きりに、文禄《ぶんろく》ノ役と呼ばれる戦いが開始された。

秀吉が到着したのは四月二十五日。やることがないので、茶会や酒の宴席、あるいは仮装会などを開いて渡海に備えていた。

（かようなことなれば国許に戻してほしいの）

天下人に文句を言うわけにはいかない。氏郷も毎晩のように酒の席に突き合わされた。

仕方がないので、氏郷は名護屋から国許に指示を出した。

この年の六月、会津の黒川城を廃して、本格的に新城の普請を開始した。松坂のように町は碁盤の目のように区画するが、その周辺の道は彎曲《わんきょく》させ、さらに寺院を置いて防衛線とする。商人は日野と松坂から呼び寄せて特権を与えた。但し、武士と商人、町人を分け、川の流れも変更して天然の惣濠《そうぼり》とした。用水路も通したので新田開発が進み、石高はさらに増える見込みがあった。城の名は縁起のいい松の字を入れて若松《わかまつ》城とした。

家臣たちへの知行も弾んでやった。欲しい禄高を自己申告させたら、九十二万石を越えてしまい、最後は皆で相談の上で決めさせたのでそれなりに納得しているようであった。

朝鮮の戦況は、当初は快進撃をしていた日本軍であるが、六月頃より、厳しい状況に立たされはじめた。当初、李王朝への反発で日本軍に協力的だった民衆も、略奪や狼藉《ろうぜき》のほか、日本式の髷を強要されたりするので義勇兵に合流した。これにより、諸将は急襲戦に悩まされることになった。

さらに、年が文禄二年(一五九三)になると、明軍が本格的に参じたので、日本軍は劣勢に立たされ、和議を話し合うこともあって、前線をかなり南に下げなければならなかった。

(唐入りは暗礁に乗り上げたか。やはり準備不足は否めない。あるいは、最初から唐ではなく朝鮮の地を得るための出兵だったのか)

押されているので、さすがに秀吉に問うことはできなかった。

若松城の完成を楽しみにしていた矢先の文禄二年の春、氏郷は下血した。

(血⁉)

最初は痔かと思い、少々恥ずかしさもあって放置していた。そのうち治るであろうと思っていたが、下血は止まらない。だが、肛門は痛くはない。それどころか、下腹が痛むようになってきた。さすがに心配なので、名医の戸嶋法橋流閑《とじまほっきょうりゅうかん》に相談した。

「痔でないとすれば、臓腑《ぞうふ》の病やもしれません」

深刻そうな顔で戸嶋法橋流閑は告げる。

「治るのか」

「判りませぬ。悪くしないようにするしかありませぬ。酒は断ち、辛い物はお召しになりませぬよう」

戸嶋法橋流閑から薬を処方してもらったが、なかなか改善されなかった。

八月三日、大坂で淀ノ方が男子を産んだ。赤子は於拾《おひろい》と名づけられた。のちの秀頼《ひでより》である。

於拾の誕生を知った秀吉は居ても立ってもいられず、船に乗って帰坂することになった。病を発した氏郷も同船させてもらった。

大坂で氏郷は、秀吉亡きあと、どうなるかと秀吉に聞かれた。

「地の利、石高、風格からいって前田殿（利家）でしょう。家康殿はケチゆえ天下の器ではない。もし、前田殿が動かぬならば、某が天下を取る。それが万民のためです」

「さすが会津少将。覇気がある。そういうことなれば前田権大納言と縁続きになられよ」阿諛で前田利家を立てたところ、妙なことになった。それだけ秀吉は家康を警戒している現れである。

秀吉の肝煎りで長女の籍《せき》を利家の次男・利政《としまさ》に嫁がせることになった。

実のところ、氏郷は前田利家を評価していない。恩ある柴田勝家を見捨てた男は天下の器ではない。ただ、利家を否定することは勝家に味方しなかった己を否定することになるので、あえて立ててきたまで。氏郷には自信があった。石高は、それほど利家と変わらない。戦えば負ける気はしなかった。

大坂に移動しても氏郷の容態は芳しくなかった。

（このまま全快できなかったとしたら）

急に氏郷は不安になり、秀吉に帰国を申し出たところ、許された。氏郷は騎乗することは叶わず、輿に乗っての移動であった。

十一月、氏郷はおよそ二年ぶりに会津に戻った。すでに辺りは雪化粧しているが、紛れもなく小田原の陣以降、心血を注いだ国許である。

「広がっておるの」

町が拡大していることに喜びを感じるが、遅いという気もする。

「雪さえ降らねば、冬も普請を続けられるのですが」

申し訳なさそうに町野繁仍《まちのしげより》が言う。

「承知しておる。奥羽をはじめ、雪深い国を領有する者の定めじゃ。されど、雪が降るゆえ、それが温くなった時に溶け、田畑を潤してくれる。雪は我らに考えさせる刻を与えてくれているのやもしれぬ」

会津を領有する武将は、冬、動けぬことを覚悟しなければならなかった。

帰国した氏郷は城内の一角にある麟閣《りんかく》という庵に足を運んだ。

「お待ちしておりました」

出迎えたのは秀吉に切腹させられた千利休の後妻の息子・少庵宗淳《しょうあんそうじゅん》である。利休の頼みをに従い、氏郷は若松城に匿《かくま》っていた。氏郷は利休の高弟であり、茶の湯を学ぶ武将たちの憧れであった。

「そなたも息災でなにより」

労った氏郷は少庵宗淳から茶を振る舞われた。

(茶の繋がりで、いかほどの兵が集まろうか。利休殿を自刃に追いやった秀吉を憎む者は数多《あまた》いよう)

少庵宗淳を利用しようと考えてはいないが、多少は期待している。

城下を見て廻ると殆どの領民が跪《ひざまず》く。その中で氏郷に向かって十字を切る者を見かける。キリシタンである。氏郷も輿の中で十字を切って応えた。

「領内にキリスト教の信者は、いかほどおるか？」

「おそらく数百ほどかと存じます」

町野繁仍が答える。

「左様か」

秀吉が天正十五年（一五八七）にキリスト禁止令を発布したので、大っぴらに布教を許すわけにはいかない。ましてや、推奨はもってのほか。見て見ぬふりをするしかない。数百は少ないというのが正直な気持ちで、不愉快であった。

せっかく帰国した氏郷であるが、秀吉からの要請があったので、上洛しなければならない。

「殿下からの下知だ。雪が解けたら改めて竿入《さおい》れすること。一反《いったん》とて見逃すまいぞ」

厳しく命じた氏郷は、年が明けた文禄三年（一五九四）二月八日、会津を発った。

（次に帰国する時には、完成した若松城と、その城下を見たいものじゃ）

名残惜しくて仕方なかった。

上洛した氏郷は二月二十五日、秀吉や家康らと都を発ち、大和の吉野で盛大な花見を行った。これには冬姫らも参じたので和やかな花見となった。

雪解け後の四月の検地では十八万余石が増え、九十二万石になった。

（無理をすれば三万の兵を集められる。さすれば儂は誰にも負けぬ）

氏郷には自信があった。

石高が増えて喜ばしいが、氏郷はこの頃から病が再発し、床につくことが多くなった。危惧した秀吉は名医の曲直瀬玄朔《まなせげんさく》に診察をさせ、薬を処方させるが、下血が止まらず、顔には黄疸が出始めた。

文禄四年（一五九五）二月、氏郷は京二条の柳馬場《やなぎのばんば》にある蒲生屋敷で伏せていた。

（なにゆえ、儂は逝かねばならぬ。完成した城と城下を見ることもできぬのか）

病床に横たわる氏郷は悔しくて仕方なかった。

（秀吉も、そう長くはなかろう。にも拘らず、なにゆえ儂は先に逝かねばならぬのか。儂こそ秀吉亡きあと天下を争える者だというに……）

悔しくて仕方ない。

（フロイス殿の話では、日本《ひのもと》には三十万のキリスト教の信者がいるという。これに、我が会津の軍勢、茶の湯の武将、さらに商人これが揃えば、たとえ秀吉が存命であったとしても家康ともども天下三分の鼎《てい》になるはずであったものを。利休殿、お約束を果たすことはできそうにもありません。残念です）

詫びた氏郷は改まる。

（今一度、先陣を駆けたかったのう。武士の本分は先陣にあり。先陣こそ我が居間じゃ！）

肚裡《とり》で訴えるが、もはや目も霞んできた。僅かに見えるのはひっそりと側に付き添っている冬姫と高山右近の姿であった。

「姫、儂亡き後のことを頼む」

柔らかな手を握り、氏郷は懇願する。

「なんと情けなきことを。あなた様は我が父・織田信長が見込んだ男ですぞ」

涙をこぼしながら冬姫は訴える。

「左様であった。儂は第六天魔王に選ばれし男じゃ」

覇気を示すが、手に力が入らない。

「右近殿、儂は神《デウス》の御許《みもと》に参ることができようか」

「祈られませ。神は神を信じる全ての者を導きましょう」

その言葉を聞いた途端、氏郷の意識はなくなった。

文禄四年二月七日、蒲生氏郷は病に苦しみながら息を引き取った。享年四十。病名は定かではないが、下血が酷かったことから鑑みれば今の大腸癌なのかもしれない。諡号《しごう》は昌林院殿高巌忠公大禅定門《しょうりんいんでんこうげんちゅうこうだいぜんじょうもん》。キリスト教に入信した氏郷であるが、葬儀は仏式で行われ、紫野《むらさきの》の大徳寺《だいとくじ》に葬られた。

辞世の歌は「限りあれば吹かねど花は散るものを　心短き春の山風」

死後、趣き深い氏郷の書が発見された。

「あと三年、恙無《つつがな》く命があれば、高麗（朝鮮）への国替えがあるはず。（秀吉は）朝鮮国への出陣を配慮してくださるであろう」

氏郷の本音は朝鮮に渡り、思う存分戦ってみたかったのかもしれない。

氏郷があと十年長く生きていたら、確実に天下の行方も変わっていたであろう。天下三分の鼎も実現したかもしれない。

（了）

参考文献　敬称省略

【史料】

『史料綜覧』『大日本史料』『浅野家文書』『伊達家文書』『豊太閤真蹟集』以上、東京大学史料編纂所編　『豊臣秀吉文書集』名古屋市博物館編　『群書類従』塙保己一編　『續群書類従』塙保己一編・太田藤四郎補　『續々群書類従』国書刊行会編纂　『史籍雑纂』『系図綜覧』以上、国書刊行会編　『新訂寛政重修諸家譜』高柳光寿・岡山泰四・斎木一馬編　『新版　系図纂要』岩沢愿彦監修　『言継卿記』高橋隆三・斎木一馬・小坂浅吉校訂　『當代記　駿府記』続群書類従完成会編　『改定　史籍集覧』近藤瓶城編　『多聞院日記』辻善之助編　『武家事記』山鹿素行著　『増訂　織田信長文書の研究』奥野高廣著　『信長公記』太田牛一著・桑田忠親校注　『信長公記』太田牛一著・奥野高広・岩沢愿彦校注　『太閤史料集』桑田忠親校注　『四国史料集』山本大校注　『島津史料集』北川鐵三校注　『信長記』小瀬甫庵撰・神郡周校注　『太閤記』小瀬甫庵著・桑田忠親校訂　『明智軍記』二木謙一校注　『南部叢書』南部叢書刊行会編　『石山本願寺日記』上松寅三編纂・校訂　『イエズス会日本通信』『イエズス会日本年報』以上、村上直次郎訳・柳谷武夫編　『十六・七世紀イエズス会日本報告集』松田毅一監訳　『フロイス日本史』松田毅一・川崎桃太訳　『和州諸将軍伝』奈良県史料刊行会　『定本　名将言行録』岡谷繁実著　『茶道古典全集』千宗室総監修　『常山紀談』菊池真一編　『定本常山紀談』鈴木棠三校注　『勢州軍記』三ツ村健吉注釈　『伊勢國司記略』齋藤徳蔵著　『近江国古文書志』黒田惟信・中川泉三編　『茶道』千宗室・千宗守監・井口海仙など編纂

【研究書・概説書】

『蒲生氏郷』谷徹也編著　『蒲生氏郷』今村義孝著　『蒲生氏郷』池内昭一著　『蒲生氏郷』高橋富雄著　『蒲

生氏郷』阿部隆一著『蒲生氏郷』滋賀県立安土城考古博物館編『蒲生氏郷』『謎とき本能寺の変』『日本近世国家成立史の研究』『秀吉神話をくつがえす』『証言　本能寺の変』『信長革命―「安土幕府」の衝撃』『秀吉と海賊大名―海から見た戦国終焉』以上、藤田達生著『氏郷とその時代』福島県立博物館編『蒲生氏郷関係資料集』池内昭一編著『氏郷記を読む会　研究レポート集』氏郷記を読む会編『蒲生氏郷と家臣団』横山高治著『蒲生家盛衰録』瀬川欣一著『蒲生氏郷のすべて』高橋富雄編『蒲生氏郷伝説』振角卓哉著『近江が育んだ九二万石の大名―蒲生飛騨守氏郷とキリスト教』寺脇丕信著『近江戦国の道』淡海文化を育てる会編『近江城郭探索』滋賀県教育委員会編『近江歴史紀行』びわ湖放送編『伊達政宗』『秀吉権力の形成』『奥羽仕置と豊臣政権』『奥羽仕置の構造』『伊達政宗の研究』以上、小林清治著『奥羽から中世を見る』藤木久志・伊藤喜良編『織豊政権と東国社会』竹井英文著『豊臣平和令と戦国社会』藤木久志著『骨が語る奥州戦国九戸落城』百々幸雄・竹間芳明・関豊・米田譲著『天下人の時代』藤井譲治著『小牧・長久手の戦いの構造　戦場論（上）』『近世成立期の大規模戦争　戦場論（下）』『伊勢国司北畠氏の研究』以上、藤田達生編『真説　本能寺』『織田信長』『本能寺の変の首謀者はだれか』以上、桐野作人著『戦国　武心伝』『激震　織田信長』『俊英　明智光秀』『風雲　伊達政宗』以上、学習研究社編『日本戦史』参謀本部編『明智光秀』高柳光寿著『石田三成』今井林太郎著『長宗我部元親』山本大著『織田信長家臣人名辞典』高木昭作監修・谷口克広著『秀吉戦記』『信長の親衛隊』『織田信長合戦全録』『信長軍の司令官』『殿様と家臣』以上、谷口克広著『伊達政宗のすべて』高橋富雄編『明智光秀のすべて』二木謙一編『千利休のすべて』米原正義編『島津義弘のすべて』三木靖編『豊臣秀吉のすべて』桑田忠親編『武田勝頼のすべて』柴辻俊六・平山優編『武田信玄』磯貝正義著『城と城下』小島道裕著『日本城郭大系』児玉幸多ほか監修・平井聖ほか編『戦国合戦大事典』戦国合戦史研究会編著『天下人の条件』『戦国鉄砲・傭兵隊』『戦国15大合戦の真相』以上、鈴木眞哉著『信長は謀略で殺されたのか』鈴木眞哉・藤本正行著

『家康傳』中村孝也著『織田信長と安土城』秋田裕毅著『織田信長総合事典』岡田正人著『長篠・設楽原合戦の真実』名和弓雄著『小田原合戦』下山治久著『仙台領の戦国誌』紫桃正隆著　宝文堂『二戸歴史物語』二戸市史編さん室編『九戸地方史』森嘉兵衛著

【地方史】
『岩手県史』『宮城県史』『福島県史』『神奈川県史』『岐阜県史』『愛知県史』『滋賀県史』『三重県史』『一戸町誌』『二戸市史』『九戸村史』『仙台市史』『会津若松史』『会津若松市史』『小田原市史』『新修名古屋市史』『岐阜市史』『長久手町史』『大垣市史』『甲賀市史』『水上町史』『近江蒲生郡志』『日野町誌』『近江日野の歴史』『蒲生町史』『津市史』『安濃町史』『松阪市史』『新修大阪市史』
各府県市町村の史編さん委員会・史刊行会・史談会・教育会編集・発行ほか

【雑誌・論文等】
『歴史読本』七六二「信長と26人の子供たち」新人物往来社編